D1994593

Matthias Schmidt

Das Haus zwischen den Feldern

Roman

© 2025 Matthias Schmidt
Titelbild von Karla Marie Friedel
Umschlag & Satz: sabine abels

Softcover	978-3-384-55503-8
Hardcover	978-3-384-55504-5
E-Book	978-3-384-55505-2

Druck und Distribution im Auftrag des Autors:
tredition GmbH, Heinz-Beusen-Stieg 5, 22926 Ahrensburg, Germany

Das Werk, einschließlich seiner Teile, ist urheberrechtlich geschützt. Für die Inhalte ist der Autor verantwortlich. Jede Verwertung ist ohne seine Zustimmung unzulässig. Die Publikation und Verbreitung erfolgen im Auftrag des Autors, zu erreichen unter: tredition GmbH, Abteilung "Impressumservice", Heinz-Beusen-Stieg 5, 22926 Ahrensburg, Deutschland.

Die Handlung dieses Romans sowie sämtliche Personen sind frei erfunden. Ähnlichkeiten mit realen Personen, lebend oder verstorben, oder mit tatsächlichen Ereignissen sind nicht beabsichtigt und wären rein zufällig.

1

Ich hatte eine glückliche Kindheit in den 50ern, behütet und beschützt; kann man nicht anders sagen. Meine Erinnerungen an Kindertage in einem Dorf im Hintertaunus fühlen sich heimelig und wohlig an. Bauernhöfe mit Pferden, Obstwiesen, Schlittenabfahrten auf verschneiten Hängen. Noch vor meiner Einschulung zogen wir um nach Buchschlag vor den Toren Frankfurts, in ein riesiges, altes Haus inmitten eines ebenso riesigen Gartens, in dem Reineclauden- und Mirabellenbäume standen, Buschbohnenhecken und Rosenbeete. Die Gemeinde nannte sich 'Villenkolonie'; darauf war man stolz.

Mein Vater war Redakteur bei einer Frankfurter Tageszeitung und beim Rundfunk. Gelegentlich wurde ich dazu verdonnert, eine seiner Sendungen zu hören, die er selbst aufnahm und für die mir das Verständnis fehlte. Tiefgründige politische oder kulturelle Analysen waren in jungen Jahren nicht meine Welt. Er arbeitete größtenteils zu Hause, in den beiden zur Straße gelegenen Zimmern im Erdgeschoß. Dessen ungeachtet war mein vorherrschendes Gefühl, dass er nie da war, nie präsent. Er war bemüht um seine Kinder, aber er war kalt und emotional schwer zugänglich; Kriegsgeneration, Notabitur 1941, noch vor Kriegsende zur Armee eingezogen. Aus dem Krieg brachte er eine Kopfverletzung mit.

„Mein Papa hat entweder Kopfweh, oder er hat keine Zeit“, verkündete ich als kleiner Junge häufig. Die Familie fand das drollig.

Meine Mutter mit ihrer brasilianischen Herkunft war das exakte Gegenteil, eine lebenslustige, dunkelhaarige Frau, die in jungen Jahren sehr schön gewesen sein muss. Sie gab ihren Beruf als Apothekerin auf, als mein Bruder Nils sechs Jahre nach mir geboren wurde, und begnügte sich mit ihrem Hausfrauen-Status. Sie ging gerne tanzen und ins Kino und liebte Gesellschaften – alles das, was mein Vater nicht mochte oder gar verachtete. Ich hatte bis an ihr

Lebensende eine enge Bindung zu ihr, unterbrochen von Phasen heftiger Aggression und Ablehnung gegen ihr ultra-impulsives, gefühlsgesteuertes Naturell, das zudem bar jeder Logik war. Mein zweiter Bruder Sven kam acht Jahre nach mir zur Welt.

Ich war ein guter Schüler – bis zu den Ereignissen, um die es bald gehen wird. Die ersten vier Klassen der Volksschule, die damals so hieß, habe ich als spielerisch in Erinnerung. Mehr als diese vier Jahre bot die Buchschläger Schule nicht, danach trennten sich die Wege unseres Jahrgangs. Das Gros wechselte aufs Gymnasium nach Langen, der nächsten Bahnstation. Meine Freunde Alfred und Hans-Jürgen kamen aufs Frankfurter Goethegymnasium, im 'Lessing' wurde außer mir nur mein Kumpel Rainer angemeldet. Für alle 'höheren Schulen', wie sie hießen, war eine Aufnahmeprüfung obligatorisch – die mir wie ein aufregender sportlicher Wettkampf erschien.

Die ersten Jahre dort gestalteten sich ebenso problemlos. Mathe und Physik waren nicht meine Favoriten, aber eine Drei in den Zeugnissen die Ausnahme, ein dunkler Fleck. Wegen der 15 Minuten Zugfahrt galten wir als 'Fahrschüler', ein Sonderstatus gegenüber den Kameraden, die ihren Schulweg mit der Straßenbahn oder zu Fuß zurücklegten. Ich hatte den gleichen Deutschlehrer wie mein Vater, ein weiser, älterer Herr, der mich nach Kräften förderte.

Frankfurt lag nicht mehr in Trümmern, als ich dort 1960 eingeschult wurde, doch führte mein Schulweg noch an Ruinengrundstücken vorbei. Das Theater spielte im Haus der Börse, im Stadion trainierten Marika Kilius und Hans-Jürgen Bäumler, Armin Hary lief seinen 10,0-Weltrekord. Adenauer regierte und die CDU, denen mein Vater eine tiefsitzende Abneigung entgegenbrachte.

Unser Wohnort Buchschlag war eine heile, in Watte gepackte Welt – wenn man zu dem Zirkel der Intellektuellen oder des alten Geldes gehörte. Es gab eine 'Margarinenseite' jenseits der Bahnhofstraße mit den beiden neu errichteten 'Blocks' – mehrstöckige Klötze mit engen Etagenwohnungen, in denen mehrheitlich Kriegsflüchtlinge wohnten und die unterschwellig als anrüchig galten. Aber auch auf der Butterseite herrschte 15 Jahre nach Kriegsende nicht ausschließlich Oberschichten-Wohlstand. Die Damen Martino, zwei unverheiratete Schwestern jenseits der 50, fuhren mit einem kleinen Leiterwagen Drogerieprodukte aus, die sie in ihrer dunklen Wohnung im Souterrain lagerten, Kernseife, 8x4-Puder, Trockenshampoo. Eine kuhgesichtige Frau Wahlert mit krausem, grauschwarzem Haar und diesen billigen kleinen Goldohrringen, die ich nur von Ost-Flüchtlingen kannte, lieferte frühmorgens auf einem alten Fahrrad mit Anhänger Moha-Milch in Flaschen bis vor die Haustüre. Die SPD kam vor Ort nie über 15 Prozent. Der Autoverkehr war minimal, ich lief nachmittags Rollschuhe auf der Hainertrift, in der wir wohnten und wo ich nur gelegentlich einem Fahrzeug ausweichen musste. Als wir herzogen, waren noch etliche der repräsentativen Villen von amerikanischen Armeeangehörigen besetzt. Zwei der Offizierskinder gingen in meine Volksschulklasse statt in die US-Schule auf der nahen Air Base, saßen an den Pulten neben den Flüchtlingskindern aus Schlesien und Ostpreußen, die ebenso wenig Deutsch sprachen, aber anders gekleidet waren und im Unterricht kein Kaugummi kauten.

Heile Welt. Keine Drogen, keine Verbrechen, die Nachkriegsarmut für uns privilegierte Akademikerkinder nur sichtbar, wenn beispielsweise der Zug in die Stadt vor der Mainbrücke an einem roten Signal hielt und wir hinunterschauten auf die Notunterkünfte am Mainufer, Nissenhütten und ausrangierte Bahnwaggons, in denen auch 15 Jahre nach Kriegsende noch Menschen wohnten. Ich war sexuell viel früher wach, als es mir bewusst war, hatte Antennen für dunkle Reize. In den Armenwohnungen da unten vermutete ich instinktiv mehr Aufregung und Körperlichkeit als in meinem beschaulichen Buchschlag. Dieses erotische Faible fürs Proletariat war deutlich und stark.

Dass ich schwul werden würde, ließ sich für ein geübtes Auge schon erkennen, als ich sieben oder acht Jahre alt war. Ich war ein wilder Junge, ja; kein Baum, auf den ich nicht kletterte und keine Höhle im Sand der Kiesgrube, in die ich mich nicht hineingewagt hätte. Doch genauso schnitt ich mit meiner Freundin Heidemarie Frauen aus dem 'Quelle'-Katalog aus, für die wir Kleider entwarfen. In der vierten Klasse wünschte ich mir eine Modelleisenbahn zu Weihnachten; in der dritten war es eine große Negerpuppe – die damals genau so hieß, und die ich auch bekam. Ich war ein Ass im Sport; man konnte mich ins Tor stellen, ich gewann regelmäßig über 50 Meter Sprint und im Weitsprung. Doch das Ballett der Städtischen Bühnen war eher mein Traum als Eintracht Frankfurt.

Ich habe selbst früh gespürt, wo 's mit mir hinging. In der sechsten Klasse schwärmte ich heimlich für Dieter Wehnert; stieg seinetwegen zwei Haltestellen früher aus der Straßenbahn aus und lungerte wartend vor seinem Zuhause herum, um dann ein Stück des Schulweges gemeinsam mit ihm zurückzulegen. Mit Peter Vogel hielt ich auf der Nachtwanderung im Schullandheim auch mal Händchen, statt nur Arm um Arm zu marschieren, und er drückte mir einen schüchternen Kuss auf die Wange. Das war das Äußerste der Gefühle.

Mit 13 gab 's auch die ersten Freundinnen. Musste sein, sonst hätte ich meinen Status in der Klasse riskiert. Als ich die Masturbation entdeckte, war die Richtung festgelegt. Mit zwölf zwang ich mich manchen Monat dazu, beim Masturbieren an Frauen, nicht an Jungen zu denken. Der Erfolg war marginal.

Der Frühling brach an. Im Februar war ich 13 geworden. 1963, als es in den Freibädern noch streng nach Geschlecht getrennte Umkleiden aus Holz gab. Die kleinen Gucklöcher im Nachbarort Sprendlingen hatte ich schon im Jahr davor entdeckt, aber dass sie meine komplette Aufmerksamkeit für ganze Nachmittage erregten, das hatte erst vor zwei Wochen begonnen. Man nutzte die Kabinen noch, zog sich nicht nachlässig auf der Wiese oder am Beckenrand um, wie 's 20 Jahre später Sitte wurde.

An diesem Nachmittag spät im April sind zu viele meiner Schulkameraden aus der Volksschule vor Ort, als dass ich meinem neuen Hobby ausgiebig frönen könnte. Erst beim allgemeinen Aufbruch in den frühen Abendstunden gelingt es mir, mich in meine Lieblingsumkleide zu verkrümeln – die mit richtig vielen und strategisch günstigen Astlöchern.

Ein bullig heißer Tag, viel Betrieb im Bad. Der erste neben mir, dem ich voll auf den Schwanz schauen kann, ist ein amerikanischer GI mit rasierter Glatze, der jedoch schnell seine Trainingshose überstreift und wieder raus ist. Nicht anders die nächsten, mal ein Blick auf ein entblößtes Glied, einen nackten Hintern, und weg sind sie. Niemand, der länger drinbleibt, gar an sich rummanipuliert.

Bis auf der Seite rechts von mir leise die Tür geht, vorsichtig jemand abschließt. Ich warte kurz, bis ich durch den unauffälligsten Spalt nach drüben schaue. Auf der Bank sitzt ein Junge etwa in meinem Alter, der prüfend die Löcher beobachtet. Er trägt ein buntes Hemd, nicht zugeknöpft; mehr kann ich nicht erkennen. Kurze blonde Haare. Er lehnt sich auf der Bank weiter nach vorne, näher zur Wand. Weiß, dass ich da bin. Und geht dann mit seinem Auge an das gleiche Loch, durch das ich schaue.

Ich weiche erschrocken zurück. Was passiert jetzt? Warte ab, reglos, verstecke mich nicht; er hat mich eh gesehen. Als wir die Plätze an dem gleichen Guckloch wieder wechseln, steht er auf. Zieht sein Hemd aus, wirft 's auf die Bank. Er trägt eine dunkelrote, ausgeleierte Badehose, vorne gut ausgebuchtet. Schwimmshorts gab 's noch nicht. Er überzeugt sich, dass ich noch da bin, dann zieht er die Hosen runter. Entblößt einen halb steifen Penis. Er mag kleiner sein als ich, aber er hat schon ein kräftiges Büschel Haare da unten, dichter als meines. Braungebrannt, mit einem hellen weißen Streifen von der Badehose. Er bückt sich, schaut rüber.

Ich bin unsicher. Was soll ich tun? Auf ein aufforderndes Nicken von ihm stelle ich mich auch hin, zeige ihm meinen Steifen. Als ich wieder dran bin, hat er langsam zu onanieren begonnen. Überzeugt sich mit Blicken schräg runter auf das Loch, ob ich ihm zugucke. Es braucht Mut und Überwindung, es ihm nachzumachen, mich genauso zu zeigen. Außer einem schüchternen Schwanzvergleich mit Rainer und Hans-Jürgen hatte ich bisher nicht das kleinste Erlebnis dieser Art. Es war auch noch ein Jahr hin, bis ich 's mit Rainer über den Aktbänden seines Vaters gemeinsam gemacht habe. Vage Fantasien, und seit Wochen diese Spannereien nach anderen Jungs aus dem Ort, sonst nichts.

Soll ich abfeuern, oder passiert noch etwas? Als ich ihn wieder beobachte, greift er nach Slip und kurzen Hosen. Zieht fragend die Augenbrauen hoch. Was ist? Er will mir durch das Loch etwas sagen, aber ich verstehe nichts, der Lärm des Badetriebs ist zu laut. Ein Kopfnicken Richtung Tür, mehrmals. Er ist fertig angezogen. Jetzt lacht er. „Ja? Komm!“, höre ich ihn raunen, lauter. Dann verlässt er langsam die Kabine.

Ich bleibe ratlos sitzen. Ich will ihm hinterher, klar, aber was soll dann passieren??? Durcheinander; überrumpelt. Ziehe mich langsam an. Als rechts und links wieder die Türen klappern, mag ich nicht länger spannen.

Der Junge steht oben am Ausgang, tut als beobachtet er das Schwimmbecken, fixiert aber die Reihe der Kabinen. Er trägt weiße Shorts, das bunte Hemd, braune Sandalen mit Socken. Hat eine weiß-blaue Reisetasche umhängen mit dem schwungvollen Schriftzug einer Airline. Höchstens 15, mutmaße ich. Habe ihn noch nie hier gesehen. Er mustert mich ernst, kein Lächeln mehr. Dreht sich Richtung Ausgang und Drehkreuz, prüft mehrmals, ob ich ihm folge.

Vermutlich ist er aus dem Ort, Sprendlingen. Arbeiterklasse; anders als im feinen, drei Kilometer entfernten Buchschlag. Meine Eltern hassen es, wenn ich mit Jungs von hier anbandele. Schließlich schicken sie mich auf ein humanistisches Gymnasium! Letztes Jahr zu Pfingsten ließen sie mich als einzigen aus unserer Villenkolonie zu einer christlichen Pfadfinderfreizeit mitfahren, sonst nur Jungen aus Sprendlingen und Dreieichenhain. Rainer Haller durfte nicht mit. Zurück, hatten die Spitzenplätze meiner besten Freunde zwei von ihnen belegt, Herbert und Rolf, die beide nach ihrem Achte Klasse-Volksschulabschluss eine Lehre machen würden, einer als Tankwart, der andere als Verkäufer bei 'Peek & Cloppenburg'. Mir war klar, dass es die Zustimmung zu einem weiteren Ferienlager nicht geben würde. Klingelte einer von den beiden samstagnachmittags, um mich abzuholen, brach die Familie urplötzlich nach Frankfurt auf, in den Zoo oder in den Zirkus – etwas, wozu uns sonst allenfalls die wohlhabenden brasilianischen Patentanten einluden. Damit ich bloß nicht mit den Schmuddelkindern spielen würde – die mir wesentlich besser gefielen als die Arzt- und Bankierssöhne vor Ort.

Mit Herbert gab 's vorm Schlafengehen im Zelt mal einen kurzen Blick auf seinen nackten Unterkörper im Schlafsack, mit Rolf ein schüchternes Sich-Zeigen beim Umziehen nach einem Tag am Waldsee. Vielleicht lag mehr in der Luft, doch wir waren zu schüchtern. Mit dem älteren 'Rudelführer' einen hingehauchten Kuss vom Feldbett neben meinem, als die Lichter aus waren. Mehr kann ich mir nicht vorstellen, als ich mich jetzt durch das Drehkreuz auf die Straße schiebe.

Der Bub wartet oben an der Ecke bei den letzten Häusern des Ortes. Geht ein paar entschlossene Schritte, als er mich sieht, dreht sich wieder um. Planlos hole ich erst mal unten in die Senke zwischen den Bäumen mein Fahrrad.

Er ist hinter dem ersten Fachwerkhaus verschwunden, taucht wieder auf, als ich eben aufs Rad steige. Verschwindet erneut aus meinem Sichtfeld, als er sich überzeugt hat, dass ich nachkomme.

Wie von einer Zauberformel hypnotisiert folge ich ihm, aufgeregt und verwirrt, vorbei an unbewohnten, verfallenen Häusern, hinter denen Kornfelder sichtbar werden und hier und dort ein einzelner Baum. Das Straßenpflaster geht über in einen steinigen Feldweg. Der Typ ist bereits weit entfernt zwischen hohen Halmen, biegt um eine Kurve. Ich tue, als sei ich absichtslos auf diesen Weg geraten, steige ab und lasse meinen Blick über das Korn schweifen, radele freihändig weiter. Einmal ist er nicht mehr zu sehen, steht aber nach der zweiten Kurve wartend an einem mit Grasbüscheln bewachsenen Pfad, der zu einem Baum führt. Ich zockele an ihm vorbei. Er mustert mich still und ernst. Schön ist er. Wirkt nicht so hart und bäuerisch wie andere Sprendlinger. Ich bin so aufgeregt! Ich drehe um, bremse. Steige ab, die Fahrradstange zwischen meinen Beinen.

Er kommt zu mir geschlendert bis knapp vor mein Vorderrad. Bleibt stehen, betrachtet mich prüfend und ernst. Es gelingt mir nur für einen Moment, den Blick zu heben und ihm in die Augen schauen.

„Bist du ‘n Ausländer oder was?“, fragt er rau, ungehobelt – und als sei Alarm ausgelöst worden, setze ich mich auf den Sattel und trete in die Pedale, düse davon. Schaue mich nicht um. Vorbei am Bad, auf die Hauptstraße, bei Rot vorne über die Kreuzung. Fast in Buchschlag, halte ich an einer Bank an. Mein Herz rast. Muss mich erst wieder einkriegen, noch nicht fit für das Geplapper meiner Mutter und den Radau meiner beiden jüngeren Geschwister.

Er sah so toll aus! Ich hätte ihm zwischen seine kräftigen Beine langen mögen, an seinen Hosenlatz. Ihn anfassen. Ihn küssen. Ich weiß nicht, wie das gewesen wäre, aber das hatte ich mir vorgestellt; gewollt. – Warum bin ich abgehauen?? Warum um alles in der Welt bin ich Idiot abgehauen??!!?

2

In den frühen 60ern debütierte eine Zeitschrift namens ‘twen’, ein modern aufgemachtes Magazin mit einem graphisch neuartigen Layout, das mein Vater gelegentlich auf dem Couchtisch herumliegen ließ. Im Monat März zierte das Cover die Fotoserie einer Frau, die sich Bild für Bild langsam auszog – züchtig 60er-Jahre-gerecht – und auf dem letzten, vorgeblich nackt, den Betrachter mit traurigem Gesicht und Schmollmund anschmachtete; darüber groß der Titel ‘§175’. Ich hatte eine sehr vage Ahnung, worum es ging. Die Titelgeschichte war merkwürdig theoretisch, befasste sich mit Fallbeispielen aus Großbritannien und zitierte Paragraphen und Urteile vornehmlich in Englisch, was ich nicht verstand. Ich hatte mit der Lektüre gewartet, bis ich todsicher allein zuhause sein würde, war jedoch danach nicht klüger als zuvor; hatte nichts weiter erhalten als die Information, dass Mann mit Mann und anal etwas Verbotenes sei und man dafür bestraft würde, sich aber Politiker dagegen wandten und forderten, den Paragraphen 175 abzuschaffen. Ich hatte mir mehr versprochen, etwas Erhellenderes; mit meiner Welt hatte dieser Artikel nichts zu tun.

Eine gute Woche nach dem fehlgeschlagenen Erlebnis in Sprendlingen muss ich im Garten helfen und komme erst am Spätnachmittag an meinen neuen Lieblingsort. Wolken sind aufgezogen. Keine Schulkameraden in Sicht, ich kann mich unkompliziert in meine Lieblingskabine verziehen. Zunächst wenig zu sehen, nur selten voller Aufregung ein Blick auf einen schlafenden Schwanz, der schnell wieder weggepackt wird. Dann wird links die Tür geöffnet. Ein erwachsener Mann, weit weit weg von meinem Alter. Er legt seine Klamotten umständlich auf die Ablage, kramt in einer blauen Sporttasche. Dreht den Kopf in Richtung meiner Kabine. Schaut er nach den Astlöchern?? Er lehnt sich mit dem Rücken an die gegenüberliegende Wand, spielt mit seinen Händen; lässt die Finger knacken. Bückt sich langsam, und schaut durch ein Loch. Ich war nicht schnell genug; er muss mich bemerkt haben. Ich sitze splitternackt auf meiner Bank. Schaue nach ein paar Augenblicken zögernd wieder nach drüben. Er hat sich aufgerichtet, aber er fixiert die Löcher. Er trägt eine knappe blaue Badehose. Seine Beine sind stark und sehnig, braungebrannt, sein Bauch flach und fest. Definierte Brustmuskeln, aber nicht diese Bodybuilder-Ausstellungsstücke von heute. Eine große spitze Nase, ein hartes Kinn; eckige Gesichtszüge. Sein straff nach hinten gekämmtes, dichtes schwarzes Haar ist durchzogen von grauen Strähnen. Er hat nichts mit der Sorte Jungs zu tun, über die ich zwischen den Kabinen fantasiere; trotzdem macht mir diese fremde Spannung Herzklopfen.

Er geht wieder in die Hocke, schaut rüber. Ich bleibe still sitzen, verstecke mich nicht; lasse die Hände an der Seite hängen. Wenn er das größte Loch schräg vor der Bank erwischt, blickt er voll auf meine pochende Erektion, auf die ich ziemlich stolz bin.

Ich lehne mich so zur Seite, dass ich die ganze Wand im Blick habe. Lunse rüber. Der Mann pellt sich langsam aus seiner Badehose, schaut schräg nach unten dabei mit der Gewissheit, dass ich ihn beobachte. Und als er die Hosen an den Knien vorbei auf den Boden fallen lässt, gibt er den Blick auf einen großen, harten Penis frei und einen dichten Busch schwarzer, lockiger Haare.

Biegt sein Teil etwas nach unten, lässt es gegen den Bauchnabel schnellen. Komisch sieht das aus. Hat er keine Vorhaut? Man sieht die Eichel, prall und nackt, und darunter kein bisschen Haut. Seltsam. Er sieht, woher ich ihn beobachte. Ich schaue ihm direkt in die Augen.

Er guckt wieder rüber. Mein Herz klopft heftig.

Als wir uns ein weiteres Mal abwechseln, fordert er mich von drüben auf, auch mal aufzustehen.

Ich tue ‘s. Stelle mich hin und schaue, wie er reagiert. Er grinst. Leckt sich lächelnd über die Lippen. Kommt ganz nah an den winzigen Spalt zwischen zwei Bohlen.

„Wie alt bist du?“, raunt er leise.

Ich bin zu ängstlich, um laut zu antworten. 13, signalisiere ich mit den Fingern.

Ich höre ihn mit der Zunge schnalzen. „Dreh dich mal um“, raunt er.

Was soll das? Ich drehe mich um.

„Nein, geh näher an die Wand drüben. Zeig mir deinen Hintern.“

Okay, mache ich. Wozu das?

„Stell dich ein bisschen breitbeiniger hin.“

Er ist so laut! Ich hab Angst, dass ihn jemand hören kann. Was wird das hier eben?

Ich schaue rüber, und wie der Junge letzte Woche gibt er mir ein angedeutetes Zeichen mit dem Kopf, ein Nicken: Gehen wir raus? Er lächelt. Fährt sich wieder mit der Zunge über die Oberlippe. Zieht fragend die Augenbrauen hoch. Ich nicke Zustimmung, Ja, und beobachte noch, wie er in eine zerschlissene kurze Hose steigt, sich ein dunkelrotes, kurzärmeliges Hemd überstreift und lässig zwei Knöpfe schließt. Ein erneutes Nicken nach draußen, und weg ist er.

Ich zögere. Mir ist mulmig; bin trotzdem irrsinnig aufgeregt, was folgen wird. Denke an die verpatzte Chance letzte Woche. Diesmal muss ich mutiger sein. Langsam ziehe ich mich an, verlasse die Kabine.

Der Mann sitzt gegenüber dem Ausgang auf der weißen Bank und beobachtet mich. Sein Lächeln ist verschwunden. Er trägt weiße Turnschuhe ohne Socken. Die blaue Sporttasche steht neben ihm.

Ich stelle mich vor den Spiegel am Kassenhäuschen, kämme mir die Haare mit einer runden weißen Bürste aus Gummi, wie man sie damals hatte.

Er steht plötzlich hinter mir.

„Leihst du mir mal deine Bürste?“, fragt er.

Ich halte sie ihm hin, und er kämmt sich ebenfalls, fixiert mich dabei im Spiegel.

„Wollen wir ein Stück rausfahren?“, presst er leise zwischen den Zähnen hervor.

Ich nicke zögernd. Wir verlassen das Bad durch das Drehkreuz, und halb neben, halb hinter ihm folge ich ihm zu einem weißgrauen Wagen am Ende des Parkplatzes, einem Ford Taunus. Dass die Eltern meines besten Kumpels Rainer Haller das gleiche Auto fahren, gibt mir Vertrauen. Er schließt die Tür der Beifahrerseite auf.

„Bringen Sie mich später zurück?“, bitte ich. „Mein Fahrrad steht da drüben.“

„Natürlich. – Wie heißt du denn?“, fragt er, als wir auf die Landstraße Richtung Dreieichenhain einbiegen.

Ich nenne ihm meinen Namen, Andreas. Hoffentlich hat uns keiner von meinen Mitschülern gesehen!!! „Und Sie?“

„Ich bin der Daniel. Du musst nicht Sie zu mir sagen.“

Ich habe einen Steifen, seit ich die Kabine verlassen habe. Ich schiele nach seinen kräftigen Beinen, und auf seinen Hosenlatz. Ich kann mir schwer ausmalen, was geschehen wird. Auf jeden Fall möchte ich seinen großen Penis anfassen. Und ich wünsche mir, dass er mich küsst. Dass er mich fest in die Arme nimmt und mich küsst.

Meine beiden Hände liegen brav auf meinen Oberschenkeln, wie im Schulunterricht. Er legt seine rechte Hand auf meine linke, drückt sie fest. Hebt sie an seinen Mund; küsst meine Fingerspitzen. Fährt langsam mit der Zunge über meine Handfläche. Schade, dann muss er schalten und lässt mich los.

Wir zuckeln durch die engen Gassen der Dreieichenhainer Altstadt, lassen den Ort hinter uns.

Wo fährt er eigentlich mit mir hin? Ich wage nicht zu fragen.

Auf der Landstraße Richtung Urberach blinkt er plötzlich und schert nach links in einen Feldweg ein. Ich sehe nur ein einzelnes Haus in der Ferne zwischen den Feldern; schaue ihn fragend an. Er nickt stumm und biegt nach zwei Minuten in die Einfahrt des ruhig und einsam daliegenden Grundstücks ein. Öffnet eine rostige Garagentür, fährt den Wagen rein.

„Steig aus", sagt er. „Wir sind da."

„Wohnen Sie hier?"

Er zieht das Rolltor nach unten. Im Halbdunkeln packt er mit Daumen und Zeigefinger mein Kinn. „Du sollst nicht Sie zu mir sagen!" Er lacht locker und gibt mir einen Klaps auf den Po. „Da lang", und er schiebt mich in Richtung einer Tür an der Rückseite der Garage.

Das Innere des Hauses wirkt staubig und verlassen, gespenstisch still und leer. Alle Türen stehen zu einem Flur hin offen, die Rollläden sind zur Hälfte heruntergelassen, die verblichenen Gardinen vorgezogen. In der Küche befinden sich ein Spültisch und leere Einbauschränke, ein Esstisch. In einem kleinen Schlafzimmer erblicke ich zwei einzelne Betten mit bezogenen Matratzen darin, zusammengeschoben zu einem Doppelbett, neben jedem steht ein einfacher Stuhl.

Er streichelt mir den Hintern in meinen Shorts, knetet meine Pobacken.

„Zieh dich aus!", sagt er leise; küsst mich sanft auf den Hals und wirft dabei sein Hemd achtlos auf einen Stuhl.

Ich ziehe mir mein T-Shirt über den Kopf. Unter meinen Achseln wachsen seit ein paar Monaten blonde Haare. Er hält meine Arme fest und berührt mit seinen Lippen ganz leicht die meinen.

Ich habe noch nie jemanden richtig geküsst, noch nie. Dieser hingehauchte, Sekunden dauernde Lippenkontakt mit Dagmar im

Kino bei einem 'James Bond', das zählt nicht. Ich habe darüber fantasiert; mit Peter Vogel aus meiner Klasse, zum Beispiel. Aber wie 's wirklich geht, davon hab ich keine Ahnung. Und bin überrumpelt, als er einen Arm um mich legt und seine Lippen fester drücken, sich öffnen, und meine mit. Seine Zungenspitze zwischen meinen Lippen, und in meinem Mund. Mein Herz pocht wild. Mit seiner freien Hand öffnet er den Bund meiner kurzen Hosen, schiebt sie ein Stück runter, fährt mit der Hand in meine Unterhose. Klar, ich habe gehört davon, was Männer angeblich miteinander machen. Stand ja auch in 'twen'. Vorstellen kann ich es mir nicht.

Als er mich loslässt, kickt er sich die Turnschuhe von den Füßen und zieht die Hose aus, steht nackt vor mir. Zieht mir auch langsam die Hose runter, lässt aber meine Unterhose oben.

Er schiebt mich zum Bett, legt mich drauf, meine Beine baumeln über den Rand der Matratze. Er kniet sich vor mich, schiebt meine Oberschenkel auseinander. Fährt mit einer Hand über mein pochendes Glied. Drückt seinen Kopf auf meine Unterhosen. Leckt meine Oberschenkel entlang, langsam, schaut mich dabei von unten an, wie um sicherzugehen, dass ich ihm zuschaue.

Ich setze mich auf und er stellt sich vor mich hin, sein Penis frontal vor meinem Gesicht. „Darf ich ihn mal anfassen?“, frage ich unsicher. Er nickt verhalten. Ich lange vorsichtig danach. Er drückt meinen Kopf sachte dagegen.

Er zieht mich aufrecht, streift meine Unterhosen runter. Langt wie in Zeitlupe nach meinem Glied, gleitet mit der Hand daran entlang, so behutsam, dass ich ihn gerade eben spüre. Streichelt mich. Fasst mir mit zwei Fingern zwischen die Beine. Und küsst mich wieder. „Gib mir deine Zunge“, flüstert er. „Ich will dich spüren. Richtig.“

Wir stehen einander gegenüber, seine Hände überall auf mir.

Vielleicht habe ich mir das unbewusst so gewünscht. Konkret war es außerhalb meines Vorstellungsvermögens. Ich schaue ihn mit weit offenem Mund entgeistert an.

Wir lassen uns auf ‘s Bett fallen, sein linker Arm um meine Schultern. Er spielt mit mir. Ich folge ihm zögernd. Lege meinen Kopf sanft auf seine Brust; höre sein Herz pochen. Lasse mein Gesicht über die Härchen auf seiner Brust gleiten, die ein bisschen feucht sind. Ich möchte ihn … entdecken, … aber ich wage es mir nicht.

Er umarmt mich fester. Wir küssen uns lange, und vorsichtig gleite ich jetzt auch mit meiner Zunge in seinen Mund. Dann spuckt er sich in die Hand und langt so runter an mein Glied. Bombig; aber ich halte seine Hand fest.

„Kommt ‘s dir schon?“

Ich nicke schnell. „Mmh …“

„Noch nicht.“ Er lässt los; stützt sich auf einen Ellenbogen. „Das erste Mal?“

„Ja.“

Er lächelt. „Dann muss ich besonders lieb zu dir sein.“ Er dreht mich vollends auf den Rücken, schiebt sich über mich, stützt sich mit den Händen rechts und links von meinen Schultern ab. Er fährt mit der Zungenspitze meinen Hals entlang und über meine Brust. Reibt unsere Unterkörper gegeneinander. Als er das verstärkt, bäume ich mich mit einem heiseren Schrei auf, und … … Was macht er mit mir? Was macht sein Mund da unten???

Ich schließe die Augen. Ich …

Was war das gerade??! Er streckt sich neben mir aus. Ich lasse die Augen geschlossen, will ihn nicht ansehen. Geschockt. Hat er tatsächlich … ?

Seine Hand auf meinem Bauch. Ich atme heftig. Als ich die Augen aufschlage, fragt er sanft: „Too much?“

Ich habe Französisch und Latein in der Schule; kein Englisch.

Ich drehe ihm den Kopf zu. Er schaut mich an, prüfend und ernst. Im Zeitlupentempo nähert er sein Gesicht dem meinem, bis sich unsere Münder vorsichtig berühren. Verwirrt presse ich meine Lippen fest zusammen. Mehr will ich nicht.

„Du bist lieb“, murmelt er mit tiefer Stimme an meinem Ohr. „Sehr lieb.“

Der Windhauch durch das offene Fenster streicht über mein Gesicht und meinen Hals und kühlt mich ein wenig ab. So ist das, wenn man es mit einem Mann macht? Ich bin völlig verwirrt, überrumpelt, auch geschockt. Hatte keinerlei Vorstellung, was mich erwarten würde.

„Im Keller sind drei Kästen Bier“, sagt er. „Willst du ‘n Bier?“

Ich habe noch nie Bier getrunken. Ich zucke unbestimmt mit den Schultern, was ein Ja oder ein Nein bedeuten könnte.

„Ja?“

„Okay“, sage ich unentschlossen.

Er erhebt sich vom Bett. Im Türrahmen bleibt er stehen, grinst mich an. Wir sind in den 60ern: da war nichts mit FKK an jedem Badesee, mit Filmschnipseln, die jedes Grundschulkind aufs Smartphone laden kann. Es ist das erste Mal, dass ich einen erwachsenen Mann frontal nackt vor mir stehen sehe, groß und muskulös und behaart. Es regt mich ungeheuer auf; mein Pullermann wird schon wieder hart.

Ich höre Daniel zwei Türen schlagen und weit weg mit Flaschen klappern. Das muss im Keller sein. Er steigt die Treppen rauf und sucht nach etwas nebenan in der Küche. „Scheiße“, schreit er, „kein Flaschenöffner da!“ Er benutzt das Fensterbrett im Schlafzimmer, wobei ein Stück abbricht. „Da kommt ‘s nicht mehr drauf an“, lacht er. Reicht mir eine Flasche und zeigt feixend auf mein wieder aufgerichtetes Glied. Nimmt meinen rechten Fuß in die Hand, küsst die

Fußsohle, nuckelt an meinem großen Zeh. Dann prosten wir uns zu, lassen die Flaschen aneinanderschlagen.

„Bist du aus Sprendlingen?"

Ich schüttele den Kopf; „Buchschlag."

Er runzelt die Stirn, sagt aber nichts.

„Ist das Ihr Haus?"

Er zwickt mich in den Unterschenkel. „Wie heißt das??!!"

„Was … Ah … Ist das … Dein Haus?" Fällt mir schwer.

„Zu verkaufen. Suchen deine Eltern vielleicht eine Geldanlage?" Er korrigiert sich schnell: „Deine Eltern lassen wir aus dem Spiel." Das ist sicher besser so.

Es ist seltsam und fremd, wie er mich nicht nur überall anfasst, sondern auch überall ableckt. Meine Oberschenkel rauf, und meine Hoden; das Stück links und rechts vom Sack. Ich find 's bombig, irre; in meinem Inneren toben eng nebeneinander ein Fortissimo aus Alarm und Euphorie, aus Höllenangst und körperlicher Ekstase. Ich lasse mich auf die Matratze fallen, schließe die Augen. Lege meine Hände auf seinen Kopf und fahre durch seine Haare.

Er schlingt seine Beine um meine. Unser beider Schweiß glitschig auf unseren Körpern, unser Atem geht im gleichen Rhythmus. Sein einer Arm fest um meinen Rücken, die andere Hand knetet meine Pobacken. „Andreas", murmelt er. „Andreas."

Was erzähle ich nachher zu Hause, wo ich war, lange nachdem das Schwimmbad zugemacht hat??? Wir schreiben morgen Mathe, ich müsste diesen Kram mit dem Wurzelziehen noch mal durchgehen. Die Sonne draußen über den Feldern ist untergegangen.

Er steht vom Bett auf. „Noch 'n Bier?"

Ich nicke. Mir fällt eine Ausrede ein, für zu Hause: mit Rainer und Hans-Jürgen Bier getrunken, das erste Mal. Das wird bei den Alten durchgehen.

Ich höre ihn nebenan pinkeln. Er hat den Rollladen im Zimmer hochgezogen und die Fenster weit geöffnet. Ich beobachte mein Spiegelbild in den Fensterscheiben. Ich find mich selber scharf. Meine kurzen blonden Haare. Den dunklen Bart auf der Oberlippe, neu seit ein paar Monaten. Werde ich nicht abrasieren, wie 's der blöde Zahnarzt mir nahegelegt hat; „Halbstarkenbart", hat er das genannt. Und ich habe trainierte Arme und eine kräftige Brust, nicht so männlich wie Daniel, aber ich bin zufrieden. Man sieht, dass ich gut in Turnen bin. Auf die blonden Härchen auf meinen Beinen bin ich auch stolz.

Daniel kommt zurück mit zwei vollen Flaschen. Ich trinke meine in einem Zug halb leer. Wirkt schnell. So will ich 's, will mir Mut antrinken. Unsicher, mit welchen Überraschungen er mich noch überrumpeln wird.

Wir stehen am Fenster und schauen hinaus in die Dämmerung. Er legt einen Arm um meine Schultern. „Wird das spät für dich? Musst du nach Hause?"

„Irgendwann muss ich heim, ja."

„Fragt jemand?"

„So streng sind sie nicht. Nö. Das geht schon."

„Wir sehen uns oft, ja? Ja, Andreas?"

Ich nicke.

„Und das ist echt das erste Mal?"

Ich nicke ganz entschieden.

„Keine Erfahrung?" Er lacht unsicher. „Ich glaube, du schwindelst mich an."

Was soll das denn. „Tue ich nicht."

„Das bleibt unter uns, hier" – und er deutet mit dem Daumen auf das Bett im Hintergrund-, „ist das klar? Unser Geheimnis. Versprochen?"

„Versprochen."

Mein erster Freund! Und kein Bub aus meiner Klasse, sondern

ein richtiger, erwachsener Kerl. Und ‘Wir sehen uns oft’, hat er gesagt …

Ich lange nach der Flasche, die er zwischen Bettgestell und Matratze geklemmt hat, trinke noch ein paar Schluck. Das Bier steigt mir zu Kopf. So will ich ‘s.

Er stellt sich hinter mich, eng. Knetet meine Pobacken; das scheint er zu mögen. Ein Schauern durchfährt mich, und es dauert nicht lange, bis ich laut aufstöhne. Er dreht mich schnell um, kniet sich hin. Ich schließe die Augen, und ich lasse ihn mit mir machen, was er will.

Dann fallen wir ausgepowert nebeneinander aufs Bett. Er greift nach meiner Hand, hält sie, drückt sie fest. Schweigen. Das Zirpen der Grillen von draußen; ein Traktor, in der Ferne.

„Geht ‘s dir gut?“, fragt er leise, ohne sich zu mir zu drehen.

„Gut.“

„Alles okay?“

„Ja“, flüstere ich.

Wie vor Stunden im Auto führt er meine Hand an seinen Mund, küsst sie. „Andreas …“, murmelt er, und summt „13 Jahr … Blondes Haar …“

„Können Sie mich dann zurückfahren, nach Sprendlingen?“

„Nee, du musst laufen. Oder noch besser, ich schließ dich hier ein. Dann bleibst du bei mir.“

Machen Sie ‘s doch, möchte ich sagen. Tue ich natürlich nicht.

Mein Vater ist 41. Könnte glatt sein, dass Daniel älter ist. Er hat schon graue Haare. Scheißegal; dann ist er halt älter.

Wir sind schweigsam auf der Fahrt zurück. Als er hinter einem LKW warten muss, dreht er sich zu mir und schiebt den Ärmel meines T-Shirts hoch und fährt mit der Zungenspitze über meine Schulter.

Mein Fahrrad ist das einzig übriggebliebene im Radständer am Bad.

„Wo kann ich dich finden?“, fragt er, als ich aussteige.

„Hier.“ Ich nicke in Richtung der Umkleidekabinen, der hölzernen Wände. „Im Schwimmbad. Ich bin fast immer hier. Außer, wir haben zu viel auf in der Schule.“

„Wo wohnst du, in Buchschlag?“

Ich zögere. „Hainertrift.“ Er wird nicht einfach dort auftauchen! Oder?

„Tschüss, Kleiner. Schön war ‘s. Danke.“

„Tschüss.“ Hab ‘nen Kloß im Hals, als er die Auffahrt zur Hauptstraße rauffährt. Diesmal biegt er nach rechts ab, nicht wie am frühen Abend mit mir zusammen nach links. Es gefällt mir nicht, wieder allein zu sein.

Ich schließe fahrig das runde Schloss aus Gummi auf, schiebe meinen Rucksack auf den Rücken. Mache mich langsam auf Richtung Heimat; will gar nicht nach Hause. Fahre Schlangenlinien auf der Straße. An einer Trauerweide halte ich an, setze mich auf die Bank darunter. Neun Uhr ist durch, es ist dunkel. Falls ich stark nach Bier rieche, kommt mir das entgegen. Das ist die Story, die ich den Alten auftischen werde. Doch ich befürchte eher, dass ich ganz stark nach Daniel rieche. Ich spüre seinen Geruch auf meiner Haut. Und ich will, dass der an mir bleibt, die ganze Nacht und länger.

Mühsam schwinge ich mich wieder auf den Sattel. Diese komplizierten Aufgaben in Mathe, das wird heute nichts mehr. Dafür hatte ich mein erstes Erlebnis mit einem Mann. Es hat mich überrumpelt. Ich kann gar nicht glauben, was in den letzten Stunden passiert ist.

Allerdings wachsen meine Zweifel, ob das in Ordnung war, als es mir gekommen ist und er das in seinem Mund hatte. Dr. Fischbach hat uns in Biologie erzählt, was für eklige Krankheiten man kriegen kann, wenn man zu früh Unzucht treibt und Geschlechtsverkehr hat. Ich wollte nicht zuhören, es war zum Fürchten, und seine Horrorgeschichten nahmen kein Ende. Zwei komplette Schulstunden lang. Jetzt macht es mir Angst. Wenn wir das auch kriegen, Geschwüre, Geisteskrankheiten? Mama hat ein Buch unten im Regal stehen, ‘Die Frau als Hausärztin’. Vielleicht hilft mir das weiter.

3

Eine Woche lang regnet es; nix mit Freibad. Die Woche drauf schreiben wir zwei Klassenarbeiten, und am Sonntag werde ich konfirmiert. Die Zeit reicht gerade aus, um einmal mit Hans-Jürgen trainingsmäßig unsere 30 Bahnen zu kraulen, hin zum Bad und gleich danach zurück. Es ist kühl, Bad und Becken sind menschenleer. Schaue mich um nach Daniel, erwarte nicht, ihn zu entdecken und bin trotzdem enttäuscht, dass er nicht da ist.

Habe Sehnsucht nach ihm. Es war toll, von einem Mann in den Arm genommen und geküsst zu werden, mich an ihn zu drücken. Hole mir jeden Tag einen runter mit dem Gedanken an sein dickes Glied. In Mamas Buch habe ich nicht nachgeschaut. Wenn wir uns wiedersehen, wird Daniel mir alles erklären,

Am Konfirmationssonntag kommen die Großeltern von Papas Seite angereist und die beiden Patenonkel, außerdem Avo, die brasilianische Oma, und Tante Zaire mit ihrem komischen Akzent. Mit meiner Mutter war ich aus diesem Anlass in Frankfurt bei 'Ott & Heinemann', und sie hat mir einen dunkelblauen Anzug gekauft; meinen ersten.

In feierlicher, frommer Stimmung versammelt sich die Verwandtschaft auf dem Platz vor der Kirche und drängelt sich inmitten der anderen Familien zum Portal. Als sich meine Gruppe bis zum Eingang vorgekämpft hat, erspähe ich einen elegant gekleideten Mann, der in einem hellblauen Sommermantel wartend an der Tür steht, die Hände auf den Rücken gelegt.

Daniel.

Unsere Blicke treffen sich. Wir zeigen beide keinerlei Reaktion des Erkennens, nichts, aber mir wird heiß und schummerig vor Augen, als würde der Boden unter meinen Füßen weggezogen.

Der Familienclan schiebt mich dicht an ihm vorbei; ich könnte ihn berühren. Was macht er hier? Ich bekomme Angst, dass mir etwas Grauenhaftes passieren könnte, jetzt gleich während des Gottesdienstes; fürchterliche Angst. Des Pfarrers Predigten über Unkeuschheit und Gottes Wille sind ein Jahr lang an mir vorübergezogen, ohne dass sie eine Bedeutung bekommen hätten. Meine Eltern nehmen das selbst nicht ernst, nur die brasilianischen Tanten. Wir beten nicht zu Hause oder lesen die Bibel. Gibt es diesen Gott am Ende doch? Ist er hinter mir her, war der Abend mit Daniel eine Prüfung und folgt jetzt seine wütende Strafe, weil ich auf ganzer Linie versagt habe? War das Erlebnis in dem fremden Haus etwas streng Verbotenes, das grauenvolle Konsequenzen nach sich zieht? Ich bin 13! Ich habe keine Ahnung, wie ich das einordnen soll. Warum steht der erste Mann, den ich angefasst habe, bei meiner Konfirmation am Eingang zur Kirche!? Warum!?

Wie abgemacht versammeln sich die 14 Konfirmanden mit dem Pfarrer vor der Sakristei.

„Ist dir nicht gut?“ Heike Reisinger dreht sich zu mir. „Du bist käsig weiß. Du siehst aus, als ob …“

„Nee, nicht gut“, stammele ich.

„Herr Pfarrer?“ Heike ruft nach dem Pastor. „Der Andreas sieht aus, als ob er gleich umkippt.“

Pfarrer Jahnke eilt zu mir, legt mir eine Hand auf die Schulter. „Große Güte, wie du schwitzt. Bist du krank? Setz dich mal hin.“ Er dirigiert mich zu einem Stuhl. „Der fällt uns noch um! Ich hol dir ein Glas Wasser.“ Er verschwindet in seinem Büro im hinteren Teil der Eingangshalle.

Alles dreht sich; mir ist schwindlig und übel. So kann ich nicht durch das Kirchenschiff marschieren. Ein paar Meter entfernt verschwindet Daniel mit einer aufgedonnerten blonden Frau am Arm im Inneren des Kirchenraumes. Wenn dieser Gott nicht schnell Erbarmen hat, werde ich Daniel in den nächsten Minuten nicht dort hinein folgen.

Aber Gott hat Erbarmen. Herr Pfarrer bringt mir ein Fläschchen mit Tropfen, ein Glas. „Arnika“, erklärt er, „das hilft dir schnell auf die Beine. Trink vorher ein Glas Wasser.“ Er wartet. „Geht’s wieder?“

Ich nicke tapfer.

„Du musst dich nicht aufregen. Du wirst konfirmiert, du wirst in die Gemeinschaft des Herrn aufgenommen. Das ist etwas Wunderschönes! Habe ich euch doch erklärt.“

Ich stehe langsam auf, wobei ich mich an der Rückenlehne des Stuhles festhalte. Meine Beine sind weich wie Wachs; wenigstens hat sich der Brechreiz gelegt.

Wir sind spät dran, die Gemeinde wartet. Der Küster hat schon die Kirchentüre geschlossen.

„Hör mal“, fordert Pfarrer Jahnke Karin Poth auf, neben der ich einmarschieren soll, „du passt bitte auf ihn auf. Hak ihn unter, falls er schwächelt. Verstanden?“

Karin mustert mich von der Seite, von oben bis unten. „Der schwitzt wie ein Tier! Der ist ganz nass. Das kriegt mein neues Kleid ab. Nee, das mache ich nicht.“

Barbara Walch, die ich sowieso lieber mag, schiebt sie beiseite. „Ich übernehme das, Herr Pfarrer“, und sie greift nach meinem Arm. „Keine Sorge. Ich habe zwei jüngere Brüder, die hatten bei der Einschulung auch furchtbares Lampenfieber.“

Donnerndes Orgelspiel erfüllt die Kirche. Wir setzen uns in Gang, Barbara eng neben mir, hinter uns Michael Boin und die ausgewechselte Karin Poth. Blöde Kuh. Selbst ihr eigener Bruder erzählt im ganzen Ort herum, wie bescheuert die ist. Wenn ich daran denke, geht ‘s mir glatt etwas besser.

Die Konfirmanden sitzen in der ersten Reihe, an der Seite der

Pfarrer. Daniel habe ich entdeckt vier Reihen hinter uns, ganz außen. Er hat mich nicht angeschaut.

Die Predigt, die Lieder und Gebete ziehen an mir vorbei, ohne dass ich etwas davon mitbekäme. Mein Unterhemd klebt kalt und feucht an meinem Rücken, selbst meine Strümpfe sind nassgeschwitzt. Unter den Achseln meines neuen Anzugs haben sich hässliche dunkle Flecken gebildet.

Barbara schubst mich von der Seite an. „Geht ‘s wieder? Musst das nicht so ernst nehmen, die Konfirmation, und den ganzen Käse mit Gott.“

Weiß nicht. Mir scheint eher, Gott will mir heute eine Lektion erteilen, dass ich ihn sehr wohl erst nehmen soll. Ich schwöre mir, dass ich mit keinem Mann jemals wieder etwas machen werde. Mit keinem. Auch nicht mehr stundenlang durch die Löcher in den Kabinen schauen. Damit wird Schluss sein.

Als die ellenlange Predigt sich dem Ende nähert, fällt mir allerdings ein, dass der Pfarrer uns vor solchen Schwüren ausdrücklich gewarnt hat. Mit der Geschichte von einem jungen Soldaten, der im Krieg während eines Angriffs im Schützengraben lag und um sein Leben bangte und Gott schwor, dass er Priester wird, wenn er überlebt. Und der überlebte und Priester wurde, und außerdem ganz schwerer Alkoholiker. Weil der Schwur zu schwer für ihn war und ihn erdrückte.

Barbara knufft mich wieder in die Seite. „Oder?“, lächelt sie verschmitzt. „Was der Pfaffe erzählt, sind doch Märchen für Kindergartenkinder. Bei uns zu Hause lachen sie da alle drüber. Die Orgie hinterher ist das Wichtige. Sagt mein Papa auch.“

Orgie würde ich unsere Familienzusammenkunft nicht nennen. Mama hat beim Metzger Wagner Rollbraten bestellt. Zum Kaffee gibt ‘s Buttercremetorte und Streuselkuchen.

Barbara feixt immer noch, altklug und aufgeklärt. „Hast du

schon Geschenke geöffnet?“, fragt sie flüsternd. „Ich habe von meiner Patentante 100 Mark gekriegt. 100 Mark!“

Tut gut, sie neben mir zu wissen. Meine Furcht nimmt sie mir indes nicht. Was will Daniel hier?! Wenn er den Pfarrer warnen wollte, dass er so einen wie mich nicht konfirmieren darf, hätte er das nicht vorher getan? Will er mir nur einen Schrecken einjagen? Wieso weiß er, dass ich heute konfirmiert werde? Er war doch ein total Netter.

Kann mir absolut keinen Reim drauf machen.

Für den Gang zum Altar und den Konfirmationssegen sollte jeder zwei Begleiter auswählen. Ich habe meinen Vater und Tante Zaire gefragt. Wir warten an der Seite, während Volker Specht an der Reihe ist.

„Madre Deus!“, ruft Tante Zaire leise aus, „was seien los mit dich!? So viele Fieberlampen, oder wie heißen? Nix die Gemeinde frisst sie dich. Bist du in Theater-Gruppe in Schule, kennst du schon stehen vor ganze Leute viele!!“

Mein Konfirmationsspruch heißt ‘Seid Täter des Wortes und nicht Hörer allein’, und der Herr Pfarrer lächelt mir lieb zu und drückt mir fest die Hand. Das tut gut.

Nach mir ist die blöde Karin dran mit ihrem neuen Kleid, und als nächster Michael Boin. Ich habe mich gerade ein wenig beruhigt, als ich beobachte, wer mit Michael die Stufen zum Altar hinaufsteigt: diese blonde Frau – und Daniel.

Ich glaub ‘s nicht! Michaels Vater? Habe ich den Vater von Michael Boin geküsst?

Mit Michael hatte ich wenig zu tun während des Konfi. Er geht aufs Gymnasium nach Langen. Ich kenne ihn nicht von der Volksschule, sie sind erst vor zwei Jahren nach Buchschlag gezogen. Ein dunkelhaariger, stiller Typ, der immer von Autos redet und Testpilot werden will. Er saß meistens auf der anderen Seite der zwei Tischreihen, und wenn er mit kurzen Hosen zum Konfi kam, lenkten mich seine dunkelbehaarten Beine ganz schön ab. Enger Kontakt mit ihm hatte ich nicht, aber ich habe mitgekriegt, dass auch er seinen Vater ausgewählt hatte.

Daniel schaut während der kurzen Ansprache zu Boden, hat die Hände vor seinem Becken zusammengelegt. Ihm scheint ‘s auch nicht optimal zu gehen; er ist bleich und wirkt ängstlich. Vermutlich war ‘s auch für ihn nicht erlaubt, was wir in dem Haus zwischen den Feldern gemacht haben; nur ist er immerhin erwachsen. Am liebsten möchte ich aufspringen und zu ihm gehen, oder Barbara Walch anschubsen und ihr von ihm erzählen.

Er sieht mich nicht an. Nicht, als die drei den Altar verlassen, als wir vor der Gemeinde ausziehen, nicht draußen auf dem Platz. Die Frau kommt alleine zu Michael, umarmt ihn. „Deine Mutter?“, frage ich. Er nickt.

Ich weiß, wo Michael wohnt. Hinten im Karl-Duchmann-Weg, ganz am Ende der Straße.

4

Wie sehr wünschte ich mir, mit jemandem über die Ereignisse sprechen zu können. Über den Abend in dem fremden Haus, meine vom Biologielehrer erzeugten Ängste, über die Konfirmation. Das Erlebte war aufregend und neu, ich hatte mich gegen nichts gewehrt, alles selbst gewollt, aber es war keine Begebenheit, die ich unbekümmert abhakte wie einen Kinobesuch oder ein gewonnenes Fußballspiel. Es brachte mich mächtig durcheinander.

Meine religiösen Versprechen verblassten schnell, aber ich war verunsichert, wie es mit Daniel weitergehen würde. Ob er mich nach diesem Sonntag wiedersehen wolle. Die Vorstellung, er werde mich meiden, sich nicht mehr blicken lassen, machte mich traurig und verzweifelt. Im großen Ganzen ein passabler Schüler, schrieb ich in den beiden Wochen nach der Konfirmation zwei Fünfer, in Mathe und Französisch.

Erstaunen bei den Lehrern.

„Ist zu Hause etwas Besonderes vorgefallen?", fragte besorgt die Französischlehrerin Madame Rochelle, die ich gerne mochte, „oder sonst wo? Du kannst dich an mich wenden, wenn du etwas auf dem Herzen hast. Hast du gehört?"

„Danke", erwiderte ich schüchtern.

„'Ne Fünf, wo du sonst nur Zweien schreibst." Sie wiegte ungläubig den Kopf hin und her. „Oder war 's bloß ein schlechter Tag?"

Ich sah sie einige Augenblicke zu lange an. Fast hätte ich ausgepackt. „Ich … Es … Ja. Ein blöder Tag."

Sie zögerte. „Nichts Schlimmes. Oder?" Sie wartete, ob ich doch anfangen würde zu reden.

„Nein." Ich schüttelte heftig den Kopf. „Nein. Nichts Schlimmes."

Tat mir gut, dass sie fragte. Ich hätte zu gerne irgendjemanden eingeweiht. Ich dachte mir Sätze für Biologie aus, um von Dr. Fischbach unauffällig zu erfahren, wie gefährlich das war, was Daniel und ich getan hatten. Doch wie ich es auch drehte und wendete, unauffällig war ‘s nicht möglich.

Daniel war so viel älter. Ich hatte mir immer einen Jungen aus meiner Klasse vorgestellt, so alt wie ich. Vielleicht eine oder zwei Klassen über mir; jedenfalls niemanden im Alter meines Vaters. Trotzdem dachte ich dauernd an ihn, fantasierte, wollte wieder mit ihm zusammen sein. Gondelte mit dem Rad mehrmals durch das sogenannte Neubaugebiet, eine ganz andere Ecke als die, in der wir wohnten, wagte mich aber nicht bis ans Ende des Karl-Duchmann-Weges. Im Freibad hörte ich auf, in den Kabinen zu sitzen und zu spannen, hatte Angst, ihn zu verpassen. Lungerte vor der Reihe der Umkleiden rum in der Hoffnung, dass er auftauchen würde. Tat er nicht.

Ich meldete mich für eine Leichtathletik-Leistungsgruppe an, die Heinrich Röder ins Leben rief, Training zweimal die Woche montags und donnerstags auf dem neu angelegten Sportplatz hinter der Schule. Heinrich Röder war ein Prominenter im Ort, Olympia-Medaillen-Gewinner, Sieger bei Meisterschaften über 200 Meter, 400 Meter, und Staffel; ein patenter Mann über 50. Dass seine sportlichen Triumphe aus der Zeit des Nationalsozialismus herrührten, fiel mir erst Jahrzehnte später auf. Wir waren nur acht, als wir loslegten. Einer davon war Michael Boin.

„Was ist dein Vater von Beruf?“, frage ich ihn so unauffällig wie möglich nach dem zweiten Trainingstag.

„Mein Alter? Wieso ‘n das. Der ist Pilot. Und deiner?“

„Bei der Zeitung.“

Zwei Jungen sind dabei, die mir gut gefallen, Jürgen Bartsch und Lothar Kühl, beide ein Jahr älter und auf anderen Schulen als ich.

Wir ziehen uns am Rande der Aschenbahn um; gibt dummerweise kaum nackte Haut zu sehen. Das Training dauert bis halb acht. Die ersten Male bin ich der letzte, hinter dem Herr Röder die Holztür im Zaun zuschließt. Ich mag 's, wie er mir auf dem Weg zu den Rädern noch 'ne Beurteilung gibt.

„Mit den Beinen biste Klasse. Keine Beanstandung." Er hebt nachdrücklich beide Hände. „Bloß die Arme müssen kräftiger werden. Jeden Morgen zwei Sätze Liegestütz, zwei am Abend. Gebongt?"

Ich nicke fröhlich. Wir radeln in unterschiedliche Richtungen davon.

Als ich auf 's Feuerwehrhaus zufahre, parkt halb auf dem Bürgersteig ein Ford Taunus, der Daniels Wagen sein könnte. Mein Herz schlägt schneller. Weiß überhaupt nicht, wie ich mich verhalten soll. Unsicher beschleunige ich, will zügig vorbei. Kaum habe ich ihn im Rücken, blinkt zweimal kurz die Lichthupe.

Ich drehe um. Ja: Da sitzt er. Das Fenster auf der Fahrerseite heruntergelassen, einen Arm aufgestützt. „Grüß, dich, Andreas", sagt er leise, und schiebt hastig nach: „Kannst du mir um die Ecke nachfahren, bis zum Falltorweg? Da ist 's ruhiger."

Ich höre gar nicht auf zu nicken. Er fährt vor mir her, ist schnell um die nächste Kurve verschwunden. Ich trete in die Pedale als gelte es, ein Rennen zu gewinnen. Dass er bloß nicht abhaut!! Ich bin außer Atem, als ich nahe das Waldes neben seinem Wagen vom Rad absteige.

„Wir sollten nicht so lange hier stehen, mmh? Geht 's dir gut?"

Ich nicke.

„Über die Panne in der Kirche reden wir. Oijoijoi", er schüttelt die linke Hand, als habe er sich verbrannt, „was für ein Betriebsunfall. Du hast niemandem was erzählt, oder? Von uns." Er sieht mich durchdringend an.

„Natürlich nicht."

„Versprochen?"

„Klar."

„Brav. Hast du Sehnsucht nach mir gehabt?"

„Ja. Hab ich", entgegne ich tonlos.

„Können wir uns treffen?"

Ich nicke hastig. „Oh ja. Ja. Wo kann ich Sie treffen?" Wenn er bloß nicht wegfährt!!

Er haut mit der flachen Hand auf die Autotür. „Er lernt 's nicht! Wo kann ich … Wie heißt es richtig?"

„Wo kann ich … dich treffen."

„Wann kannst du weg?"

„Morgen Abend", antworte ich wie aus der Pistole geschossen. „Morgen sind meine Eltern eingeladen."

„Keine Probleme?"

„Nee", versichere ich aufgeregt, „das geht. Die sind bei Hempels. Das wird spät."

Buchschlag ist ein kleiner Ort, doch kennt nicht notwendigerweise jeder jeden. Und es dämmert, es wird dunkel. Ich denke mir nichts dabei, als jemand in einer kurzen grünen Lederhose durch die Bahnunterführung in unsere Richtung radelt, aber als er näherkommt, entpuppt der Mann sich als der Leiter des Pfingst-Zeltlagers letztes Jahr, Sprendlingens Pfadfinder-Chef.

„Scheiße!", stoße ich hervor.

Daniel schaut sich um. „Was??"

Ich mache eine Kopfbewegung Richtung andere Straßenseite. „Das ist Igel."

„Wer? Jemand den du kennst?"

Ich nicke. Igel ist abgestiegen und bleibt uns gegenüber wartend stehen. Ich winke ihm fahrig zu; soll signalisieren, dass ich beschäftigt bin.

„Du warst wochenlang nicht da“, ruft er anklagend über die Straße. „Warum kommst du nicht mehr?“

„Ich komme wieder. Ich kann grad nicht. Schule.“

Er schaut prüfend auf Daniels Auto, auf mich, versucht mehr zu erkennen.

„Scheiße“, wiederhole ich, durch die Zähne gepresst, „der soll abhauen. – Nächste Woche bin ich wieder dabei, okay?“, rufe ich hinüber.

„Ich nehm dich beim Wort!“ Er benimmt sich komisch, scheint misstrauisch, aber er fährt davon.

„Wer war das?“, fragt Daniel. Wieso ist er plötzlich so verändert, so nervös?

„Igel. Ich kann den überhaupt nicht leiden. Der mischt sich in alles ein und will alles wissen.“

„Mmh. Nicht gut.“

Ich schaue ins Auto, zu Daniel. „Du musst keine Angst haben. Dich kennt er nicht. Oder?“

„Nö. Wer ist das?“

„Der ist Pfadfinderführer, in der Gruppe in Sprendlingen. Von der Kirche. Ich bin wegen dem nicht mehr hin. Der tut immer, als wären wir Soldaten, das hat mich angeödet. Blödmann.“

„Kennt er deine Eltern?“

„Ach was.“

„Und wo sind deine Eltern morgen Abend?“

„Bei Hempels.“

„Hempels?“, fragt er, ganz komisch.

„Kennst du die? Hengstbachanlage.“

Er bleibt still. Dann verneint er entschieden. Ich glaube ihm nicht; ist auch wurscht.

Wir verabreden uns. Acht Uhr. „Ich möchte dich küssen“, sagt er leise.

„Ich dich auch!!“

Mit quietschenden Reifen biegt er um die Ecke.

Blöd, Igel. Der ist höchstens 26, und ihm gehen schon die Haare aus. Ich kann ihn nicht ausstehen. Macht sich immer lustig darüber, dass ich auf Adamo stehe und auf Francoise Hardy. „Ein Mann!! Als Mann ist man Fan von Otis Redding, und von James Brown. Nicht so ‘n schwules Gesäusel. Oder bist du schwul, Bender??!“ Er hat mich geboxt, aber ich habe zurückgeschlagen. Damit hatte er nicht gerechnet. Er ist hintenübergefallen und hat sich das Handgelenk verstaucht. Die Gruppe hat gewiehert. Ich glaube er hasst mich.

Wir schreiben einen Französisch-Vokabeltest Freitag in der Ersten. Ich kann an nichts denken als an Daniel; trotzdem geht er mir leicht von der Hand. Ich gebe als zweiter ab. Madame Rochelle sieht ihn sofort nach, während die meisten noch über den Aufgaben brüten. Ein Lächeln huscht über ihr Gesicht. Sie schaut mich an, hebt den aufgerichteten Daumen. ‘1’ malt sie mit dem Zeigefinger in die Luft.

Natürlich soll ich am Abend auf meine beiden kleinen Brüder aufpassen, das ist eine ungeschriebene Regel. Kaum dass unsere Eltern das Gartentor hinter sich geschlossen und noch mal gewinkt haben, trampeln sie wie meistens rauf in den zweiten Stock, wo der Fernseher steht.

„Du petzt nicht, okay?“, fragt Nils, der ältere; auch das ein Ritual.

„Wenn ihr euch nicht streitet, nicht.“

„Machen wir nie.“

Ha ha ha. „Ich fahr noch mal zu Rainer. Ihr sagt auch nichts, verstanden?“

„Verstanden.“

Daniel wartet auf mich vor dem Autohaus auf der Eisenbahnstraße. Ich schließe mein Rad an einen Laternenpfahl an. Durch Sprendlingen fahren wir schweigend.

„War blöd in der Kirche, oder?“, fragt er, als wir den Ort verlassen.

„Saublöd. Ich hatte solche Angst. Ich hatte solche Angst!!“, wiederhole ich, lauter und mit unterschiedlicher Betonung.

„Ich erst“, kontert er einsilbig.

„Ich wusste ja nicht, wer Sie … wer du bist. Dass du der Vater von dem Michael bist.“

Er verlangsamt das Tempo. „Andreas“, hebt er an, „das darf niemand wissen, mit uns. Das ist dir klar, mmh?“

„Ist mir klar.“

Er nimmt meine Hand, wie neulich, küsst meine Finger. „Ich hab dich lieb.“

„Ich dich auch.“

Es ist schon dunkel, als wir durch die Garage das Haus betreten. Im Flur schaltet er eine Deckenlampe ein, die ein funzeliges Licht in die angrenzenden, unbeleuchteten Räume schickt, in denen die Rollläden halb heruntergelassen sind. Er führt mich in ein anderes Zimmer als neulich, in dem ein wuchtiger alter Schreibtisch steht. Hebt mich hoch, setzt mich auf die Tischplatte. Öffnet meine Beine, zieht mich ganz an die Kante. Umarmt mich fest. Drückt meinen Kopf an seine Schulter, legt seinen Kopf dagegen. Er atmet tief aus, wie ein Stöhnen; mehrmals. Packt mich leicht am Hinterkopf, dreht unsere Gesichter zueinander.

Berührt meine Lippen mit seinen. Mehr nicht; nur ein sanfter Druck seines Mundes, geschlossen. Bleibt so. Bleibt so, lange. Und küsst meine geschlossenen Augen, meine Nase, meine Stirn. Wühlt sanft in meinen Haaren. Schaut mich an; sagt nichts. Knöpft mein Hemd auf und lässt es auf den Boden fallen, zieht mir mein Unterhemd über den Kopf. Streichelt meinen nackten Rücken. Drückt mich wieder an sich, hält mich fest. „Andreas“, flüstert er. Dann packt er meine Oberschenkel und trägt mich ins Schlafzimmer auf der anderen Seite des Flures, legt mich sanft aufs Bett. Macht zwei Schritte rückwärts. Betrachtet mich. „Was zu trinken?“, fragt er.

Ich schüttele den Kopf, Nein.

„Ich hab richtig guten Sekt unten“, und er deutet fröhlich mit dem Kopf in Richtung Keller, „französischen. Champagner.“

Meine Eins in Franz am Morgen fällt mir ein, und außerdem ein Satz aus einem französischen Film, den ich am Mittwoch gesehen habe spät nachts, als die Alten bei Lutzens eingeladen waren. „Vielleicht möchtest du den lieber für einen anderen aufheben, der dir wichtiger ist.“ Im Film sagte ihn eine Frau, und es hieß ‘eine andere’.

Sein Lächeln erstirbt. Sein rechter Mundwinkel zuckt. Sieht hässlich und gemein aus. „Was soll das denn“, murmelt er.

Ganz anders als letztes Mal hat er ein blütenweißes Hemd an und ein geripptes weißes Unterhemd, eine dunkelblaue Stoffhose, gehalten von einem glänzenden Ledergürtel; schwarze Schuhe. Schuhe, Hemd und Hose zieht er langsam aus, schaut dabei kopfschüttelnd zu Boden. Legt sich in Unterwäsche zu mir aufs Bett. „Hier gibt ‘s keinen anderen, für den ich was aufhebe“, erklärt er todernst. „Dass du ‘s weißt. Kanaille.“

Das Wort kenne ich nicht, Kanaille.

„Das hab ich neulich jemand in ‘nem Film sagen hören.“

„Blöder Film. Blöder jemand.“ Er dreht sich um, seine Oberschenkel vor meinem Gesicht. Schiebt einen Arm zwischen meine Beine, drückt den Kopf auf meine Unterhose. „Saublöder Satz.“ Hab ‘nen knallharten Ständer, klar. Und ich mach ‘s ihm nach. Seiner steht auch. Ich bin sooo aufgeregt! Was bedeutet trotzdem dies schummerige Gefühl, dass ich etwas Verbotenes tue??

Er rückt schon wieder von mir ab. „Ich dusche schnell noch. Komme gerade von der Arbeit. Ich beeil mich.“

Ich stoppe ihn. „Nein“. Bloß jetzt nicht aufhören. Ich halte seine beiden Handgelenke fest. „Nein“, wiederhole ich, „bleib da.“ Und schiebe schnell nach, damit er nicht aufsteht: „Wo warst du, heute?“

„Was meinst du?“

„ … … fliegen?“

Er richtet sich ganz auf. „Andreas, haben wir spioniert?“

„Hat mir Michael gesagt.“

Er rückt ans Ende des Bettes, lehnt sich gegen die Wand. „Hör zu.“ Er haut mit einer flachen Hand auf den Platz neben sich.

Ich setze mich dazu. „Entschuldigung“, murmele ich.

„Gibt nix zu entschuldigen. Heute Morgen los in Madrid, über Barcelona nach Frankfurt.“

„Toll.“

„Mache ich zweimal die Woche. Ganz toll.“ Er atmet tief aus. „Hör zu.“ Er legt mir einen Arm um die Schultern. „Du bist doch schon groß. Ist nämlich so, dass …“

Ich will nicht, dass er so viel redet! Ich will, dass er mich anfasst. Überall.

„Ist so, dass“, setzt er neu an, „wenn das hier rauskommt“ – und er tippt auf die Matratze – „ist nichts mehr mit Fliegen. Du fliegst von der Schule, und ich …“ Er sieht mir direkt in die Augen. „Für mich wird es gefährlicher. Ich bin dann weg vom Fenster. Kann sein für Jahre. Das wirst du nicht wollen, oder?“

„Natürlich nicht“, versichere ich ungeduldig. „Ich verpetz dich nicht. Uns.“

„Du hast mich also verstanden.“

„Zieh dich aus. Bitte.“

Er streift sein Unterhemd ab, seinen Slip, seine Socken. Und zieht mir auch die Unterhosen runter.

Wir strecken uns wieder ganz auf dem Bett aus, langen jeder nach dem anderen.

Endlich küsst er mich richtig, wie beim letzten Mal. Sein Mund weit auf, seine Zunge in meinem. Aufregend! Er führt meine Hand zwischen seine Beine. Ich schaue ihn stirnrunzelnd an. Wo geht das hin? …

„Gut?“, fragt er.

„Hm. Wollen wir doch was trinken?“

„Ich hol uns was. Das wird dich lockerer machen, he?“ Er klettert aus dem Bett.

„Vielleicht. Das wird mich lockerer machen“, echoe ich unbeholfen. Strecke mich lang auf der Matratze aus, während er die Treppe nach unten poltert. Crazy, der Typ. Bringt mich sowas von durcheinander.

Pfarrer Jahnke fällt mir ein. ‘Wenn euch etwas sehr verwirrt’, hat er mal im Konfi gesagt, ‘und ihr nicht wisst, warum, dann schaut genau hin. Was ist es, das euch kitzelt? ‘ Er hat Beispiele genannt: die Flüchtlinge aus Schlesien, oder ganz arme und ganz dumme Leute. Oder wenn jemand unzüchtig redet und wir wissen, dass wir weggehen oder widersprechen müssen, und bleiben doch dabei. ‘Zweifel und Durcheinandersein haben viel Potential’. War froh, dass Heike gefragt hat, was Potential bedeutet. ‘Man kann es benutzen und daraus lernen’. So ähnlich hat das geklungen. So oder ganz ähnlich. Auf eine Situation wie die eben war ‘s wohl nicht gemünzt.

Ich weiß nämlich, was mich aufmischt: wie sehr ich ‘s mag, was Daniel mit mir macht; alles. Aber wenn wir krank davon werden? Davor habe ich Angst; große Angst.

Sind wir beide pervers? Marcel Heil in meiner Klasse benutzt das Wort dauernd. Meint er das hier mit pervers?

„Was gibt ‘s?“, fragt Daniel, als er ins Zimmer tritt und meine nachdenkliche Miene bemerkt.

„Nix.“

„Sehe ich. Was brütest du aus?“

„Ich muss etwas … wissen.“

„Über mich?“ Er scheint auf der Hut zu sein.

„Nee. Über mich. Über uns.“

„Sagst du ‘s mir?“

„Weiß nicht wie.“

„Ein Geheimnis?“ Vermutet er Schlimmes?

„Guck mal: Was wir das letzte Mal gemacht haben … Also, du mit mir …“

„Was habe ich gemacht?“ Er setzt sich zu mir auf ‘s Bett, stellt die Flasche und zwei Gläser auf den Boden. „Was meinst du?“ Plötzlich ist er ziemlich sachlich, gar nicht mehr so lieb.

„Ich meine …“

„Was, Andreas!“

Fällt mir schwer. „Als es mir gekommen ist … Du warst mit deinem Mund …“

Er runzelt die Stirn. „Du meinst, weil ich dir einen geblasen habe?“

„Was ist das, einen geblasen?“

Er streicht sich mit Daumen und Zeigefinger über ‘s Kinn, schaut auf dem Boden nach rechts und nach links. „Wie sag ich’s meinem Kinde …. Hast du den Ausdruck noch nie gehört?“

Ich schüttele stumm den Kopf.

Er greift nach dem Sekt. „Stoßen wir drauf an. Dass du etwas Neues gelernt hast. Jetzt weißt du, wie ‘s heißt. Einen geblasen.“

„Wenn du’s in den Mund nimmst …“

„Genau. Jetzt hat er ‘s kapiert.“

Er will die Flasche öffnen, aber ich halte seine Hand fest. „Warte mal. Ich will das genau wissen. Man kann davon krank werden.“

„Wer hat dir diesen Quatsch erzählt!“ Er hält mit seinen Bewegungen inne.

„Nicht?“

„Was ein Blödsinn. Woher hast du das?“

„Haben wir in Biologie durchgenommen. Bei Dr. Fischbach.“

„Auf den sollte das Schulamt ein Auge haben.“

„Stimmt es nicht?“

„Andreas, das ist das Natürlichste von der Welt. Jede Frau macht das mit ihrem Mann.“

„Echt?“ Mama mit Papa – ausgeschlossen.

Jetzt lächelt er. Der Flaschenkorken knallt. Gottseidank, er wird wieder heiterer. „Das passt gerade“, witzelt er, „Pommery aus alten Senfgläsern.“

Wir stoßen an. Ich trinke hastig. Er füllt das kleine Glas sofort wieder auf. Der Alk steigt mir in Null Komma Nix zu Kopf.

„Aber, Daniel …“

„Noch mehr Schwulst von Dr. Fischer?“

„Na ja, wenn … Also wenn eine Frau das mit einem Mann macht, okay. Aber zwei Männer … Das ist doch was Anderes. Das ist echt nicht gefährlich?“

Er stellt still sein Glas wieder auf den Boden, zieht mich an sich. Nimmt mir auch mein Glas ab. Er legt meinen Kopf an seine Brust, und wir lassen uns beide auf ‘s Bett fallen.

Er streichelt meine Pobacken. Schiebt einen Oberschenkel zwischen meine Beine. Nimmt meine Hand, nuckelt an meinen Fingern. „Du magst das doch, was wir miteinander machen. Oder nicht? “, fragt er.

„Ja. Ich find’s bombig! Ich will nur nicht …“

Er sagt nichts, schaut mir nur in die Augen. Ich lange nach dem Glas. Noch ein paar Schluck, das macht mich ein bisschen schwindlig; und lockerer – wie er das nennt.

Er fährt mit der Zunge durch mein rechtes Ohr, an meinem Hals entlang. Wir reiben uns eng aneinander, Bauch an Bauch, unsere Beine umeinander verschlungen.

Jetzt bin ich betrunken. „Böser Wolf", spinne ich. „Böser großer schwarzer Wolf."

„Stimmt. Und du? Ein Lämmchen bist du mal nicht."

„Doch. Bin ich."

Ich lasse ihn, lasse ihn mit mir machen, was er will. Möchte selbst auch mehr, mehr machen – aber ich traue mich nicht.

Unser Atem geht schneller, und mein Kopf dreht sich. Er schreit laut auf, als es soweit ist; ich stöhne, leiser und kindlicher. Als die Anspannung nachlässt, robbt er Richtung Wand, lehnt sich dagegen und zieht mich zwischen seine Beine, legt meinen Kopf auf seinen Oberschenkel.

Seine rechte Hand liegt schwer auf meinem Herzen, das allmählich ruhiger schlägt. Die andere Hand streichelt meine Stirn. „Andreas", murmelt er; „mein Kleiner …"

„So klein bin ich nicht."

„Nö. Stimmt."

Ruhe; Gleichklang. Für poetische Romantik bin ich zu jung.

Ich greife nach seinem schlafenden Penis. „Was ist das", frage ich, „warum hast du da nicht mehr Haut?"

„Das heißt beschnitten."

„Wieso ist das so?"

„In Amerika macht man das; zum Beispiel. Ist gesünder. Gibt auch religiöse Gründe."

Ich bin zu schläfrig, um in die Tiefe zu gehen. „Wieso ist das bei mir anders? Ich habe das noch nie gesehen."

„Nö", erklärt er sachlich, „in Deutschland ist das nicht üblich."

„Mmh. Aha." Ist er etwa kein Deutscher?

Draußen ist es dunkel, Nacht. Das Mondlicht, das durch den offenen Spalt des Rollladens fällt, wirft unsere Umrisse als große Schatten gegen eine Wand.

„Fragen deine Eltern nicht? Wenn du so spät nach Hause kommst?"

„Wenn sie bei Hempels sind, kann das Mitternacht werden“, quassele ich betrunken. „Meine Mutter kommt manchmal und schaut nach meinen Brüdern. Im Sommer nehmen sie an, dass ich mit Rainer oder Hans-Jürgen durch den Ort gondele, wenn ich nicht da bin.“

Nach einer Weile legt er vorsichtig meinen Kopf auf die Matratze und steht vom Bett auf, zieht zwei Rollläden ganz nach oben. Trinkt einen Schluck, gießt nach, schenkt mir auch noch etwas ein. „Vielleicht sollten wir bald los.“

Ich strecke die Arme nach ihm aus. „Bald.“

Er kommt wieder auf ‘s Bett.

„Leg dich noch mal auf mich drauf. Wie vorhin.“

Er schiebt sich über mich.

Ich schüttele den Kopf. „Nee, umgekehrt“, und ich deute an, was ich meine. Er schmunzelt amüsiert, und ich schlinge meine Arme fest um sein Becken, mein Kopf eingeklemmt zwischen seinen wuchtigen, schwarzbehaarten Oberschenkeln. Wenn sie das in meiner Klasse sehen könnten!, rattert mein beschwipstes Hirn. Das äußerste, was die hinkriegen mit ihren Freundinnen, ist sonntags Stadtbummel und Händchenhalten, und wenn sie mutig sind ein Kuss im dunklen Kinosaal. Und ich liege hier mit so einem tollen Mann über mir, der mir lauter Sachen zeigt, von denen ich keine Ahnung hatte, und ich klebe und es riecht nach Männern und nach Sex.

Als die Garage verrammelt ist und wir das Haus verlassen haben, hält er auf dem stillen Feldweg noch einmal an. Stellt den Motor ab und steigt aus. „Zwei Minuten“, bittet er leise. Lehnt sich an den hinteren Teil des Wagens und dirigiert mich vor sich, sodass mein Rücken gegen seinen Bauch lehnt. Wir schauen auf das still daliegende, nächtliche Dreieichenhain, den Turm der Burg, einen fast vollen Mond und einen klaren Himmel darüber. Ein sanfter Wind weht.

„Schön, oder?“, fragt er.

Ich nicke nur.

„Das ist was ganz Besonderes, mit uns. Oder?“

„Ja. Bombig“, entgegne ich langsam, lege eine Hand fest auf seinen Unterarm. Eben noch war ich ganz lustig von dem Sekt. Jetzt werde ich urplötzlich traurig, und als wir uns Buchschlag nähern, habe ich ‘nen Kloß im Hals. Verflucht!, gleich bin ich wieder allein.

„Wann sehen wir uns denn?“ Er parkt vor dem Laternenpfahl, an dem mein Rad lehnt. Gut dass er als erster fragt; ich hätte ‘s nicht gekonnt.

„Weiß nicht.“ Ich will mich dagegen wehren, dass er mich hier einfach absetzt. Dass er gleich nicht mehr da ist.

„Euer Sportkurs, der geht immer bis …“

„Sie fliegen ja durch die Gegend“, unterbreche ich, jedes Wort langgezogen, während ich an meinem Schloss hantiere. Es klingt nicht liebevoll und soll es auch nicht. „Ich geh hier nur zur Schule.“ Ich will nicht, dass er wegfährt!!

Er schaut bass erstaunt von seinem Fahrersitz nach draußen, als hätte ich ihm weh getan. Umgekehrt, sagt eine komische innere Stimme. Er tut mir weh.

„Andreas, wir …“

„Ja?“ Fahrrad aufgeschlossen. Ich stehe neben dem offenen Fahrerfenster.

„Wir machen ‘s uns schön. Hm?“ Er vollbringt das Kunststück, es so klingen zu lassen als sei er das Kind, nicht ich. „Ich warte wieder vorm Feuerwehrhaus, wenn ihr Sport habt. Wenn ihr fertig seid. Geht nicht jede Woche. Ich hab Dienst. In Ordnung?“

Ich nicke trotzig.

„Tschüss“. Er schaut weiter unschlüssig zu mir auf, aber dann gibt er Gas. Passiert ganz bald das Ortsschild.

Er wollte noch was sagen, denke ich. Bestimmt wollte er ‘Ich liebe dich' sagen. Ja. Oder ich rede mir das nur ein, weil ich es mir wünsche.

– Nils und Sven sind vorm Fernseher eingeschlafen. Ich trage sie ins Bett und mache im zweiten Stock das Licht aus. Manchmal kommt Mama ganz spät kurz nach Hause, wenn sie bei Hempels eingeladen sind, und bringt uns etwas zum Kosten von den tollen Sachen, die 's da immer gibt, Geflügelsalat, Krabbencocktail. Sie stellt das einfach in die Küche und geht wieder. Sie weiß natürlich, dass Sven und Nils nicht im Bett sind und schlafen und ich nicht zu Hause, aber sie tut immer, als fällt ihr das nicht auf. Diesmal jedoch steht nichts auf dem Küchentisch.

5

Parallel zu Daniel setzten in ebendiesem Jahr, in dem ich 13 geworden war, auch die ersten unschuldigen Geschichten mit Freundinnen ein. Ich folgte dem Imperativ mit mäßiger Begeisterung; wie hätte ich ihn hinterfragen sollen. Hatte meinen hageren, unsportlichen Klassenkameraden Harald vor Augen – Spitzname Hulda –, der sich an keiner Mutprobe beteiligte, nie über Mädchen tuschelte und der, wurden im Sport Mannschaften gewählt, immer als zuletzt Übriggebliebener einer murrenden Gruppe zugeteilt wurde. Dies drastisch abschreckende Beispiel machte mir klar, wie 's einem erging, der sich den gängigen Anforderungen entzog.

Eine hieß Dagmar, gleiche Klassenstufe wie ich, aber spät eingeschult und schon 14; aus der Mädchenschule auf der anderen Seite der Hauptstraße. Ursprünglich hatte Freund Rainer sie angeschleppt, der ihr aber schnell zu blöd wurde. Nun hatte sie jedoch in unsere Jungenclique Einzug gehalten, fuhr ebenfalls mit der Linie 21 über den Hauptbahnhof nach Hause, und ohne große Absicht freundeten wir uns miteinander an. Eine witzelnde Blödelei in der Bahn, bei der sie ihre Hand weit oben auf meinem Oberschenkel platzierte, eine unanständige, vertrauliche Bemerkung über Rainer, ein schriller Aufschrei, als sie in meiner Mappe die Zeitschrift 'Party' entdeckte: Ehe ich mich versah, hatte sich eine kumplige Vertrautheit zwischen uns entwickelt. 'Party' hatte einer meiner Favoriten aus der Oberstufe am Kiosk verstohlen in seine Schultasche gleiten lassen. Musste ich sofort auch haben, quasi um ihm nahe zu sein. Sie kostete vier Mark, mein Gott!, und entpuppte sich als 'Zeitschrift für den Herrn'. Langweilte mich, verschaffte mir aber in der Klasse ein gewisses draufgängerisches Renommee: „Der Bender liest die 'Party'!" – „Was 'ne Sau", mit einem diabolischen Grinsen …

Dagmar stammte aus einem biederen bürgerlichen Umfeld, der Vater Volksschullehrer in Schwanheim. Der größte Teil der 60er war so, spießig und prüde. Sie selbst probte früh Aufstand und Opposition, provozierte und versuchte nach Kräften, Anstoß und Aufmerksamkeit zu erregen. Zur Belustigung mancher Mitreisender in der Straßenbahn und unter Protest anderer beschrieb sie in allen Einzelheiten, wie sich ein italienisches Gastarbeiterpaar ihrem Haus gegenüber bei eingeschaltetem Licht abends auszog, wusch, zu Bett ging, und dann nackt noch einmal aufstand, um nach einem Pariser zu suchen. Ich wagte mir nicht, sie selbst zu fragen; Rainer musste mir erklären, was ein Pariser war.

Blonde Locken umrahmten ihr freches Gesicht mit der Stupsnase. In ihrem ersten Schulzeugnis hieß die einzige Bemerkung 'Dagmar ist leider sehr häufig zum Lachen geneigt'; das hatte sich mit 14 nicht geändert.

Besonders gerne öffentlich und vor Publikum begrapschte und umarmte sie mich und setzte sich in der Straßenbahn auf meinen Schoß; etwas, wovon die meisten meiner Mitschüler träumten. Nachmittags rief sie von sich aus bei mir zu Hause an; unser Teenieehrenkodex verlangte es umgekehrt. Ich gewann trotzdem nie den Eindruck, dass es auf etwas Liebelei-Mäßiges hinsteuern sollte, zudem sie mir völlig selbstverständlich von jedem anderen Jungen berichtete, der ihr schöne Augen machte. Aus der Distanz ist mir heute klar, dass ich bereits mit 13 diese Art bester Freundin und Vertraute hatte, die den meisten Schwulen auf ihrem Lebensweg begegnet; wenn auch nicht in der Unterstufe. Sie bevölkert heute noch meinen Kosmos und vertraute letzthin einem lover an: „Ich weiß nicht, wie ich es ohne Andi durch die Schulzeit geschafft hätte …"

Wunderte ich mich, ob Dagmar richtig 'mit mir gehen' wollte, wie 's damals hieß, räumte sie selbst bald die Zweifel aus, indem sie mir mehrmals eine Sabine aus ihrer Klasse anpries. Sabine war mir bis dahin nie aufgefallen, auch weil ihr Schulweg nicht durch die Innenstadt, sondern stadtauswärts nach Heddernheim führte.

„Die fährt völlig auf dich ab!“, berichtete Dagmar mir in der Straßenbahn. „Sie nervt die ganze Klasse, weil sie ewig nur von dir redet. Sie hat in der Pause nachgemacht, wie du gehst“ – wie ‘s immer hieß ein bisschen arg locker in den Hüften –, „perfekt, alle haben sich geeimert, so echt war ‘s. Sie ist knallrot geworden. Andreas – du bist ihr Schwarm!“, beendete sie lauthals kichernd ihren Report, einmal mehr zum Amüsement der Fahrgäste um uns rum. Mich versetzte die Aussicht nicht in Euphorie. Es war so entspannt mit Dagmar. Ich überlegte bereits, mal ein paar Sätze über Daniel fallenzulassen, vermutete ich doch, dass sie es super-aufregend finden und es verstehen würde. Ging mir mit 13 natürlich nicht locker von der Hand. Würde eine Sabine mein Leben nicht verkomplizieren?

Unsere Klasse, nur Jungen, kam just in dieser Woche auf die die Idee, drüben nachzufragen, ob eine achte Klasse der Mädchenschule mit uns zusammen eine Fete feiern wollte. Da Rainer und ich über Dagmar einen Kontakt hatten, wurden wir als Abordnung vorgeschickt, was wir mit viel Trara bereitwillig taten. Eine von den Lehrern abgesegnete Party im Klassenraum der Mädchen war das Ergebnis der Verhandlungen. Diese dekorierten die Fensterscheiben mit rosa Krepppapier und rührten Milchshakes an, während wir Jungs für die Musik sorgten, ‘Skinny Minny’ von Tony Sheridan, ‘Yesterday Man’ von einer heute vergessenen Heulboje, Kinks ‘All Day And All Of The Night’.

Dagmar stellte uns einander vor, lachend und spitzbübisch. Sabines lange braune Haare wurden mit einem schwarzen Haarreif aus der Stirn gehalten, sie trug einen hellbraunen Jerseypullover mit kurzen Ärmeln, unter dem ihre Brustwarzen hervortraten; einen blauen Faltenrock. Ein Mädchen aus gutem Hause, wie 's damals hieß. Unsicher und schüchtern aßen wir Salzbrezeln und saure Gurken und tanzten miteinander. Kam 'Blues' dran, steigerte sich die Verlegenheit; langsam und eng war für 13- und 14jährige eine ernsthafte Herausforderung. Einer der beliebten Titel war 'Eloise' von Barry Ryan, der laut und fetzig begann und mittendrin in einen schmachtend langsamen Part wechselte, zu dem man sich, so hieß die Regel, in die Arme sinken musste. Marcel Heil an der Anlage spielte das Stück drei Mal in einer Stunde und hätte im Klassenraum das Licht dunkelrot gedimmt, wäre das möglich gewesen. Zu wissen, dass meine Klassenkameraden die Blues-Momente auch nicht souveräner gebacken kriegten als ich, hätte mich besänftigt.

Als die Party am frühen Abend endete, brachte ich Sabine zur Straßenbahn.

„Aber sag mal", fragte sie schüchtern, „du gehst doch mit Dagmar. Oder nicht?"

„Oder nicht", bretterte ich das leichthin ab.

„Nicht??"

„Nein."

„Es sieht aber so aus."

„Sieht nur so aus."

Von da an hieß es, wir 'gingen miteinander'.

In der großen Pause kaufte ich beim Bäcker zwischen unseren Schulgebäuden Marzipanrollen für sie, und da sie nicht wagte, ihren Pausenhof zu verlassen, ging ich unerlaubterweise für die paar Minuten nach nebenan. Nachmittags telefonierten wir. Hatten wir zur gleichen Zeit Schulschluss, verbrachten wir ein paar Minuten gemeinsam an der Haltestelle, bis unsere Straßenbahnen kamen und ich mit Dagmar davonfuhr, lachend und vertraut miteinander auf eine Art, die sich mit Sabine nicht einstellte.

Meine feste Buchschlager Clique stammt aus den gemeinsamen vier Volksschuljahren, Überbleibsel unserer Alexander von Reim-Bande. Inzwischen besuchen wir verschiedene Gymnasien, sind aber durch den Ort verbunden. Rainer, Alfred, Hans-Jürgen und ich, Hanne und Conny und Jutta. Rainer und Hanne gingen eine Weile miteinander, Alfred und Conny auch mal, aber nun stoßen von außen kleine neue Amouren hinzu. Wie Sabine.

An einem Samstagnachmittag verabreden wir, durch den Wald zur Sehring-Kiesgrube zu fahren. Spontan will ich Dagmar anrufen und sie fragen, ob sie mitkommt, aber dann drängt sich mir wie eine Pflicht auf, dass es wohl stattdessen Sabine sein muss, und ich wähle mit Herzklopfen ihre Nummer.

Es ist seit dem Klassenfest erst unser zweites Date. Ich hole sie am Bahnhof ab und leihe ihr das Fahrrad meines Vaters, nachdem meine Eltern sie kurz in Augenschein genommen haben. Nach einer sonnigen, warmen Woche, dem Treffen mit Daniel, ist es heute wolkig und grau, Pullover-Wetter, an Baden nicht zu denken. Wir packen Wolldecken auf die Gepäckträger und ein paar Päckchen Zigaretten, lagern uns auf einem Felsvorsprung zwischen Ginsterbüschen mit Blick auf das Lorenbähnchen auf der anderen Seite der noch intakten Grube. Wir sind zu acht. Conny hat den Sohn eines französischen Botschaftsangestellten gekapert, mit dem sie sich bald bis über die Köpfe unter einer großen Decke verzieht.

Die Libertinage der 70er liegt in weiter, weiter Ferne. Sowieso, wir sind 13 und 14. Ein Arm um die Schultern ist erlaubt; ein schüchterner Kuss auch. Deftiges Anfassen oder echte Küsse getrauen wir uns auch ohne Aufsicht von Erwachsenen nicht. Was in großspurigen Worten, Mutmaßungen und Anfeuerungen durch unsere Gespräche wabert, wird nicht in die Tat umgesetzt. Als sich der französische Walther nach langem Abtauchen von seiner Conny löst, unter der Decke hervorkrabbelt und sich in seinem Schritt ein großer nasser Fleck bildet, schaut jedermann irritiert und verlegen zur Seite. Keiner kommentiert es.

Mit Sabine tue ich mir schwer. Wir liegen beide auf dem Bauch, haben dem anderen einen Arm um die Schultern gelegt und schauen versonnen aufs Wasser, wo sich kleine Wellen im Wind kräuseln. In meinem Kopf rotieren Bilder von Daniel und dem Haus zwischen den Feldern.

„Der Boden ist kühl, von unten“, sagt Sabine.

Das kommt mir gelegen: wir können uns ein wenig von den anderen abseilen. Ich bin mir unsicher, ob die Clique Sabine annimmt, und sie selbst ist bisher recht einsilbig geblieben.

„Ich finde das nicht richtig, dass deine Freunde rauchen“, urteilt sie jetzt vorsichtig.

„Ich rauche nicht. Ich laufe Sprint, da raucht man nicht.“

„Aber dieser Franzose, Walther; der.“

„Der gehört nicht richtig zu uns.“

„Rauchen ist erst ab 16 erlaubt.“

Wir lassen uns den Abhang herunter rutschen und spazieren ein Stück unten am Wasser entlang. Ich habe den Eindruck, dass ich dabei ihre Hand halten muss, auch weil die anderen uns beobachten. Sie erzählt mir von ihren Klavierstunden – das einzige, was uns ein wenig verbindet. Ich habe ebenfalls Unterricht.

Sie übt Chopin. „Die Mazurkas sind schwer! Und so schnell, wenn man sie korrekt interpretieren möchte. Und das möchte man ja. Was übst du gerade?“

„Auch Chopin. Nocturnes.“

„Die darf man langsamer spielen. Meine Lehrerin veranstaltet vor den Sommerferien ein Rezital. Magst du kommen?“

„Ja. Klar. Natürlich.“

„Toll“, freut sie sich. „Ich reserviere am Dienstag was für dich.“

„Das ist ein nettes Mädchen, die Sabine“, urteilt mein Vater beim Abendessen. „Wohlerzogen. So zurückhaltend.“

„Gut, ja“, pflichtet meine Mutter halbherzig bei, „aber passt sie zu dir?“

„Weiß auch nicht.“

„Ich dachte, du wärst mit der Dagmar befreundet. Ihr telefoniert dauernd.“

„Und?“

„Da kommt man ganz durcheinander.“

Vorm Schlafengehen ziehe ich ein kurzes Fazit. Ich muss eine Freundin haben, da gibt ‘s nix. Sabine ist nicht hässlich, die Kumpel haben nicht gelästert; also, schauen wir mal. Später im Bett gehen meine Fantasien in eine andere Richtung: mit Daniel nicht, das wäre unmöglich. Aber ein Junge in meinem Alter, Peter Vogel vielleicht …hätte ich das gebracht, mit ihm so rumzuschmusen und rumzumachen wie Conny mit Walther?? Und wenn nicht, warum nicht? Warum hätten die anderen das nicht akzeptieren sollen??

6

Dagmar hat zwei Wochen später einen neuen Freund, einen schlaksigen, blonden Typen aus einer Realschule ein paar Ecken von unseren Gymnasien entfernt. ‘Mittelschule’ – aus Sicht unserer Elternhäuser nicht wirklich respektabel. Helmut heißt er. Da ich mit Sabine gehe, führt das zwischen uns beiden nicht zu Spannungen. Im Gegenteil: Ich werde eingeweiht in jedes Detail, wie weit er zu gehen versucht, wie weit sie ihn eventuell gehen ließe. „Komm, wir treffen uns am Wochenende, alle vier. Ich hab ihm von dir erzählt. Er möchte dich kennenlernen.“

„Und Sabine?“

„Und Sabine.“

„Ob das eine gute Idee ist …“

„Bitte, Andi. Meine Eltern lassen mich sonst nicht fort. Wenn sie wissen, dass du dabei bist, ist das geritzt. Dich nähmen sie sofort als Schwiegersohn.“

„Oh, Danke.“

„Keine Ursache. Ist abgemacht?“

„Von mir aus. Mal sehen, ob Sabine darf.“ Meinen Eltern ist gewöhnlich alles recht. Papa hat sowieso zu viel zu tun und keine Zeit, Mama betrachtet das Leben als einen nie endenden Karneval in Rio. Die von Sabine hingegen machen engmaschige Vorgaben, nur bis halb sieben, Stadtbummel. Dagmar hat weder Sabine gegenüber noch bei sich zu Hause erwähnt, dass es einen Helmut gibt, sodass allgemein von einem Treffen zu dritt ausgegangen wird. Ich mit zwei Mädchen – das scheint respektabel zu sein.

Sabine ist pikiert, als eine strahlende Dagmar mit ihrem Helmut an der Hand vor unserem Treffpunkt, dem Café Hauptwache, auftaucht. „Du hast nichts davon gesagt, dass …“

„Überraschung!!“

„Haben deine Eltern das erlaubt?“

„Sie erlauben alles, solange Andi dabei ist“, ist ihre ausweichende Antwort.

Es ist das erste Wochenende im Monat, das bedeutet in den 60ern langer Samstag, die Geschäfte schließen statt schon zur Mittagszeit erst um 18 Uhr. Wir ziehen auf die andere Straßenseite und betrachten die Werbung in den Fenstern der Kinos, ‘Das große Liebesspiel’, ‘Frühstück bei Tiffany’, bummeln dann die Zeil entlang und bleiben an den Auslagen der großen Kaufhäuser stehen. Dagmar und Helmut immer eng umschlungen ein Stück vor uns. Mir scheint, dass sie stolzer auf ihn ist als umgekehrt und sie ihre Trophäe zeigen möchte. Ich fühle mich unter Zugzwang und lege Sabine auch einen Arm um die Schultern. Sie streift ihn ab, hakt sich stattdessen bei mir ein.

„Ich finde das nicht gut, wie Dagmar …“

„Ja?“

„Sie bietet sich geradezu an. Ich glaube nicht, dass sie diesen Helmut ihren Eltern vorgestellt hat.“

„Ist noch ganz neu“, versuche ich zu vermitteln, will Dagmar gegenüber loyal sein.

„Nimm sie noch in Schutz!“

„Na ja ….“

„Ich möchte hier eine Hose anprobieren“, verkündet Dagmar vorm ‘Kaufhaus M. Schneider’. „So eine enge mit roten und weißen Streifen.“

„Da müssen wir nicht mit rein“, entscheidet Sabine eilig.

„Treffen uns am Plattenladen in der Stiftstraße wieder, in Ordnung?“

So stöbern wir zu zweit durch die LP-Alben, Sabine in der Klassik-Sektion, mich zieht ‘s zu Pop, doch fühle ich mich neben ihr unwohl bei The Who und den Stones; als ob ich etwas Verbotenes tue.

„Ich habe sowieso nicht genug Geld, um etwas zu kaufen", meint Sabine achselzuckend, und wir setzen uns auf dem Mäuerchen vor der Schaufensterscheibe in die Sonne und warten auf die beiden anderen.

„Wie viel Taschengeld bekommst du?"

„20 Mark."

„Was musst du davon bezahlen?"

Ich bekomme keinen festen Betrag, sondern frage meine Eltern einfach, wenn ich etwas brauche; aber das will ich so nicht kommunizieren. „Nur so wie heute. Wenn ich Freunde treffe."

„Keine Schulsachen?"

„Nö."

„Also ich bekomme 30 Mark, aber davon muss ich Hefte bezahlen, Stifte, alle Kleinigkeiten für die Schule. Was ist dein Vater von Beruf?"

„Journalist. Bei der Frankfurter Zeitung."

„Interessant. Politik?"

„Und Kultur. Er arbeitet auch fürs Radio. Was macht deiner?"

„Mein Vater ist Professor an der Uni. Skandinavische Sprachen. Das bedeutet Schwedisch, Dänisch und Norwegisch."

„Ich weiß."

Ich bin erleichtert, als Dagmar und Helmut vorne um die Ecke biegen, Dagmar mit einer riesengroßen Einkaufstüte. Sie grinst über 's ganze Gesicht.

„Was gefunden?", erkundigt sich Sabine förmlich.

„Aber, Hoppla! Bleib eben hier mit Helmut, ich muss Andi was zeigen."

„Wieder Überraschung?"

„Kannst du glauben!" Sie schiebt mich vor sich her, das Trottoir entlang. „Für deinen Geburtstag", ruft sie ihr noch zu. „Aber, Sabine: Finger weg", und sie deutet mit Bestimmtheit auf Helmut. Sabine rollt die Augen.

„Da muss er durch“, kichert Dagmar. „Hat Sabine auf den ersten Blick nicht leiden können. Die ist frigide, hat er gesagt. Oh, entschuldige“, mit verschärftem Lachen zu mir.

Unnötig; ich habe das Wort noch nie gehört.

Als wir ein paar Meter entfernt von den beiden vor einem anderen Geschäft stehen, wechselt sie das Thema: „Schau mal“, und sie öffnet ihre Tüte, „das muss Sabine nicht entdecken. Sonst kriegt die außer der Reihe ihre Tage.“

Nicht nur frigide: Was das bedeutet, weiß ich auch nicht.

„Hab ich alles mitgehen lassen. Der Helmut hat mir super geholfen“, und sie zieht drei Paar Hosen heraus, eine orangefarbene Bluse, einen Schal. „Und guck mal, auch noch“: Drei Bücher, ‘Das Ruhekissen’, ‘Bonjour tristesse’, ‘Wer die Nachtigall stört’. „Toll, oder? Und wie war ‘s bei euch?“

„Ich kenne Sabine noch nicht so gut“, entgegne ich ausweichend.

„Drei Wochen! Ich kenne Helmut erst drei Tage.“

„Du bist eben anders.“

„Kann man so sagen.“

Wir gehen zu viert Eis essen, an einem Tischchen auf der Straße. Ein Gespräch kommt nicht auf, noch nicht mal dies sorglose, inhaltslose Palaver. Helmut reißt dafür ein Witzchen nach dem anderen, lustig für drei, nervig nach zehn Minuten. Dann ziehen Dagmar und Helmut noch mal los.

„Pass auf meine Schätze auf!“, instruiert mich Dagmar gutgelaunt.

„Denk nicht, dass sie meine beste Freundin ist“, erklärt mir Sabine verlegen, als sie außer Sicht sind. „In der Schule ist sie anders. Sie will sich offensichtlich vor Helmut produzieren.“

„Erwartest du das jetzt auch von mir? Dass ich mich produziere?“

Sie lächelt. Endlich, endlich sind wir ein bisschen beieinander.

„Andreas, ich wollte dir etwas geben.“ Sie zieht einen Umschlag aus ihrem Täschchen hervor. „Für dich.“

„Für mich?“

Sie nickt.

„Kann ich es gleich aufmachen?“

„Ich bitte darum“, sagt sie förmlich. Ich spüre, wie gespannt sie ist.

‘Fräulein Boedicke präsentiert ihre Schüler’, steht groß auf der Einladung zu dem Klavier-Nachmittag, von dem Sabine schon gesprochen hatte. Ja: Fräuleins waren damals Fräuleins und Schüler stand für alle.

„Das Programm findest du auf der Rückseite.“

Ich überfliege es. Ihr Name kommt zweimal vor, Sabine Eilers, beide Nummern von Chopin. „Gleich zwei Stücke“, nicke ich anerkennend. „Und so schwere.“

„Ja“, stöhnt sie heiter, „stimmt.“

Mir wird ganz warm ums Herz als mir bewusst wird, wie stolz sie ist und wie sehr sie sich freut. Ich greife nach ihrer Hand und drücke sie, und sie drückt auch, und ich schaue ihr lange und tief in die Augen. Vor 20 Minuten noch war sie mir so fremd, so weit weg. Plötzlich ist da ein Band zwischen uns.

„Steck die Einladung ein, bitte. Die beiden lästern bloß.“

„Wollen wir aufstehen und gehen?“

Sie zögert. „Was machen wir mit Dagmars Tüte?“

Ich überlege. „Wir geben sie der Bedienung und sagen, dass Dagmar sie abholen wird. Das ist für beide fair. Die müssen noch bezahlen, und die Bedienung hat dafür die Einkäufe als Pfand.“

„Klug bist du“, lächelt Sabine mich an. Kein Ding, könnte ich hinzufügen, die Klamotten und Bücher sind nicht bezahlt.

Wir bummeln zu zweit die Zeil zurück Richtung Hauptwache, und zum ersten Mal habe ich ein warmes, freundschaftliches Gefühl ihr gegenüber. Als ob sie 's spüren würde, öffnet sie sich, berichtet, dass Kunst ihr Lieblingsfach ist und dass sie eine Jawlensky-Ausstellung im Steinernen Haus besuchen möchte.

„Oh da gehe ich mit", schlage ich spontan vor.

„Gerne. Ja. Nächste Woche?"

„Nächste Woche."

Sie erzählt von zu Hause, dass sie ein Einzelkind ist und ihre Eltern ziemlich alt, über 50, und schlagartig kommt mir Daniel in den Sinn. Für Momente bin ich in Versuchung, Sabine von ihm zu erzählen, aber diese Idee droppe ich sofort.

„Das war viel schöner jetzt ohne Dagmar und diese Figur", erklärt sie, an der Hauptwache angekommen, und ich pflichte ihr rückhaltlos bei. Als ihre Straßenbahn in Sicht ist, küsse ich sie schüchtern auf die Wange; sie lässt es geschehen. Drückt zum Abschied fest meine Hand. „Schönen Sonntag", ruft sie, als sich die Türen schließen, und winkt mir durchs geschlossene Fenster zu.

Dagmar ruft am Abend an und macht mir die Hölle heiß. „Du unmöglicher Mensch!", tönt sie, „was hat dich denn geritten! Einfach zu türmen!"

„Wir wollten auch mal allein sein."

„Da hätte ich gerne Mäuschen gespielt. War's so aufregend wie bei uns? Wie fandst du den Helmut eigentlich. Weißt du, ich habe noch eine Hose anprobiert, und genau in dem Moment, als ich sie ausziehe, kommt er in die Umkleide. Die Damenumkleide! Und dann wollte er da, an Ort und Stelle … Jeden Moment konnte die Verkäuferin durch den Vorhang kommen! Der kennt ja nichts. Schiebt mich in eine Ecke, zieht seinen Reißverschluss auf … Ich hatte ihn in der Hand, weißt du? Toll war 's."

„Und Sabine küsst ganz toll", versuche ich 's auch.

„Ach nee! Das wüsste ich aber!"

Am Abend liege ich im Bett und onaniere zweimal mit dem Gedanken an Daniel, an seinen großen männlichen Körper und all die Dinge, die er mit mir macht. Da ist auch Sabine, sicher. Aber das gehört woanders hin, ist etwas ganz Anderes.

7

Mein Vater war ein Büchernarr; unter anderem hatte er die Reihe der dünnen Reclam-Hefte abonniert. Zwei Wände seines Arbeitszimmers bedeckten Regale, voll bis obenhin mit Bänden jeder erdenklichen Größe und Thematik. Im Frühsommer nahm er mich an einem Nachmittag mit zu einem Kollegen nach Offenbach, dessen Onkel gestorben war und eine ebenso riesige Bibliothek hinterlassen hatte, zwei Zimmer mit nichts als Literatur. „Packen Sie ein, was Ihnen gefällt", hieß die Aufforderung, und mein Vater belud unseren braunen VW 1500 bis unters Dach und fuhr am nächsten Tag ein weiteres Mal zu dieser Schatzgrube, wie er sich ausdrückte. Wann will er das lesen, fragte ich mich, wo er immer so überaus beschäftigt ist? Ein paar der Beutestücke, die er als für Jugendliche passend empfand, legte er mir in mein Zimmer. Wie gewohnt verfehlte er meinen Geschmack um Kilometer. Ich las gerne und viel, aber mit seinen Buchgeschenken löste mein Vater regelmäßig Ärger und Abwehr aus oder gleich ein Gefühl von kompletter Ohnmacht. Könnte er nicht ein einziges Mal fragen, was in meiner Welt passierte, statt mich mit politischen und physikalischen Abhandlungen zu traktieren, die er für interessant hielt? So auch diesmal: Weder traf er mit der 'Geschichte der Abstrakten Malerei' noch mit dem Wälzer über griechische Philosophen auf die geringste Freude oder Begeisterung. In einem Handbuch für Pfadfinder blätterte ich unentschlossen herum und stieß – komischer Zufall – auf einen verschämten Absatz über 'Verführung durch Erwachsene': 'Will euch ein erwachsener Mann an die Hosen, ist es in jedem Fall eure Pflicht, ihn umgehend bei der Polizei anzuzeigen. Unter Gleichaltrigen ist eine entschiedene Antwort mit der Faust angebracht. '

Homosexualität war 1963 ein Un-Thema. Ein offen schwuler Justizminister oder schwuler Bürgermeister einer Millionenmetropole – undenkbar. Das äußerste waren diese verschämt-kichernden Bemerkungen von Großmutter, Mutter und Tante, wenn sie sonntagnachmittags im Wohnzimmer Wunschkonzert hörten und dabei strickten. „Von Vico Torriani ich habe hören Leute sagen dass er ist … … so."

„Wie, so", fragte meine Mutter, die naivste der Drei.

„Na", mit einem ängstlichen Seitenblick zu Nils und mir, geflüstert, „von andere Ufer."

„Über Freddy Quinn ich auch habe gehören gleiche Geruch", wusste Tante Zaire beizutragen.

„Gerücht", verbessert Avo.

Aus diesen Quellen speiste sich die allererste Reaktion meiner Mutter, als ich über ein Blumenbeet gebeugt ihr eineinhalb Jahre später beim Unkrautrupfen mitteilte: „Das ist halt so – ich bin schwul!"

„Red dir das nicht ein!", entschiedener Widerspruch, „nur weil du eine Show mit Cliff Richard im Fernsehen gesehen hast!" Ihr genereller Umgang mit Realität. So leugnete sie 40 Jahre später eine Woche vor ihrem Tod, dass sie überhaupt im Sterben liege.

Alles in ferner Zukunft, in diesem Sommer.

Als Daniel sich nach unserem letzten Treffen über zwei Wochen nirgends sehen lässt, werde ich kribbelig. Ich denke dauernd an ihn. In meiner Fantasie erzähle ich mir, dass ich einen 'Freund' habe. Ich bin gern mit dem Fahrrad im Ort unterwegs, besonders in den Abendstunden. Fahre bei meinen Kumpeln vorbei und gondele allein durch die Straßen, die mit ihrem spärlichen Autoverkehr diesen Namen kaum verdienen. Klar zieht 's mich immer wieder zum Karl-Duchmann-Weg. Einmal sehe ich seinen weißgrauen Ford vorm Haus stehen, halb auf dem Bordstein geparkt, als wolle er gleich wieder wegfahren. Er stände sonst in der Garage, mutmaße ich; oder? Ich ziehe verträumt Kreise an der Einfahrt zu der Straße, wage mich bis zwei Häuser entfernt vor. Weiter nicht. Die Terrassentüre steht offen, der Wind bauscht eine zugezogene Gardine immer wieder nach draußen. Wohl ist mir nicht, ein paar Meter von Daniels zuhause entfernt. Über eine Stunde keinerlei Lebenszeichen aus dem offenstehenden Anwesen, von Daniel nicht und nicht von der blonden Frau oder von Michael. Als es dämmrig wird, mache ich mich geknickt auf den Heimweg.

Zwei Tage später steht sein Wagen vorne an der Kreuzung zum Wildscheuerweg, als ich abends den Mülleimer vor die Tür stelle – eine meiner Aufgaben, um mir mein Taschengeld zu verdienen. Ich haste die paar Meter bis zur Ecke, unsicher zu unserem Haus zurückschauend.

„Das ist gefährlich!“, presse ich flüsternd zwischen den Zähnen hervor, obwohl niemand da ist, der uns hören könnte. „Wenn uns jemand sieht!“

„Weiß ich“, entgegnet Daniel heftig und legt eine Hand auf meine. „Morgen um sieben? Drüben am Freibad?“

„Onkel Fritz kommt morgen. Da kann ich nicht weg.“

„Übermorgen?“

„Besser. Geht um sechs?“

„Geht. Sechs. Ich mach schnell. Tschüss, Großer. Ich freu mich.“ Und weg ist er.

Zehn Minuten später sitze ich wieder in meinem Zimmer über den Schulaufgaben und habe immer noch eine Erektion.

Am Freitag bin ich eine halbe Stunde früher an der Auffahrt zum Bad, sitze wartend auf einem weißen Kilometerstein. Passt gar nicht, Mathias Nauert fährt vorbei und will mit mir quatschen. „Gehst du morgen auch zum Tennisfest?“, ist nur eine seiner nervigen Fragen.

„Ich hasse den Tennisclub. Lauter reiche Geldsäcke. Können eh nicht richtig spielen.“

„Beim Fest ist immer mords was los.“

Ich sitze auf Kohlen. „Scheiß drauf. Außerdem bin ich total schlecht gelaunt. Ich warte auf meinen Nachhilfelehrer.“ Gedankenblitz, falls die beiden sich begegnen.

„Du, Nachhilfe? In was denn …“

„Lass gut sein, Matze.“

Tatsächlich, er verkrümelt sich. Drei Minuten später biegt Daniel oben um die Ecke. Ich klettere in Windeseile auf den Beifahrersitz, und er dreht und verlässt die Auffahrt Richtung Dreieichenhain. „Hey, Kleiner“, sagt er knapp und schaut kurz lächelnd zu meiner Seite.

„Hey.“

Still durch Dreieichenhain durch, wie letztens. Ich schlucke ein paar Mal aufgeregt.

„Freust du dich? Dass wir uns sehen?“

„Ja.“ Ich will, dass er mich anfasst, aber er schaut konzentriert geradeaus. Viel Verkehr; Feierabend. Er ist nicht so aufgebretzelt wie beim letzten Mal, trägt eine hellblaue Sommerhose, ein blaues T-Shirt und eine schwarze Lederweste. Ich habe auch lange Hosen an, braune Cordhosen. Und weil er ‘s nicht tut, lege ich zaghaft meine Hand auf seinen Oberschenkel. Er greift sofort danach, drückt sie fest. Ich höre ihn lange ein- und ausatmen, als ob er irgendwie erleichtert ist.

Schon vertraut, das Öffnen der Garagentür und das Schließen, als der Wagen drin ist. Ich stehe abwartend am Hinterausgang. Diesmal macht er nicht schnell die Tür auf, sondern greift nach mir und schiebt mich gegen die Wand. Nimmt meinen Kopf in seine Hände. Langsam drückt er seine Lippen auf meine, sehr langsam, öffnet damit meine. Unsere Zungen berühren sich. Ich höre ihn brummeln, während er seine Stirn gegen meine drückt, sein Gesicht an meinem reibt, mit der Zunge in meinen Ohren spielt.

„Ich hab dich vermisst“, murmelt er.

Er greift nach meiner Hand und zieht mich ins Haus. Alles wie gehabt, freue ich mich, als wären wir gestern Abend erst hier gewesen. Dann fällt mir auf, dass die Sektflasche weggeräumt ist und die beiden Senfgläser, die neben dem Bett standen, dass das Bettzeug glattgezogen ist. Ich will dazu etwas fragen, aber er spricht als erster. „Zieh dich aus“, sagt er befehlend und öffnet seinen Hosenbund, kickt die weißen Leinenschuhe von den Füßen. Im Nu sind wir aus unseren Klamotten gestiegen, stehen nackt ein paar Meter voneinander entfernt. Ich mache einen Schritt auf ihn zu, aber er streckt die Arme aus.

„Bleib, ich will dich angucken. Du bist so schön, Andreas. Du bist so schön!“

Ich finde ihn auch schön. Seine dunkelbehaarten Beine, sein dicker Penis, die kräftige Brust.

Ein Quickie wie später unter Erwachsenen, ohne langes Rumgemache, ohne erst anständig zu tun oder was.

„Das geht so schnell“, kann ich noch protestieren.

„Mach!“, brummt er.

Kurz drauf wirft er sich neben mich auf ‘s Bett, auf den Bauch, sein Kopf eng neben meiner Schulter. Legt einen Arm über meine Brust.

„Willst du mich heute schnell wieder loswerden? Hast du keine Zeit?“

„Musste sein“, murmelt er. „Ich war so wild nach dir.“

„Ich war auch wild. Trotzdem, ging so schnell vorbei.“

Er greift nach meinem Penis. „Dein Pullermann steht gleich wieder. Oder nicht?“

„Glaub schon.“

Er streichelt mich, und ich drehe mich zu ihm, und beide auf der Seite liegend halten wir einander fest. Tut mega-gut. Danach sehne ich mich immer; dass mich jemand hält. Wie ganz, ganz früher, wenn ich bei Avo zu Besuch war, der Großmutter. Vorm Frühstück bin ich zu ihr ins Bett gekrabbelt und sie hat mich fest in den Arm genommen, und ich habe gebrummelt wie ein kleines Tier. Klar, da wohnten wir noch im Hintertaunus, ich war noch nicht in der Schule, das ist ewig her. Heute tut das niemand mehr, und es fehlt mir, ganz riesig. Manchmal habe ich mir sogar gewünscht, dass Papa das mal täte, mich fest umarmen. Die Idee allein zaubert ein bitteres Lächeln auf mein Gesicht.

Ich küsse Daniel schüchtern, auf seine behaarte Brust, auf seine Schulter. Er spielt mit meinen Haaren.

Das Zirpen der Grillen draußen auf den Feldern, das vertraute Geräusch von Treckern in der Ferne. Autohupen von der Landstraße.

„Andreas?“, flüstert er an meinem Ohr.

„Hm?“

„Wir müssen etwas besprechen.“ Er rückt ein Stück von mir ab, stützt sich auf seinen rechten Ellbogen.

„Ja?“ Ich weiß genau, was kommt.

„Wir wollen doch … Wir wollen beide keine Schwierigkeiten. Oder?“

„Du bist sauer, weil ich an eurem Haus vorbeigefahren bin.“

„Mmh“, er lächelt gequält, „vorbeigefahren.“

„Hast du mich gesehen?“

Er verzieht den Mund, schaut zur Seite.

„Ich hatte Sehnsucht nach dir“, erkläre ich, ebenfalls den Kopf zur Seite drehend. „Du hast dich so lange nicht blicken lassen.“

Er lässt sich auf den Rücken fallen, zieht meinen Kopf auf seine Brust. „Verstehe. Bloß, weißt du, ich kann nicht meine Jacke schnappen und die Autoschlüssel und sagen ‘Ich bin kurz weg’.“ Er versucht ein Lachen. „Wir haben auch keinen Hund, den ich ausführen kann.“

„Es tut mir leid."

„Erst ruft meine Frau nach hinten 'Da ist ein Junge, der fährt auf der Straße seit 'ner halben Stunde Schlangenlinien; sucht der was? ', und dann kommt mein Sohn und verkündet 'Der Bender. Was will der denn hier'. "

Wo liegt das Problem, wäre Michael auf der Terrasse erschienen? Ich hätte ein paar Takte mit ihm geschwätzt.

„Mir ist heiß geworden, ich bin knallrot angelaufen. Hab mich auf 's Klo verzogen und gebetet, dass du ein Einsehen hast."

Ein Einsehen hast – so hätte mein Vater das formuliert. „Entschuldige. Ich wollte dich sehen."

„Ja." Er richtet sich auf, stützt sich auf die Unterarme. „Wir werden eine Möglichkeit finden, wie wir uns kontakten können."

„Du kannst bei uns anrufen."

„Nein", entgegnet er entschieden. „Nein. Kann ich nicht."

„Doch." Ich schaue ihn an, von unten.

„Dummkopf", lächelt er.

Wir drücken uns wieder aneinander. Ich fahre mit meiner Nase über seine Brust. Sein Geruch regt mich auf; es ist riesig, einen anderen Menschen so nah zu spüren. Er legt eine Hand um meinen Hals und seine Zunge leckt über mein Gesicht als wäre er ein Hund.

„Gibt 's kein Bier heute? Oder Champagner?"

Er boxt mit seiner Faust gegen meinen Oberkörper. „Auch noch Ansprüche", lacht er. „Gibt 's. Gleich." Er wechselt unsere Positionen. Schon sind 's wieder unsere Körper, die sprechen.

„Das ist ganz schön schweinisch, oder?", frage ich ihn, von unten. „Sind wir pervers? Sind wir beide pervers?"

Daniel schaut hoch. „Wieso?"

„Zum Beispiel, weil ich dich gerne rieche."

Er schüttelt feixend den Kopf. „Da ist nichts schweinisch, Kleiner. Wir mögen uns halt."

„Ja."

Ich möchte selbst mehr mit ihm machen. Ihn so anfassen wie er mich. Ich lasse meine Zunge spielen wie er's mit mir tut. Er stöhnt laut auf, „uuhhh …Jaaa …", aber das macht mich schon wieder verlegen. Brauche mehr Mut, weniger gedanklichen Religionsunterricht. Oder ein bisschen Alk.

Er spürt, was die Aktionen befeuern würde. Mit einem Ruck springt er aus dem Bett, und ich höre ihn die Kellertreppe runtertrampeln. Das kenne ich schon.

Er ist schnell zurück. Hat vorgesorgt, gleich sechs Flaschen unterm Arm.

Er öffnet zwei Flaschen wie gehabt am Fensterbrett, wobei er mich neugierig mustert. Lässt sich vor dem Bett nieder, reicht mir mein Bier. Wir stoßen an. Wilde Fantasien in meinem Kopf, wie er da so hockt. Ich bräuchte kein Bier mehr. Bin schon ohne ganz enthemmt.

Trinke trotzdem hastig ein paar Schlucke, sodass die Flasche halb leer ist, als ich sie auf dem Boden absetze. Ich lehne mich aus dem Bett. Mit einer Hand stütze ich mich ab. Die andere schiebe ich zögernd zwischen Daniels Beine. Schaue ihm fest in die Augen dabei.

„Was wird das?", fragt er. Er geht ein bisschen tiefer in die Hocke. Unsere Gesichter nah voreinander, sodass wir uns unseren nach Bier riechenden Atem ins Gesicht hauchen.

„Mach weiter", stöhnt er heiser.

Ich lasse mich vom Bett runtergleiten. Stehe unschlüssig hinter ihm. Greife nach der Bierflasche, trinke sie in einem Schluck leer. Schiebe ihn ganz auf 's Bett, kniend mit dem Rücken zu mir. Und höre auf, mich zu zensieren.

Später lasse ich mich auf 's Bett fallen, schließe die Augen.

„Was ist los heute?", höre ich Daniel neben mir fragen. „Das war gigantisch. Gigantisch. Bombig."

Ich lasse die Augen geschlossen, greife aus nach ihm. Kriege sein Bein zu fassen. Er legt eine Hand auf meine, wie vorhin im Auto. Drückt sie, auch wie vorhin.

In meinem Kopf dreht sich ‘s. Uiui, denk ich im Stillen, jetzt habe ich ‘s echt getan. Bin garantiert der erste in meiner Klasse. Ein Mann war ‘s, okay. Daniel wird wissen, dass wir auch davon nicht krank werden können. Muss ich drauf vertrauen. Eine andere Wahl habe ich nicht, egal wieviel Sorgen ich mir mache.

Er langt nach seiner Bierflasche, trinkt. Legt sich ebenfalls lang, rollt sich auf den Bauch wie vorhin, den Kopf an meiner Schulter, ein Arm über meiner Brust. Das scheint er zu mögen. So liegen wir lange und still.

Wie alt mag er tatsächlich sein?, überlege ich, denn meine Gedanken kommen nie zur Ruhe. Aber ich muss das Schweigen nicht brechen.

„Wann erwarten sie dich zu Hause?“, sind seine ersten Worte, in die Stille hinein.

„Hab morgen die ersten beiden Sport. Freitags sehen die Alten das locker. Eigentlich“, ich will ein bisschen angeben, „eigentlich kann ich nach Hause kommen, wann ich will.“ Wann muss Michael daheim sein?, möchte ich fragen; aber das käme wohl nicht gut. „Und warum?“

„Wollte wissen, wie lange wir uns noch haben.“ Er steht auf, schaut aus dem Fenster.

Er war hier seit dem letzten Mal, fällt mir erneut auf. Als wir weg sind, hatte er die Rollläden runtergelassen. Die Beobachtung fühlt sich nicht gut an.

„Ist das dein Haus?“ Ich muss schnell irgendetwas sagen.

Er dreht sich zu mir. „Hat meinem Großvater gehört. Steht seit zwei Jahren leer. Ich will ‘s verkaufen; will nur keiner haben.“

„Ah“, nicke ich altklug. Strecke mich wieder aus auf dem Bett, während er mich still betrachtet. Er wird die Frage nicht hören wollen, weswegen er ohne mich hier war. Außerdem würde ich ihm gerne von Michael erzählen. Dass wir uns angefreundet haben beim Sport und gerne gegeneinander laufen. Er ist nicht so verbissen, wenn er verliert, und dann nehme ich es auch weniger dramatisch. Wir lachen viel miteinander. Er ist aufgetaut, erzählt mir vom Gymnasium in Langen, wo er nicht richtig Kontakt bekommt, und von seinem Zuhause. Es kribbelt, wenn er von den Spannungen zwischen seinen Eltern berichtet. Dienstag war er bei uns daheim und ich habe ihm mit Französisch geholfen. Aber ich liege sicher richtig damit, dass Daniel das nicht hören möchte.

Er setzt sich neben mich auf 's Bett; gut, dass er meine Gedanken nicht lesen kann.

„Hör zu“, sagt er nachdenklich. „Wir machen das so. Wenn ich im Lande bin, warte ich montags oder donnerstags auf dich an der Ecke Falltorweg, nach eurem Sport. Kein Riesen-Umweg, oder?“

Ich schüttele den Kopf.

„Ich bin immer da, wenn ich kann. Und wenn wir uns nur mal zulächeln. Gebongt?“

Ich nicke.

„Geht das so? Dass du nicht mehr bei uns vorm Haus Kreise fahren musst?“

„Ja.“

„Und wenn …“ Er schaut unschlüssig zu Boden. „Wenn du mich unbedingt sehen willst – ich lasse mir was einfallen. Ich denke mir was aus. In Ordnung?“

Ich nicke wieder. „Ja.“

Der Aufbruch schweigend; die Rückfahrt auch. Ich lehne mich vorsichtig gegen ihn.

„Wer hatte diese dusselige Idee, dass wir uns hier am Bad treffen“, grinst er kopfschüttelnd, als er mich absetzt. „Du musst den ganzen Weg zurückradeln. Ist ja doof.“

„Nee, nicht. Da kann ich ein wenig über alles nachdenken."

„War 's so schlimm?"

„Blödmann!" Wundere mich, wie leicht mir das über die Lippen kommt. Würde ich mir bei aller Lockerheit meinem Vater gegenüber niemals wagen.

Er parkt noch an der Straße, als ich mit dem Fahrrad um die Ecke biege. „Was vergessen?", frag ich.

„Wollte noch mal deinen kleinen Hintern auf dem Sattel sehen", ruft er mir durch 's offene Beifahrerfenster zu.

„Viel Spaß!" Und ich stelle mich beim Fahren auf die Pedale und wackele mit dem Po. Als er mich überholt, hupt er zweimal kurz. Er muss vorne an der roten Ampel warten. Ich drossele mein Tempo, damit wir uns nicht noch einmal begegnen.

8

In meiner Volksschulklasse gab es zwei konkurrierende ‘Banden’, die Karl Janka- und die Alexander von Reim-Bande. Nichts Wildes, wir prügelten uns selten und führten außer Wasserpistolen keine Waffen mit uns; es ging im Wesentlichen darum, wer bei wem zum Geburtstag eingeladen wurde und auf welcher Seite des Ortes – im ‘Neuen’ oder im angeseheneren ‘Alten’ Teil – man wohnte. In der dritten und vierten Klasse hielten wir wichtige Treffen ab, die Tagesordnungspunkte abhängig davon, wer welche amerikanische Nachmittagsserie im Fernsehen gesehen hatte, ‘Fury’ oder ‘Lassie’ oder verbotenerweise ‘Am Fuß der blauen Berge’ – ‘für Jugendliche unter 16 Jahren nicht geeignet’.

Im Gymnasium in Frankfurt wurde diese Tradition nicht fortgeführt. An ihre Stelle traten die Cliquen, die im Großen die gleiche Funktion hatten, aber fließender und durchlässiger waren. Ich war nicht festgelegt auf eine, jedoch eher dort zu finden, wo Sport eine Rolle spielte und wo gelacht wurde; weniger bei der Gruppe, die die Hausaufgaben der zweiten Stunde bereits in der ersten großen Pause anging. Fand mich auch nicht wieder bei der Gang um Pierre Scholz, die Centerfolds aus dem ‘Playboy’ tauschte, versteckt in großen DIN A4-Heften. Ein riskantes Unternehmen: trieb man ‘s zu doll, konnte man von der Schule fliegen, auch wegen Aktionen wie der von Marcel Heil, der in den Pausen als Dias gerahmte Aktfotos herumzeigte, wovon die Hälfte seine Mutter darstellte.

Die folgende Begebenheit fing harmlos an. Hartmut Messmer – der spätere Pressesprecher des Katholischen Büros für Öffentlichkeitsarbeit Mainz – schrieb, meist während des Unterrichts unter der Bank, kleine Romane. ‘Der vierfache Mord’ oder auch nur ‘Der dreifache Mord’, Kaliber dieser Art, Imitationen der ‘Jerry Cotton’- oder ‘Landser’- Groschenhefte, die zu lesen offiziell verboten war und von vielen heimlich gelesen wurden. Hartmut kopierte auch die Kleinanzeigen dieser Schundromane mit hingeschmierten Sprüchen in den oberen Ecken, 'Atrix – für die Hände', 'Triumph – krönt die Figur' und dergleichen. Die Werke gingen in der Klasse von Hand zu Hand, waren originell, spannend und amüsant. Kein großes Ding.

Bis er ankündigte, jetzt einen Roman 'Für Erwachsene' angehen zu wollen.

Es gab auf breiter Front nichts wirklich Anrüchiges, nichts. Ein paar Magazine – schon das Wort war unanständig – mit Namen wir 'Gondel' oder 'Schaukel', in denen Frauen im Bikini oder nackt von hinten abgebildet waren. Das 'Neue Blatt' startete eine 'Große Aufklärungsserie', aus der man nach geduldigem Warten auch nach der sechsten oder siebten Folge nichts erfuhr, was man nicht schon wusste. Und es gab Bücher mit 'Stellen': Brecht 's 'Baal', die 'Blechtrommel', 'Haie und kleine Fische'.

Und nun machte sich Hartmut Messner daran, das alles zu toppen.

Er war ein verschmitzter, introvertierter Typ, mittelmäßiger Schüler, eher ruhig. Es fiel nie einem Lehrer auf, dass er unter der Schulbank unentwegt vor sich hinkritzelte. Er selbst verzog zuweilen das Gesicht im Erstaunen darüber, was für ein fulminanter Einfall ihm gerade gekommen war. Unsere Spannung stieg; wir konnten kaum den Tag erwarten, bis das Werk fertig war. „Nicht so viel Reklame!", raunten ihm Mitschüler zu. „Nicht wieder überall 'Schappi – damit 's ein Prachtkerl wird', und so 'n Zeug". Hartmut ließ sich nicht aus der Ruhe bringen.

Die Popularitäts-Rangordnung der Klasse legte fest, dass Michael Roeder das vollendete blaue Schulheft als erster mit nach Hause nehmen durfte. Er reichte es schon am nächsten Tag an Nick Rasloff weiter, mit einem zynischen, vielsagenden „Na … ja." Nickys Reaktion war ähnlich: hochgezogene Augenbrauen, feixend verzogener Mund.

„Worum geht ‘s?“, fragte ich Wolfgang Neuhauser, der als dritter dran war.

„Abartig. ‘nen Harten macht ‘s dir nicht. Hab mehr erwartet.“

Ich war als fünfter an der Reihe.

Eine Polizei-Hauptzentrale, in der ausschließlich junge Frauen mit nichts als kurzen Hemdchen und weißen Socken arbeiten, ‘damit man die Futt und den Hintern sieht’. Eine Reihe Mordfälle, bei denen dem Ermordeten regelmäßig ‘Das männlichste Teil’ abgeschnitten wurde – ein Jahrzehnt vor Alice Schwarzer! Eine Schuldirektorin namens Olga Rasantova, die Einserschülern Schäferstündchen im Lehrerzimmer gewährt – immerhin nach Unterrichtsschluss. Und ein Lateinlehrer, der ‘s am liebsten mit Hunden macht und der von unserem eigenen Doktor Helm nur schwer zu unterscheiden ist.

Das Werk ließ Hartmut Messmer in der Beliebtheit des Klasse aufsteigen und kostete mich um ein Haar meine Position als Klassenclown.

„Pass auf, dass es keinem von den Paukern in die Hände fällt!“, warnte Hans-Jürgen ihn. Dann war Peter Vogel an der Reihe. Sein Vater war Mathelehrer, nicht in unserer, aber in zwei Parallelklassen. Die Familie wohnte in einer Art Dienstwohnung, die an den Pausenhof angrenzte.

Als Peter die nächsten beiden Tage nicht zur Schule kommt, denkt sich niemand etwas dabei. Am zweiten betritt nach der großen Pause Klassenlehrer Kraschinski zusammen mit Dr. Helm den Klassenraum. Ungewöhnlich; freitags haben wir Kraschi weder in Erdkunde noch in Sport, seinen beiden Fächern.

„‘N Morgen Jungs“, verkündet er. „Keine Aufregung. Latein, alles wie gewohnt. Und zu mir kommt jetzt der Roeder, vorne in das

Zimmer an der Treppe, und danach der Zwilling. Der sagt euch, wie ‘s dann weitergeht.“

Er verabschiedet sich, Roeder folgt ihm. Seltsame Stille überm Klassenraum. Geht ‘s jedem so, dass er sich fragt, was faul ist und was er selbst ausgefressen haben könnte – oder hat? Ich denke augenblicklich an Daniel. Nur, was könnte der Roeder damit zu tun haben? Mit dem bin ich nicht befreundet. Mir wird trotzdem heiß und unbehaglich. Hat uns jemand gesehen? Ist was passiert? Was mache ich, falls ich selbst in das Zimmer am Ende des Ganges muss? Falls Kraschi mich fragt, ob ich … Sex … mit einem Mann …

Ich fahre erschrocken zusammen; Dr. Helm hat mich aufgerufen. Caesar, ‘De Bello Gallico’. Hat mich kalt erwischt, aber ich schaffe es, ein paar Sätze fehlerfrei zu übersetzen.

Roeder kommt zurück. „Der Meister soll erst zu Herrn Kraschinski kommen, nicht der Zwilling.“

Helmut Meister ist ein pausbäckiger, dicklicher Langweiler, sicher noch kein einziges Haar am Sack, sein Hobby Briefmarkensammeln. Wenn er in diese Geschichte verwickelt ist, kann ‘s sich nicht um etwas Unanständiges handeln, und ich bin raus. Zaghaftes Aufatmen.

Meister ist kurz drauf wieder da.

„Da kommt der Hauptangeklagte!“, verkündet Dr. Helm streng. Soll ein Witz sein.

„Nein nein“, kontert Meister tranig, „Ich habe gar nichts damit zu tun. Der Heil soll vorkommen.“

Meine Nervosität steigt wieder. Falls es doch um Schweinereien geht, … der Heil erzählt sogar, dass er mit Prostituierten auf der Kaiserstraße anbändelt. Denke immer, dass er nur angibt, aber könnte sich einer der Lehrer oder Kameraden vorstellen, was ich mit Daniel in dem verlassenen Haus anstelle?

Fahriger Unterricht, wie unter einer Glasglocke. Kaum ein Laut außer Dr. Helms Stimme und der des Schülers, der dran ist.

Heil bleibt lange fort. Sieht bleich aus, als er die Türe öffnet. „Der Bender soll vor …“, verkündet er tonlos.

Heil und Messmer sitzen nebeneinander in der zweiten Reihe. „Vermisst du deinen Roman?“, höre ich Heil Messmer zuflüstern, als ich an ihnen vorbeigehe.

Hab weiche Knie, draußen vor dem Klassenzimmer und auf dem Weg nach vorne. Der Roman; nicht meine Angelegenheit. Aber sie sind hinter irgendetwas her.

Kraschi sitzt schräg neben einem Schülerpult, in dessen Mitte anklagend das blaue Schulheft liegt. Er zeigt auf den Stuhl ihm gegenüber. „Na, Bender, haste den Schweinkram auch gelesen?“, und er tippt mit dem Finger auf Messmers Heft.

Kraschi ist ein kumpliger, fairer Klassenlehrer. Jeder mag ihn. Sportstyp, aus Ostpreußen, Polen, irgend so was. Trägt immer braune Anzüge, weite Hosen mit Schlag, Jacketts. Das machen die Lehrer alle so, aber zu ihm passt ‘s kein bisschen.

Ich nicke zurückhaltend. „Hab ich. Jeder hat ihn gelesen, der ihn gekriegt hat. Alle sind scharf auf Messmers Romane.“

„Aufregend?“

Ich schüttele den Kopf, deute Richtung Tischplatte. „Der da? Nee. Nicht aufregend.“

„Die aufklappbaren Fotos, von Scholz; aufregender?“

Ich zucke die Achseln. „Weiß nicht. Hab ich nicht gesehen.“

Kraschinski lehnt sich etwas vor, legt eine Hand auf mein Bein. „Bender: Du kennst mich. Ich hau euch nie in die Pfanne, ich bin ehrlich mit euch. Jetzt seid ihr ‘s auch mit mir. Was war, mit den Fotos.“

Ist das ‘ne Falle? Macht er weiter mit Daniel? Oder hat mich womöglich jemand beim Spannen in Sprendlingen beobachtet?

Meine Handflächen werden feucht. „Herr Kraschinski, ich weiß, dass Sie ‘n super Lehrer sind. Ich lüg Sie nicht an. Ich habe Scholz’ Fotos nicht gehabt.“

„Okay, Bender. Ich glaub dir. Und die Dias von Heil?“

Mein linker Mundwinkel zuckt. „Fand ich nicht toll.“

„Gesehen hast du sie?“

„Ja.“ Ich schüttele den Kopf. „War ‘n nicht schön.“

Kraschinski macht eine Pause. Schaut kurz aus dem Fenster, dann wieder zu mir. „Wer von euch geht zum ‘Ball der Einsamen Herzen’?“

„Bitte?“

Er wartet. „Nie davon gehört?“

„Nein.“ Keine Ahnung, was das soll. Neuhauser vielleicht, sitzengeblieben, ein Jahr älter. Ball der einsamen Herzen … puh!! …

„Was weißt du über die ‘Barberina-Bar’?“

Jetzt! Doch!! Sie haben mich!! Als steht mein Körper in Flammen, so heiß wird mir. Und ich werde puterrot.

Kraschinski nickt aufmunternd. „Ja?“

Ich schüttele heftig den Kopf. „Nichts.“

Barberina-Bierbar. Keine Ahnung, wer wann diesen Namen genannt hat. Bar für Schwule, wo Männer miteinander tanzen, oder so was. Hab das tief im Unterbewusstsein, im Hinterkopf.

„Sag was, Bender. Du bist dunkelrot. Willst ‘n Spiegel?“

„Herr Kraschinski, bitte. Ich habe keinen Schimmer, was das ist.“

„Doch.“

„Ich hab davon gehört. Das ist alles.“

„In der Klasse? Von wem?“

„Ich weiß es nicht. Wirklich, ich weiß es nicht mehr.“

Er spielt mit Daumen und Zeigefinger an seiner Nasenspitze. „Ich will eine saubere Klasse. Ihr seid Jungen; verstanden. Aber solcher Schweinkram … Kannst du dich nicht erinnern? Barberina-Bierbar? Wer das erwähnt hat?“

„Ich kenne den Namen“, räume ich vorsichtig ein. „Mehr nicht.“ Vielleicht war ‘s Hulda.

„Ich glaub dir, Bender. Schmutziges Thema. Okay“, er macht zu meiner völligen Verblüffung eine wichsende Handbewegung, „jeden Tag. Das ist so, mit 13, 14. Aber Hinterlader wollen wir hier nicht.“

Ich schaue betreten zu Boden.

„Ehrt dich, dass dir das Thema peinlich ist. Du kannst gehen. Hör zu: Wenn dir etwas einfällt, was du noch sagen möchtest, kommst du zu mir. Verstanden?“

Ich nicke.

„Verstanden?“, wiederholt er. „Diesen schmutzigen Morast werden wir trockenlegen. Ich will eine gesunde Klasse.“ Er schüttelt mir die Hand. „Vergiss nicht, Erdkundearbeit nächste Woche.“

„Ja. Danke, Herr Kraschinski.“

„Schick mir den Neuhauser!“, ruft er mir nach.

Ich lehne meine Stirn ein paar Momente lang an eine kühle Fensterscheibe im Flur.

Er hat mich nicht nach Daniel gefragt, nicht nach dem Haus kurz vor Urberach, nach Gucklöchern in den Sprendlinger Umkleidekabinen. Sie wissen nichts. Ich glaube, ich bin noch einmal davongekommen.

Tagelang brodelte nach den Verhören die Gerüchteküche. Peter Vogels Vater hatte Messmers Roman auf einem Stapel unter dessen Schulheften entdeckt und den Stein auch in unserer Klasse ins Rollen gebracht. Der eigentliche Sittenskandal, wie wir die Vorgänge schnell tauften, hatte in einer drei Klassen höheren Obersekunda seinen Anfang genommen und brodelte schon länger. Aus dieser Klasse flogen ein paar von der Schule, und Marcel Heil und Wolfgang Neuhauser mit ihnen. Es kursierten die unglaublichsten Gerüchte: dass sie sich im ‘Ball der Einsamen Herzen’ von älteren Frauen für Geld hatten kaufen lassen, und noch Krasseres. Ich konnte es nicht glauben; dann wiederum, wenn ich an mich selbst dachte …

Peter Vogel kam aufs Gagern-Gymnasium. Mit Hartmut Messmer gingen sie wundersamer weise gnädig um. Gut, sein Vater war im Elternbeirat. Er schrieb nur noch Zweier, in Deutsch lauter Einser. Ich selbst nahm mir vor, vorsichtiger zu sein, ohne zu wissen, wie ich das hätte umsetzen sollen.

9

Jeden Montag und jeden Donnerstag mache ich nach der Leichtathletikgruppe den Schlenker über den Falltorweg. Auf der Holzbrücke über den Hengstbach wette mit mir selbst, ob Daniel da ist oder nicht. Die Chancen sind nicht 50:50; wahrscheinlicher ist ‘s, dass die Ecke vor der Anlage leer ist. Hat er ‘s gepackt und dienstfrei, verabreden wir uns.

An diesem speziellen Mittwoch, der sich meiner Erinnerung nachdrücklicher einprägte als andere, schüttete es stundenlang in Strömen, und es war nicht so unkompliziert wie sonst, von zu Hause wegzukommen. Hatte zwei Tage davor ‘ne Fünf in Physik angebracht.

„Es regnet“, stellt meine Mutter fest, als ich mein Schwimmzeug einpacke.

„Und?“

„Du wirst klitschnass.“

„Erstens hat es vor fünf Minuten aufgehört.“

„Und zweitens?“

„Zweitens werde ich im Wasser sowieso nass.“

„Das Bad wird nicht mehr offen sein. Sie werden längst geschlossen haben, bei dem Wetter.“

Hat sie was dagegen, dass ich wegfahre? Ich muss mir bessere Ausreden einfallen lassen als immer nur Freibad.

„Hast du für Physik gelernt? Du hast kaum am Schreibtisch gesessen.“

Sie will nicht, dass ich abhaue! Was ist das denn. „Wir schreiben nicht gleich wieder eine Arbeit.“

„Man lernt nicht allein für Klassenarbeiten.“

Meine Mutter wäre indes nicht meine Mutter, würde sie nicht übergangslos zu einem komplett anderen Thema wechseln, und da ist es bereits: „Hast du übrigens gehört, die Frau Drescher …also … … Die Barbara ist doch adoptiert. Und jetzt wollen sie …“

Dreschers adoptierte Tochter heißt Evelyn. Ich habe keinen Schimmer, von wessen Adoption sie redet, aber das macht nichts; solange sie es selbst weiß. Verdufte ich einfach, wird sie sich in zwei Minuten wundern, wo ich abgeblieben bin, und den Fortgang der Story Nils oder Sven oder meinem Vater erzählen.

Daniel muss nicht einmal warten. Wir treffen uns am Übergang von Buchschlag nach Sprendlingen, wo die Bäume stehen und am Ortseingang die Tankstelle kommt. Ich schließe mein Rad an einem Halteverbotsschild an und schlängele mich auf den Beifahrersitz.

„Na, Großer?“, begrüßt mich Daniel gutgelaunt. „Wie läuft ‘s in der Schule?“

Mmh. Nach Tagen mit ihm sind die Noten meist passabel und die Kurve sinkt ab, je länger ich ihn nicht sehe. Wird mir damals nicht bewusst gewesen scin.

„Geht so. Wie läuft ‘s in der Luft?“

Er lacht. „Witzig heute, was?“

„Gar nicht nötig. Bist sowieso gut gelaunt.“

„Hab mich den ganzen Tag auf dich gefreut.“

Meine Stimme, noch im Stimmbruch, rutscht ein paar Töne tiefer. „Ich mich auch auf dich.“

Er sieht sexy aus – falls ich das Wort damals für einen erwachsenen Mann benutzt habe. Er ist unrasiert, dunkle Bartstoppeln; hat ein weißes, ärmelloses Unterhemd an, das oben an den Schultern endet. Ich greife nach seinem dicken rechten Bizeps.

„Sexy“, murmele ich. Doch, ich benutzte das Wort.

Er grinst mich an. Er trägt ausgeleierte dunkle Shorts. Ich schiebe eine Hand unter sein Hosenbein. „Kommst du von der Arbeit?“, frage ich naiv.

„Genau. Unsere neue Dienstuniform, für die Langstrecke.“

Ich stöhne, als hätte ich wieder 'ne Fünf gekriegt: 'Bender: Fünf; setzen'.

Er lacht, legt eine Hand auf meinen Oberschenkel, wie ich 's kenne: „Ich hab im Garten gearbeitet."

„Bei dem Regen?"

„Unterm Dach. Hab einen Graben ausgehoben neben der Garage."

„Wollt ihr eure Wertsachen verbuddeln?"

Länger anhaltendes Lachen. „Andreas … haben wir heute unseren komischen!? Ich hab 'ne Flasche Whisky hinten drin. Brauchen wir nicht, so wie du drauf bist."

Im Haus riecht 's stickig. Er zieht alle Rollläden hoch, öffnet die Fenster weit. Die Matratzen sind frisch bezogen; weiße Laken mit kitschigen roten Teerosen drauf.

Wann hat er das gemacht? Ich verscheuche den Gedanken sofort wieder.

Als wir im Bett liegen, setzt erneut Regen ein; sanftes, einlullendes Geräusch.

Er gießt jedem ein Glas ein. Ich schüttele mich. Schmeckt eklig, aber ich tue so, als kreist bei uns zu Hause jeden Abend die Whiskyflasche. Außerdem steigt mir das hochprozentige Getränk sofort zu Kopf und bewirkt, dass sich meine nicht übermäßig ausgeprägten Moralvorstellungen völlig verflüchtigen und ich innerlich in die Hände spucke: Auf, zur Sache! Nicht auf Daniels Initiative warten, sondern selbst loslegen!

Er steigt, umständlicher als sonst, aus seinen braunen Halbstiefeln, dann aus Hose und Unterhose.

„Warte", sag ich. Er zieht fragend die Augenbrauen hoch. Ich weiß nicht, was in mich gefahren ist: der Alk? Daniels wochenlanges Beispiel? Ich knie mich vor ihn auf den Boden und stecke meinen Kopf zwischen seine Beine. Reibe meine Haare an ihnen und fahre mit der Zunge zögerlich über seine Oberschenkel. Fühlt sich seltsam an, so unter ihm; als besitze er mich und als habe ich mich selbst in diese Position gebracht. Unterwürfig. Verwirrt mich, aber gefällt mir.

Ich richte mich wieder auf, stelle mich hinter ihn und lege meine Arme um seinen Brustkorb. Ich muss mich ein bisschen strecken, klar; er ist größer als ich. Er lässt alles passiv geschehen. Ich lecke über seine klebrige Wirbelsäule. Er dreht sich langsam zu mir, schaut mich verwundert an. Beißt sich mit den Zähnen auf seine Unterlippe. Schüttelt wie in Zeitlupe den Kopf.

Ich schiebe ihn auf ‘s Bett. „Leg dich hin, komm.“

„Was ist los mit dir?“

„Too much?“ Ich lasse meine Zunge über seine Beine gleiten, das rechte, das linke. Bin voll in Fahrt. Rutsche weiter nach oben, küsse ihn auf den Bauchnabel.

„Kerlchen, wer hat dir das beigebracht?“

„Dummkopf. Du natürlich. Wer denn sonst. Kanaille.“

„Das hab ich dir nicht beigebracht.“

Wie hieß das neulich in der Französischstunde, als die Vertretung stattdessen Englisch unterrichtete? „Dann bin ich wohl ein intuitive learner. Nee. Ein quick learner.“

Mein Gesicht über seinem. Wir schauen einander in die Augen, lange. Ich gieße mir rasch ein paar Schluck Whisky hinter die Binde. Das genügt, um alle Hemmungen sausen zu lassen, und ich drehe ihn auf den Bauch, erteile grob Befehle, was er tun soll. Und er folgt. Jetzt ist ‘s umgekehrt: Als gehört er mir.

Ein erwachsener Mann, der alles mitmacht, was ich will!

Ich bin noch in ihm drin, als er meine Hände festhält. „Leise!“, flüstert er. „Ruhig. Da ist jemand hinterm Haus.“

Ich habe nichts gehört. Er steht auf, geht vorsichtig ans Fenster. Der Regen lässt eben nach. „Da waren Geräusche. Hier hinten.“

„Von draußen?“ Ich habe nichts bemerkt.

„Oder?“, flüstert er. „Stimmen. Da war jemand.“ Er läuft auf Zehenspitzen durch den Flur zur Haustüre, die wir noch nie benutzt haben. Öffnet sie einen Spalt breit. Späht nach draußen.

„Und?“

Er nickt, an der Türöffnung. Wartet still. Ich bin zu betrunken, als dass Angst aufkommen könnte.

Er verzieht skeptisch den Mund, zurück im Schlafzimmer.

„Und?“, wiederhole ich.

Er zieht die Schultern hoch, unschlüssig. „Zwei Kerle, auf Fahrrädern. Haben nicht hergeschaut, aber die waren hier. Was suchen die hier?!“

„Einbrecher?“

Er nickt. „Was ‘n sonst. Na, soll ‘n sie. Wenn sie was finden, was sie gebrauchen können, schön für sie.“

„Hast du Angst?“

Er zögert, bevor er antwortet. „Wegen dem Haus nicht.“

„Aber?“

Ein schräger Blick zu mir. „Wann wirst du 14?“

„Im Februar. 14. Februar. Hast du deshalb Angst?“

Er gießt sich Whisky nach. Schaut noch mal aus dem Fenster, nach rechts und nach links. „Wären sie am Fenster gewesen, hätten wir sie gehört. Oder?“

„Aber klar!“, versuche ich mit aller Kraft zu beruhigen.

Es wirkt; er lässt sich zu mir auf ‘s Bett fallen. „Was soll ‘s. Heut ist heut!“ Er reicht mir mein Glas, stößt mit mir an. „Kleines Schweinchen. Da machen wir jetzt weiter. My intuitve learner.“

Noch heute, 50 Jahre später, wundere ich mich kopfschüttelnd: War ich mit 13 tatsächlich derart ausgebufft und hemmungslos? Doch ich erinnere mich an alles, als war ‘s gestern, und genau so ist es passiert.

Ein paar Abende mit einem erwachsenen Mann, der keine Skrupel hatte, und man erkannte mich nicht wieder. Von einem Kind, das Schlager-Hitlisten mitschrieb, Nachbarschafts-Olympiaden im Garten seiner Eltern veranstaltete und ‘Lederstrumpf’ und Astrid-Lindgren-Bücher verschlang, mutierte ich zu einem sexuell draufgängerischen, aktiven Jugendlichen. In wenigen Wochen. Der sich geliebt fühlte, wertgeschätzt, auch behütet. Der die Spuren, die diese Illusion auf der Seele hinterließ, nicht spürte. Nicht spüren konnte. Erst viele Jahre später davon eingeholt wurde.

„Wir haben beide viel zu früh mit diesen Geschichten angefangen“, resümierte Freundin Dagmar mit 40, die nicht lange nach mir loslegte und mit 14 eine Romanze mit einem Englischreferendar begann. „Wir waren mit 20 abgefuckt und kalt. Ich musste mir meine Unschuld in meinen 30gern quasi zurückerwerben. War nicht leicht.“

Ich bin so betrunken, dass ich meinem Körper freien Lauf lasse, und Daniel macht verwundert alles mit. „Bombig!“, murmele ich ein paarmal dazwischen. Ich gefalle mir enorm in meiner neuen Rolle als wilder Kerl, als großer Macker und Macher. Fast verliere ich Daniel aus dem Blickwinkel, so fasziniert bin ich von meiner eigenen Power. Und Daniel lässt mich, feuert mich an. Irgendwann schließe ich die Augen, und mit einem tiefen Schrei lasse ich los.

Heftig atmend fallen wir auseinander.

„Wahnsinn“, murmelt er heiser. „Wahnsinn.“

Er greift nach meiner Hand, drückt sie fest. Wir werden ruhiger; unser Atem geht langsamer. Er dreht seinen Kopf zu mir. Ich zögere, mag nicht reagieren. Fremdele. Bin schüchtern nach der Explosion eben.

„Andreas …“, murmelt er, führt den begonnen Satz aber nicht zu Ende.

„Was willst du mir sagen?“

„Ich kann das nicht glauben, dass das dein erstes Mal mit einem Mann ist. Du spielst mir etwas vor, oder?“

„Warum fragst du immer wieder!? Doch, ist ‘s.“

„Auch nichts mit ‘ner Freundin?“

Ich schüttele entschieden den Kopf, „nein.“ Drehe mich zu ihm. „Ist was nicht in Ordnung?“

„Alles ist in Ordnung. Ich bin überrumpelt. Das müsste eigentlich dein Part sein. Na, Hauptsache dir geht ‘s gut.“

„Mir geht ‘s super.“

„Und du hast ‘ne Schnapsfahne.“

Ich schließe wieder die Augen. Wir schmiegen uns aneinander. Ich reibe meine Füße an seinen und er drückt mich, kräftig. Ich möchte ewig so bleiben. Immer. Wir dösen ein paar Minuten weg, meine Stirn gegen seine gelehnt.

Ich schrecke auf, weil sich seine Hände an mir festkrallen. „Achtung“, quetscht er hervor. „Vorsicht.“

Draußen vorm Fenster stehen zwei dunkelhaarige, braungebrannte junge Männer, du uns stumm beobachten. Wie im Märchen Dornröschen schauen wir uns bewegungslos in die Augen, als sei die Zeit stehengeblieben und die Szene eingefroren. Dann tauchen sie beide ruckartig ab und verschwinden.

„Oi“, stottert Daniel. Sein Mund steht weit offen. Er bewegt sich nicht.

„Wollten die uns überfallen?“

Er schüttelt den Kopf, lässt mich los, geht langsam ans Fenster. Schaut hinaus.

„Sind sie noch da?“

„Nein.“

Er läuft zur Tür, sieht dort nach. Kommt zurück, schlüpft in seine Hose. Geht barfuß nach draußen. Ich höre ihn ums Haus laufen. „Keiner mehr da“, sagt er unentschlossen, wieder im Haus, und haut sich mit der linken Faust in die rechte Handfläche. „Ich Idiot!“, flucht er laut, schaut hinaus auf ‘s Feld. „Warum habe ich nicht das Fenster zugemacht. Ich bin einfach zu bescheuert!“

Er setzt sich zu mir auf ‘s Bett.

„Waren die gefährlich?“

Er sieht mich an, schüttelt langsam den Kopf. „Nein“, antwortet er abwesend. „Gefährlich nicht.“

„Kannst du das Haus jetzt nicht allein lassen, oder was?“

Anhaltendes Kopfschütteln. „Du verstehst das nicht.“

„Was. Dann erklär ‘s mir.“

„Wenn das auffliegt, mit uns. Kann jahrelang Knast bedeuten.“

„Habe ich auch was dazu zu sagen?“

„Nicht mit 13.“

„Bald 14.“

„Das hilft uns nicht. Wir hauen ab, okay?“

Ich fühle mich schuldig, kann nicht recht sagen wofür. Belämmert. Und mein Kopf brummt.

Daniel verschließt sorgfältig alle Fenster und –läden. Ich möchte ihn trösten; wie mir scheint, geht es ihm umgekehrt genauso.

„Jetzt hör auf, dir Sorgen zu machen“, beschwichtigt er.

„Mach ich nicht. Wegen mir sowieso nicht. Du machst dich rum. Hör mal, wenn was rauskommt, meine Eltern sind nicht so. Die werden das verstehen. Die zeigen dich nicht an.“

Er streicht mir über ‘s Haar. „Du bist zu jung, Kleiner. Einfach zu jung.“

Ich warte vor der Garage. Er schaut noch in diese Ecke und in jene, fährt den Wagen alleine raus. Schaltet den Motor wieder aus, als ich neben ihm sitze. Fährt sich angestrengt mit zwei Fingern über die Stirn, über die Nase.

„Daniel! Ich bin kein verführter Minderjähriger.“ Dass mir so etwas einfiel! Aber exakt das war der Satz.

Wenigstens lächelt er kurz. „Du bist lieb." Und schiebt nach: „Die sahen aus wie Ausländer, oder? Wie Flüchtlinge. Oder? Schlesier. Ostpreußen."

„Ja, glaub schon. Wie zwei Klassenkameraden von mir in der Volksschule, Heinrich und Peter. Ich denke das waren Russen. Die wollten bestimmt nur was klauen."

Er atmet kurz auf. „Vielleicht hast du recht. Ich mache mir trotzdem Sorgen."

„Musst du nicht!!" Meine Mutter spricht aus mir. Meine Mutter würde noch in einem abstürzenden Flugzeug erklären, dass es keinen Grund gäbe sich aufzuregen.

„Wenn sie zur Polizei gehen?"

„Weil wir uns geküsst haben? Mehr haben die nicht gesehen. Das hätte ich gemerkt, wenn die schon früher dagewesen wären!"

„Du bist eingeschlafen. Aber vielleicht hast du recht", wiederholt er.

„Bestimmt habe ich recht. Bestimmt waren sie eifersüchtig und wollten mitmachen."

Gottseidank: Er lächelt. „Dass ich da nicht selbst drauf gekommen bin. Genau so wird 's gewesen sein." Er lehnt seine Stirn an meine. „Es war grad so schön, Kleiner. So heftig."

„Puh, ja; war 's." Und wieder Frau Bender: „Allerdings, wenn sie heute Nacht zurückkommen, sind wertvolle Sachen im Haus?"

„Eine halbvolle Flasche Whisky. Vier Kästen Bier."

„Wahrscheinlich warten sie, bis wir weg sind. Und wenn sie das Haus in Brand setzen?"

Jetzt lacht er. „Ui, Andreas …. Michael liest so etwas auch. Kalle Blomquist, der Meisterdetektiv. Richtig?"

Er startet den Motor. Die 60er waren eine Zeit, zu der man mit größter Selbstverständlichkeit sturzbetrunken Auto fuhr.

Die beiden Kerle sitzen weit vorne auf dem Weg im Gras und rauchen, haben ihre Fahrräder achtlos in das Weizenfeld geworfen. In der Dämmerung haben wir sie erst spät entdeckt. Daniel verlangsamt. Bei ihnen angekommen tritt er hart auf die Bremse. Sie schauen zu uns auf. Sie tragen beide offene Flanellhemden ohne etwas drunter, abgerissene dunkle Hosen; keine Socken. Haben harte Gesichtszüge und schlechte Zähne. Wirre Haare. Und dünn sind sie, mager.

Einer erhebt sich aus dem Gras und will abhauen. Der andere hält ihn in einer fremden Sprache mit abwiegelnden Handbewegungen zurück. Die Räder, Damenräder, wirken alt und klapprig, wie vom Flohmarkt; oder geklaut.

Daniel kurbelt die Scheibe herunter. „Das ist gefährlich, wenn ihr hier raucht“, sagt er mit einer Stimme, die sicher Piloten bei Turbulenzen benutzen. „Da entzündet sich ein Halm, und im Nu brennt das ganze Feld“, und er beschreibt aus dem Auto heraus mit der linken Hand einen Kreis.

„Was sagen? Was sagen? Nix deutsch. Versteht nix.“

Er macht die Geste des Zigarettenrauchens. „Niebezpiecznie. Dangerous.“

Einer drückt sofort die Kippe aus. „Ah, so. Versteh, Chef. Zigarette nix gut.“

Daniel zeigt auf den Boden, macht eine ausgreifende Handbewegung über die Umgebung. „Zbyt dobrz*e*. Auf Feld nix gut.“

„Okay Chef. Przepraszam! Entschuldigung.“ Auch der zweite tritt die Kippe auf dem Boden aus.

Daniel tippt sich mit zwei Fingern an die Stirn und gibt Vollgas. Wäre oben an der Kurve ein Auto gekommen, es wäre volle Pulle in unseres reingekracht. Egal: Ich bin stolz auf ihn.

„Wie ich ‘s gesagt habe: Die hatten mehr Angst vor dir.“

„Polen. Hattest recht: Die hätten garantiert gern mitgemacht“, kommentiert er witzelnd.

„Das wär heiß gewesen.“

„Haben sie dir gefallen?"

Ich antworte nichts. Bin heilfroh, dass sich seine Stimmung aufhellt und ich mir nicht wochenlang Sorgen machen muss, dass ihm was passieren könnte. „Aber du spinnst ganz schön, weißt du?"

„Bitte?"

„Die müssen sich totlachen über dich."

„Ach."

„Mmh. Es hat den halben Tag lang geschüttet. Das kannst du mir vormachen, wie sich da von einer Zigarette ein ganzes Feld entzündet."

„Klassenbester, was?", lächelt er mich an und spitzt seine Lippen, als wolle er mich küssen.

„Wo ist deine Tasche?", fragt meine Mutter, als ich durch den Hintereingang in die Küche platze. „Und wo kommst du her!? Es ist halb zehn. Wo warst du?"

Scheiße – die Badetasche. Auf dem Rücksitz in Daniels Auto. Mein Portemonnaie drin, meine Monatskarte für den Zug, mein Schülerausweis. Mindestens fünf Mark.

„Sag nicht, du hast sie im Bad stehenlassen."

„Ich habe sie im Bad stehenlassen."

„Super. Soll Papa jetzt mit dir rüberfahren und du kletterst über den Zaun, oder was? Weißt du, wo du sie vergessen hast?"

„Nicht genau."

„Toll. Dann müssen wir bis morgen warten. Vielleicht hat sie der Bademeister bemerkt."

„Vielleicht."

Michael wird sie erkennen, wenn er sie entdeckt. Eine rote Sporttasche mit drei Aufklebern von ungewöhnlichen Fußballklubs drauf, Fenerbahce Istanbul, Benfica Lissabon, Roter Stern Belgrad. Das hat sonst keiner.

Meine Mutter gibt mir vor der Schule Geld mit für den Zug und kündigt an, dass sie bei Kassenöffnung im Schwimmbad anrufen wird und nachfragen, ob eine Tasche gefunden wurde. Mir ist mulmig, den Vormittag über. Falls Michael zur Schule gefahren wird, oder zufällig durch die Garage geht? Falls Daniel den Wagen auf dem Bürgersteig hat stehenlassen und Michael läuft dran vorbei, dann? Oder seine Mutter fährt mit dem Auto weg und findet die Tasche, und schaut rein, und entdeckt wer ich bin? Wieder die Gene meiner Mutter, die jeden Horrorfilm-Drehbuchautor zum Jubilieren gebracht hätten: Wäre am Morgen mehr Leerlauf gewesen, ich hätte Schreckensszenarien erfunden von Kindern, die aus Angst von zu Hause abhauen –ich – und sich in Vietnam beim Vietcong wiederfänden oder in einem Schmugglernest in Marokko, oder Daniel im Zuchthaus bei Brot und Wasser darbend. Aber wir schreiben zwei Stunden lang eine Deutscharbeit und ich muss ein stinklangweiliges Gedicht von Adalbert Stifter interpretieren. Mein Gott!!!, das nach gestern Abend. Was für Gegensätze.

Als ich am Nachmittag nach Hause komme, steht die Tasche mit den Badesachen im Flur.

„Ein Mann kam damit den Eingangsweg entlang. Ich habe erwartet, dass er klingelt, aber dann sehe ich ihn schon wieder weggehen“, berichtet meine Mutter mit einem seltsam schrägen Tonfall. „Die Tasche hing an der Haustüre.“

„Jemand Bekanntes?“

„Weiß nicht. Mir schien, ich habe ihn bei der Konfirmation gesehen. Jemand aus dem Ort.“

„Da kann ich mich gar nicht bedanken.“

„Aber, Andi …“ Der komische Klang verstärkt sich.

Ich gehe in Hab-Acht-Stellung. „Hm?“

„Ich wollte deine Badesachen aufhängen, damit sie nicht muffeln.“

„Danke."

„Schau mich mal an!"

Jetzt aber, zeigen, was ich in der Theater-AG gelernt habe. „Ja?" Ich beiße mir auf die Unterlippe; zu welcher Rolle würde das passen?

„Wo warst du?"

„Was meinst du denn. Im Schwimmbad."

„Die Badehose war staubtrocken."

„Wieder getrocknet, über Nacht."

„Das Badetuch auch."

„Vielleicht hat 's jemand aufgehangen."

„Ganz sicher. Vielleicht ist die Erde eine Scheibe."

„Diesen Käse hat Kopernikus ausgeräumt." Oder war 's Aristoteles?

„Ich glaube, du lügst mich an."

„Ich glaube nicht." Ich bin super: todernst, mit einen winzigen touch Ironie und Zweifel in der Stimme.

Auf das, was wirklich war, kommt meine Mutter nie. In einer Minute ist die Sache vom Tisch, und sie bei einem neuen Thema: „Hab ich dir übrigens erzählt, Hempels waren am Sonntag bei Frau Anschütz eingeladen. Nun war auch Fräulein Kleiber da, und Frau Hempel hat Fräulein Kleiber schon vor Jahren die Freundschaft gekündigt, und die reden … Furchtbar peinlich … ein Drama ohne Ende. Dann kam auch noch …Herr Rexroth … Und Frau Doktor Link hatte in Italien einen Unfall …Die Mafia …Genauso ging es Herrn Drescher, als seine Eltern in Brindisi …" Gegen diese Erdbeben war die Bedrohung, mit der Daniel und ich gestern konfrontiert waren, peanuts.

10

„Kannst du abhauen, nach der dritten?“, fragt Dagmar am Morgen in der Straßenbahn.

„Warum?“

„Gibt einen Film über die Prostituierte, die sie ermordet haben.“

„Helga Matura?“ Ein neuer Skandal in der Stadt. Nicht so ausufernd wie Rosemarie Nittribitt, aber stark genug für Titelbilder auf ‘Quick’ und ‘Stern’. Als wir vor der Konfirmation Tante Zaire vom Bahnhof in Frankfurt abholten, hat mein Vater uns mit flüsternder Geheimnistuerei das Haus in der Gutleutstraße gezeigt, in dem sie ihrem Gewerbe nachging.

„Ja. Möchte ich unbedingt sehen. Kommst du mit?“

Wäre das erste Mal, dass ich Schule schwänze. „Der ist bestimmt ab 18.“

„Morgens um elf, das schaffen wir.“

„Wenn ‘ne Kontrolle kommt?“ Jugendschutz, Sittenpolizei, gab ‘s damals.

„Warum soll denn. Mach“, und sie schubst mich auffordernd von der Seite an.

„Okay.“

„Nach der dritten, an der Haltestelle.“

Ich fange den Deutschlehrer auf dem Gang vorm Klassenzimmer ab. Dr. Richter ist mir im Allgemeinen wohlgesonnen. Zwei Jahre später wird auch er zu dem Kreis der Lehrer gehören, die über mein halboffizielles Schwulsein lästern, er immerhin auf einem witzig-freundlichen Niveau.

„Ich muss zum Orthopäden. Ging nicht anders, er ist nur heute Morgen da.“

„Bender, Bender! Hast du dir beim Nachdenken das Gehirn ausgekugelt?“

„So ähnlich“, murmele ich.

Er haut mir auf den Rücken: „Bis morgen.“

Dagmar wartet an der Straßenbahn. Wir kichern wie zwei arge Verschwörer, obwohl ich ein deftig schlechtes Gewissen habe, das mich den Morgen über nicht verlässt. Das Kino heißt ‘Rex’ und liegt versteckt in einer Passage nahe dem Hauptbahnhof. Nach unserem Alter gefragt werden wir nicht; im Saal verlieren sich außer uns fünf andere Zuschauer. Der Film mit dem Titel ‘In Frankfurt sind die Nächte heiß’ bietet einen für uns geheimnisvollen Einblick in die Halbwelt der Stadt. Dagmar lehnt ihren Kopf an meine Schulter und schiebt einen Arm unter meinen; weiter geht die Annäherung nicht. Bei deftigen Szenen schaut sie mich bisweilen, kleiner als ich, von unten herauf feixend an. Nach dem Kino bleibt Zeit für einen Tee in einem Bistro auf der Kaiserstraße, in dem wir uns fühlen wie zwei Personen aus dem soeben gesehenen Film.

„Nichts Sabine sagen!“, schärfe ich Dagmar ein, bevor ich sie in die Straßenbahnlinie 21 nach Schwanheim setze.

„Wo warst ‘n du!?“, fragt Schulfreund Rainer im Zug nach Hause. Ich berichte von unserem Abenteuer.

„Nächstes Mal geh ich mit“, kündigt er trocken an.

„Ich kann nicht gleich wieder Schule schwänzen.“

Ich bin darauf bedacht, mir mein anwachsendes Repertoire an Ausreden für Treffen mit Daniel aufzusparen, kann mir indes kaum vorstellen, dass diese während der Schulstunden am Vormittag stattfinden könnten.

„Muss nicht immer beim Richter sein. Donnerstag, Sport. Beim Kraschi, das geht viel leichter. Verknackster Fuß. Was will er ‘n da sagen.“

Das nächste cineastische Erlebnis trägt den Titel ‘Mädchen die sich verkaufen’, spielt im gleichen Kino und ist dem vorangegangenen verblüffend ähnlich. Mit Rainer, einem Jungen, macht es mir noch mehr geheimnisvollen Spaß als mit Dagmar.

Ich finde gefallen am Kino. Ziehe alleine los in Nachmittagsvorstellungen und stelle mit Erstaunen fest, dass meine Eltern mich lassen und wenig fragen, erheblich vertrauensvoller sind und entspannter als die meisten Eltern meiner Kumpels, weswegen ich darauf vertraue, dass sich für Treffen mit Daniel noch genug Geschichten finden werden.

'Freigegeben ab 18 Jahren' ist unabdingbare Voraussetzung für die Filmauswahl. Ich ziehe mir gehaltvollere Werke rein, die ich nicht verstehe, Antonionis 'Die Nacht', und lande in Agnes Vardas gepriesenem Meisterwerk 'Le Bonheur': Ein Mann richtet sich in einer Dreiecksbeziehung mit einer Ehefrau und einer Geliebten ein und ist damit glücklich. Ich bin fasziniert von dieser völlig fremden Art Leben, und als in Deutsch das nächste Aufsatzthema 'Ein Kunstwerk, das mich beeindruckt hat' heißt, schreibe ich ausführlich darüber: dass man ganz sicher als Mann mehrere Frauen gleichzeitig lieben kann und dass das auch problemlos funktioniert. Dr. Richter, der meine gelungenen Aufsätze bisweilen vorliest, mustert mich mit seltsamer Miene, als er mein Heft in der Hand hält. Ich kriege eine Eins und den Zusatz 'Viele inhaltliche Merkwürdigkeiten möchte ich als für die Schilderung notwendig erachten'. Ein grünes R zeigt an, dass die Arbeit dem Direktor vorgelegt wurde.

Direktor Ringelband war Herausgeber des 'Evangelischen Erziehers' und stand in meinem Elternhaus auf der gleichen Stufe wie Willy Millowitsch oder Heinz Erhard, andere beliebte Komiker der damaligen Zeit. Den Rang hatte er sich vier Jahre zuvor redlich erworben, als wir Sextaner nach den Osterferien neu an die Schule aufgenommen wurden und er auf der Freitreppe zum ersten Stock eine Rede hielt, in der er die perplexe Elternschar eine geschlagene Viertelstunde lang vor den Gefahren der Onanie warnte.

Meine Mutter konnte noch zehn Jahre später ganze Sätze aus dem Sermon zitieren. Die 60ger eben; Präsident Kennedys marternde Rückenprobleme rührten, so berichtete hinter vorgehaltener Hand die Zugehfrau im Hause Rainer Hallers, von eben diesem Leiden her. Bei der Einschulung in dessen teures College hatte offensichtlich kein Pädagoge Klartext gesprochen und den Eltern ins Gewissen geredet.

Dr. Richter nimmt mich ein paar Tage später beiseite, als wir uns in einer Pause zufällig auf dem Gang begegnen.

„Ich war schon bei deinem vorletzten Aufsatz überrascht über die Schilderung eines Johnny … Wie hieß der junge Mann?"

„Johnny Halliday."

„Eines …wie??"

„Johnny Halliday."

„Eines Johnny Halliday-Konzertes. Das du, nach meinen Recherchen, nicht gesehen haben konntest. Oder?" Er schaut mich durchdringend an, im Hintergrund ein Schmunzeln.

„Sie haben eine ganze Stunde lang über dichterische Freiheit geredet."

„Wohl, wohl", tönt er amüsiert. „Du hast dafür auch eine Eins bekommen. Indes …" Er faltet die Hände und schaut aus dem Fenster, dann wieder zu mir; strenger. Er ist ein altgedienter, gütiger Pädagoge mit einem dicken Bauch, einem Jackett mit Weste und einer Taschenuhr an einer goldenen Kette. Heute wäre er in diesem Alter seit Jahren im Ruhestand. „Den Film dieser französischen Dame indes … Dein letzter Aufsatz zeichnet sich nicht durch künstlerische Freiheit aus."

„Sondern?", frage ich unbedacht und impulsiv, ehe es mir eine Sekunde später als zu frech erscheint. „Sie haben mir eine Eins gegeben."

„Sicher. Für den Aufsatz. Sicher." Er scheint nicht recht zu wissen, wie er fortfahren soll. „Ist in deinem Leben etwas Außergewöhnliches vorgefallen?“

Ich erröte. „Dr. Richter … Eh … Nein. Was denn.“

Er legt mir eine Hand auf die Schulter. „Ich bin nicht der einzige im Kollegium, der sich wundert.“ Erneut macht er eine Pause. „Dieser Film richtet sich an Erwachsene. Ihr mögt einen Sport daraus machen, euch in Vorführungen reinzuschmuggeln, die nicht für euch bestimmt sind. Schön, schön. Ich bin zu alt, um daran Anstoß zu nehmen. Die Pubertät ist eine schwierige Zeit; man schlägt über die Stränge. Jedoch“, ein erhobener Zeigefinger, „in deiner Arbeit schwingt ein Ton mit, der nicht der Ton eines Untertertianers ist. “ Er überlegt. Ich schaue verstört zu Boden.

„Wenn du Hilfe brauchst … Euer Klassenlehrer ist Vertrauenslehrer der Schule. Er hat sicher ein offenes Ohr.“

„Dr. Richter …“

Er signalisiert, dass er das Gespräch beenden möchte. „Hab dich im Griff, Bender. Du besuchst ein humanistisches Gymnasium.“

Nach der letzten Stunde sitze ich eine Weile draußen auf den Stufen vorm Eingang zur Schule. Weiß nicht, wo ich diese Unterredung hinstecken soll. Auf komische Art berührt mich Dr. Richters Anteilnahme. Aber was mache ich damit? ‘Le Bonheur’ geht mir am Arsch vorbei. Aber wenn mir jemand Daniel ausreden will … Nee!!! Da beißt er auf Granit.

11

Es kitzelt und kribbelt, wie sich über den Rahmen des Leichtathletiktrainings hinaus allmählich auch eine Freundschaft zu Michael Boin entwickelt, parallel zu der Sache mit seinem Vater. Was mich vor die knifflige Aufgabe stellt, immer auf der Hut sein zu müssen, was ich sage, mir nichts anmerken zu lassen. Anstrengend ist's.

Michael erzählt von seinen Hobbys, der großen Modelleisenbahn im Keller – er hat eine Märklin, ich nur 'ne Fleischmann –, von Flugzeugen, schenkt mir Sticker der brasilianischen Varig und der Korean Airlines. Teilt im Training seine Wasserflasche mit mir. Er gefällt mir sehr: seine dichtbehaarten Beine, seine dunklen Augen, seinen prallen Hintern.

„Magste mit zu mir kommen?“, fragt er am Donnerstag nach dem Training.

Kollidiert mit dem Ritual, am Falltorweg nach Daniel zu schauen.

„Haben deine Eltern nix dagegen, so spät noch?“

„Die sind nicht da.“

„Und wann kommen sie?“

„Der Alte ist unterwegs, wie immer.“

Somit wäre das geklärt: Am Falltorweg kann er nicht stehen.

„Ich zeig dir meine Eisenbahn. Können in die Sauna im Keller gehen, wenn du Lust hast.“

Es sind nur ein paar Minuten vom Sportplatz zum Karl-Duchmann-Weg.

„Kann ich bei euch telefonieren? Damit meine Alten nicht meckern.“

„Natürlich“, antwortet er großzügig.

Das habe ich mir angewöhnt: ungefragt Bescheid zu sagen, wo ich bin, wenn es unverfänglich ist.

Das Haus wirkt von außen kleiner als es im Inneren ist. Lang gestreckter Flur, riesiges Wohnzimmer, davor die Terrasse. Links die Küche – so geräumig wie im 'Block' ganze Wohnungen.

Michael wirft lässig seinen Sportkram auf einen Sessel.

„Was ist mit deiner Mutter? Ist die auch … weg?"

Er pustet verächtlich die Luft aus. „Die ist schon wieder in Indien. Die hat einen Guru, den betet sie an. Papa hat Angst, dass unser ganzes Geld bei dem landet."

Indien, Guru …ein anderes Leben als das, was ich von zu Hause gewohnt bin.

Auf einem niedrigen Regal steht neben einer leeren, weißen Vase ein großes gerahmtes Foto: Ein Paar in Lufthansa-Uniform, ein kleiner Junge in einem Matrosenanzug vor ihnen. „Sind sie das? Bist du das?"

Er kippt das Foto um, legt es flach aufs Regal. „Peinlich. Ja, das sind meine Alten." Er geht in die Küche. „Willste 'ne Apfelsaftschorle?", ruft er von dort.

„Gerne. Ist deine Mutter auch bei der Lufthansa?"

„Früher. – Jetzt nicht mehr", erklärt er, zurück im Wohnzimmer. Stellt ein großes Glas für mich auf den Couchtisch, flözt sich mir gegenüber auf 's Sofa. „Die Alten streiten sich immerzu. Das nervt! Ich glaube, sie wollen sich scheiden lassen", erklärt er langsam. „Bei ihr bleib ich nicht."

„Und sie lassen dich ganz allein?"

„Unsere Putzfrau passt auf mich auf, wenn beide weg sind." Er grinst durchtrieben. „Die wohnt neben der Kirche. Heute war sie schon da und hat mir Essen gebracht. Haste noch Hunger?"

Ich schüttele den Kopf, „nein."

Er schnüffelt an seiner Achsel, verzieht das Gesicht. „Muss mal duschen. Gehen wir runter? Ich zeig dir die Anlage. Wenn du Bock hast, stell ich die Sauna an. Magste?"

Ich war noch nie in einer Sauna. Von meiner Mutter weiß ich, dass es im neuen Teil eine gibt und dass sich dort samstags Ehepaare treffen und zusammen schwitzen, ganz nackt. Sie macht immer laut lachend Witze darüber. „Möchtest du auf einer Holzbank sitzen und neben dir nackisch Herr Kleiber und Frau Anschütz? Stell dir das mal bildlich vor." Papa erklärt dann, dass sie das sehr wohl möchte und dass man das psychologisch Abwehr nennt, was sie betreibt, wenn man sich stattdessen darüber lustig macht. Oder so ähnlich. „Es ist die einzige Sauna im Ort", hat Mama erklärt, ohne Zusammenhang. Es muss etwas sehr Besonderes sein.

Ich signalisiere zögerlich Zustimmung. „Wo ist dein Vater?"

Er zuckt gleichgültig die Achseln. „Weiß nicht. Ist erst nachmittags fort, dann kommt er heute nicht mehr. Wenn er USA hat, ist er immer zwei Nächte weg. Bei Australien sogar drei."

Er lehnt breitbeinig gegen die Kissen. Ich zwinge mich, nicht dauernd auf die Beule in seinen engen grünen Shorts zu schauen.

„Ich kann uns auch einen Cocktail machen", schlägt er mit geheimnisvoller Betonung vor. „Wollen wir? 'ne Margaritha? Oder 'n Gin-Fizz?"

Scheint ein Familien-Ding zu sein, dem Alkohol zuzusprechen. „Vielleicht später. Ist dein Zimmer nebenan?"

„Oben. Willste sehen?"

„Jo …"

Er springt vom Sofa auf und trampelt vor mir die geschwungene Wendeltreppe am Ende des Wohnzimmers rauf. Mehrere Türen, die auf den Flur führen, alle angelehnt. Er stößt eine rechts neben der Treppe auf. „Hier …"

Ein schmales Zimmer; ein Bett links an der Wand, dahinter in der Ecke zum Fenster ein großer, stylischer Schreibtisch. Über dem Bett drei riesige Plakate von Flugzeugen mit spitzen Schnauzen.

„Ist das von der Bundeswehr?", frage ich. „Luftwaffe?"

„Das sind die neuesten Modelle von Boeing.“ Er schüttelt verwundert den Kopf über so viel Ahnungslosigkeit. „Testphase. Da werde ich mal arbeiten. Die werd ich fliegen. Bessere. Scharf, oder?“

Ich nicke. Das ist überhaupt nicht mein Gebiet. „Ich bleib lieber auf dem Boden. Eisenbahnen.“

„Gleich. Unten.“

„Schönes Haus habt ihr“, sage ich in der Hoffnung, dass er mir mehr zeigt. Wo sein Vater schläft.

„Das ist das Gästezimmer“, und er tippt an die Tür daneben, und läuft auch prompt weiter zum anderen Ende des Flurs. „Meine Alten schlafen hier“, vor einem weiteren Raum. „Aber Papa hat ein Extra-Zimmer, wenn er spät heimkommt oder früh raus muss. Soll ich dir mal was zeigen?“ Er schiebt eine Tür auf. Eine kleine Kammer; ein einzelnes Bett. „Guck mal.“ Er winkt mich hinter die Tür. An die Wand gegenüber dem Bett sind zwei rechteckige, lange Poster gepinnt. Zwei nackte Frauen, überdimensional. Eine frontal auf hochhackigen Schuhen, riesige Brüste, die Beine etwas geöffnet. Man schaut direkt auf ihre Muschi. Die andere sitzt falschrum auf einem Stuhl, der Busen über der Rückenlehne, der Blick geht voll auf ihren dichten Busch.

„Heiß?“, fragt Michael lauernd, und grinst.

Ich kriege einen roten Kopf. Nicke, still.

„Papa sagt ist Kunst, aber, -phph!“, und er macht eine heftige Bewegung, als würde er onanieren. „Alter Genießer.“

An der Treppe setzt er sich aufs Geländer und rutscht in einem Zug nach unten. Ich mach ‘s ihm nach. Er öffnet eine Tür neben dem Eingang, und wir verschwinden im Keller.

Der Tisch, auf dem die Eisenbahnanlage steht, nimmt die Hälfte des Raumes ein von einer Wand bis zur anderen. Gigantisch: Ein komplettes Dorf steht darauf, Bahnhof, Geschäfte, ein See. Berge,

Schienen, zwei Tunnel. Michael legt mehrere Schalter um, und überall beginnt es zu leuchten und zu blinken. Mit bleibt der Mund offenstehen.

„Riesig!“, sag ich. „Bombig!“

„Sag nochmal?“, fragt er überrascht.

„Was …“

„Was du eben gesagt hast.“

„Bombig, hab ich gesagt. Ist ‘s.“

„Papa sagt das auch neuerdings, mit der gleichen Betonung wie du. Kommt das irgendwoher? Fernsehen?“ Er verzieht die Mundwinkel.

Eine innere Warnleuchte blinkt auf. Mir gelingt ‘s, Michaels Bemerkung zu übergehen. Es hilft, dass ich ganz geplättet bin von dieser fantastischen Landschaft.

Michael verschwindet kurz, schaltet etwas ein, kommt wieder. Setzt die Anlage in Gang. Fünf Züge.

„Vier können gleichzeitig fahren, aber da musste höllisch aufpassen. Man muss sie alle im Blick haben. Willste mal? Hier, das ist der lange Güterzug. Siehste? Der soll langsam fahren. Guck“, und er zeigt mir den Bedienungsschalter dafür. „Den Schienenbus kannste gleich mitbedienen, das ist nicht kompliziert. Nur mit dem TEE musste gut aufpassen, sonst gibt ‘s Tote. Den nehm ich mal.“

Wir legen los. Ich muss mich reinfinden, bin vorsichtig. Will nichts kaputtmachen und mir auch keine Blöße geben.

„Hier, die Signale. Gut aufpassen! Lieber lässte ‘nen Zug warten, als dass sie aufeinander drauf knallen.“

„Was du nicht sagst. Da wär ich von selbst nie drauf gekommen.“

Er schubst mich an. „Macht Spaß, oder?“

„Super. Bombig.“

Wir lassen die Züge fahren, und halten, und fahren. Michael zeigt mir immer neue Kleinigkeiten. „Guck mal, den Wasserfall, den kann man anstellen.“ Er greift über mich rüber nach einem Hebel, und aus einem Berg beginnt es zu sprudeln. Spitze, diese Anlage; aber ich werde auch ganz kribbelig mit Michael so eng neben mir.

„Wer hat das alles aufgebaut?“

„Basteln schon drei Jahre dran, seit wir eingezogen sind. Mein Alter ist genauso verrückt danach wie ich. Wenn er groggy von der Arbeit kommt, darf ich gar nicht dran. Dann schließt er sich alleine hier ein.“

Ich entgehe knapp einer Karambolage. Er hat zusätzlich den Personenzug eingesetzt. „Der Bummelzug! Pass auf!“, schreit er plötzlich, und hält meinen Unterarm fest. Und hält ihn immer noch, als die Züge schon alle stillstehen.

„Hast du gesagt, es gibt was zu trinken?“

„Willst du?“

„Nicht so stark. Sonst gibt ‘s Tote.“

„Ich mix uns was.“ Er verschwindet Richtung Küche, lässt die Türen offen.

„Darf ich mal ‘n bisschen rumschauen?“, schreie ich nach oben.

„Mach was du willst“, kommt es zurück.

Im Raum nebenan lagern die Gartengeräte. Rasenmäher, Schubkarren, Rosenscheren. Spaten. An einer Garderobe neben der Tür hängt eine Gärtnerhose, ein weißes Hemd, braune Stiefel. Das hatte Daniel beim letzten Mal an! Ich stecke meinen Kopf in ein Hosenbein, rieche an dem Hemd. Mich überkommt Sehnsucht nach ihm. Wünschte, er würde klingeln und überraschend im Hausflur stehen. Wie das wohl aussähe, würde es Wirklichkeit?!

Ich öffne die Tür des Raumes gegenüber, aus dem es laut brummt. Braun gekachelt wie ein Badezimmer; eine kleine Holzbank. Ah, dahinter ist die Sauna, schon ordentlich heiß. Da geht man also nackt rein. Mmh … …

Michael trägt auf einem Tablett zwei große Gläser mit einer

braunen Flüssigkeit, als er zurück ist. Am Rand steckt je eine halbe Orangenscheibe, darin ein kleiner Papierschirm. Vornehm, die Familie Boin. Gibt 's bei uns zu Hause alles nicht.

„Ich darf daheim noch keinen Alkohol trinken. Deine Erziehungsberechtigten sind großzügig, oder?"

„Großzügig?" Er kichert. „Großzügig? Die würden ausflippen, wenn sie das wüssten. Ich habe mir heimlich ein Glas Wein eingegossen, als Besuch da war letztens. Papa hat noch rumgemosert, als die Leute schon längst wieder weg waren und im Bett."

„Echt?"

„Mmh. Genauso, neulich stand 'ne Flasche Whisky auf dem Wohnzimmertisch. Wollte nur mal kosten, wie der schmeckt. Die gleiche Nummer. Aufstand und Gemecker. Kein Humor, der Typ. Ich weiß trotzdem, wie man Margarithas mixt. Koste mal." Er stößt mit mir an.

„Uuhhh", mache ich, schüttele die Hand. „Das nennst du nicht so stark?"

Er boxt mir mit einer Faust gegen die Brust. „Nix gewöhnt, Bender, he?"

„Den trink ich langsam", murmele ich. „Bin ich auch nicht gewöhnt. Muss noch nach Hause fahren."

„Aber nicht gleich."

„Oh. Ich muss zu Hause anrufen; bitte."

„Telefon steht im Flur."

Bin froh, dass ich das Glas absetzen kann. Da reicht ein Schluck, und alles dreht sich. Meine Eltern sind bei den Nachbarn, bei Werners, wie Nils mir berichtet – den ich geweckt habe. „Du sollst Bescheid sagen, wenn du zurück bist."

Die sind jeden zweiten Abend unterwegs, wirklich. Frau Werner holt meine Mutter ans Telefon, die offensichtlich auch Cocktails genossen hat. „Nicht so spät, Andreas!", kichert sie in den Hörer.

„Wir haben erst zur zweiten.“ Damit wäre das erledigt.

Michael hat den Bummelzug wieder in Gang gesetzt, nur den. Mit einer Fernbedienung lässt er auf der ganzen Platte bunte Lichter aufflackern, und dann löscht er die Leuchte im Raum, und man sieht nur noch die Anlage blinken.

Er stößt wieder mit mir an. Ich nippe vorsichtig, während er einen großen Schluck nimmt. „Komm, du den TEE“, und er beugt sich wieder über die Platte, zeigt auf die Schaltanlage. „Wenn du hier … und hier … die Signale schaltest, laufen sie von allein, da kann nichts passieren. Guck“, und er drückt auf einen Knopf, und legt dabei einen Arm um mich. Und lässt ihn da.

Ich lehne mich mit beiden Händen vorsichtig auf den Rand der Platte. Er rückt zentimeterweise näher. Dann berührt seine Wange meine. Als ich heftig schlucke, rückt er von mir ab.

„Sauna?“, fragt er.

„Mmh …“

„Tut gut, nach ‘m Training. Komm!“ Er schaltet den Hauptschalter aus, und die Züge stehen still. Der Bahnhof sowie eine Landstraße bleiben spärlich beleuchtet.

Er zieht die kleine Tür des Vorraums zur Sauna hinter uns zu. Aus einem Hängeschrank fischt er zwei Badetücher, reicht mir eines.

„Eine Sauna ist furchtbar teuer, oder nicht? Ich kenne niemanden, der sowas hat.“

„War schon drin, als wir eingezogen sind. In Buchschlag gibt ‘s nur zwei; noch eine im Zaunweg.“

„Ja, weiß ich. Ihr habt gut Kohle, oder?“

„Haben geerbt, als Opa gestorben ist. Der hatte ein Bauunternehmen. Deshalb kann Mama das alles bezahlen, auch ihren Scheich in Indien.“

Er zieht sein Turnhemd aus, die Schuhe, die Strümpfe. Ich mache es ihm unsicher nach. Die Sporthosen. Wir stehen in Unterhosen da, er in einer knappen weißen, ich in einer grauen. Wir schauen uns linkisch lächelnd an. „Sauna muss nackt sein“, bestimmt er dann entschieden, streift seinen Slip ab, nimmt das Handtuch und öffnet die Saunatür. Er hat einen halb-Harten.

Ich auch. Ich halte meine Hand umständlich vor meinen Penis, damit er ‘s nicht sieht, aber als ich das Handtuch auf der oberen Bank neben ihm ausbreite, geht da natürlich nichts mehr.

Mein Schwanz ist hart wie Stein. Ich drücke meine Unterarme dagegen und setze mich. Michael neben mir hat das Bein angewinkelt, den Fuß aufgestellt, sodass ich seinen nicht sehe, aber dann grinsen wir uns an und beenden die Versteckspielerei. Ich nehme meine Arme weg, er sein Bein. Unsere Zepter wippen fordernd zwischen unseren Oberschenkeln.

„Gut heiß hier“, sage ich verlegen.

Seiner ist kürzer als meiner, aber dicker, und er hat viel mehr Haare da unten. Er ist ja auch schon 14. Außerdem ist seiner auch … wie hat Daniel das genannt? … beschnitten. Die Vorhaut weg.

„So was“, sagt er laut und bestimmt. „So was. Die Jugend von heute.“

Wir schwitzen schweigend. Die Sauna ist neu für mich und ich bin verlegen und muss auch bald raus, weil ‘s mir zu viel wird. „Du kannst duschen“, ruft Michael mir nach, als ich die Türe schließen will. „Rechts, hinter dem Vorhang.“

Mein Sportzeug ist feucht und klebt. Ich bin fertig angezogen, als er aus der Sauna kommt. „Ich mach mich auf …“

„Alles okay?“

Wie schön er ist. So dunkel, braungebrannt, und ein weißer Streifen, wo die Badehose war.

„Klar. Ja. Danke für den Drink“, versuche ich ‘s locker, obwohl ich gehemmt bin nach der Szene eben.

„Bitte“, nickt er förmlich-höflich. „Ist offen oben. Am Tor musst du den Knopf über dem Briefkasten drücken, dann geht die Tür auf. Ich mach noch ‘nen zweiten Saunagang.“

„Bis Montag.“

„Bis Montag.“ Wir schlagen kumpelig die flachen Handflächen gegeneinander, wie wir ‘s in der Sportschau gesehen haben. Und weg bin ich.

Es ist kühl draußen. Ich friere, auf dem Fahrrad, aber wie ferngesteuert radele ich noch am Falltorweg Ecke Eleonorenanlage vorbei. Als ob Daniel wundersamer weise da warten und ein paar Takte mit mir quatschen könnte, bevor ‘s nach Hause geht. Wieso hat er mir nie von seinem großen Hobby erzählt, der Eisenbahn? Bin ich ihm nicht wichtig genug?

Ich lehne mich auf dem Fahrrad sitzend gegen eine alte Eiche. War schön mit Michael, richtig schön.

Trotzdem frage ich mich schuldbewusst: Wäre Daniel damit einverstanden?

12

Er passt mich Samstagmittag auf dem Weg vom Bahnhof ab, als ich aus der Schule komme, das ist ungewöhnlich. Wir treffen uns am Sonntag.

„Was sagst du deiner Familie, wenn du wegfährst?“, geht es mir auf der Strecke zu dem Haus durch den Kopf.

„Wieso fragst du?“, kommt es überrascht zurück.

„So. Ist mir eben eingefallen.“

„Eben eingefallen“, echot er. „Eben eingefallen. Die Gattin ist erfreulicherweise nicht zu Hause. Der Filius ist froh, wenn er machen kann, was er will.“

„Und was macht Michael dann?“

„Sag mal“, er verlangsamt das Tempo, wie immer, wenn ihn etwas aus der Ruhe bringt, „was ist mit dir heute?“

Ich bin unentschlossen, ob ich ihm von dem Abend in seinem Haus berichten soll; tendiere zu Nein. „Manchmal überlege ich mir, wie das alles so ist.“

„Was, alles so ist.“

„Wie dein Leben sonst ist. Ob du in Wirklichkeit Frauen magst, zum Beispiel. Oder lieber Männer.“

„Lass uns erst mal ankommen“, erklärt er wortkarg. Ich streiche unbeholfen mit meinem Handrücken an seiner Hose, seinem Bein entlang. Er reagiert nicht.

Manchmal ist er nicht nett. Manchmal ist er komisch erwachsen und streng.

Im Haus spurtet er als erstes in den Keller und holt ein paar Flaschen Bier, während ich ratlos im Flur warte. Ist er eingeschnappt? Weiß er, dass ich Michael besucht habe und wir mit der Eisenbahn gespielt haben? Hätte ich das nicht tun dürfen? Er dirigiert mich in das Arbeitszimmer mit dem Pult. Wir setzen uns beide auf die Tischplatte; stoßen mit den Bierflaschen an.

„Sag was du auf dem Herzen hast."

„Bist du sauer?"

Er zögert. „Ich bin etwas angespannt. Es kriselt bei uns zu Hause. Hat dir mein Sohn beim Sport irgendwelche Ideen in den Kopf gesetzt? Habt ihr über uns geredet?"

Beim Sport, sagt er. „Wieso?"

„Unsere Ehe ist im Arsch. Wir streiten nur noch. Das hat nichts mit dir zu tun, Andreas." Er schaut mich an mit einem Blick, der nicht sagt, dass ich sein Freund, sondern dass ich ein lästiger kleiner Junge bin, um den er sich nun auch noch kümmern muss.

„Das läuft gelegentlich so, bei Erwachsenen. Verstehst du? Michael hat vermutlich Angst, dass wir uns trennen. Das wär schön beschissen für ihn."

So ordinär redet er sonst nicht. Sonst ist seine Sprache eleganter. Außerdem habe ich überhaupt keine Lust auf diese Geschichte. Das soll er mit seinen Kollegen besprechen, mit anderen Piloten; nicht mit mir. „Ich wollte das gar nicht wissen", wehre ich ab. Ich räkele mich, strecke meine Arme, meinen Oberkörper. Ich werde dranbleiben an dem, was mich beschäftigt. „Ich wollte wissen, ob du sonst auf Frauen scharf bist. Oder ob du richtig homo bist."

„Nach Männern schaue ich nicht!" Ich zucke erschrocken zusammen, so fest hat er auf die Tischplatte gehauen.

„Und was bin ich? Kein Mann?"

„Du bist ein Junge."

„Ich habe einen Schwanz, wenn ich mich nicht täusche. Keine Muschi. Keine Titten."

Er sieht mich lange an. Stellt seine Bierflasche hin, rutscht mit einem Schwung ganz auf den Tisch und öffnet seine Beine, rückt von hinten nahe an mich heran. Schlingt seine Beine um mein Becken, drückt seine Brust gegen meinen Rücken. Nimmt mich in die Arme. Ich atme erleichtert auf. Mega-erleichtert. Er war so barsch eben, so abweisend. Hatte Angst, dass er mich fallenlassen könnte. Ich zittere.

„Schau mal“, flüstert er in mein Ohr, „das hat mit dir zu tun. Ich habe dich gesehen, und da war ‘s passiert. Ich war sofort in dich …verliebt. Ich wollte dich haben.“

„Obwohl du verheiratet bist?“

„Ja, obwohl ich verheiratet bin. Das ist so. Stört dich das sehr?“

„Es stört mich nicht. Ich frag mich nur, warum du mich treffen willst. Wenn du eine Frau hast.“

„Man kann nicht alles im Leben verstehen. Ich versteh ‘s auch nicht.“

„Und die anderen Jungs, vor mir?“

Er lässt mich los, rückt von mir ab. Was habe ich jetzt wieder falsch gemacht … ?

„War nur einer“, kommt es gereizt, kurz angebunden. „Zwei. Nix Wichtiges. Ist nicht jeder so zutraulich wie du.“

Zutraulich!

„Auch im Schwimmbad? Aus Sprendlingen?“

Er schüttelt heftig den Kopf. „Ich bin nicht nur in Sprendlingen unterwegs. Nein. Einer in Indien, in Kalkutta. Und ein andermal in Italien. Das hat mich wohl auf den Geschmack gebracht.“

„Und deine Frau?“

Er lehnt sich etwas zurück. „Was, meine Frau.“ Er küsst mich sanft. „Gehen wir rüber. Machen wir ‘s uns schön.“

Er weiß nichts von Donnerstag. Hätte Michael etwas erwähnt, wäre er jetzt damit angekommen.

Es ist nicht so wild wie sonst. Ich habe kein Verlangen, mir Alk einzuflößen. Er streichelt mich, er brummelt, er hält mich fest. „Ein bisschen Musik käme gut“, murmelt er.

Mein Kopf rattert. Stimmt das, nur zwei Jungen vor mir? Die Astlöcher in den Kabinen, die hat er nicht an diesem Nachmittag entdeckt. Die kannte er. Und die Bierflaschen im Keller, warten die da seit zwei Jahren, seit das Haus leer steht?

„Geht auch ohne Musik. Und, sie haben das Haus nicht in Brand gesetzt. Sind auch nicht eingebrochen. Oder? Hast du nachgesehen?"

„Ich war am Tag drauf hier."

„Du hast Angst gehabt", konstatiere ich.

Er stützt sich auf einen Ellbogen. „Man konnte nicht wissen, was sie im Schilde führten. Ich war zwei Abende hier, um nach dem rechten zu schauen. Und zu gucken, ob sie wiederkommen. Aber keine Spur von ihnen. Sind arme Schweine, die Flüchtlinge."

Er kommt also auch ohne mich hierher.

Wir sind anders miteinander als sonst. Die Unsicherheit wegen des Abends mit Michael nimmt nicht ab.

„In den Sommerferien fahren wir drei Wochen an den Bodensee", versuche ich ungelenk die Stimmung zu verändern.

„Drei Wochen!? So lange ohne dich?"

„Gibst du mir ein Foto von dir?"

Er zögert. „Für eines von dir. Aber ein schönes."

„Nächstes Mal. Fahrt ihr nicht weg?"

„Ich habe mit den Schulferien nichts zu tun, die sind der Firma egal. Kann sein, dass Marina was plant, mit Michael. Ich blicke meistens nicht durch."

„Marina?"

„Meine Frau", erklärt er trocken. „Wohin fahrt ihr, am Bodensee?"

„Scheidegg heißt das. Auf 'nen Bauernhof. Kann ich dir schreiben?"

Er zögert. „Du kannst; wenn du ganz vorsichtig bist."

„Wie muss ich das machen, ganz vorsichtig schreiben?"

„Über die Lufthansa. Flughafen. Sie legen das in mein Fach. Du darfst nichts erwähnen, keine Details, und besonders deinen Namen nicht. Verstanden?"

Ich nicke. „Schreibst du mir auch?“

Er runzelt die Stirn. „Ich bin meistens unterwegs. Wie fänden deine Eltern das, Post aus Rom und aus New York?“

„Ja, hast recht. Papa würde nichts sagen, der ist zu schüchtern. Aber Mama würde fragen.“ Ich bin ratlos.

Er denkt nach. „Kommst du alleine weg, in den Ferien?“

„Warum nicht. Die Eltern haben gesagt dass es Fahrräder gibt für Nils und mich, auf dem Bauernhof.“

„Du musst das Postamt suchen. Ich schreibe dir postlagernd. Das holst du dort ab. Kriegt sonst keiner mit.“

„Das geht?“

Kennt heute kein Mensch mehr. Er erklärt ‘s mir. Briefe werden mit dem Namen des Empfängers an ein bestimmtes Postamt adressiert und dort in Empfang genommen.

„Du schreibst mir, als wärst du eine Frau. Okay? “

„Okay. Die Frau wird Klothilde heißen. Oder, nein, Tusnelda. Tusnelda Mösenfröhlich.“

Er schüttelt missbilligend den Kopf. Fand er nicht komisch. „Du Kasper“, murmelt er gereizt.

Ich sag ja: Etwas ist anders. Er ist genervt, von seiner Frau oder von mir, oder von uns beiden; was weiß ich. Wir haben keinen wilden Sex, dafür schmust er mit mir rum und massiert meine Füße und meine Waden, das ist völlig fremd und ungewohnt und bringt außerdem das schlechtes Gewissen wegen meines Geheimnisses zurück.

Könnte ich doch mit jemandem darüber reden, ganz normal, so wie ich mich über eine Fünf in Physik auskotze oder über meinen Vater! Dem fällt ‘s plötzlich ein, mir Dinge zu verbieten, die ihn nie zuvor gekümmert haben. Vorgestern mosert er rum und will nicht, dass ich ‘Bravo’ lese! An Tagen wie heute könnte ich mir vorstellen, dass Daniel das auch bringen würde.

13

Sabines Klaviernachmittag steht auf dem Programm, bei dem ich ihre Eltern kennenlerne samt der 80jährigen Großmutter.

Mein Vater muss ohnehin zum Sender und nimmt mich im Wagen mit. Das Konzert findet an einem Samstagnachmittag in einem schnörkligen Altbau in der Sachsenhäuser Gartenstraße statt, vor dem Sabines Familie mich bereits inmitten anderer Angehöriger erwartet. Anders als es meine neugierige Mutter getan hätte, kommt es Papa nicht in den Sinn, sie prüfend unter die Lupe zu nehmen. Er setzt mich an der Ecke ab und braust davon. Ich habe meinen Konfirmationsanzug angezogen und mir ordentlich die Haare gescheitelt. Sabines Vater begrüßt mich mit zwei lateinischen Sprüchen, auf die ich, oh Wunder, parieren kann, woraufhin er seiner Tochter anerkennend zunickt. Er trägt einen dünnen Pullover unter einer dunklen Anzugjacke, die grauschwarzen, ungewöhnlich langen Haare streng zurückgekämmt. Sein freundliches Wesen überrumpelt mich geradezu.

„Wie schön, dass du gekommen bist", flüstert Sabine mir zu, in einem dunklen Kleid und hohen schwarzen Schuhen, die Haare elegant frisiert. „Ich bin so nervös!"

Die Mutter umgibt eine schillernde Aura von Kunst und Boheme; sie lässt mich an die Schauspielerin Hanne Wieder denken, über die letztens eine Sendung im Fernsehen kam. Wäre nicht früher Nachmittag, man würde eine Zigarettenspitze und eine Federboa als Requisiten erwarten. Sie trägt die rötlich-blonden Haare kurz geschnitten, ist stark geschminkt und balanciert eine Brille mit buntem Gestell auf ihrer Nase, dazu große rote Ohrringe und mehrere Ketten um den Hals. „Der erste Verehrer meiner schönen Tochter", begrüßt sie mich überschwänglich mit ausgebreiteten Armen, was mich verlegen macht. „Hast du dir das überlegt, junger Mann, wen du da anbetest? Sie ist nicht das Lämmchen, für das man sie hält. Sie kann mächtig aufdrehen. Werden wir gleich bei der ersten Mazurka erleben." Angeregt plaudernd begibt man sich in den ersten Stock.

Die Klavierlehrerin Fräulein Boedicke hat ihren Salon und das Unterrichtszimmer mit dem großen schwarzen Flügel sowie ein angrenzendes Wohnzimmer, alle drei durch offenstehende Flügeltüren verbunden, in einen kleinen Konzertsaal mit den unterschiedlichsten Sitzgelegenheiten verwandelt.

„Das werden die Stühle und Sessel aus allen vier Stockwerken des Hauses sein", witzelt Frau Eilers flüsternd.

Fräulein Boedicke trägt eine weiße Bluse, die eine goldene Brosche auf dem obersten Knopf ziert, dazu einen schwarzen Bolero und einen langen Kaminrock. Bei der kurzen Begrüßung gleiten ihre Finger nervös in der Luft über ein unsichtbares Piano. Von Herrn Frank, meinem eigenen Klavierlehrer in Buchschlag, der hinter mir thronend während des Unterrichts Zigarre raucht, trennt sie Welten.

Alle Vorspielenden sitzen in der ersten Reihe vor dem Flügel. Die Großmutter hat an der Seite Platz genommen, eine gütig wirkende alte Dame, die uns freundlich zulächelt. Die Gegensätze in meinem jungen Leben zu überbrücken ist schon eine sportliche Aufgabe, die wilden Erfahrungen in Daniels Haus und daneben die fromme, gesittete Atmosphäre hier. Obwohl ich die von zu Hause kenne. Nicht ganz so heilig.

Das Konzert beginnt mit jungen Schülern und leichten Stücken, Clementi und Czerny, und steigert sich. Sabine leitet den anspruchsvolleren Teil ein, und ihre Mutter hat nicht übertrieben: ein Furioso an Tönen, ihr Körper geht kräftig mit beim Spielen, die Gesichtszüge entrückt. Ich bin eifersüchtig auf ihr Können und freue mich gleichzeitig, dass ich mit und wegen ihr hier bin. Lauter

Applaus, noch stärker nach ihrem zweiten Vortrag. Glückwünsche, als das Programm vorüber ist. Auf Tabletts werden Salzgebäck und Getränke herumgereicht.

„Fand 's toll", lobe ich sie begeistert, als wir kurz alleine sind. „Ganz toll. Ist mir heiß den Rücken heruntergelaufen dabei. So weit komme ich nie."

„Natürlich kommst du das", sagt sie fröhlich und tätschelt meinen Arm. „Üben, viel üben. Sagt Fräulein Boedicke immer: If everything else fails – practise!" Aber Englisch verstehe ich nicht.

Hinterher nimmt mich die Familie mit zu 'Kranzler'. Das Café an der Hauptwache ist eine altmodische Institution über zwei Etagen mit riesigen Plüschsesseln, hohen Decken und Kronleuchtern, Pianist und Stehgeier. Wenn meine Großeltern es erwähnen, verändert sich deren Stimme zu gedämpft und ehrfürchtig. Ich war nur ein einziges Mal dort, nach einer Aufführung unserer Theater-AG, in der ich einen gerissenen Manager spielen durfte. Ich bin nervös und unsicher, als wir uns um einen niedrigen, reservierten Glastisch gruppieren, sind doch alle um mich herum Fremde und außer Sabine Erwachsene. Doch sie nehmen mir die Unsicherheit schnell. Es geht wenig um Schule, sie fragen nach meinem eigenen Klavierspiel, und als sich die drei Erwachsenen über Anita Ekberg und Jayne Mansfield unterhalten, Sexbomben der damaligen Zeit, über die alle naslang Skandalöses in den Illustrierten berichtet wurde, verdrücke ich entspannt meine Marzipan-Krokanttorte und lasse mir auf Nachfrage ohne zu zögern ein zweites Stück bringen.

Als neun Uhr durch ist, will ich mich verabschieden, aber Sabines Mutter protestiert: „Wir fahren dich natürlich nach Hause!" Ich sitze hinten im Fond ihres geräumigen Opels, die Mutter außen, Sabine zwischen uns. Wir lächeln uns verlegen zu, reden kaum. Eine drängelnde innere Stimme mahnt, dass ich irgendetwas Körperliches tun solle; leider konkretisiert die blöde Stimme nicht, wie ich das angehen muss. Als ich aussteige und mich bedanke, küsse ich Sabine zum Abschied schüchtern, wie letztens in der Stadt. Frau Eilers lächelt verschmitzt, als ich die Tür zuschlage und ihnen nachwinke.

Meine Eltern sind wie üblich eingeladen, Nils sitzt vorm Fernseher im zweiten Stock. Grabesruhe im ganzen Haus. Daniels schlechtem Beispiel folgend gönne ich mir etwas Alkoholischem. Bier schmeckt mir nicht wirklich. Ich probiere das aus, was sich Mama nach dem Abwasch genehmigt: ein großes Glas Eierlikör, obendrauf ein halber Teelöffel gemahlenes Kaffeepulver. Verziehe mich damit auf die hölzerne Bank unter der hohen Tanne im dunklen Garten. Hätte ich das Wort ‘dekadent’ schon gekannt, hätte ich es benutzt.

In Gedanken lasse ich den Tag Revue passieren. Sabine passt schon. Ich fühle mich bei diesem Freundinnen-Ding in einer fremden Welt, aber ich muss das mitspielen, sonst bin ich in der Klasse out. Ist klar.

Sabine wird nichts verlangen, wozu ich keinen Bock habe, und auch nicht zu viel von meiner Zeit beanspruchen, sage ich mir, als der Likör meinen Kopf benebelt.

Solange es Daniel gibt, kriege ich das gebacken. Wie macht er das, mit seiner Frau? Liebt er sie? Ich wette, dass er mich mehr liebt. Auch wenn er manchmal so komisch mit mir ist.

Was ein Glück, dass ich ihn getroffen habe! Kein Mensch sonst fasst mich so an wie er, lässt mich seine Hand halten, küsst mich. Ohne ihn und die Stunden mit ihm im Bett klaffte in meinem Leben ein großes dunkles Loch.

Mich verlangt nach einem zweiten Glas.

Hole mir einen Nachschlag. Ein abnehmender Mond scheint durch die Tannenzweige. Trapps, die Nachbarn nebenan, sitzen mit Besuch beim Springbrunnen in der gefliesten Ecke am Zaun. Eben zerreißt schepperndes Gebimmel die Stille des späten Abends, und Frau Trapp kreischt auf und rennt ins Haus. Berliner Industriellenfamilie, haben sich ihre Telefonklingel in den Garten legen lassen, die schallt über sämtliche Nachbargrundstücke hinweg. Mein Vater findet 's unmöglich, aber er würde nie ein Wort sagen; grüßt immer ganz höflich. Mir gefallen Trapps. Haben 'nen offenen Sportwagen und sprechen den gleichen witzigen Dialekt wie die Schlagersängerin Conny, wenn sie Interviews gibt, und hinten beim Springbrunnen steht eine Hollywoodschaukel wie aus 'Film & Frau', der Lieblingsillustrierten meiner Tante Zaire.

Das Geklingel hat mich aus meinen Gedankengebäuden gerissen. Ja: Ein Leben ohne Daniel kann ich mir nicht mehr vorstellen. Obersekunda, fabuliere ich vor mich hin, wenn ich ein bisschen älter bin, werde ich richtig mit Daniel zusammen sein; mit allem. Er wird mich mit dem Wagen von der Schule abholen und wir werden an die Kiesgrube fahren und abends ins Kino gehen. Natürlich wird er dafür seine Frau verlassen müssen. Schaffe ich das, ihn dazu zu bringen? Und was soll mit Michael werden? Da werde ich dicke Bretter bohren müssen, wird mir nach dem dritten Gläschen klar, bevor ich mich besäuselt schlafen lege. Und falle ich dann noch unter diesen komischen Paragraphen 175, von dem ich in 'twen' gelesen habe?

14

Bei unserem letzten Treffen vor den Sommerferien bringt er mir zwei Fotos von sich mit. Auf dem ersten sitzt er mit nacktem Oberkörper lächelnd in einem Korbstuhl, im Hintergrund das Meer. Das andere zeigt ihn an einem Tisch beim Essen; mit einem Weinglas prostet er dem Betrachter zu. Ein Teil des Fotos ist abgeschnitten.

„Wer saß da?“

„Meine Frau.“

„Wo ist das?“

„In Italien.“

Ich suche nach Indizien, dass es in Wirklichkeit ein Junge war, nach Schuhen unterm Tisch oder etwas Ähnlichem. „Oder war es ein anderer Junge.“

„Andreas, meine Biographie hat nicht mit dir angefangen. Damit wirst du leben müssen. Nein, da war kein Junge auf dem Bild. Da war ich mit Marina auf Sizilien.“

Biographie. Manchmal redet er wie Papa. „Und warum hast du sie abgeschnitten?“

„Du hast nicht nach einem Foto von meiner Frau gefragt“, antwortet er kurz angebunden. „Lass gut sein.“

Ich habe ihm auch zwei Fotos mitgebracht. Lange, lange vor der Zeit der Handy-Selfies; musste sie aus dem Familienalbum rausklauben. Eines zeigt mich in meiner blauen Dreieckbadehose. Daniel pfeift, als ich es ihm zeige: „uiuiui! …“ Rainer hat es geknipst. Ich habe einen Fotoapparat in der Hand, wir haben uns auf unserem Balkon gegenseitig fotografiert. Das andere mag ich lieber; da sitze ich im Garten auf der Bank und lese ein Buch.

„Mach keine Dummheiten damit“, instruiert mich Daniel. „Lass sie nicht irgendwo rumliegen. Und wenn, dann hast du sie auf der Straße gefunden, oder in einem Laden. Verstanden?“

Ich nicke, Ja.

Die Fantasien von neulich nachts unter der Tanne im Garten schlingern mir im Kopf herum: Wir müssen nicht jedes Mal ins Bett, wenn wir uns sehen, wenigstens nicht gleich. Ich möchte mal mit ihm Eis essen gehen. Mit ihm schwimmen fahren, oder nach Frankfurt, bummeln, wie mit Sabine oder Dagmar. Aber er wird das nicht wollen, vermute ich; deshalb frage ich ihn nicht. Außerdem, klar: Wenn uns jemand Bekanntes sieht …was mache ich zusammen mit einem so viel älteren Mann.

Außerdem find ich 's ja toll, Sex mit ihm zu haben.

Letzthin spielt er dauernd an meinem Po rum. Falls er das will, das ist unmöglich mit seinem dicken Ding.

„Wie war das bei dir, als du so alt warst wie ich?"

„Was war da?"

„Hast du auch so Sachen gemacht, wie wir?"

Wir sitzen ans Ende des Bettes gelehnt und schauen durch 's Fenster hinaus zum Himmel, auf die schnell dahinziehenden Wolken.

Er lächelt versonnen. „Das erste Mal mit elf."

„Mit elf?"

Er nickt. „Das war mein Cousin. Der hat eines Tages gesagt, dass er mich ficken will, als wir im Wald gespielt haben. Ich hatte gar keine Vorstellung, was das ist. Ich war noch ziemlich klein."

„Und?"

„Ich war neugierig. Er hat mir seinen Schwanz gezeigt, das fand ich aufregend. Ich wollte es mal ausprobieren."

„Hat das nicht weh getan?"

„Nö. Er war nicht so groß. Dünn und lang. Und Alexander … So hieß er … Alexander hat mir versprochen, dass ich ihn am Tag drauf auch ficken darf."

„Hast du?"

„Ging nicht so gut."

„War ‘s schön sonst?“

„War ‘s“, sagt er, versonnen lächelnd. „Aufregend. Wir hatten ein Geheimnis. Ich war gern mit ihm unterwegs. Er war der große Cousin, stark und wild. Ich war noch ein kleiner Frosch.“

„Wie lange ging das? Wo ist er heute?“

„Andreas“, lächelt Daniel, „das ist endlos her. Ich komme aus Schlesien, weißt du? Aus Opole. Wir sind erst vor 18 Jahren nach Deutschland gekommen. Ich hab schlecht Deutsch gesprochen. War nicht leicht.“

Deshalb dieser harte Tonfall. „Nach Buchschlag?“

„Nach Gießen.“

„Und da hast du deine Frau kennengelernt.“

„So ungefähr.“

„Wie alt bist du eigentlich?“

„Wie alt ist dein Vater?“

„41.“

„Ich bin älter.“

„Wie alt genau?“

Eine Pause. „48“, sagt er trocken.

Ich reibe meinen Kopf an seiner Schulter. „Macht mir nichts.“

„Wirst mir fehlen, wenn du weg bist.“

„Sind nur drei Wochen.“

Er trägt immer eine dünne silberne Kette um den Hals mit einem seltsamen Stern. Meistens nimmt er sie ab, wenn wir uns ausziehen. Heute hat er sie angelassen. „Was ist das?“, frage ich, spiele damit.

Er scheint nicht recht antworten zu wollen. „Ein Davidstern“, erklärt er schließlich hastig.

„Kann ich auch so einen haben? Schenkst du mir so einen? Ist der sehr teuer?“

Er schüttelt den Kopf, als ginge es um Geschäfte. „Nein, Andreas. Kannst du nicht.“

„Warum? Ist das was Besonderes?“

„Sozusagen.“

Habe ich ein unangenehmes Thema berührt? „Warum?“

„Warum, warum!“ Er wird ungemütlich. Dreht die Kette, schiebt den Stern auf den Rücken.

Ich hasse es, wenn er so ist. Kriege immer Angst, dass er mich einfach sitzenlässt. Und ich habe keinen Schimmer weshalb.

Ich rücke ein Stück von ihm weg.

Aber er langt schon nach mir. „Andreas“, erklärt er, „ein Davidstern, das haben nur Juden. Kein Mensch würde verstehen, warum du das trägst.“

„Ah. So.“

„Geklärt?“ Seine Stimme klingt richtig piepsig.

„Ja.“

Nee.

Juden; seit Monaten laufen diese Auschwitz-Prozesse, in Frankfurt. Kein Mensch will vernünftig darüber reden. In Geschichte habe ich gefragt, ob wir das mal außer der Reihe durchnehmen können, statt Jan Hus und Konzile in Konstanz; der Pauker ist stinksauer geworden. Drauf eingegangen ist er nicht. Papa regt sich genauso auf, wenn ich ihn danach frage, und letztes Mal hat er sich mit Mama grässlich in die Wolle gekriegt darüber. Sie hat nicht lockergelassen und behauptet, dass die Deutschen genau wussten, was mit den Juden passierte. Am Schluss hat Papa mit der Faust auf den Tisch gehauen und geschrien: „Und wo sind sie heute alle, die Nazis? Bei euch im schönen Brasilien!“

Ich hätte eine Menge Fragen dazu. Aber wir fahren weg, und ich brauche keine angespannte Stimmung vorm Urlaub.

Klappt bloß nicht. Auf dem Heimweg bin ich traurig und wortkarg. „Fahr noch mal nach links, nach Langen“, bitte ich ihn an der großen Kreuzung in Sprendlingen. „Bitte.“

Er tut ‘s sofort. „Warum?“, fragt er überrascht.

„Ich muss dich noch mal umarmen. Einen Moment festhalten. Ich will nicht wegfahren.“

„Ja.“ Er nickt. „Aber, Kleiner, freu dich auf die Ferien! Du wirst viel Spaß haben und braungebrannt zurückkommen.“

„Ich bin schon braungebrannt. Und ohne dich werde ich keinen Spaß haben.“

Er fährt ein weites Stück in den Wald hinein, sicher weiter, als es erlaubt ist. Und ich glaube, er hat das auch noch mal gebraucht. Er hält mich sehr fest, und anders als sonst fühle ich mich klein, winzig klein, tatsächlich wie ein Kind. Mich überkommt eine unbestimmte, bohrende Angst. Dass er nicht mehr da sein könnte, wenn wir zurückkommen. Ich möchte nicht an den Bodensee, nicht so weit weg sein von Daniel. „Ich liebe dich“, flüstere ich, als ob es niemand hören sollte.

Daniel sagt nichts.

15

Ich schreibe Daniel am Abend bevor wir losfahren und am Abend nach unserer Ankunft, und die dringendste Aufgabe in Scheidegg ist das Auskundschaften des Postamtes. Jeden Tag frage ich schüchtern nach, ob etwas für mich da ist, aber der erste Brief von ihm kommt erst nach einer Woche; da bin ich bereits ziemlich entmutigt. Die Frau hinterm Schalter kennt mich inzwischen. Sie spricht einem seltsamen Dialekt und ist im Alter meiner Großmutter, mit einem Haarknoten und einem Dirndlkleid.

„Das Warten hat gelohnt, junger Mann, heute ist Post für dich da. Nur weiß ich gar nicht, ob ich dir das aushändigen darf. Wie alt bist du eigentlich?“

„17.“

„Hast du einen Ausweis dabei?“ Ich schüttele den Kopf. Sie wendet einen Umschlag mit meinem Namen drauf hin und her; stöhnt. „Ich weiß nicht, ob …“

„Bitte. Bitte. Das ist von meiner Freundin.“

Sie lächelt, milder. „Die ist scheint ‘s auch in der Sommerfrische“, und schaut auf den Brief: „Eine schöne Wertmarke hat ‘s.“

„Bitte!“, wiederhole ich beschwörend.

„Wir hatten eine Schulung über Minderjährige und postlagernde Sendungen, wie viel Blödsinn damit getrieben wird. Laut Verordnung müsste ich den Herrn Franke fragen“, meldet sie gewichtige Bedenken an, „den Herrn Vorsteher. Der ist halt auch im Urlaub. Alle Welt ist verreist. Nun ja, wie ein Ganove schaust du nicht aus.“ Sie schiebt mir meine Post zu. „Viel Freude daran!“ Jetzt ist sie aufgetaut.

Der Umschlag ist in Madrid abgestempelt und enthält eine Postkarte mit einem Flamencopaar, die Kostüme aus echtem Stoff. Auf die nächste Post aus Kopenhagen muss ich ebenfalls lange warten.

Als Absender hat er einmal 'Brigitte Bardot', einmal 'Jeanne Moreau' angegeben; letztere kenne ich nicht. Viel schreibt er nicht. 'Meiner Kleiner, ich vermisse dich. Ich küsse dich, auf die Stirn, auf die Augen, überall hin'. Er hat mir eingeschärft, selbst so zu schreiben, als ob ich eine Frau sei. Seine Begabung, das umgekehrt einzuhalten, erscheint mir nicht riesig.

Trotz des langen Wartens freue ich mich wie ein Schneekönig, wobei das der falsche Ausdruck ist für Sommerferien und 29°. Meine ersten Liebesbriefe! Ich verstecke sie unter dem Teppich in dem winzigen Zimmer unterm Dach, das ich mit Nils teile.

Im Stockwerk unter uns wohnt ein älteres Ehepaar aus Augsburg. Die Frau ist Kunstmalerin, wie sie meinem Vater beim Frühstück an einem der großen, wuchtigen Holztische, an denen wir alle unser Frühstück einnehmen, ungefragt mitteilt. Mein Vater hasst es, wenn andere Urlauber ihm zu nahe kommen, und diese Frau Klammer mit ihrer farbenfrohen bayerischen Art ist ihm dreimal zu viel. Mir ist's peinlich, wie mürrisch und einsilbig er auf all ihre Erkundungen pariert. Frau Klammer wendet sich unbeeindruckt mir zu, fragt nach Schule und Kunstunterricht. Ich weiß nicht, wo der Unterschied liegt zwischen einer Kunst- und einer Nicht-Kunst-Malerin; davon abgesehen ist sie mir sympathisch, und ich freue mich, als sie am Tag drauf eine kleine Staffelei für mich mitbringt und wir hinter dem Haus mit Wasserfarben die Tannen am nahen Waldrand malen. Das lässt mich an etwas Anderes denken als an Daniel, der mir fehlt; Tag für Tag mehr. Ich wünschte, er würde öfters schreiben. Ist so entmutigend, immerzu umsonst bei der alten Frau mit dem grauen Haarknoten nachzufragen.

Das Berufsbezeichnungswirrwarr klärt mein Vater am Abend auf: „Sie hat Angst, dass man sie für eine Anstreicherin hält." Mit dem Dirndlkleid und ihrer grauen Vogelnestfrisur, auf einem Baugerüst? Das hätte ich sehen wollen.

Ich schreibe Briefe an Dagmar, in denen ich skizzenhaft von Abenteuern mit Mädchen im Ort berichte, worauf sie nicht eingeht. Die zwei Postkarten an Sabine fallen mir schwerer. Weiß nicht, was ich ihr schreiben soll.

Auf dem Bauernhof neben unserem wohnt eine Familie aus Wuppertal mit einer 14jährigen Gaby und einem 12jährigen Bernd. Wir freunden uns an, spielen Federball und tagelang Monopoly. Meine sonst eher bewegungsfaulen Eltern entdecken ihre Liebe zum Wandern, und zu fünft marschieren wir durchs Allgäu. Ich klage nicht darüber, dass unser Urlaub fad oder langweilig wäre. Mit den Wuppertaler Kumpanen streife ich durch den nahen Wald, wir pflücken Heidelbeeren und Walderdbeeren. In dem Gebirgsbach, der durch die Bäume hindurchfließt, bauen wir ein Stauwehr, woraufhin der Bach über die Ufer tritt und ein angrenzendes Feld überflutet. Das sorgt für nachbarlichen Aufstand und ist gleichzeitig Anlass für konspiratives Gekichere.

Jeden Tag scheint die Sonne. Alles ist da, was es für schöne Sommerferien braucht. Trotzdem lastet eine Schwere auf mir, eine seltsame Traurigkeit. Ich habe eine unerklärliche Angst, dass es mit Daniel vorbei sein könnte, wenn wir zurückkommen. Er fehlt mir. Ich tagträume, er würde auf der anderen Seite des Waldes auf mich warten, ich könnte rüberdüsen und ihn sehen. Gar nichts Großes, ihn anfassen, nur mit ihm reden. Spüren, dass er da ist, dass es ihn noch gibt.

Und ich habe nicht lange gebraucht für die Entdeckung, dass sich auch in den hiesigen Freibädern kleine Löcher in den Umkleiden befinden; in Scheidegg, am Waldsee in Lindenberg, und im Strandbad am Bodensee. Männer und Jungen heimlich beim Umziehen beobachten verjagt zeitweise meine grauen Gedanken. Ich komme nicht leicht weg, unterwegs mit der ganzen Familie, aber manchmal klappt's.

An einem Nachmittag besuche ich nur mit Sven und Mama das Bad in Scheidegg, während Papa mit Nils einen Ausflug unternimmt. Ich liege alleine auf meiner Decke, höre Mama mit Sven an der Wasserrutsche spielen und ihr Kreischen aus dem Nichtschwimmerbecken. Mein umherstreifender Blick bleibt an zwei Kerlen hängen, die dösend in der Sonne liegen und deren Hände sich immer wieder berühren. Ihre Finger haken sich ineinander. Einer schiebt unauffällig ein Handtuch darüber. Ich schätze sie auf 18. Sie sind nicht richtig kräftig oder männlich, wie ich 's mag, aber es elektrisiert mich enorm, zwei Jungen kaum älter als ich selbst zu beobachten, die zärtlich miteinander sind. Als Sven und meine Mutter zurückkommen, cremen sich die beiden Fremden gerade gegenseitig mit Sonnenöl ein, und ich fühle mich gestört von meiner Familie und sinne nach Gründen, sie wegzuschicken, finde aber keinen. Ich will, dass die Beobachtung da drüben mein Geheimnis bleibt. Sie sollen nicht in die gleiche Richtung schauen! Ich schnappe mir mein Buch, 'Durchs wilde Kurdistan', und gebe vor zu lesen, fixiere aber weiter die beiden.

„Willst du nicht ins Wasser?", fragt meine Mutter.

„Lass mich. Ist gerade so spannend."

Ich blättere fahrig die Seiten um, habe ausschließlich Augen für dieses Paar. Jetzt haben sie sich aufgesetzt und spielen Karten. Wie absichtslos schlingen sich ihre Beine umeinander, und sie streicheln sich mit den Fußsohlen. Mir wird heiß.

Mama breitet auf einem großen Handtuch Salzbrezeln, Radieschen und gekochte Eier aus, holt Limonade und Becher aus ihrer Tasche. „Hast du keinen Hunger?", fragt sie, als ich das Angebot ignoriere.

„Darf ich bitte in Ruhe mein Buch lesen!"

„Muffelpott!", kommentiert Sven meinen gereizten Ton. „Ich wollte mit dir Federball spielen, aber wenn du so doof bist, dann nicht.“ Er fasst sich an die Stirn und signalisiert, dass ich einen Knall habe. Die beiden futtern vergnügt, während ich vorsichtig ein Stück weiter weg rücke. Ich will diese atemberaubende Szene in Ruhe genießen.

„Wir bleiben nicht ewig. Falls du noch schwimmen möchtest …“

„Mama, du nervst.“

Einer der Jungs fährt dem anderen durch die Haare, und sie schauen sich an, als ob sie sich gleich küssen würden. Wenig später stehen sie auf und packen ihren Kram ein, falten umständlich die Decke zusammen, auf der sie gelegen haben. Schnappen sich ihre Taschen und trödeln Richtung Umkleide.

„Ich hol mir was zu trinken“, murmele ich, stehe auf.

„Wir haben alles dabei, Apfelsaft, Wasser, alles was du willst.“

„Oder was Anderes.“ Die beiden nur nicht verpassen!!

Ich sehe sie in einer Kabine verschwinden. Kann nicht sofort hinterher wegen Sven und Mama. Als ich aus deren Blickwinkel bin, sind die Kabinen links und rechts von den Jungen besetzt.

Verfluchter Mist! Sie haben ihre Taschen an der unten abgeschnittenen Kabinentür so nebeneinandergestellt, dass man ihre Füße nicht sehen kann. Ich muss beobachten, was die beiden machen! Ich muss!! Habe gar nichts mit mir, nichts zum Wechseln, kein Handtuch, nichts. Egal. Die Tür neben ihnen geht auf, ein alter Mann kommt heraus. Ich schlüpfe hinein und schließe leise ab.

Sie stehen nackt einander gegenüber und küssen sich, als hätten sie alles um sich herum vergessen, auch die Gucklöcher, und dass man sie beobachten könnte. Reiben sich aneinander. Ich erzähle von einem Jahrzehnt, in dem an Pornographie auf allen Kanälen nicht zu denken war, und es erregt mich irrsinnig, zwei Kerle in Aktion zu sehen. Wahnsinn. Nur mischt sich eine unbestimmte Eifersucht in die Aufregung. So stolz ich auf Daniel bin – die beiden sind im gleichen Alter, sind jung, können den Nachmittag zusammen auf einer Badewiese liegen und sich in einer Kabine umziehen, ohne dass es Aufsehen erregt. Ich nehme mir vor, dass ich irgendwann genauso einen Freund in meinem Alter haben werde. Weiß natürlich nicht, wie das mit Daniel zusammengehen könnte. Muss ich jetzt nicht klären.

Sie schauen sich ewig lang in die Augen; das kenne ich von Daniel nicht. Ich brenne darauf, dass sie endlich heftiger werden, aber da sind sie schon fertig, und was Taten anbelangt, fällt mein Vergleich mit Daniel deutlich zu dessen Gunsten aus. Als sie jedoch kurz drauf Händchenhaltend auf der Bank sitzen, die Köpfe aneinander gelehnt, wünsche ich mir mit Daniel ebensolche Gesten, wie im Kino.

Ich warte einen Moment, bis ich nach ihnen meine Kabine verlasse. Sie stehen vorne an den Spiegeln, kämmen sich die Haare und albern herum. Ich beneide sie; um das, was sie miteinander haben. Einen von ihnen zum Freund wünsche ich mir nicht. Sind mir beide nicht kerlig genug. Zu sanft. Zu tändelig.

„Wo warst du?“, fragt meine Mutter vorwurfsvoll, als ich zurück bei unseren Decken bin. „Wir wollen seit einer viertel Stunde aufbrechen und warten auf dich!“

„Ja, wir haben auf dich gewartet“, echot Sven.

„Bin noch mal ins Wasser.“

„Du lügst“, sagt sie entschieden. Ich schüttele missmutig den Kopf. Sie zeigt auf meine Badehose: „Bist du nackt geschwommen??“

Meine Mutter wird nicht insistieren; das hat sie noch nie getan. Wir sammeln unseren Kram zusammen und machen uns auf.

Wieso bin ich plötzlich so schlecht gelaunt?, frage ich mich am Ausgang. Stinkig bin ich. Biestig.

Mama fällt das auf. Was immer sie für den Grund halten mag, den wahren errät sie nicht. Ich errate ihn selbst nicht. „Kommt, wir essen ein Eis“, schlägt sie im Ort aufmunternd vor, und steuert einen Eissalon an.

„Oh ja!“, freut sich Sven. „Ich will zweimal Vanille und ein Bällchen Waldesgeister.“

„Waldmeister“, korrigiere ich ihn.

„He? Was? Du hast keine Ahnung. Waldesgeister will ich.“

Als wir Platz genommen und Waldesgeister bestellt haben, erblicke ich zwei Tische weiter ausgerechnet die beiden vom Bad; eng nebeneinander, sodass sie sich permanent berühren und aus dem Eisbecher des anderen löffeln können. Sie scheinen schwer verliebt, soweit ich das mit 13 beurteilen kann. Meine Stimmung, die sich kaum gebessert hatte, sinkt wieder. Die Kerle stoßen mich geradezu darauf, dass mir etwas fehlt und ich dieses etwas schmerzhaft vermisse.

An diesem Abend schreibe ich Daniel nicht, am nächsten auch nicht. Auch nicht am übernächsten. Ich bin sauer auf ihn, ohne zu wissen warum.

Der nächste Umschlag trägt einen Poststempel aus Sprendlingen. Das ließ sich damals noch erkennen.

„Du fehlst!!!“, schreibt er, mit drei Ausrufezeichen. „Marina und Michael sind nach Sizilien geflogen. Jetzt könntest du zu mir nach Hause kommen. Wir könnten hier Sauna machen, und wir könnten zusammen einschlafen.“ Beim Schreiben hat er wohl zwei Margaritha gekippt, schlussfolgere ich, als ich den Brief ein drittes Mal lese; oder wie das süße Gesöff hieß. So was soll die Freundin eines 13jährigen Gymnasiasten schreiben? Er lästert immer über meine Meisterdetektiv-Bücher von Enid Blyton. Die hätte gewusst, dass ich ein verräterisches Detail nicht an meinem Wohnort abstempeln lasse, sondern im anonymen Frankfurt. Wo er sonst immer vor Angst platzt.

Nach dieser Post beneide ich die beiden Scheidegger Buben nicht mehr. Ob die voneinander solche Briefe bekommen??

Ich beschließe, Daniel anzurufen. Wenn er alleine ist, kann keine Gefahr sein. Ich muss umständlich die Nummer aus einem Telefonbuch im Scheidegger Postamt raussuchen. „Wieder die Freundin?“, fragt die immer gleiche Postbeamtin.

Ich nicke schüchtern.

„Wohl die große Liebe. Bist du nicht zu jung dafür? Hast noch gar keinen richtigen Bart. Aber treu, deine Busenfreundin!“ Ich runzele verärgert die Stirn bei diesem unschönen, unbekannten Ausdruck. „Jede Woche Post! Und immer woanders her.“ Das scheint sie nicht ungewöhnlich zu finden. Der letzte Absender lautete ‘Connie Francis’.

‘Boin Daniel und Boin Marina’, steht im Telefonbuch. Meine Hosentaschen sind ausgebeult von Münzen für die Telefonzelle. Ich probiere es sieben Mal. Es nimmt niemand ab. Anrufbeantworter gab ‘s noch nicht. Vier Jahre später und älter hätten mir Gedanken wie ‘Hat er ‘nen anderen?’ das Hirn zermartert. Mit 13 hatte ich das nicht auf dem Schirm.

Der Brief hat mich kurzzeitig aufgemöbelt, aber meine Stimmung sinkt wieder, als ich dem schwulen Paar beim Herumradeln im Ort begegne. Die können sich jeden Tag sehen, und ich hatte in eineinhalb Wochen dreimal Post, und das war’s. Mama würde urteilen, dass ich nie genug kriege. Trotzdem.

Ich bin unruhig und angespannt.

Svens Patentante Reinhild kommt aus Konstanz zu Besuch und fährt einen Nachmittag nur mit mir allein nach Lindau, um mich aufzuheitern. Ich habe die Erwachsenen belauscht, als sie im Gästezimmer Wein getrunken haben. Mama und Papa machen sich Sorgen, weil ich so anders bin als sonst, angeblich still und in mich gekehrt. Svens Tante klettert mit mir auf den Leuchtturm im Hafen, blödelt herum, bestellt für mich zur Bratwurst im Freien eine riesige Maß Bier. Ich protestiere: „Nein, Tante Reinhild! Nein. Nicht.“

„Stell dich nicht an, junger Mann. Ist kaum dein erstes. Bei mir darfst du."

Sie ist Theologin und die Frau eines Studienfreundes meines Vaters; sonderlich fromm erscheint sie mir nicht. Meistens sehen wir sie alleine, weil ihr Mann – geradeso wie Papa – immer zehn Seiten Manuskript schreiben muss und nie Zeit hat. Ihre kurzgeschnittenen grauen Haare lassen sie fast maskulin erscheinen; falls ich dieses Wort schon im Repertoire hatte, bezeichnete ich sie als patent. Zupackend und herzlich. Wenn ich einem Erwachsenen ein Geheimnis anvertrauen würde, dann ihr.

Wir machen eine Dampferfahrt auf dem Bodensee. Auf einer Bank an der Reling sitzend mit Blick aufs Wasser haut sie mir auf den Oberschenkel: „Ist doof mit der Familie, was? Und den kleinen Brüdern. Dir fehlen deine Freunde, stimmt 's?"

Ich bin betrunken. In meinem Kopf brummt es. Ich beiße die Zähne zusammen, sonst fange ich an zu heulen.

Sie merkt es, nimmt mein Kinn in ihre Hände, dreht mein Gesicht zu ihr hin. „Oder bist du verliebt?!"

Ich presse die Lippen aufeinander, schüttele vehement den Kopf. Gucke sie nicht an.

„Verliebt. Das ist's, worüber deine Eltern rätseln. "

„Tun sie das?", frage ich verwirrt.

„Dass sie nicht von selbst drauf kommen. Liegt doch auf der Hand. Deine Freundin fehlt dir, oder?"

Ich verneine wieder entschieden, drehe den Kopf von ihr weg. Betrachte andere Fahrgäste und gebe ihnen allesamt das Prädikat 'saublöd'. Aus einem scheppernden Lautsprecher über unseren Köpfen setzt schallendes Gedudel ein: „Die Fischerin vom Bodensee, ist eine schöne Maid juchhe ...."

„Das brauchen wir jetzt!", lacht Tante Reinhild laut auf, und legt einen Arm um mich: „Komm, Andi. Ihr fahrt bald zurück. Eine Woche kriegste rum. Dann seht ihr euch wieder."

„Nichts Mama und Papa sagen“, nuschele ich.

„Na hör mal!! Ich werd doch nicht …!“

Hätte sie länger insistiert, hätte ich mich ihr möglicherweise anvertraut, mit meinem besoffenen Kopp. Pfarrer Jahnke und Dr. Richter haben beide von

Grenzen gesprochen. Ich habe gehört, wie Tante Reinhild den Eltern gestern Abend von ihrer Arbeit bei der Telefonseelsorge erzählt hat. Angenommen ich würde ihr alles beichten: Ein Lufthansa-Pilot, 37 Jahre älter – hätte sie Verständnis dafür … ??

16

Ich war nahe dran aufzugeben, als ich Daniel eines Nachmittags erreiche. Er ist sehr überrascht.

„Bist du sauer, dass ich anrufe?"

„Nein … Dummer. Ich freu mich. Ist keiner hier außer mir."

„Ich freue mich auch, dass ich dich erreiche. Hab's schon 1000 Mal probiert. Du fehlst mir."

„Na, ich arbeite doch. Dachte du hast mich vergessen."

„Wieso?"

„Vier Tage keine Post. Nix im Kasten bei der Firma."

„Ich war traurig. Außerdem …" Ich berichte ihm von dem Liebespaar, und wie es mich aufgemischt hat – so gut ich das mit 13 schildern kann.

„Verstehe." Er stöhnt. „Hättest lieber jemand in deinem Alter."

„Eh, nee! Das meine ich nicht!" Alarmiert. Was denkt er! – dass ich ihn nicht mehr will??

„Das meinst du schon. Das weißt du bloß nicht."

Es ist ungewohnt, mit ihm zu telefonieren, nicht wie mit Dagmar oder mit Rainer. Er ist halt ein Erwachsener. Auf jeden Fall tut 's gut, ihn zu hören und mit ihm zu reden. Die Scheiben der Telefonzelle sind beschlagen, so sehr habe ich geschwitzt beim Telefonieren.

„Wir möchten ins Kino gehen", verkündet meine Mutter beim Abendessen. Die kleinen Brüder spielen vorm Haus. „Andreas, pass bitte auf Sven und Nils auf. Die sind fremd hier. Könnte sein, sie fürchten sich abends ohne uns. Besonders Svennie. Nicht wieder wegdüsen."

Warum sollten die sich fürchten. „Klar. Gebongt."

Meine Mutter schaut verwirrt auf. Scheint mit Zustimmung ohne Diskussion nicht gerechnet zu haben.

„Was seht ihr?“
„Viva Maria.“
„Mit?“
„Mit Brigitte Bardot und Jeanne Moreau.“
„Klar. Kenn ich.“
„Ach.“

Ich lese Sven ein ganzes Astrid-Lindgren-Buch vor; während des letzten Kapitels schläft er ein. Nils leihe ich meine Uhr, damit er Punkt neun zu Hause ist, und lasse ihn in Richtung der drei Nachbarhöfe von dannen ziehen. „Hast du schon Freunde gefunden hier?“

„Und eine Freundin!“, verkündet er, stolz wie Oskar. „Die heißt Biggi, die wohnt auf dem Bauernhof auf der anderen Seite vom Feld.“

„Punkt neun zurück, kapiert?“

Drei Minuten vor neun steht er im Zimmer, außer Atem, die Haare voll Heu. Er strahlt.

„War ‘s schön?“

„Bombig! Nix Mama und Papa sagen!“

Als auch er schläft, schreibe ich einen langen Brief an Daniel. Lese noch mal die Post von ihm, obwohl ich jede Zeile auswendig weiß. Die letzte Karte kam aus Kopenhagen. Am Schluss schreibt er immer einen Satz, den ich nie verstehe, immer eine andere Sprache. Am Nachmittag hat er ‘s mir erklärt. Te quiero. Jag älskar dej. Ik hou van jou. Je t’aime. Das letzte hatte ich verstanden. Jetzt verstehe ich die anderen auch. Und ich will ihn, Daniel, mit seinen starken Armen und den Haaren auf der Brust. Nicht diese Buben aus dem Ort. Einer hat einen Ringelpulli getragen wie ‘s nur Frauen tun, hoch bis zum Hals, die Ärmel abgeschnitten. Der andere hatte einen rotlackierten Fingernagel. Nee!! Ich freue mich sooooo auf Daniel.

Schaue ich heute durch die Jahrzehnte auf meine Kindheit zurück, überwiegt trotz ein paar negativer Fakten das Gute bei weitem. Doch obwohl ich hinlänglich versorgt war, meine Kindheit im großen Ganzen glücklich, fehlte mir eine wesentliche Komponente: emotionale Wärme, Berührungen, Haut. Das teile ich mit den meisten Jungen meiner Generation. Begrüßten wir uns, schüttelte mein Vater mir die Hand; das war das äußerste an Körperkontakt. Väter wechselten damals keine Windeln oder beteten vorm Einschlafen mit ihren Kindern; sie schenkten den Söhnen Fahrtenmesser und spielten mit ihnen Fußball. Mein Vater tat auch das nicht. Er zeigte seine Zuwendung unter anderem auf der finanziellen Schiene, über Geld. Da war er über alle Maßen großzügig bis in meine 20er hinein, als das längst nicht mehr nötig war. Je nachdem, wie hoch man diese Tatsache gewichtet, hatte ich eine gut versorgte Kindheit.

Als mein Verlangen nach Körperkontakt in der Pubertät wuchs, explosionsartig wuchs, erschien im exakt richtigen Moment Daniel auf der Bildfläche. Günstiger hätte es sich nicht fügen können. Vordergründig betrachtet erfüllte er alles, wonach ich mich sehnte: Haut, Anfassen, auch Gesehen- und Wahrgenommenwerden. Die sexuelle Geschichte war zunächst eine Art Bonustrack. Und da mir früh bewusst war, dass ich zu Männern tendierte und nicht zu Frauen, griff auch hier perfekt eins ins andere. Dass Daniel nur sehr bedingt der Mensch war, den ich in ihm sah, ich mir einredete, dass er mich liebte und für mich einstand …wer hätte diese Entzauberung in Gang setzen sollen?

Ich sehnte mich nach einem starken, präsenten Vater. Meine Mutter konnte dieses Verlangen trotz ihres lauten südamerikanischen Temperaments nicht ausgleichen. Und selbst sie war nicht freigiebig mit oder erfüllte mein Bedürfnis nach Umarmungen und Anfassen.

Allerdings war sie der weitaus lebendigere Elternteil; und der exzentrischere. „Mama ist verrückt“, beschloss Sven noch zur Kindergartenzeit, „aber sie ist schön verrückt.“

Zu diesen Verrücktheiten gehörte ein Ritual, das wir in allen unseren Urlauben zelebrierten und dessen Ursprung, so ging die Sage, von der brasilianischen Großfamilie meiner Mutter herrührte: Ein Monat vor den Ferien wurde ausgelost, wer im Sommerurlaub außer der Reihe Geburtstag feiern durfte, einfach so, aus Spaß. Keiner von uns hatte im Sommer Geburtstag; wir Brüder alle im Winter, meine Eltern im Herbst. Dessen ungeachtet wurde ein Fest gefeiert, mit Geschenken und allem. Ich hatte meine Eltern im Verdacht, dass sie bei der Verlosung schummelten, aber als Sven zwei Jahre hintereinander gewann und sie beide noch nie, hielt ich die Sache für fair.

Dieses Jahr hatte das Los mich bestimmt.

Die große Feier findet ein paar Tage vor der Rückfahrt statt. „Schade, dass Andi seine Freunde nicht dazu einladen kann“, räsoniert Nils, dessen Zukunft als Sozialarbeiter schon als Achtjähriger feststand.

„Und Sabine“, fügt Papa mit dieser Stimme hinzu, die er für aufmunternd hält.

„Und Dagmar natürlich“, muss Mama beitragen.

„Seine beiden Verknallten!“, feixt Sven.

Wir fahren zum Essen über die Grenze, nach Lochau in Österreich. Österreich ist Ausland, wir müssen unsere Ausweise vorzeigen; mit 13 finde ich das aufregend. Wir essen in einer Gartenwirtschaft, die uns unsere Wirtsleute empfohlen haben.

„Du bekommst ein neues Fahrrad“, verkündet mein Vater stolz. „Mit Dreigangschaltung. Steht schon bei Fahrrad-Luther für dich bereit, wenn wir zurück sind.“

„Und das hier.“ Ein Gutschein für den angesagtesten Klamottenladen Frankfurts, ‘Annas Mens Shop’ auf der Kaiserstraße. 40

Mark! Das ist ein Haufen Geld in den frühen 60gern; ich fühle mich sehr geliebt. Getoppt noch von Sven, der mir ein Bild gemalt hat. „Das ist eine Eisenbahn“, verkündet er stolz. ‘Fur mine libe Bruder Andi’, steht darunter.

„Hast du das alleine geschrieben?“

„Nils hat mir geholfen“, gesteht er errötend. Ich bin total gerührt.

Zur Feier des Tages haben sie eine Flasche Sekt geordert.

Wieso bloß will mich letzthin jedermann mit Alkohol abfüllen. „Das ist lieb“, beginne ich zaghaft, „aber … Herr Röder sagt, Alkohol ist schlecht für Sportler. Am besten fängt man gar nicht erst damit an.“

„An einem runden Geburtstag muss es sein!“, bestimmt meine Mutter in diesem Ton, der keinen Widerspruch duldet.

„Rund?“, wundert Papa sich trotzdem.

„17. Ist das vielleicht nicht rund?“ Diese Art Logik hat sie begleitet bis ans Ende ihrer Tage. „Mit 17 hat man noch Träume …“, summt sie vor sich hin.

War ein schöner Geburtstag, bilanziere ich abends im Bett, als Nils sanft schnarcht. Hätte Daniel davon gewusst, er hätte mir auch gratuliert.

Eigentlich habe ich ihm von unserem Brauch erzählt …

Ich versuche noch zweimal, ihn anzurufen; es meldet sich niemand.

Am vorletzten Urlaubstag streife ich im Lindauer Strandbad zwischen den Kabinen umher und errege die Aufmerksamkeit eines Mannes.

Ein gewöhnlicher Erwachsener, nicht so kräftig wie Daniel, aber schlank und braungebrannt. Kurze schwarze Locken und große dunkle Augen. Eine schwarze, glänzende Badehose. Wir lungern auf dem gepflasterten Weg zu den Duschen umeinander herum. Er schlendert ans Ende des Ganges, wo ein Pfeil zu den Sammelumkleiden weist, steht wartend vor einer Tür. Gibt mir mit dem Kopf ein kaum wahrnehmbares Zeichen. Ich zögere. Ich bin neugierig, sicher, doch eine innere Stimme sagt ‘Tu ‘s nicht’ und hält mich zurück. Und obwohl mein Glied kurz vorm Platzen ist, drehe ich mich um und renne in Richtung See, stürze mich ins Wasser und schwimme raus zu einem hölzernen Floß weit draußen vorm Strand.

Wolken sind aufgezogen; das Bad leert sich. Als ich die Treppe zu dem Floß heraufklettere, liegt dort nur ein Paar und eine einzelne Frau. Das Paar ist mit sich selbst beschäftigt, die Frau hat die Augen geschlossen. Der Mann ist mir nachgeschwommen, klar.

Ich lege mich an den Rand der Fläche, lasse eine Hand ins Wasser baumeln und schließe die Augen. Spüre die Wasserspritzer, als der Mann sich neben mir ausstreckt. Ich schaue nicht auf. Was die Ausbuchtung in meiner Badehose verrät, ist mir nicht bewusst. Nur ein paar Augenblicke, und ich spüre sein Bein gegen meines reiben. Der Druck verstärkt sich. Dann, wie zufällig, streicht auch eine Hand über meine Rippen, die er jedoch schnell wieder wegnimmt.

Ich will – und ich will nicht. Natürlich ist mir mit 13 ½ der Gedanke fremd, dass ich Daniel nichts wegnehmen würde, gäbe ich hier in Lindau meiner Neugier nach. Bald stehe ich wieder auf und springe mit einem eleganten Kopfsprung – so viel Show muss sein – in den See und schwimme zum Ufer zurück. Der Fremde folgt mir bis zum Lagerplatz der Familie, setzt sich nicht weit entfernt auf eine Bank unter einen Baum. Ich kann nicht aufhören, zu der Beule in seiner Hose hinüber zu schielen. Einen Fortschritt gibt es, seit dem Tsunami bei der Konfirmation: Ich habe keine Angst mehr, bin nur noch ein klein wenig verunsichert. Etwas in mir ist stärker geworden.

17

Es sind Sommerferien und das Leichtathletiktraining ruht noch, als wir aus Scheidegg zurückkommen. In der vagen Hoffnung, Daniel könne unerwartet auftauchen, radele ich trotzdem am ersten Donnerstag nach unserer Rückkehr am Falltorweg vorbei; vergeblich. Das Haus der Familie Boin liegt verlassen, die Terrasse ist ordentlich aufgeräumt, alle Vorhänge sind zugezogen. Ich habe Daniel via Lufthansa geschrieben, dass wir zurück sind; keiner hat überlegt, ob ich seine Briefe auch postlagernd in Buchschlag empfangen könnte. Einfach mal klingeln und gegebenenfalls nach Michael fragen traue ich mich nicht.

Mit Rainer fahre ich nach Frankfurt, um bei ‘Annas’ meinen Gutschein einzulösen. „Wie läuft ‘s mit Hanne?“, frage ich im Zug.

„Blöde Kuh. Kein Wort drüber.“

Das war mal nichts. Sabine ist noch mit den Eltern an der Nordsee in Holland.

Es ist die Ära der aufkommenden Blümchenmode, die Anfänge der Hippies. Wir entscheiden uns jeder für die gleiche halblange, bunte Hose, meine rot mit riesigen Blüten drauf, Rainers ähnlich, nur grün. Beide knalleng. Mama möchte sich wegwerfen vor Lachen, als ich damit ankomme. Rainers Mutter, obwohl Rheinländerin, hat nicht die gleiche Art Humor. „Du bist völlig jeck!! Da kann jeder die Anatomie eines Mannes studieren. Willst du auf den Strich gehen?“

Rainer wird rot; dunkelrot. Ich weiß mal wieder nicht, was das bedeutet.

„Die wird umgetauscht. Du fährst sofort los und bringst die zurück. Du hast wohl nicht alle Tassen im Schrank; für so einen Tand noch Geld ausgeben!“

„Andi hat die gleiche. Der darf auch“, widerspricht Rainer eingeschüchtert.

Frau Haller schaut mich nicht einmal an. „Ich orientiere mich nicht an dem schlechten Geschmack anderer Leute“, ist ihre abschließende Anordnung. Rainer muss zurück nach Frankfurt.

Zwei Tage später bin ich vormittags allein zu Hause und schaue abwesend aus dem Fenster, als ein grauweißer Ford langsam vorbeizuckelt. Ich stürze die Treppen hinunter, bin in Sekundenschnelle auf der Straße. Daniel steht weiter oben vor der Brücke. Er hat mich im Rückspiegel gesehen, wendet langsam, biegt ein paar Meter vor mir in den Wildscheuerweg ein. Parkt auf dem Bürgersteig, lässt den Motor laufen. „Kannst du?“, fragt er hastig, ohne Begrüßung. „Hast du Zeit? Kannst du weg?“

„Jetzt?“

Er nickt.

Muss das sein, dass uns ausgerechnet in dieser Sekunde Igel mit seinem klapprigen Citroen entgegenkommt? Er verlangsamt auch noch. Nein, ich werde nicht zur Pfadfinderstunde kommen, auch nach den Ferien nicht. Wundersamer Weise stresst er nicht, mustert Daniel bloß ausgiebigst, und fährt grußlos davon.

„Drei Minuten. Ich nehm ‘s Fahrrad.“

„Eisenbahnstraße. Vorm Autohaus. Stell das Rad ein Stück dahinter ab, dass es nicht so auffällt.“

„Bis gleich.“ Ich hetze davon. Er ist zurück! Ich habe ihn wieder!

Zu dieser Zeit ließ man Türen und Häuser noch ganz selbstverständlich offenstehen. Keine Ahnung, wo der Rest der Familie sich aufhält, außer dass Papa in seiner Redaktion ist. Sommerferien, ich bin frei; kein Grund, einen Zettel in der Küche zu hinterlassen. Eine vage Regel besagt, dass wir uns zum gemeinsamen Abendessen alle wiedertreffen, aber die wird ganz unbefangen geknickt, wenn sie nicht in den Kram passt.

Ich schnappe mein Fahrrad und trete in die Pedale. Lehne das Rad an einen Gartenzaun, schließe es in Windeseile ab. Sitze neben Daniel auf dem Beifahrersitz, und schon gibt er Gas.

„Ich kann ‘s kaum abwarten, dich wieder zu spüren!“, sagt er unruhig. „Wir müssen uns nur ein paar Minuten gedulden. Nicht hier auf der Straße.“

„Ja.“

„War ‘s schön im Urlaub?“

„War schön.“ Ich glaube, mir treten ein paar Tränen in die Augen.

„Was ist mit dir?“ Er schaut alarmiert.

„Nee, war nicht schön“, sage ich mit erstickter Stimme. „Ich habe dich furchtbar vermisst. Du hast mir gefehlt.“

Er nimmt meine Hand. „Du hast mir auch gefehlt, Kleiner.“

„Ich wusste gar nicht, wie sehr. Merke ich eben erst.“

„Jetzt sind wir wieder zusammen.“

„Ja.“

Ist ungewohnt, tagsüber auf das Haus zuzufahren. Rundherum auf den Feldern der Lärm von Mähdreschern. Die Abfolge Garagentüre auf, Auto rein, Rolltor wieder runter – Routine. Die Türe des Hintereingangs schlägt zu, und Daniel umarmt mich und zieht mich an sich.

So weit so gut, doch ich spüre sofort, dass etwas passiert ist. Wie vor den Ferien ist es nicht. Etwas liegt in der Luft.

Er zieht mich in das Zimmer mit dem Schreibtisch, hebt mich auf die Platte. „Herzlichen Glückwunsch, nachträglich.“

„Mama sagt, ich bin 17 geworden. Jetzt ist ‘s nicht mehr so gefährlich.“

Sein linker Mundwinkel zuckt. „Ich habe was für dich.“ Er langt in seine Hosentasche, zieht einen rosa Stein hervor, so groß wie zwei Glasmurmeln. „Das ist ein Rosenquarz. Aus Spanien.“

Der Stein wiegt schwer und kalt in meiner Hand, glänzt matt rosa, mit einer unebenen, kantigen Oberfläche. „Danke“, sage ich hilflos. In Gedanken bin ich woanders. Was ist passiert?

„Für dich. Von einem Markt in Madrid. Hat mir eine alte Zigeunerin verkauft. Ich habe gefragt, was sie mir empfiehlt für einen geliebten Menschen, und sie hat diesen ausgesucht."

Ich lehne meinen Kopf an seine Brust. „Danke", wiederhole ich.

Etwas hat sich verändert. Zwischen uns, oder es ist das Haus. Etwas im Haus. „War jemand hier?", frage ich spontan. Die unerklärliche Distanz schnürt mir den Hals zu.

„Wieso denkst du?"

„Weiß nicht." Ich zucke die Achseln. „Weiß nicht. Es kommt mir so vor." Ich schaue mich um. „Ich sehe nichts, bloß …" Mein Blick streift die Wände entlang; dann blicke ich ihm ratlos ins Gesicht. „Etwas ist anders. Du auch. Du bist anders."

„Weil Vormittag ist."

„Nein, das ist es nicht."

Er wirkt verstört. „Du hast recht. Also spürst du 's auch." Er beißt sich auf die Unterlippe. „Jemand war hier, im Haus."

„Einbrecher?"

„Nein, nein. Es fehlt nichts. Gar nichts." Er lässt seine Finger knacken, wie an dem Tag unseres Kennenlernens. So stand er an der Kabinenwand und schaute auf die Gucklöcher.

„Dann … … ?"

„Ich habe es an Kleinigkeiten gemerkt. Zwei Rollläden waren bis unten runtergelassen, das mache ich nie. Die Tür zum Keller war nur einmal abgeschlossen. Ich schließe grundsätzlich zweimal rum."

„Wer hat die Schlüssel?"

Daniel antwortet nicht, zieht tief die Luft ein, schaut auf den Fußboden.

„Deine Frau?"

Er nickt langsam. „Sie weiß, wo sie liegen. In einer Schublade im Flur."

„Und wer noch?“

Er läuft ruhelos vor dem Schreibtisch auf und ab. „Sonst niemand. Es gibt niemanden.“

„Aber sie ist doch auf … Wo hast du gesagt? Auf Capri.“

„Sizilien. Nein, sie war längst zurück. Sie ist schon wieder in Indien.“ Er schaut planlos im Raum umher. „Sie war vier Tage zu Hause. Wir haben uns nur kurz gesehen.“

„Ist Michael auch in Indien?“

Kopfschütteln. „Bei seiner Oma, in Oberursel.“

„Denkst du, dass sie hier war?“

Er zieht die Schultern hoch. „Sie interessiert sich nicht mehr für mich. Ich bin ihr völlig wurscht.“ Er schaut mir ins Gesicht, fährt fort als rede er mit einem Erwachsenen. „Aber falls sie die Scheidung will und kräftig absahnen, sucht sie womöglich hier nach einem Grund. Das kann gewaltig ins Auge gehen.“

Ich will davon nichts wissen. Muss aufpassen, dass ich nicht enttäuscht werde und anfange zu muffeln. Ich will, dass wir nach nebenan ins Bett gehen. Dass er was mit mir anstellt.

Gottseidank, er merkt ‘s. „Sorry, Kleiner.“ Er versucht ein Lächeln. „Da kommst du aus den Ferien, und ich bin so ein Problembrocken.“

„Lasst Körper sprechen“, säusele ich. So hat dieser französische Walther getönt, als die Clique am Anfang der Ferien an der Kiesgrube war.

Er trägt mich nach nebenan ins Schlafzimmer, wirft mich aufs Bett. Wir ziehen uns aus, halb jeder sich, halb einander. Nichts Heftiges, nichts Wildes. Auch kein Gesöff, und mir scheint, dass Daniel nicht scharf auf mich ist.

Ich komme lange vor ihm. Wir bleiben ineinander verschlungen liegen, mein Sperma klebrig zwischen unseren Beinen.

„Hast du meine Briefe weggeschmissen?“, fragt er, als wir uns anziehen.

„Nein."

„Mach 's. Bitte."

„Nein."

Er schaut mich streng an, hört auf, sich die Hosen zuzuknöpfen. „Das hatten wir vereinbart."

„Hatten wir nicht."

„Andreas, bitte. Mach mir keine Probleme. Du siehst doch, dass Gefahr im Verzug ist."

„Ich mach dir keine Probleme", entgegne ich trotzig.

„Ich war ein Idiot, dass ich dir geschrieben habe. Viel zu gefährlich. Wenn sie jemand findet."

„Kein Mensch findet sie. Und wenn, eine Frau wird mir doch Briefe schreiben dürfen. Hast du selbst gesagt."

„Wo sind sie?"

„Auf dem Boden, in der hintersten Ecke. Eher sind sie von Tauben vollgeschissen, als dass sie jemand findet." Dieser Umstand scheint ihn zu beruhigen. „Und Postkarten von Connie Francis und Brigitte Bardot wirft kein Mensch in den Müll!"

Die Stimmung ist lastend angespannt, als wir zurückfahren. Ich bin traurig und weiß nicht warum. Hatte mich so auf ihn gefreut. Ich habe ihm von dem schwulen Paar in Scheidegg erzählt; er hat nicht hingehört. Den Mann auf dem Floß habe ich nicht erwähnt. „Wann sehe ich dich?" Gelingt mir immerhin, selbst zu fragen.

„Ich habe ein paar Tage frei. Übermorgen?"

Ich nicke. In Sprendlingen blockiert eine Baustelle die Straße, und es wird fünf Mal Rot und wieder Grün, bis wir vorbei sind. Lässt mir Zeit genug für schlechte Gedanken: Warum erst übermorgen, wenn er frei hat? Warum nimmt er mich nicht mit zu sich nach Hause, wenn Michael in Oberursel ist? Warum fahren wir nicht zusammen an die Kiesgrube?

„Morgen erkunde ich mit Michael den Flughafen. Hinter den Kulissen, alles, der technische Check, die Flugsicherung, die Sicherheitskontrollen. Freut er sich seit Wochen drauf. Ich grüße ihn lieber nicht. Oder?“

Das meint er als Witz. Ich verziehe das Gesicht, schief. Immerhin eine Erklärung.

Zurück zu Hause schmiere ich mir zwei Marmeladenbrote und packe hastig meinen Kram ein und düse den Weg zurück, den ich eben noch mit Daniel gekommen bin, rüber ins Schwimmbad nach Sprendlingen. Ich spanne bis in den Abend hinein, zwei Stunden lang. Bin völlig verrückt nach nackten Männern. Hätte jemand mit mir anbandeln wollen, wie dieser Junge im April oder ein erwachsener Mann wie Daniel, ich wäre sofort mitgegangen. Tat bloß keiner.

Vorm Abendessen rufe ich Sabine an, die seit gestern aus Holland zurück ist. Wir telefonieren über eine Stunde lang, das gab ‘s noch nie. Erzählen von unseren Urlauben, sprudelnd und unbefangen, als kennen wir uns seit Jahren.

„Hast du morgen Zeit?“

„Es steht nichts an. Was schlägst du vor?“

„Weißt du, was ich total gerne machen würde?“

„Sag?“

„Ich möchte den Flughafen besichtigen. Rhein-Main.“

„Den Flughafen?“

„Stelle ich mir echt interessant vor. Die große weite Welt. Die fremden Flugzeuge von überall her.“

„Hm.“ Ihre erste Idee für eine gemeinsame Unternehmung scheint ‘s nicht zu sein. „Was … wie willst du das machen?“

„Man kann von draußen schauen, wie sie reinkommen, und sie dann auf der Besucherterrasse von Nahem sehen.“ Wie gut, dass Rainer auch so ein Flugzeugnarr ist. Der hat das mal mit seinem Vater gemacht und davon geschwärmt. Fällt mir genau im richtigen Moment ein. „Ich lade dich ein. Wir können da Eis essen.“

„Und warum nicht. Ich muss natürlich meine Eltern fragen. Vielleicht sagen sie, dass sie das auch interessiert und dass sie mitkommen möchten."

„Sabine … ?"

„Hm?"

„Ich würde das lieber alleine mit dir machen."

„Müssen bloß aufpassen, dass Dagmar und Helmut nicht Wind von der Idee bekommen." Sie kichert. „Ja, Andi. Lieber nur wir beide. Ich ruf dich nach dem Abendbrot zurück."

Wer sagt 's denn: Es geht auch ohne Daniel.

18

Wir treffen uns am Hauptbahnhof. Ich habe noch nie eine derartige Exkursion unternommen und bin trotz Schule in Frankfurt kein Stadtkind. Bereits das Erkunden der Route zum Flughafen bereitet mir Schwierigkeiten.

25° am Morgen; einer der letzten Ferientage. Die Aktion ist ein trotziges Auftrumpfen gegen das dumpfe Gefühl, von Daniel im Stich gelassen worden zu sein; das ist mir mit 13 nicht klar. Sabine ist aufgekratzt und schwärmt von Holland und von der See und macht sich nichts draus, dass wir mehrere Anläufe brauchen, um den richtigen Bus nach Rhein-Main zu finden.

Zwei Männer, die ich nach dem Weg zu den Aussichtspunkten frage, schicken uns zu einem Pfad zwischen Autobahn und einem Zaun. Wir laufen lange durch die sengende Sonne, vorbei an Grasfeldern hinter Stacheldraht. In der Ferne erspähen wir gelegentlich ein Flugzeug. 1963; der Flughafen ist noch nicht der größte Arbeitgeber der Region und hält keine Starts und Landungen im Minutentakt parat.

An einer alten Brücke setzen wir uns auf eine Mauer. Um sie herum stehen Menschen mit Ferngläsern, was uns die Hoffnung hegen lässt, etwas werde in unserer Nähe vorbeisegeln.

„Ich habe ein Mitbringsel." Sabine öffnet ihre Handtasche und zieht einen glatten hellbraunen Stein in der Form eines Herzens hervor, drückt ihn mir in die Hand. „Für dich."

„Ist der schön", sage ich. Hab einen Kloß im Hals. Der Gedanke an Daniels Rosenquarz versetzt mir einen Stich in der Brust. Ein falsches Wort, und ich fange an zu heulen. „Danke. Der ist wunderschön. Ich freue mich so." Es tut mir gut, dass Sabine mitgekommen ist; ja. Hundertmal lieber säße ich hier jedoch mit Daniel.

„Warum wirst du traurig?", fragt sie erschrocken.

„Nicht traurig. Gerührt." Ich greife nach ihrer Hand, halte sie fest. Drücke sie. Sie zieht sie nicht zurück. „Mir hat noch nie jemand ein Herz geschenkt."

Ich lege meinen Kopf auf ihre Schulter. Es geschieht ganz leicht, wie selbstverständlich. Ich presse fest meine Lippen zusammen, damit ich nicht anfange zu schluchzen.

Sabine streichelt mir sanft über 's Haar. „Och, Andreas … … Andi … " Andi sagt sie zum ersten Mal. „Ich wollte dir eine Freude machen."

„Du hast mir eine riesige Freude gemacht." Gottseidank schwebt in diesem Moment mit irrsinnigem Getöse so ein großer Vogel über uns hinweg. „Guck mal, Alitalia!"

„Der kommt vielleicht aus Rom."

„Oder Sizilien." Verflucht, jetzt höre ich auf, an den Karl-Duchmann-Weg zu denken!

„Ob wir die Flugzeuge woanders näher sehen können?"

Hand in Hand laufen wir an dem Zaun entlang, auf die großen Gebäude in der Ferne zu. Nach 15 Minuten kurven in der Nähe wenigstens Tanklastwagen und kleine Züge mit Gepäck umeinander.

Sabine nimmt meine mangelhafte Planung nicht krumm, erzählt munter von ihren Ferien und erwähnt sogar den Namen Dagmar: „Die waren an einem See in Österreich. Immer der gleiche, schon zum vierten Mal. Meine Mutter findet es das Spießigste, was es gibt, jedes Jahr dasselbe Reiseziel. Und noch Österreich!"

„Deine Mutter ist eine richtige Intellektuelle, oder?"

„Uiui, lass sie das nicht hören. Das hasst sie. Das möchte sie überhaupt nicht sein."

„Was möchte sie lieber sein?"

„Irgend so was wie Künstlerin. Sie spielt Geige; nicht sehr toll. Es quietscht zum Davonlaufen, kann ich dir sagen. Und sie liest russische Gedichte. Auf Deutsch natürlich. Ich vermute, sie versteht sie auch auf Deutsch nicht."

Nach einer halben Stunde erreichen wir das Flughafengebäude – damals so groß wie heute das Fundbüro im Terminal 1.

Als allererstes muss ich mir auf einer Toilette die Hände waschen. Ich weiß nicht, was mit mir los ist: In letzter Zeit wasche ich mir viel öfters die Hände als sonst, ohne jeden Grund.

Es ist Sabine gelungen, mich aufzuheitern und mich auf andere Gedanken zu bringen. Im Inneren des großen Gebäudes landen wir vor einem Pavillon, der 'Informationen' verspricht.

„Wo kann man die Flugzeuge aus der Nähe beobachten?"

„Auf der Besucherterrasse", erklärt hinter ihrem Schalter eine freundliche junge Frau, die nach einem teuren Parfum riecht. „Ist ausgeschildert. Seht ihr? Der Pfeil da oben. Eine Treppe rauf."

„Und wie … Wo kann man die Flugsicherung besichtigen?"

„Die Flugsicherung?" Sie lacht. „Die kann man nicht besichtigen. Das ist das geheime Innere des Betriebes. Einmal im Jahr ist Tag der Offenen Tür, da geht das. Müsst in der Zeitung drauf achten. Kann ich euch sonst weiterhelfen?"

„Und die … … Sicherheitskontrollen?" Das hieß so, oder?

Sie schüttelt den Kopf. „Mir scheint, du hast ein interessantes Buch gelesen, junger Mann. Das gehört alles zum Innenleben des Airports." Airport, sagt sie. „Da kann man nicht so mir nichts dir nichts hereinschneien. Hier", sie langt nach zwei Prospekten, „da drinnen ist der Flughafen bis ins Einzelne erklärt. Mit Zeichnungen und Fotos."

Ich weiß genau, was Daniel Michael heute zeigen will. Flugsicherung und Sicherheitskontrollen. Vermutlich kommt er in seiner Uniform leichter rein.

Von der Besucherterrasse führt eine lange Wendeltreppe hinunter zu einem großen Café am Rande des Rollfeldes. Nicht weit davor stehen zwei Maschinen, eine Lufthansa, eine BOAC.

„Oh", findet jetzt selbst Sabine, „das ist wirklich aufregend. So nah dran."

Wir setzen uns an einen Tisch. Verschnörkelte Gartenmöbel, weiche Kissen. Gottseidank habe ich lange Hosen an, nicht die kurzen von ‘Annas’. Wir sind die einzigen Jugendlichen.

„Was darf ich bringen?“

Ich weiß nicht, was ich bestellen soll. „Einen … Wir schauen noch mal auf die Karte.“

„Teuer ist das!“, flüstert Sabine.

„Ich lade dich natürlich ein.“

„So war ‘s nicht gemeint.“

„Doch. Ich habe noch Geld vom Geburtstag. Meine Oma hat mir 15 Mark geschenkt.“

„Sollen wir was essen?“

„Oder Kuchen.“

„Guck mal, du lädst mich zum Trinken ein und ich dich zum Essen. Dann nehme ich einen Toast Hawaii."

„Und ich eine Pastete; mit Ragout fin.“ Da bin ich fein raus. Tante Beatriz hat mir erklärt, wie man die Sauce dazu ausspricht. Worcestersoße.

Die Lufthansa-Maschine hat sich derweil langsam in Richtung Rollfeld in Bewegung gesetzt, während an den BOAC-Flug Treppen zum Aussteigen gefahren wurden und wir Zeuge werden, wie sich die Türen öffnen und als erstes je zwei Stewardessen herauskommen. Aus einer Lade auf der anderen Seite der Maschine wird das Gepäck ausgeladen.

So kommt Daniel also manchmal an, bevor er mich trifft.

„Uiui, das ist aufregend“, freut sich Sabine. „Bist du schon mal geflogen?“

„Nee. Noch nie. Du?“

„Auch nicht.“

„Aber meine Tante Beatriz, die durfte geschäftlich nach New York. Die ist Chefsekretärin, da musste sie dolmetschen. Hat alles die Firma bezahlt. Auf dem Flug gibt es tolles Essen und eine Speisekarte, und man bekommt Taschen geschenkt, wo der Name von der Fluglinie draufsteht."

„Hast du so eine?"

„Ja, von meiner Tante. Pan Am. Ich will sie immer zur Schule mitnehmen, aber meine Mutter lässt mich nicht."

Sabine zeigt auf die Landebahn rechts, aus deren Richtung ein anderes Flugzeug auf uns zugerollt kommt. „Schau mal, Andi. Uiuiui, Air India! Wie lange die geflogen sein müssen! Bin ich gespannt, wenn die aussteigen! Die Frauen tragen bestimmt Saris und die Männer diese komischen Dinger, die wie Kleider aussehen. Und Turbane. Ich bin aufgeregt!" Sie küsst mich auf die Wange, hält meinen Kopf fest. „Das hast du toll ausgesucht, Andi!" Und noch mal. „Eine super Idee."

Daniel geht mir nicht aus dem Sinn. Ich wünsche mir so eine Tasche von ihm, und dass er mich auch mal hinter den Kulissen rumführt. Vielleicht hat er sogar die gleiche Idee wie wir und kreuzt mit Michael hier auf! Das wär was, wenn er hier erschiene. Sabine sieht gut aus heute, mit ihren offenen Haaren und der dünnen bunten Bluse, dem engen hellen Rock. Richtig sexy. Ich finde sie nicht sexy, aber ich nehme an, sie ist es. Ich käme bestimmt gut raus mit ihr.

Um uns rum sitzen nur Erwachsene. Frauen mit großen Hüten. Männer in Anzügen, hellen Hemden und Krawatten.

Wir bestellen sogar Kaffee. Er kommt auf kleinen Silbertabletts, mit Milch und Zucker. „Ich trinke nie Kaffee", sagt Sabine, „aber …"

„Ich auch nicht."

„Aber hier muss man wohl. Ich könnte stundenlang sitzenbleiben und den Flugzeugen zusehen, und den fremden Menschen. Und träumen. Wenn alles möglich wäre, wohin würdest du fliegen wollen?"

„Nach Kopenhagen. Und nach Madrid“, antworte ich wie aus der Pistole geschossen.

„Madrid? Du hast komische Träume. Ich würde gerne nach Paris fliegen. Und nach New York, natürlich.“

Als die BOAC sich gen Rollfeld aufmacht, schaut sie auf die Uhr. „Ich habe versprochen, dass ich um sechs zu Hause bin. Wann musst du daheim sein?“

„Mmh … halb sieben“, flunkere ich.

„Sind deine Eltern streng?“

„Nicht sehr. Deine?“

„Schon. Aber du bist ein Junge.“

Wir verabschieden uns am Hauptbahnhof. Ich setze sie in die Straßenbahnlinie 24. Sie winkt. Auf der Fahrt zurück vom Flughafen haben wir uns zweimal geküsst; auf den Mund. Locker, ohne Zunge, aber immerhin. Es fühlt sich wie ein Triumph an. Das kann ich also auch. Ich habe eine Freundin, ich gehe mit ihr weg, Hand in Hand, und sie lässt sich küssen. Meine Welt ist in Ordnung.

Außerdem habe ich einen Freund, sinne ich, als ich auf dem Bahnsteig auf meinen Zug nach Buchschlag warte. Das ist auch in Ordnung – bis auf diese unerklärliche Angst, die ich spüre. Ich weiß nicht wovor, aber mir ist mulmig. Vielleicht hat er mich mit seiner Angst angesteckt. Ich will, dass er mich nie verlässt.

Auf der Zugtoilette wasche ich mir gründlich die Hände.

Ich habe Angst.

Sabine ruft an, als wir zu Abend essen, und bedankt sich für den Tag. Komisch: Manchmal hat sich das mit ihr angefühlt wie Pflicht. Heute hat sie meine Stimmung aufgeheitert, und ich bin dankbar, dass es sie gibt.

19

Die Schule beginnt wieder. Dagmar macht Druck und will sich verabreden, jetzt und sofort, und Daniel hat eine Woche lang frei. Ich bin gut ausgelastet.

Wenn ich Dagmar treffe, kitzelt mich mein schlechtes Gewissen Sabine gegenüber; treffen möchte ich sie trotzdem. Es ist lebhafter mit ihr als mit Sabine, und vertrauter. Entspannter. Ich kann mehr ich selbst sein – was ich so natürlich nicht formulieren könnte, nur spüre. Ich stoppe sie, wenn sie mich nach Sabine ausfragt oder über sie lästert. Sie hakt nicht nach. An Stelle ihres Helmuts ist in den Sommerferien ein Lothar aus der Engelbert-Humperdinck-Schule getreten, der Volksschule drei Straße weiter. Ich reagiere skeptisch.

„Warte, bis du ihn siehst! Du wirst Augen machen. Er hat lange schwarze Haare, ganz schwarz, und er trägt immer Jeans und Cowboystiefel."

„Was will er werden, wenn er mit der Schule fertig ist?"

„Er ist schon 15. Er ist sitzengeblieben. Er …"

„Sitzengeblieben in der Volksschule. Deine Eltern müssen Luftsprünge gemacht haben."

„Du Schaaf! Sie haben keine Ahnung. Verrat Sabine nix, die würde das nicht verstehen."

Da habe ich einen Trumpf in der Hand.

„Wir treffen uns am Samstag. Er nimmt mich mit ins 'St. Pauli'."

„'St. Pauli', in der Münchner Straße?"

„Ja", entgegnet sie triumphierend.

„Da kommst du niemals rein."

„Komm ich nämlich doch. Sein Onkel arbeitet da. Ich brauche dich als Ausrede, Andi. Wenn du im Spiel bist, sind meine Erziehungsberechtigten großzügiger. Hör zu, ich sage, dass wir zu einer Fete bei Veronika eingeladen sind; kapiert?"

„Und wenn ‘s rauskommt?“

„Warum sollte ‘s. Bei euch nachfragen werden sie nicht, das wäre ihnen zu peinlich. Wir telefonieren, wenn meine alten Herrschaften zu Hause sind, und bekrakeln alles ganz laut und ausführlich. Was wir Veronika schenken und über die Musik und was wir anhaben, und alles. Damit keinerlei Zweifel aufkommen.“

Toll find ich ‘s nicht, aber es kann sein, dass ich sie umgekehrt wegen Daniel benötige. Geht mit ihr leichter als mit Rainer oder Hans-Jürgen, die wollen mehr wissen.

Am Mittwoch holt sie mich nach der Theater-AG ab.

„Hast du so lange Schule gehabt?“, frage ich.

„Nachsitzen!“, mit maliziöser, anzüglicher Betonung.

Wir spazieren den Weg runter zur Hauptwache. „Ich habe eine tolle Lederjacke gesehen.“ Und warum flüstert sie?

„Im Kaufhof. Wildleder, ganz hell. Hilfst du mir dabei?“

„Was, helf ich dir dabei.“

„Andi, du bist so begriffsstutzig. Gehen wir erst mal ‘n Eis essen.“

In einem Eiscafé neben dem ‘Alemannia’- Kino bestellt sie zweimal das Teuerste, Curacao-Becher.

„Mit Alkohol?“, fragt entsetzt die Bedienung, die eine kleine weiße Schürze und eine weiße Haube trägt.

„Ja, sicher“, kommandiert Dagmar. „Curacao-Becher, dürfte wohl mit Likör sein, oder?“

„Wie alt seid ihr?!“

„18.“

„Ich muss den Geschäftsführer fragen.“

„Bei dieser mangelnden Wertschätzung der Gäste gehen wir woanders hin. Das ist nicht der einzige Eissalon in der Stadt.“

„Ist schon gut“, gibt die Bedienung klein bei. Wir bekommen unsere Becher.

„Ich kann das nicht bezahlen“, habe ich vorm Eingang mit Dagmar debattiert, aber sie hat das abgeschmettert: „Lass mich machen.“

Sie bestellt auch noch zwei Bluna. „Blöd, dass du deine Schultasche mit hast“, konstatiert sie, als alles verputzt ist. „Etwas hinderlich.“

„Warum?“

„Du gehst besser zuerst.“

Ich kann ihr nicht folgen.

„Hör zu“, instruiert sie mich leise durch geschlossene Zähne, „du nimmst deine Tasche und trödelst nach hinten Richtung Toiletten. Mach sie auf, während du gehst, als suchst du was drin. Das kommt besser. Und …“

„Und was soll das?“

„Neben den Toiletten ist eine kleine Tür, links neben dem Herrenklo. Da gehst du einfach raus. Danach kommt ein langer Gang und noch ‘ne Tür, und schon bist du auf der Schillerstraße. Pass auf, dass dich niemand sieht.“

Mir ist mulmig. „Und du?“

„Andi, du bist so langsam! Was glaubst du denn, warum wir direkt vorm Eingang sitzen. Ich treff dich in der Schillerstraße. Wenn ‘s Ärger gibt, musst du rennen, in diesem Fall sehen wir uns vorm Stadtbad Mitte wieder. Kapiert?“

Wohl ist mir nicht dabei. Umgekehrt lerne ich in diesem Jahr so viel Neues, warum nicht auch das. Ich tue wie geheißen, und ein paar Minuten später schlendern wir durchs Kaufhaus Lorey zurück Richtung Kaufhof.

Dagmar instruiert mich bis ins Detail. „Ich nehme vier Jacken mit in die Kabine. Das Prachtstück ziehe ich unter die hier“, und sie greift nach der rostroten Windjacke, die sie anhat. „Du musst gar nichts tun. Ich kenne dich nicht. Ich gebe dir ein Zeichen, von der

Umkleide, und dann lässt du den Aufzug kommen. Stell dich in die Tür, bis ich drin bin, dann drückst du sofort Erdgeschoss. Darf keiner mehr nach mir antanzen."

„Und wenn doch?"

„Ach, Blödsinn. Das klappt."

Ich setze mich in der Damenabteilung auf einen Hocker und tue, als warte ich darauf, dass mir jemand etwas vorführt. Berühmte Schauspieler machen das so, um sich auf schwierige Rollen vorzubereiten: üben knifflige Situationen im realen Leben, zum Beispiel in Kaufhäusern. Habe ich in der 'Film-Revue' gelesen. Dagmar greift unterdessen langsam prüfend nach einer Jacke und noch einer, hängt sie sich über den Arm.

„Benötigen Sie Hilfe?" fragt eine ältere Verkäuferin über einen vollbehängten Kleiderständer hinweg.

„Nein, nein, vielen Dank, ich komme gut zurecht."

Sie verschwindet in einer Umkleide. Sie hat das präzise ausgecheckt: Ihre Kabine liegt direkt gegenüber des Aufzugs. Als sie mir durch einen Schlitz im Vorhang ein Zeichen gibt, drücke ich auf 'Abwärts', und der Aufzug rattert heran, leer. Dagmar rennt mir entgegen. Man möchte sie für ausgestopft halten.

„Warten Sie … Sie! Sie!", ruft die Verkäuferin ihr nach, da schließt sich die Tür, und wir sind auf dem Weg nach unten.

„Jetzt raus, renn!", kommandiert Dagmar. „So schnell kann die Schnepfe nicht sein."

Wir hechten über die Zeil, rempeln Passanten an und retten uns ein paar Häuser weiter in die Hauptpost; verstecken uns außer Puste weit hinten in einer Telefonzelle.

„Gerettet, glaub ich", stößt Dagmar lachend hervor, und knöpft ihre Jacke auf. „Schau mal: Ist die nicht toll? Wollen wir auch für dich was erstehen? Besser nicht gleich wieder im Kaufhof."

Ich möchte nicht, dass wir für mich etwas erstehen. Auf dem

Weg zum Bahnhof schaut Dagmar noch im 'Musikhaus Tappert' rein, und ehe ich mich versehe, verschwinden zwei Singles in ihrer Handtasche, 'Kiss Me Quick', Elvis, und 'Schuld war nur der Bossa-Nova'. „In Amerika heißt das Shop-lifting", erklärt sie mir stolz, während wir auf ihre Straßenbahn nach Griesheim warten. „Weiß ich von Brigitte. Die hat auch 'nen neuen, 'nen GI. Der nimmt sie sogar mit in den 'Topper-Club'."

Beim Abendbrot erzähle ich, was Dagmar alles eingekauft hat: „Eine neue Lederjacke, und Schallplatten."

„Woher hat die so viel Geld?", fragt Mama stirnrunzelnd; weiter nichts.

Daniel erhält zwei Tage später die komplette Story, unbereinigt, beim Eisessen angefangen. Er findet sie überhaupt nicht komisch; bekommt, am Steuer, einen unangenehm harten Gesichtsausdruck. „Wenn das meine Tochter wäre … Wenn das Michael wäre, dem würde ich aber die Leviten lesen!"

„Wie sähe das aus?"

„Der würde die Sachen zurückbringen."

„Zurückbringen?", wiederhole ich ungläubig.

„Und 'ne Woche Stubenarrest. Oder Taschengeldentzug", schiebt er schmallippig nach.

Erwartet hatte ich, dass er mit mir über Dagmar lacht und das Abenteuer witzig findet. „Gut, dass du nicht mein Vater bist", resümiere ich nach einer Weile kleinlaut.

„Kann man so sagen", pariert er trocken.

Komische Stimmung, als wir das Haus erreichen. Sonst fasst er mich an, kaum dass alle Türen hinter uns ins Schloss gefallen sind. Nichts davon diesmal. Er streift durch die Räume, während ich mich abwartend auf den Schreibtisch setze, schaut hier nach etwas und da nach etwas. Erwartet er womöglich, dass ich wegen der Klauerei ein schlechtes Gewissen habe?

Er schwingt sich neben mich auf die Tischplatte, sein Blick fremd, von oben herab. Am liebsten würde ich aufspringen und ohne ein Wort abhauen.

„Jetzt vergessen wir das, mmh?“, schlägt er vor. „Ich habe in meiner Jugend auch Dummheiten gemacht.“

Ich nicke trotzig.

„Gut find ich ‘s trotzdem nicht. Machst du nicht wieder; okay?“

„Ich habe gar nichts gemacht“, verteidige ich mich.

„Mitgefangen, mitgehangen.“

Und was macht er gerade, mit ‘nem Minderjährigen? Gibt ‘s dafür mildernde Umstände, oder wie das heißt?

„‘N Bier?“

„Nein danke, Herr Boin. Ich bin 13. Alkohol ist in meinem Alter verboten.“

Er schwingt sich verärgert vom Tisch. Geht zur vorderen Tür, der Haustüre, öffnet sie weit; schaut hinaus über die Felder.

Haben wir plötzlich unseren ersten Streit? Ich fühle mich klein und elend.

Er schlendert nachdenklich die Eingangsstufen hinunter auf den Vorhof. Die Steine knirschen unter seinen Schritten. Er sieht traurig aus, als er zurückkommt ins Haus. Langsam und bedächtig schließt er die Türe. Er geht um den Schreibtisch rum, legt von hinten fest seine Arme um mich.

„Jetzt vergessen wir diesen Kram, ja?“, flüstert er heiser an meinem Ohr.

Ich nicke heftig. Ja, die Geschichte hinter mir lassen, als wäre sie nicht geschehen. Ihm wär’s wohl lieber, ich hätte nichts davon berichtet. Mir auch.

Die negative Spannung löst sich indes nicht auf. Ich habe keinen Schimmer, wie ich das bewerkstelligen sollte, und Daniels Versuche sind ungelenk und hilflos. Kurz drauf im Bett reagiere ich wild und grob, als wollte ich mich gegen etwas aufbäumen.

„Ich liebe dich“, murmelt er. „Ich liebe dich, Andreas.“

Klingt wie eine Spieluhr, sage ich motzig zu mir selbst.

Bleibe stumm. Als ich in ihn eindringe, werde ich überrannt von Gefühlen, die ich mir nicht erklären kann. Ich bin kein bisschen zärtlich und weich, sondern hart und heftig, als wolle ich ihn absichtlich verletzen. Und ich bin nicht bei ihm, sondern in meiner eigenen kindlichen Welt. Wie Sport ist ‘s, Wettkampf, als müsse ich etwas beweisen, gegen einen Gegner gewinnen.

Zehn Sekunden, nachdem ich gekommen bin, verschwinde ich im Bad. Setze mich erschöpft auf die Klobrille. Ich schließe sogar ab.

Wasche mich. Habe ich noch nie getan.

Saftladen, nicht mal ein Handtuch gibt’s hier.

Daniel klopft nach einer Weile an die Tür. „Alles okay?“

„Ja“, antworte ich rau.

„Bist nicht ins Klo gefallen.“

„Nein.“

Als ich zurückkomme ins Schlafzimmer, sitzt er auf dem Bett und trinkt ein Bier. Hat die Unterhosen angezogen; das gab ‘s noch nie. Er hält die Flasche hoch, stumme Frage, ob ich auch will. Ich schüttele den Kopf, Nein. Ich will nicht.

20

Von den folgenden Beutezügen berichte ich Daniel nicht mehr; gar nichts, kein Wort. Ich würde lieber nicht mitziehen, aber Dagmar ist zu bestimmend, zu fordernd. Ich habe ihr auch schon das zweite Alibi für den 'St. Pauli'- Club verschafft. Ich selbst bin auf dem Schulweg dran vorbeigekommen; infolge ihrer Schilderungen mutiert der Tanzschuppen im Bahnhofsviertel in meiner Fantasie zu einem Olymp des lasziven, verruchten Frankfurter Nachtlebens. Tagsüber ist er verrammelt. In den Schaukästen hängen Fotos von Frauen, die im Bikini auf einer kleinen Bühne Rollschuh fahren, und von einer Band, die oft in unser aller Lieblings-Radiosendung gespielt wird, der 'Frankfurter Schlagerbörse'. 'Fats and his Cats' heißt die Band.

Dagmar hat inzwischen Übung darin, selbst große Langspielplatten aus den Läden rauszuschleppen; braucht sie Hilfe, muss ich Schmiere stehen. Im 'Phonohaus' an der Hauptwache werden wir um ein Haar erwischt, weil manche Platten dort in Plastikhüllen stecken und dadurch zu groß sind, um sie in unsere Schulmappen gleiten zu lassen und diese dann schließen zu können. Wir ergreifen einmal mehr rennend die Flucht und hetzen bis runter zum 'Frankfurter Hof', lehnen uns dort zum Atemholen an eine Backsteinmauer.

„Hier drinnen sind schlimmere Dinge passiert als ein winziger Mundraub", weiß Dagmar und tippt mit einem Finger gegen das altehrwürdige Hotel. „Hier ist die Nitribitt ermordet worden."

Ich weiß genau, dass das nicht stimmt, aber ich widerspreche nicht. Sie überlässt mir zwei der ergaunerten Scheiben, eine von Adamo und die erste LP von Esther und Abi Ofarim.

Will ich die Verabredungen mit Dagmar, die sie vehement einfordert, und die Dates mit Sabine, die unschuldiger sind und zu denen ich mich quasi verpflichtet fühle, alle noch mit Daniel koordinieren, bin ich zusammen mit Schule, Sport und Klavierunterricht gut ausgelastet.

Sport rangiert weit vor Sabine und Dagmar und irgendwo gleichauf mit Daniel. Ich bin stolz auf ein eigenes kleines Ritual: Vor Leichtathletik radele ich 20 Minuten früher los, setze mich am Hengstbach unter einen Baum und konzentriere mich mit geschlossenen Augen auf nichts als aufs Rennen und aufs Springen. Herr Röder hat uns erzählt, dass das die Stars so machen, Manfred Germar, Wilma Rudolph: sich den Kopf freischaufeln, alles was ablenkt rausschmeißen und sich völlig aufs Training konzentrieren. Ich versuche, selbst Daniel hinauszuschmeißen für die zwei Stunden. Wenn ich mir ausmale, wie blöd er beim letzten Treffen war, klappt das problemlos. Stattdessen visualisiere ich meine internen Siege im Verein und blase sie in meiner Fantasie auf zu viel größeren Triumphen; das beflügelt mich. Mein Ritual ist mein Geheimnis, das ich mit niemandem teilen würde, außer vielleicht mit Michael Boin. Der versteht mich; der unterstützt mich, auch wenn wir im Verein Rivalen sind.

„Du musst besser abrollen. Du läufst nur vorne auf den Zehen", korrigiert er mich mal beim Training. „Das gibt Verletzungen."

„Wieso?" So easy lasse ich mich von anderen ungern kritisieren.

„Hab ich im Fernsehen gesehen, Sportschau. Langes Interview mit Armin Hary."

„Zeig 's mir mal."

Er demonstriert, wie man den ganzen Fuß von der Ferse bis zu den Zehen abrollt. „So wie du läufst, kriegst du Probleme mit der Achillessehne. Sagt Hary."

Manchmal treffen wir uns an den trainingsfreien Tagen, am Wochenende.

„Gib dir 'nen Schubs, bevor du landest. Schmeiß dich mehr nach vor, lahme Ente!“, schreit er mich beim Weitsprung an. Von ihm akzeptiere ich solche Sprüche.

Er gefällt mir gut, sehr gut. Manchmal hole ich mir einen runter und denke dabei an ihn.

Die Schule hat nach den großen Ferien zügig Fahrt aufgenommen, wir sind wieder mittendrin im Schulalltag. Klassenarbeiten wurden damals weder im Voraus angekündigt noch wurde Stoff so lange gepaukt, bis ihn auch der Doofste raffte. Das Gelernte musste abrufbar und man selbst stets auf Überraschungen gefasst sein. Kurz vor den Sommerferien hatten wir 'Wilhelm Tell' durchgenommen und rechneten jeden Tag damit, dass Dr. Richter die Arbeitshefte aus dem Schrank holen ließ, und auch Dr. Helm führte in Latein etwas im Schilde. Lernen war angesagt.

Daniel war weder Montag noch Donnerstag am Falltorweg aufgekreuzt. Freitag zieht 's mich gegen Abend ins Schwimmbad nach Sprendlingen. Als ich die Straße in die Senke hinuntergurke, erspähe ich Daniels Ford ganz hinten auf dem Parkplatz stehen. Aufgeregt will ich von den Fahrradständern rüber zu den Autos preschen, aber ausgerechnet dieses Mal ist abgesperrt. Sie haben die Kette vorgelegt, die sonst nie benutzt wird. Ich muss außen rum. Will eben wieder losfahren, als ich Daniels Kopf zwischen den Autoreihen erspähe – und einen blonden Jungen neben ihm. Es sind nur ein paar Schritte, und Daniel schließt die Beifahrerseite auf, der Junge steigt ein … und ehe ich eine weitere Bewegung machen kann, sehe ich den weißgrauen Ford oben an der Straße nach links abbiegen in Richtung Dreieichenhain.

Ich stehe da wie gelähmt. Mein Mund fühlt sich staubtrocken an. Mir wird heiß, ein Kribbeln, und meine Beine werden weich wie bei der Konfirmation. Ich schaffe es, mein Fahrrad bis zu der weißen

Bank am Eingang des Bades zu schieben, mich langsam hinzusetzen. Schweiß bricht mir aus.

Was mache ich jetzt?

Warum habe ich nicht gerufen, bevor sie ins Auto gestiegen sind?

Habe ich den Typ schon irgendwo gesehen?

30 Minuten später sitze ich noch genauso auf der Bank. Hatte erwartet, dass ich heulen würde, es kamen aber keine Tränen. Eher war mir danach, um mich zu schlagen, etwas zu zertrümmern, zu schreien und zu toben. Dieser Arsch! Dieser Scheißtyp! Wie eklig er beim letzten Mal war! Gleichzeitig fühle ich mich unglaublich verlassen, alleingelassen. Betrogen; falls ich so einen Begriff mit 13 kannte.

Und ich kann nicht glauben, was ich gesehen habe.

Wenn ich seiner Frau alles erzähle oder der Polizei, kommt er in den Knast, wovon er dauernd faselt. Ist natürlich keine Option; möchte Michael nicht ins Unglück stürzen.

Ich werde zu dem Haus fahren, jetzt, beschließe ich, als ich aufbreche. Ich werde einen Höllenlärm veranstalten und ihm sagen, was ich von ihm denke, und ihn danach nie wiedersehen.

Schon auf der Landstraße zwischen den beiden Orten kehre ich um. Wahrscheinlich sind sie längst nicht mehr da. Außerdem …“ ich liebe ihn doch. Er war das letzte Mal so verärgert mit mir. Wenn ich ihn ganz vergrätze, lässt er mich fallen … und dann? Die Vorstellung lässt mich frösteln.

Die Familie hat längst gegessen, als ich zu Hause ankomme.

„Hab keinen Hunger“, erkläre ich einsilbig. „Muss noch für Deutsch lernen.“

„Irgendetwas nicht in Ordnung?“, fragt mein Vater in diesem komisch unehrlichen Ton, der klarstellt, dass er keine Antwort möchte; zumindest keine, auf die er reagieren müsste.

Ich sitze in meinem Zimmer wie vorhin auf der Bank; reglos.

Hat er einen anderen, für ganz? Will er mich nicht mehr? Fahre ich noch mal zum Karl-Duchmann-Weg?

Ich bin ratlos. Ich fühle mich verlassen, megamäßig verlassen. Ich gehe mir die Hände waschen, minutenlang und gründlich mit viel Seife, als könne ich dieses schlechte Gefühl im Bauch dadurch loswerden.

Am Samstag verstumme ich. Mag niemanden treffen, bin wortkarg mit Eltern und Geschwistern, weiß nicht wohin mit mir selbst. Am Sonntag übe ich freiwillig Mathe mit Nils und spiele hinten im Garten Kricket mit Sven.

„Andi ist komisch, oder?", wundert sich Nils.

„Kann er ruhig öfters sein", setzt Sven dagegen.

Ich gehe nicht zum Training am Montag und fahre auch nicht zum Falltorweg.

Meine Eltern schöpfen Verdacht, ersteres ist zu ungewöhnlich. Ich schieb 's auf Latein, und da mir nichts Besseres einfällt, sitze ich tatsächlich am Schreibtisch vor meinem Lehrbuch. Es bleibt trotz der Agonie genug hängen, um am Dienstagmorgen eine Zwei zu schreiben.

Ich igele mich in meinem Zimmer ein. Ich rätsele, wer der blonde Junge ist und ob ich ihn womöglich kenne. Ich habe Sehnsucht nach Daniel; gleichzeitig will ich ihn nicht sehen. Oder doch.

Ich bin sehr verwirrt, sehr durcheinander.

Und denke auch: Wie würde Daniel reagieren, der strenge Vater, sähe er Michael zu einem viel älteren Mann ins Auto steigen? Oder wenn ich Michael in all das einweihe, was er mir beigebracht hat? Diese Gedanken sind unangenehm und werden nicht besser, wenn ich sie weiterspinne: Michael zeigt er den Flughafen, aber Alkohol darf er keinen trinken. Bei mir scheint alles egal zu sein.

Wenn die Panik überhandnimmt, dass ich ihn womöglich nie wiedersehen könnte, löst sich alle Kritik augenblicklich in Luft auf.

Ich kicke das Training auch am Donnerstag; keinen Plan, wie ich das hinterher packen sollte. Nicht nach ihm zu schauen erscheint unmöglich; ihn zu sehen nicht weniger. Wie darüber reden, was ich gesehen habe? Wie nicht darüber reden?

Michael ruft am Samstag an und fragt, wo ich bleibe. „Hast du das Sportfest vergessen? Röder macht sich Sorgen."

„Ging nicht", erwidere ich wortkarg. „Konnte nicht."

„Was nicht okay?"

Wenn ich doch mit jemanden über den ganzen Mist reden könnte! Meinetwegen auch mit Michael, obwohl das natürlich undenkbar ist. Dagmar ginge vielleicht. Ich könnte aus Daniel eine Frau werden lassen. Aber Dagmar würde es an die große Glocke hängen und eine riesen Geschichte daraus machen, vermutlich nicht dichthalten.

Zweimal treffe ich Sabine nach der Schule und esse mit ihr Marzipanrollen vom Bäcker auf der Eschersheimer Landstraße. Es ist tröstlich, auf der Mauer zu sitzen und meinen Arm um sie zu legen.

„Du bist seltsam", stellt sie fest. „Hast du Kummer?"

„Weltschmerz." Das fällt mir aus heiterem Himmel so ein. „Wie Goethe."

„Andreas: das war nicht Goethe, der Weltschmerz hatte, das waren seine Figuren."

„Schön. Weltschmerz, wie Goethes Figuren."

Das ist weniger heiter, als es klingen mag.

Ich weiß nicht wohin mit mir selbst, und die Sehnsucht nach Daniel und die Angst vor einem Ende schnüren mir die Luft ab.

Die folgende Woche raffe ich mich wieder auf zu Leichtathletik. Als alle anderen weg sind, das Tor abgeschlossen, sitze ich immer noch vorm Platz und kann mich nicht dazu durchringen, mich zu unserem üblichen Treffpunkt zu bewegen. Vermutlich ist er sowieso in Madrid, sage ich mir, und schiebe trotzig nach: Oder lässt sich von einem anderen ficken. Und ich mache mich auf, direkt nach Hause.

Daniels Wagen steht am Feuerwehrhaus, wie beim ersten Mal. Ich fahre mit wildem Herzklopfen dran vorbei. Er folgt mir, im Schritttempo, das Beifahrerfenster heruntergekurbelt.

„Reden wir nicht mehr miteinander?“, ruft er durch das offene Wagenfenster.

Ich fahre langsam weiter. Er schneidet mir den Weg ab.

„Bitte, Andreas. Was ist los. Falltorweg?“

Ich schüttele heftig den Kopf.

„Sprich mit mir!“

Ich will nicht. Ich kriege auch nichts heraus.

„Mein Gott, ich war ein wenig hart mit dir, okay, ich war zu streng. Ist das ein Grund, die beleidigte Leberwurst zu spielen? Es tut mir leid!“ Er wartet auf eine Reaktion. Ich bin wie versteinert. „Wir sind doch erwachsene Menschen.“

„Du vielleicht“, ist das erste, was ich herausbringe.

„Mein Kleiner“, sagt er plötzlich, die Stimmlage verändert. So kriegt er mich natürlich.

Ich schaue ihm das erste Mal ins Gesicht. Ich möchte dass er mich umarmt, dass er mich küsst. Dass er mich festhält.

Ich brauche einen langen Anlauf für die Frage. „Liebst du mich noch?“, mit leiser, zaghafter Stimme.

Er lacht! „Du Dummkopf! Natürlich liebe ich dich. Noch. Warum denn nicht.“

… … aber ich habe ihn gesehen, mit diesem Kerl! …

21

Ich bin ziemlich durch den Wind, als wir uns am Mittwoch treffen; voller innerer Widersprüche. Natürlich brenne ich darauf, dass er mich anfasst, mir zeigt, dass er noch mein Freund ist. Gleichzeitig fremdele ich, als ich auf der Hauptstraße zu ihm ins Auto steige; als wäre er ein Unbekannter, dem ich abgrundtief misstraue.

Es nieselt, der Sommer macht eine Pause. Passt perfekt zu meinem Inneren. Schwimmbad ging nicht als Erklärung zu Hause, ich habe Michael vorgeschoben: „Der hat eine super Eisenbahn im Keller. Bombig. Gibt 's in ganz Buchschlag nicht noch mal."

Papa schaut schräg, wenn ich Leute treffe, die er nicht kennt. Ginge es nach ihm, würde ich mich einzig mit Arzt- oder Pfarrerssöhnen verabreden.

„Was war letzte Woche?", fragt Daniel mit unschuldiger Stimme. „Warum warst du nicht an unserem Treffpunkt?"

„Hab angenommen, dass du arbeitest."

„Ach."

„Ja. Hast du nicht?"

„Diesen Monat nur Kurzstrecke. Abends zu Hause."

„Außerdem wollte ich nicht."

Das Gespräch verebbt wieder; er fragt nicht nach. Ich zittere. Wir fassen einander nicht an wie sonst, gar nichts, als sei eine Mauer zwischen uns gewachsen. Kein Wort die Strecke durch Sprendlingen durch, keine Geste, nichts. Das Passieren des Schwimmbads versetzt mir einen Stich. Ausgerechnet in diesem Moment tönt er auch noch ganz blöd: „Hast du vor, heute so ein stummer Fisch zu bleiben?"

Ich schüttele missmutig den Kopf.

Er fährt auf den Seitenstreifen, hält. Legt eine Hand auf mein Bein, schaut mich an.

„Hör zu. Noch einmal, ganz förmlich: Es tut mir leid wegen letztem Mal. Ich war etwas zu streng mit dir."

„Ich bin nicht dein Sohn. Das kannst du mit Michael machen."

Er schluckt, nimmt seine Hand weg.

Ich habe einen Kloß im Hals. Rücke näher zu ihm. „Ich … bitte …", stammele ich, „ … ich liebe dich. Ich habe Angst, dass …"

„Was …"

„Fahr weiter." Besser, wir besprechen das Thema im Haus.

Aber ich packe es nicht zu warten, nicht einmal die fünf Minuten. „Ich habe euch gesehen", bricht es aus mit heraus, ohne dass ich das wirklich wollte.

„Was, gesehen."

„Dich. Mit dem Jungen."

Er ist in den Feldweg eingebogen, hält abrupt an. „Was meinst du. Mich, mit dem Jungen."

Ich täusche mich nicht. Ich habe sie beide gesehen.

„Am Schwimmbad. Ich habe euch wegfahren sehen."

Er fährt bis vor die Einfahrt, vollführt das Garagen-Ritual, damit der geparkte Wagen nicht zu sehen ist. Wir steigen aus, schweigend. Als wir im Flur stehen, fängt er laut an zu lachen. „Oh, den Jungen! Du meinst Holger."

Ich schaue verständnislos zu ihm auf.

„Ein blonder."

Ich nicke.

Er zieht mich eng an sich. Ich atme auf. Er umarmt mich. Er küsst mich auf die Stirn, hält mich. Legt eine seiner Pranken fest auf meinen Po.

Ich bin wieder bei ihm.

Trotzdem: Holger?

„Wer ist das?"

Mit einem Arm um meine Schultern zieht er mich ins Schlafzimmer. „Ein Schulkamerad von Michael. Du Dummer! Was hast du dir zusammengereimt. Jetzt verstehe ich auch …“ Er beendet den Satz nicht. „Er hatte ‘nen Platten und hat mich gefragt, ob ich ihn nach Hause fahren kann.“

In der Theater-AG hat Herr Jordan mit uns geübt, wie man auf die gleiche Anschuldigung mit unterschiedlichen Ausflüchten reagiert und welche Stimmlage man dabei benutzt. Ich war ein Gärtner, der in einer teuren Villa Rosen geklaut hatte und sich rechtfertigen musste. Ich kann den Unterhalt für meinen kranken Vater nicht aufbringen, habe ich gespielt, und meine Großmutter hatte ihren 100. Geburtstag und die Ehre verlangt, dass ich etwas auf ihr Grab lege, habe ich mich schuldbewusst herausgeredet. Beim zweiten Durchgang habe ich vehement abgestritten, dass ich es war, und war tödlich beleidigt wegen der Anschuldigung. Diese Szene ging mir viel leichter von der Hand als die erste.

Wie gut schauspielert Daniel? Wage ich’s ihm ins Gesicht zu sagen, dass ich ihn für einen Lügner halte, so wie ich es beim Theaterspielen dem Hausherrn gegenüber getan habe? Glaube ich, dass Daniel lügt? Oder klammere ich mich an die Hoffnung, dass alles genau so war, wie er ‘s darstellt?

Er zieht mich aus, bedächtig und zärtlich wie selten. Streichelt mich. Ich hatte solche Sehnsucht nach ihm, und ihn wieder zu spüren, lässt die Gedankenströme schwächer werden. Unsere Rollen und Gepflogenheiten haben sich verändert seit April, doch heute bin ich wieder ein Kind, schutzbedürftig, verletzlich. Daniel geht sensibel darauf ein, unaufgeregt und sanft.

Wie habe ich das gebraucht, umschlungen dazuliegen und seinen Atem an meinem Hals zu spüren, seine kräftigen Oberschenkel zwischen meinen, unsere Finger ineinander verhakt. Obwohl der Name Holger in meinem Hinterkopf rumort und es nicht entschieden ist, dass ich Daniel glaube. Ich ahne, dass die Angst zurückkommen wird.

Er rutscht im Bett zur Wand und lehnt sich dagegen, zieht meinen Kopf in seinen Schoß.

„'n Bier?"

Als er unten im Keller mit Flaschen klappert, fällt mir auf, dass das Bett frisch bezogen ist. Knallgelb. Das war es beim letzten Mal nicht, das hätte ich gemerkt. Gelb ist meine Lieblingsfarbe. Außerdem entdecke ich in der dunklen Ecke gegenüber dem Bett vier Bierflaschen und eine größere, Likör oder was. Mein Herz schlägt schneller, und meine Stimmung sinkt wieder.

Er spürt die Veränderung sofort, zurück im Zimmer. Ich liege ausgestreckt auf dem Bett, das Laken über meinen Unterkörper gezogen, stiere an die Decke.

„Und welche Laus ist dir jetzt über die Leber gelaufen?", fragt er ratlos.

Ich lasse mir Zeit, bis ich mich auf die Ellbogen stütze, angedeutet zur Zimmerecke nicke. „Holger, oder?"

Daniel dreht sich um und registriert die Flaschen, lässt ein genervtes Stöhnen vernehmen, ein resigniertes Mundwinkelzucken. „Du glaubst mir offensichtlich nicht."

„Von wem sind die Flaschen?"

Er setzt sich auf 's Bett. „Andreas: Manchmal steht mir Marina bis hier" – und er macht eine entsprechende Bewegung, flache Hand überm Kopf –, „oder ich komme spät nachts zurück und will die Familie nicht wecken, und dann übernachte ich hier. Kapiert?"

Spät nachts den ganzen Weg vom Flughafen bis nach Dreieichenhain? „Und deshalb ist das Bett frisch bezogen."

„Exakt, Herr Meisterdetektiv."

„Aber du hast zu Hause …" Ich beiße mir auf die Zunge.

„Zu Hause, was …"

Dein eigenes Zimmer, hätte ich beinahe gesagt. Weitere Komplikationen, das fehlte noch.

Er setzt die Diskussion nicht fort, küsst stattdessen meinen Bauch, meinen Nabel, streichelt mich und ist zärtlich; als wolle er etwas wiedergutmachen.

Vielleicht stimmt ja alles, was er sagt. Ich werde Dagmar fragen, die hat Erfahrung. Ich werde aus Daniel eine Stewardess machen, mit einer Wohnung in Offenbach, und sie wird mir raten können.

Auf der Rückfahrt am frühen Abend reden wir wenig, wie meistens. Ich hänge still meinen schweren Gedanken nach. Wieso hat er kein Wort mehr darüber verloren, dass in den Sommerferien jemand im Haus gewesen war?, fällt mir auf, als draußen Dreieichenhain vorbeizieht. Ist die Befürchtung ausgeräumt, dass seine Frau Wind bekommen hat von unserer Sache? Ich werde ihn nicht darauf ansprechen, drei Minuten bevor er mich absetzt, doch in meinem Kopf brodeln die wildesten Fantasien durcheinander. Mir fällt sogar Igel ein. Hat der Verdacht geschöpft, könnte von dieser Seite Gefahr drohen?

Meine kindliche Intuition sagt, dass sich dunkle Wolken über mir zusammenbrauen. Meine Unbekümmertheit ist verflogen und weicht der Befürchtung, dass etwas wirklich Böses passieren und ich richtig dicke verletzt werden könnte, heftiger als ich es mir vorzustellen vermag.

Ich weiß seinem fragenden Hundeblick nichts entgegenzusetzen, als er hält und mich aussteigen lässt. Kann ihn selbst nur ratlos anschauen. Kümmere dich um mich, flehe ich stumm. Ich bin der jüngere, und ich weiß nicht weiter. Bitte!

„Tschüss“, flüstert er einsilbig.

„Tschüss.“

Er fährt nicht los, wartet wohl, dass ich etwas sage.

„Bis bald.“ Langsam gibt er Gas. Ich bete still, dass er wieder bremst, und er scheint zu verlangsamen. Dann braust er davon.

Ich radele ziellos durch gänzlich fremde Sprendlinger Nebenstraßen mit keinerlei Idee, wie ich diesen Knoten im Inneren auflösen könnte. Die einzige tröstliche Idee ist die an das Leichtathletikteam. Ich werde schneller laufen als alle anderen, ich werde meine ganze Energie bündeln und es allen zeigen. Ich werde siegen; siegen!

Wenn Holger ein Schulkamerad von Michael ist, was hatte er im Bad in Sprendlingen zu suchen? Langen hat ein eigenes, viel größeres Schwimmbad.

Außerdem geht ‘s vom Sprendlinger Bad aus rechts nach Langen. Sie sind aber nach links abgebogen. Richtung Dreieichenhain.

An einem Wasserhahn am Tor eines offenen Vorgartens wasche ich mir lange und ausgiebig die Hände.

22

Ich telefoniere mit Dagmar und kündige an, sie am nächsten Mittag von der Schule abzuholen.

„Ich brauche deinen Rat." Mache es dringend. „Schau, dass niemand dabei ist. Ich warte am Seiteneingang, Vogtstraße. Es ist wichtig."

Wie erwartet, rechnet sie mit Sensationen. Ich muss mich bemühen, den Ball flach zu halten und nicht aus Versehen etwas auszuplaudern, das eine Lawine ins Rollen setzen könnte.

„Ist 's okay, wenn wir zum Bahnhof laufen", schlage ich vor, „statt der Straßenbahn? "

Sie nickt, hakt sich bei mir unter. „Was gibt 's Weltbewegendes?"

„Lothar und du, ihr geht noch zusammen, oder?"

„Natürlich!", kommt es zurück mit einer Betonung, die ausdrückt, dass dies eine Verbindung von der Wiege bis zur Bahre ist. „Wieso bitte nicht."

„Stell dir mal vor … Also stell dir vor, du siehst Lothar in der Stadt mit einem anderen Mädchen. Was würdest du machen?"

Ein zweifelnder Blick trifft mich von der Seite. „Sag nicht … Sag nicht, du hast Sabine … Das glaube ich nicht." Sie beginnt zu lachen. „Sabine mit 'nem anderen? Das ist unmöglich."

„Wer redet von Sabine."

„Oh. Gibt es eine zweite, eine heimliche Geliebte?"

„Ich frag dich bloß so. Theoretisch. Ich brauche das für die Schauspiel-AG."

„Schauspiel-AG. Theoretisch. Und ich bin die kleine Schwester von Mick Jagger." Plötzlich kommen ihr Zweifel. „Du redest nicht von Lothar, oder?"

„Nein. Mein Gott, kannst du mir nicht einfach eine Antwort geben auf eine ganz einfache Frage."

„Was ich täte, wenn ich Lothar mit einem anderen Weib in der Stadt antreffe."

„Endlich. Jetzt hast du's."

„Ich würde ihr an die Gurgel gehen und beiden eine Szene machen, wie in einem Hollywoodfilm."

„Und wenn das nicht ginge? Weil sie in dem Moment in eine Straßenbahn einsteigen?"

„Ich möchte wissen, was dahintersteckt. Glaub nicht, dass du mir lange etwas verheimlichen kannst."

„Glaube ich nicht."

„Also …"

„Würdest du überhaupt etwas sagen? Oder würdest du's für dich behalten."

„Wie soll das denn gehen."

„Fand ich auch." Verhaspelt. „Finde ich …"

Sie hat 's gemerkt. Sie tätschelt meinen Unterarm. „Ich finde 's raus, verlass dich drauf."

„Wärst du sehr traurig?"

„Traurig? Ich wäre stinksauer."

„Wenn der Mann … Wenn die Frau viel älter wäre als …" Das klappt nicht. „Stell dir vor, du hättest einen viel älteren Freund, den du sehr … liebst, und dann siehst du ihn mit einer …"

Sie lässt meinen Arm los und bleibt stehen. Sieht mich skeptisch an. „Andi, ich habe diese Gerüchte über eure Schule gehört. Jeder hat sie gehört. Dachte das war Oberstufe, die mit den älteren Frauen. Sag nicht, du bist auch …"

„Dagmar, du nervst. Ich sehe, es hat keinen Sinn." Erzähle ich ihr von Daniel? Sie wäre mir nicht böse, im Gegenteil. Sie fände es toll. Aber nächste Woche wüsste es ganz Eschersheim. Keine Chance.

Erstaunlicherweise wird sie von selbst sachlicher. Wir schlendern am Eschenheimer Tor vorbei. „Ich muss mir das kurz vorstellen, wie das wäre. Im Stillen.“ Den Weg durch die Schillergasse stellt sie sich das kurz vor; still. „Vielleicht …“

„Ja?“

„Ich glaube, es würde mir wehtun. Erst wäre ich wütend, aber wäre es Lothar … Ich würde ihn nicht verlieren wollen. Vermutlich hätte ich ziemliche Angst.“

„Und was würdest du tun?“

„Kommt auch drauf an, wie die andere aussähe.“

Diese Art Wettbewerb habe ich gar nicht auf dem Schirm.

„Ich würde um ihn kämpfen.“

„Wie würdest du das machen?“

„Tja … Wäre es Lothar … Völlig nachgegeben habe ich ihm noch nicht“, wieder ein Blick von der Seite, „du weißt schon. Wenn das die einzige Möglichkeit wäre … Oh oh oh.“

„Wenn du ihm schon nachgegeben hättest?“

„Tja“, erneut, „wenn es sich um eine erwachsene Frau dreht, was ich heraushöre, und sie einen tollen Typen hat … Ich wäre besonders nett. Ich würde mich von meiner besten Seite zeigen.“

„Würdest du andeuten, dass du ihn gesehen hast?“

„Hast du bereits? Angedeutet?“

„Ja.“ Ich bin noch nicht einmal unvorsichtig. Es ist mir plötzlich egal.

Sie fuchtelt mit ihrem erhobenen Zeigefinger vor meinem Gesicht herum. „In die Falle gelaufen!“

„Dagmar, bitte.“

„Ich weiß. Ich bin eine gute Freundin. Ich frage nicht weiter.“

„Heute nicht.“

„So ist ‘s. Mach ‘s wie in den amerikanischen Liebesfilmen, stress sie nicht, sei ein Engel. Gib ihr alles, was sie will. Ist natürlich nicht einfach, mit 13“, setzt sie mit einem zynischen Grinsen hinzu. „Sag mal, ernsthaft … Hattet ihr? Hat sie dich … ?“ Sie mustert mich mit einem prüfenden, ungläubigen Blick, beißt sich dabei auf die Unterlippe.

Ich nehme den Faden nicht auf. „Ich hab Angst, dass ich … sie … verliere."

Sie drückt mich. „Kopf hoch, alter Kumpel. Wie heißt sie?"

„Vera."

„Weiß jemand davon?"

„Kein Mensch."

Sie schüttelt schelmisch den Kopf. „Unser Andi. Ein Doppelleben wie 007."

Ich habe eine Woche Zeit, über Dagmars Rat nachzudenken und mir zu überlegen, wie ich besonders nett sein und mich von meiner besten Seite zeigen könnte. Gelegenheit, sie nach konkreteren Tipps zu fragen, gab 's keine. Es ist wieder Dienstag, und ich komme wegen Theater erst am Nachmittag und hungrig aus der Schule.

Blöd, kein Mensch ist zu Hause, niemand hat mir in der Küche etwas vom Mittagessen aufgehoben. Ich schmiere mir ein Käsebrot und schlinge ein paar Löffel Vanillepudding aus der Speisekammer herunter, und schon bin ich wieder weg. Mit Daniel verabredet.

„Nicht immer an der gleichen Stelle", hat er bestimmt. „Fahr ein bisschen weiter rauf. Ich stehe vor der Bäckerei auf der rechten Seite."

„Wo die Kinoreklame ist?"

„Genau."

Alles wie's war, Rad anschließen, hastig auf den Beifahrersitz, und er braust davon.

Ich kann es nicht glauben: Noch mitten im Ort, Sprendlingen, greift er nach meiner Hand und führt sie an seine Lippen, küsst sanft meine Fingerspitzen. Wie bei unserem ersten Mal, am helllichten Tag! Mir wird warm ums Herz. Als fliegen all die dummen Gedanken, die Schuldgefühle wegen der Klauerei und die Sorgen wegen seiner ewigen Angst, Holger sowieso … als fliegt alles in Sekundenschnelle durch das geöffnete Wagenfenster davon.

Trotzdem trifft mich kurz drauf sein zweifelnder Blick, diese hochgezogenen Augenbrauen. „Alles in Ordnung?“

„Mmh, ja ….“, druckse ich herum, und ich kann spüren, wie er in Habachtstellung geht, sodass ich ihm schnell meine Hand auf den Oberschenkel lege und ihn fest drücke, „schon. Bloß …“

„Bloß?“

„Ich hab furchtbaren Hunger, Daniel. Hab nix gegessen. Konnte dir nicht sagen, dass ich später komme. Ich wollte dich nicht warten lassen.“

„Gut“, orakelt er. Die Abbiegung zu unserem Haus lässt er links liegen.

„Was machst du?“

„Wir fahren was essen.“

„Echt? Ich habe kein Geld mit.“

„Das stellt uns vor Probleme.“

Wir fahren durch Götzenhain, durch Offenthal. Ich find ‘s toll, neben ihm zu sitzen und herumzugurken, statt immer nur da im Haus zu sein. „Wo fahren wir hin?“

„Überraschung“, sagt er langgezogen.

Ich freue mich. Hat er auch eine Freundin Dagmar, die ihm geraten hat, sich von seiner besten Seite zu zeigen? So fröhlich war er lange nicht mit mir. Seit Schulanfang nicht.

Wir landen in einer Gartenwirtschaft in Messel. Er steuert einen Tisch abseits hinter einem dicken Baum an.

„Können wir nicht …“, will ich Plätze am Zaun vorschlagen, aber er bremst mich.

„Nein, Andreas. Können wir nicht. Den Tisch hier.“ Er setzt sich so, dass er vom Eingang aus nicht zu sehen ist, nicht mal sein Rücken. „Hör genau zu: Wenn uns jemand begegnet, den ich kenne, dann bist du der Sohn von einem Kollegen. Der Kollege hat aus New-Delhi zwölf Stunden Verspätung und hat mich gebeten, mit dir was essen zu gehen, weil du alleine zu Hause bist. Kannst du dir das merken?“

Ich verziehe den Mund. „Klar kann ich. Ich hatte vorhin Theater-AG. Da übt man so was.“

„Musst du mir gleich genauer erzählen.“

Eine gutgelaunte blonde Bedienung legt zwei handgeschriebene Speisekarten vor uns hin.

„Wie heißt der Kollege?“

„Grün. Nur für den Fall dass. Benimm dich ganz neutral.“

Ganz neutral. Ein wenig kitzelt es mich, dass ich mich verstellen soll, andererseits könnte es Spaß machen. Wie eine Übung für Schauspieler. Und ich weiß nicht, was ich bestellen soll. „Ein Omelett. Mit Champignons.“

Er schüttelt den Kopf. „Iss was Richtiges. Willst du ‘n Schnitzel?“

„Guck mal, was das kostet.“

„‘N Schnitzel. Und Pommes Frites?“

Ich nicke.

Daniel bestellt. „Zu trinken“, fragt er, „Sinalco?“

„Ja.“

Er stützt die Ellbogen auf die Tischplatte, das Kinn in die Daumen der zusammengefalteten Hände, schaut mich über den Tisch weg grinsend an. „Wird ‘s besser?“

„Was meinst du?“

„Dein Hunger.“

„Wenn was kommt ja.“

Essen im Restaurant ist etwas Besonderes. In diesem war ich schon einmal mit der Familie, an einem Sonntagmittag. War furchtbar voll, und wir mussten endlos warten.

Wir könnten auch auf Leute treffen, die mich kennen. Das sage ich Daniel nicht. Er hat sowieso Angst. Habe ich sofort gemerkt auf dem Weg hierher. Ich find 's toll, dass er das trotzdem macht.

Sag ich ihm auch: „Daniel, Danke dass du mit mir hierher gefahren bist. Ich freue mich ganz doll. Du bist sehr lieb."

Sein Adamsapfel bewegt sich; er schluckt zweimal, auffällig. „Du bist auch sehr lieb." Wir schauen uns längere Zeit stumm an, fast wie die beiden Kerle in der Kabine in Scheidegg. „Jetzt ist es wieder gut mit uns, ja? Keine dummen Ideen mehr. Versprochen?" Er lehnt sich auf seinem Stuhl zurück. „Michael hat mir von dir erzählt."

Wenn der uns jetzt sehen könnte ... „Ach. Was?"

„Was für eine Sportskanone du bist. Schnell. Furchtbar schnell, sagt er. Und stark. Und dass du ein guter Verlierer bist."

„Echt?"

„Hm. Dass du nicht rummuffelst und diskutierst, wenn ein anderer besser war."

„Nö. Mach ich nicht. Aber ich verliere nicht so oft."

„Er mag dich gern, oder?"

Jetzt nicht rot werden. „Kann sein. Weißt du auch, dass wir für einen Wettkampf angemeldet sind? Vorausscheidung, gegen TuS Neu-Isenburg und gegen Dietzenbach. Beides an einem Tag."

Daniel nickt. „Davon hat er gesprochen."

„Kommst du? Das wär bombig!"

Er hebt die Arme, faltet die Hände hinter dem Kopf. Bewegt die Lippen, ohne etwas zu sagen.

„Da muss ich einen Zahn zulegen beim Training, wenn du dabei bist! Will mich nicht blamieren."

„Wann ist das?"

„In vier Wochen. Samstag."

Er wiegt den Kopf hin und her. „Ich schau mal. Wenn ich frei bin, natürlich. Kann ich Michael nicht antun."

„Dann kommt deine Frau mit, oder?“ Mein Enthusiasmus kriegt ‘nen Dämpfer.

„Schauen wir mal.“

Er bekommt Rumpsteak mit Zwiebeln. „Du hattest auch Hunger“, stelle ich fest, als das Essen vor uns steht. Er nickt.

Er bestellt sogar Nachtisch, Eis; Fürst Pückler.

Auf der Rückfahrt biegt er urplötzlich in einen Feldweg ein und parkt vor einem kleinen Teich, den man von der Straße aus nicht sehen konnte. „Zehn Minuten die Sonne genießen“, schlägt er vor, und wir setzen uns auf eine uralte morsche Bank zwischen hohem Schilf. Wie für ihn gemacht: Kein Mensch kann uns entdecken. Bevor jemand kommt, bemerken wir ihn.

Er legt einen Arm um mich und zieht mich fest an sich, schaut schweigend aufs Wasser. Ich öffne sein kurzärmliges, blaugestreiftes Hemd ein wenig, küsse ihn auf seine haarige Brust. Greife mit einer Hand in meine Hosentasche. Mein Schwanz meldet sich, pochend und fordernd.

Zurück im Haus reibt er sich verwundert die Augen, als ich zwischen seinen Beinen auf dem Boden knie und er in Unterhosen auf dem Bett liegt, seine Beine über den Rand herunterbaumeln. Ich weiß, dass er es insgeheim genießt, wenn ich erwachsen spiele. Er selbst will lieber schmusen und ‘mich spüren’, wie er das ausdrückt. Er ist schön und sexy und lieb. Plötzlich bin ich wieder glücklich.

Wir schieben das Abfahren hinaus, wollen beide nicht weg. Stehen am offenen Fenster und schauen auf das reife Korn und auf die Flächen, die schon abgemäht sind, den Rollladen so weit hochgezogen, dass wir gerade hinausschauen können. Haben einander den Arm um die Schultern gelegt, wobei ich mich ziemlich strecken muss.

„Die letzten Male …“

„Die letzten Male waren doof, oder?“

„Hat mir wehgetan.“ Ich muss das sagen, um damit abzuschließen.

„Ja. Hab ich gemerkt, Kleiner. Aber so ist es, wenn man sich liebt. Dann streitet man mal.“

„Müssen wir nicht öfters machen.“

„Nein. Jetzt ist alles wieder gut, oder?“

Ich schlucke, nicke. Wir sind beide erst gekommen vor zehn Minuten, nach heftiger Aktion. Ich könnte schon wieder loslegen.

Er zieht mich fester an sich, küsst mich. Ich klammere mich an ihn. Ja, man streitet mal; muss vermutlich so sein. Ich öffne kurz die Augen; er hat seine geschlossen. Ich weiß, dass er mich liebt. Alles wird gut werden.

Abwesend registriere ich, dass Likör und die Bierflaschen vom letzten Mal weggeräumt sind, die dunkle Ecke leer ist.

23

Dr. Richter war krank. Am Samstag schreiben wir in der ersten und der zweiten endlich die lange erwartete Klassenarbeit über Wilhelm Tell. Ich mache mir ein paar Notizen, wie ich vorgehen werde, Gliederung, Ausführung, bis mir eine viel bessere Idee kommt.

'Wie denkst du darüber, dass Tell auf seinen Sohn schießen soll? ' heißt das Thema der Klassenarbeit.

Wage ich mir das? Mir scheint die Idee witzig, und Dr. Richter räumt mir meistens Narrenfreiheit ein. Ich schreibe einen einzigen Satz in mein Heft: 'Im Gegensatz zu manch anderem habe ich das Schauspiel aufmerksam gelesen und weiß daher, dass Tell auf den Apfel schießt, nicht auf seinen Sohn'. Ich stehe auf und gehe zum Pult, gebe die Arbeit ab.

Dr. Richter zieht die Stirn kraus: „Du hast zwei Stunden, Bender, erste und zweite. Stimmt etwas nicht?"

„Ich bin fertig", entgegne ich still, setze mich wieder hin, spiele mit einem Bleistift. Fixiere den Deutschlehrer.

Er öffnet das Heft und liest; auf seinem Gesicht macht sich ein fettes Lächeln breit. Nickt mir anerkennend zu, und macht eine auffordernde Geste zur Tür.

Echt?, fragt mein Blick. Er nickt, und unter allgemeinem Staunen verlasse ich das Klassenzimmer.

Unter einem Baum auf dem Pausenhof koste ich das Triumphgefühl ein paar Minuten lang aus. In der Pause erfahre ich, dass er mir eine Eins gegeben hat.

Am Nachmittag bin ich mit Daniel verabredet. Das Essengehen hat mich aufgeheitert und die dunklen Wolken verdrängt, aber unterschwellig bleibe ich auf der Hut vor etwas Unangenehmen, das mich verletzen könnte. Nach dem letzten Mal habe ich meinen Mut zusammengenommen und ihm geschrieben, wie ‘s mir geht. Wie schön unsere ersten Wochen im Frühling waren und dass ich manchmal Sehnsucht danach habe. Dass ich stolz auf ihn bin und glücklich mit ihm. Aber dass ich auch Angst habe, und gar nicht weiß warum. Den blonden Holger habe ich nur in einem Satz erwähnt, am Ende. Ich glaube, das hätte Dagmars Einverständnis.

Und das Sportfest rückt näher, der Wettkampf. „Schaffen wir das“, fragt Daniel beim nächsten Treffen, „ganz unbefangen? So tun als ob wir uns nicht kennen?“

„Klar, schaffen wir. Ich hab dir übrigens geschrieben“, schiebe ich nach, weil er selbst nichts davon erwähnt.

„Bitte?“

„An den Flughafen.“

Er schaut verwundert. „Hab ich nicht gekriegt. Wann denn?“

„Nach dem letzten Mal.“

Er runzelt die Stirn. „Hängt vermutlich irgendwo fest.“

Es ist ein kühler, grauer Tag. Er lässt die Fenster geschlossen. Auf die beiden Flüchtlinge oder was sie waren sind wir nie mehr zurückgekommen.

Wir sind zärtlicher miteinander. Die Woche zuvor habe ich in der Glotze ‘La Strada’ gesehen, als die Alten abends eingeladen waren, mit Giulietta Masina und Anthony Quinn. Hab heute kein Bedürfnis, der große Zampano zu sein, wie sonst manchmal, wenn ich mich vor Daniel aufspielen möchte. Draußen blitzt es. Daniel streichelt mich und küsst mich, Mund und Hände überall auf mir. Für Augenblicke stelle ich mir vor, dass es Michael wäre.

Regen setzt ein, dicke Tropfen prasseln gegen die Scheiben. Es donnert, polternd und bedrohlich. Die perfekte Untermalung zu dem, was folgt.

„Ich muss dir etwas sagen, Andreas.“ In diesem Tonfall redet er selten mit mir; äußerst selten.

Ich setze mich auf. „Ja?“ Ich ahne nichts Gutes. Nicht schon wieder so ein Querschläger! Bitte!

„Kein großes Ding. Nur ein Vorschlag, den die Firma mir gemacht hat.“

„Was?“ Alarm.

„Es ist möglich, dass ich nach London versetzt werde.“

„Nach London?“

„Es ist nichts entschieden.“ Er schaut zu mir rüber als wären wir in einer Geschäftsverhandlung. Nur dass ich nicht weiß ich, wie Geschäftsverhandlung geht.

Atemlos: „Was heißt das, nichts entschieden.“

Kann er mich bitte mal in den Arm nehmen!

„Die Idee existiert.“

„Im Klartext: Du haust ab.“ Ich möchte aus dem Bett springen. Ich möchte gegen die Wände trommeln. Ich möchte schreien.

„Beruhige dich. Ich sage nur, dass es sein kann.“

Würde er mich wenigstens mal anfassen!!!!!!!!!!! Bitte!!!!!!!

„Sowieso, nicht vorm Frühjahr. Wenn überhaupt. April. Vielleicht wird ‘s Mai.“

„Was sagt Michael dazu?“

„Ich wollte nicht, dass er es schon weiß; meine blöde Gattin hat ‘s natürlich ausposaunt.“

„Aha.“ Ich stiere einfach vor mich hin, wie gelähmt. Als wäre eine Bombe gefallen. Als wolle man mir ein Bein amputieren. „Okay, ja.“ Ich würge. „Du verlässt mich.“ Ist das zu theatralisch?

Jetzt endlich streckt er seine Hand nach mir aus. Fasst mein Bein an. Zieht mich zu sich rüber.

… … …als ob eine riesige, riesige Flutwelle über mir zusammenschlägt. Als ob ich keine Luft mehr kriege, ertrinke. Ersticke. Aussichtslos. Als ob alles vorbei ist, alles.

Ich habe in meinem ganzen Leben noch nie so geheult. Noch nie.

Er holt eine Rolle Klopapier. Als sie alle ist, gibt er mir sein Hemd zum Reinschnäuzen. Ich zittere. Ich friere. Die Decke auf dem Bett ist nicht dick genug; ich klappere mit den Zähnen. Zweimal befürchte ich, dass ich kotzen muss, doch ich würge nur. Es kommt nichts.

„Mein Kleiner", flüstert er. Soll wohl beruhigend klingen. „Es ist nichts entschieden! Nichts!"

„Wird 's aber werden. Du wirst weggehen."

„Andreas, ich bin ein erwachsener Mann. Ich muss an meine Arbeit denken. An meinen Beruf."

Hat er das wirklich gesagt?

Dieses eine Mal habe ich Bammel vorm Heimkommen; wie meine Eltern reagieren werden.

Als ich mich beruhige, scheint mir, dass er auch geweint hat; doch vielleicht bilde ich mir das ein. Wir haben beide einen Ständer, und Sex ist wie ein Aufschrei, als wollten wir einander auf keinen Fall loslassen. Er mich auch nicht; so gut schauspielern kann er nicht.

Es nieselt noch, als wir aufbrechen. Er schließt das Garagentor; ich bin draußen stehengeblieben. Er schiebt mich gegen die Autotür.

„Hast du 'ne passable Ausrede?", fragt er zögerlich, „für zu Hause?"

„Wenn wir ein paar Minuten so bleiben, ja. Dann sind meine Klamotten genauso nass wie mein Gesicht."

Er lächelt versonnen, streicht mir mit einem Finger über die Wange: „mein Kleiner … Schau mal", schiebt er nach, „vielleicht wird alles abgeblasen, und ich bleibe hier, und gar nichts geschieht. Und wir haben uns den Abend umsonst versaut."

„Bestimmt nicht", widerspreche ich trotzig.

„Sowieso, wir haben noch mindestens ein halbes Jahr. Und ich arbeite bei der Lufthansa. Ich kann jederzeit Frankfurt requesten."

„Was ist das?“

„Anmelden, dass ich eine Nacht in Frankfurt bleiben möchte. Dann sehen wir uns.“

„Im Karl-Duchmann-Weg.“

„Am Flughafen gibt ‘s Hotels.“

„So ‘n Angsthase wie du bist, da muss ich durch den Eingang für die Dienstmädchen ins Haus schleichen.“

„Du machst ‘s mir schwer heute, Andreas.“

„Du mir auch.“

„Ich bin ein Vollidiot, dass ich dir das gesagt habe. Hätte ich für mich behalten sollen. Es tut mir leid. Total unnötig.“

„Nee …“, kontere ich lahm. „Oder doch. Komm, fahr ‘n wir.“

Ich habe Beine wie Gummi. Ich fröstele. Mein Kopf dröhnt, diesmal ohne Whisky.

„Jetzt haben wir nicht über das Sportfest gesprochen“, fällt ihm auf dem Weg durch Sprendlingen ein.

„Ist erst in drei Wochen. Mach dich nicht rum. Ich lass mir nichts anmerken.“

„Und wir trennen uns wieder so unfriedlich“, sagt er, als ich aussteige. Das fügt dem ganzen Alptraum einen zweiten hinzu: Was, wenn er mich lange vor London verlässt, weil ich so schwierig bin? Wenn er noch mehr Angst kriegt, weil ich Probleme mache?

Ausgerechnet dieses eine Mal steht die Tür zum Wohnzimmer weit offen, als ich den Flur betrete.

„Wo kommst du her?“, fragt mit strenger Stimme mein Vater, den das noch nie gekümmert hat.

„Sportplatz. Haben ganz lange Hochsprung und Weitsprung trainiert“, nuschele ich, während ich meine Schuhe ausziehe.

„Beim Gewitter?“

„Macht Spaß.“

„War der Sand nicht nass?“

„Wir wollten keine Sandburgen bauen.“ Ich will schnell nach oben in mein Zimmer, aber meine Mutter stoppt: „Komm mal zu uns, bitte.“

Zu spät, um nur den Kopf ins Zimmer zu stecken; sie ist aufgestanden. „Wie siehst du denn aus!?“, sagt sie anklagend.

„Mir ist grad nicht gut“, versuche ich abzuwiegeln.

„Du hast geweint.“

„Mit Sabine alles in Ordnung?“, insistiert mein Vater im Sessel hinter ihr, lässt seine FAZ sinken.

Ich nicke, angedeutet.

„Lass ihn“, ordert meine Mutter leise, dreht sich zu ihm um. „Lass ihn.“

„Hat er Liebeskummer?“, höre ich meinen Vater noch fragen, bevor ich die Tür zu meinem Zimmer schließe.

24

Am Tag drauf liege ich flach. Hohes Fieber, Schüttelfrost, ich kann nichts essen. Mir ist elend.

„Eine Sommergrippe“, diagnostiziert der Hausarzt, den meine Eltern gerufen haben. „In seinem Alter ist er in ‘ner Woche damit durch; längstens in zehn Tage.“

„Was wird mit dem Sportfest?“, röchele ich unter meiner Decke.

„Als Zuschauer, junger Mann.“

So wünscht man sich Ärzte, aufmunternd und konstruktiv.

Andererseits hat sein dummer Spruch etwas Gutes: Er triggert meinen dem-zeig-ich ‘s-Reflex. Um jeden Preis will ich den Ausscheidungskampf über 100 und 200 Meter gewinnen und bei der Staffel dabei sein. Mit Fieberthermometer auf dem Nachttisch zapfe ich alle motivierenden Sätze Heinrich Röders an, stelle mir vor, dass ich Erster werde und wie und dass es eine andere Möglichkeit schlicht nicht gibt. Visualisieren, nennt er das. Oder Affirmation? Aufbauende Gedanken brauche ich ebenfalls, wenn mich die Befürchtung überkommt, dass ich die nächste Verabredung mit Daniel nicht werde einhalten können. Was, wenn er denkt, dass ich ihn nicht mehr sehen will? Ein anderes Credo Röders lautet, dass man aus allem im Leben etwas lernen kann. Was ich aus dem ganzen Mist der letzten Wochen lernen könnte, bleibt mir auf meinem Krankenlager verschlossen.

Das Training am Montag verpasse ich. Am Dienstag ruft Michael an. „Was ‘n los mit dir?“

„Krank.“

„Oi. Schlimm?“

„Grippe.“

„Packst du’s, Samstag in zwei Wochen?“

„Pack ich. Was gibt ‘s Neues bei dir?“

„Frag nicht. Bin genervt. Muss mich mal bei jemand auskotzen."

„Kannst du."

„Wär schön."

Nach sechs Tagen bin ich wieder auf dem Damm. Montag nehme ich am Training teil, muss allerdings ein paarmal aussetzen.

„Bender, du konzentrierst dich nur auf die 100 Meter", gibt der Trainer vor. „Auf deine Spezialdisziplin. Die schaffst du. Man muss sich nicht überfordern. Haben wir uns verstanden?"

Ich nicke schicksalsergeben und brav.

„Schön, dass du zurück bist", haut mich Michael nach dem Training an.

„Danke."

„Bock auf Sehring-Grube morgen?"

„Machen wir."

„Ich hol dich ab."

Verrucht, hieße Dagmars Kommentar: Zehn Minuten später lehne ich am offenen Autofenster seines Vaters.

„Gab 's Probleme?" Daniel wirkt super-angespannt.

„Ich war krank. Grippe. Ich konnte nicht aufstehen."

„Sonst?"

Habe mich nach ihm gesehnt, aber jetzt bin ich seltsam zurückhaltend. „Alles paletti." Komisch, wie wir beide flüstern.

„Mittwoch?"

„Mittwoch."

„Fünf Uhr?"

„Fünf Uhr."

„Andreas? Ich hab dich vermisst. Ich hab dich sehr vermisst."

„Ich dich auch", in einem ganz veränderten Tonfall.

„Hat richtig wehgetan."

„Dann zieh nicht nach London."

„Ja“, pariert er knapp. „Bis Mittwoch.“ Er drückt meine Hand, und weg ist er.

Michael klingelt am nächsten Nachmittag um halb vier.

„Willste raufkommen?“, rufe ich vom Balkon im ersten Stock.

„Nö, komm runter. Wir fahren los. Sieht nach Regen aus.“

Ich bewundere sein teures, schnittiges Fahrrad. Mein Geschenk zum Fantasie-Geburtstag macht ebenfalls Eindruck, und so gibt ‘s allerhand gegenseitiges Lob, bevor wir losdüsen. Durch die Unterführung bei der Kläranlage, ein Stück am Bahndamm entlang und am Friedhof vorbei, und die Schneise durch den Wald.

„Auf der verbotenen Seite?“, fragt er, als wir den Baggersee erreichen.

Ich nicke.

Wir stellen unsere Räder weit vorne an der Klippe gegeneinander, sodass wir sie von unten sehen können, und lassen uns den steilen Hang zum Wasser hinuntergleiten. Die Gleise des Bähnchens sind nur ein paar Meter entfernt. Wenige Leute liegen auf der Sandbank an diesem wolkigen Dienstagnachmittag. Wir breiten unsere Badetücher nebeneinander aus. Seines ziert der Lufthansa-Kranich.

„Hast gefehlt im Training“, sagt Michael, ohne mich anzusehen. Sein Blick gleitet über die Wasserfläche.

„Mir hat das Training auch gefehlt.“

Wir streifen die Klamotten ab. Haben beide die Badesachen drunter, er eine rote, ich meine glänzende blaue Dreiecksbadehose.

„Biste wieder fit?“

„Geht so.“

„Liegestütz?“

Ich nicke. Wir pumpen nebeneinander, die Köpfe Richtung Wasser. Ich schaffe 24; er über 30.

„Hab ‘ne ganze Woche im Bett gelegen. Noch nicht wieder in Form“

Er haut mir auf den Rücken. „Wird wieder." Lässt aber nicht locker: „Klappmesser?" Ziemlich ungesunde Bauchmuskelübung, wusste man damals nicht besser.

„Okay."

Seite an Seite Stöhnen und Keuchen. Ich gebe früher auf als er, leg mich ausgepowert lang.

„'ne kurze Pause", schlage ich vor.

Er holt eine Flasche aus seiner Tasche, hält sie mir hin.

„Du zuerst." Prickelndes Gefühl, nach ihm zu trinken; als ob ich seine Lippen berührte. Daniel ist mein Freund, klar, aber … Ein bisschen bin ich auch in Michael verliebt, glaube ich. Er hat schon richtig Haare unter den Achseln.

Für eine Weile liegen wir still nebeneinander. Als die Sonne hinter den Wolken hervorkommt, steht er auf.

„Komm, rein", fordert er mich auf, und mit Getöse rennen wir ins Wasser. „Rüber zur anderen Seite?"

„Klar."

Wir liefern uns einen kleinen Wettkampf, wer schneller krault. Mein volles Tempo kann ich noch nicht wieder hinlegen. Ganz nahe der Stelle, wo ich mit Sabine und der Clique im Frühsommer gelagert habe, gehen wir an Land. Mein Blick gleitet rauf zu den Ginsterbüschen auf der Klippe.

„Hier war ich vor ein paar Wochen mit meiner Freundin", erkläre ich großspurig.

„Ach. 'ne Freundin hat er auch. Sieh mal an."

„Du nicht?"

Pause. „Doch, klar; natürlich."

Gelogen. Ich hake nicht nach.

„Eine aus Buchschlag?"

„Frankfurt."

„Hübsch?"

Ich lache. „Klar ist sie hübsch.“

„Hätt mich auch gewundert.“ Was immer er damit meint. „Liegestütz?“

Ich spiele den Genervten.

„Komm. 20.“ 20 sind okay. „Bist du oft hier?“

„Manchmal. Lieber im Schwimmbad in Sprendlingen.“

„Wir waren letztes Jahr immer hier, mit den Rädern. Alle drei. Als wir noch eine richtige Familie waren.“

„Willst du dich da drüber auskotzen?“

Er hält mir den Mund zu. „Drüben. Später. Scheiß blöde Geschichte.“

Beim Zurückschwimmen balgen wir im Wasser rum, tunken einander, als ob wir beide schüchtern nach Körperkontakt suchten.

„Soll ich dich einschmieren?“, fragt er, als wir abgetrocknet sind. „Ich hab was dabei.“

Ich schaue prüfend zur nicht sichtbaren Sonne, als gäbe es eine gewichtige Entscheidung abzuwägen. „Ja, mach. Sonnenbrand muss nicht sein.“

Er kramt Sonnenmilch aus seiner Tasche. „Leg dich lang“, sagt er, deutet mit dem Kopf zum Badetuch.

Ich strecke mich auf den Bauch aus. Er kniet sich über mich, und langsam und behäbig cremt er mich ein. Ich lege die Stirn auf meine beiden Hände. Brumme leise; kriege ‘nen Steifen.

„Danke“, raune ich, als er von mir runterrollt. „Beinahe wäre ich eingeschlafen. Voll entspannend.“

Er liegt auf der Seite neben mir, lächelt mich an. „Bitte.“

„Ich hab Russisch Brot dabei“, verkünde ich schnell, um meine Verlegenheit zu überspielen. „Willste?“

„Lass rüberwachsen.“

Das Gebäck kracht zwischen unseren Zähnen. „Was ist die scheiß blöde Geschichte?“, komme ich auf das Thema zurück.

„Och Mann.“ Er schaut unentschlossen über ‘s Wasser. „Ich fürchte, meine Mutter hat einen Geliebten.“

„Einen was?“

„Posaun ‘s nicht aus.“ Er schüttelt missmutig den Kopf. „Behalt ‘s für dich.“

„Einen was?“, wiederhole ich begriffsstutzig.

„Ich bin nicht sicher, was da abgeht. Ein Kerl, der sitzt dauernd bei uns rum. Mama sagt, dass er auch ein Anhänger … Ein Jünger, sagt sie. Jünger! Wie in Religion.“

„Ich versteh gar nichts.“

„Also, er soll auch ein Fan von ihrem indischen Scheich sein. Ich glaube, das ist nur ‘ne Ausrede.“

„Und wer ist das?“

„Der Scheich?“

„Nee, der Mann.“

„Jens heißt er. Vielleicht kennst du ihn, von Sehen.“

„Kenne keinen Jens. Aus Buchschlag?“

„Weiß nicht. Tut, als ob er bei uns zu Hause ist. Will mir Befehle erteilen. Mama sagt, er ist Student. Der ist höchstens 25.“

„Und wieso denkst du …“

„Dass sie..?“, und er macht diese Bewegung für Ficken, ‘nen Zeigefinger in die geöffnete Faust der anderen Hand, „verknallt sind?“

„Mmh.“

„Sagt mir mein Gefühl. Außerdem hab ich Augen im Kopf. Wie geheimnisvoll Mama mit ihm tut, und da soll nichts dahinter sein? Soll mit Papa nicht über ihn reden. Warum macht sie das sonst?“

„Und dein Vater?“

„Der ist nie da. Unmöglich, dass er das nicht mitkriegt. Habe ihn aber nie über den Kerl reden hören.“

Weiß nicht, was ich davon halten soll. Bleibe stumm. Michael schaut nervös nach rechts, nach links, unschlüssig.

„Soll ich dir was sagen? Letzte Woche saß er am Frühstückstisch, als ich runterkam. Jens hat Brötchen für uns mitgebracht, flötet Mama. Ich hab getan als geh ich aufs Klo, aber ich bin raus an sein Auto und habe die Hand auf die Kühlerhaube gelegt. Kalt wie 'n Leichnam."

„Das heißt, er hat …"

„Bei uns übernachtet, genau. In Papas Bett!" Er presst die Lippen zusammen. „Und vorgestern schon wieder. Ich komm mir vor, als wäre ich bei uns zu Hause zu Besuch. Der will mich erziehen. Setz dich ordentlich hin", macht er ihn nach, „wie redest du denn mit deiner Mutter." Er macht eine Pause, atmet laut aus. „Als sie in der Küche waren, hat er sie umarmt, von hinten. Also, die Sache ist doch klar."

„Und dein Vater kriegt nichts mit?"

„Weiß nicht." Er steht auf, setzt sich kurz drauf wieder hin. „Unsere Nachbarn, wir kennen die gar nicht …" plötzlich schaut Mama nach draußen, wenn Jens kommt oder geht. Hat dich jemand gesehen? Warte einen Moment, die Frau nebenan sprengt gerade den Rasen. Und so weiter. Würde sie doch nicht machen, wäre die Sache koscher."

„Komisch."

„Kannst du laut sagen." Er verzieht den linken Mundwinkel, lässt abwesend Sand durch seine Finger rieseln.

Ich werde zunehmend unruhiger. Längst rumort meine eigene Geschichte in mir, während ich zuhöre. Was bedeutet das alles für mich?

„Ich war Mama immer völlig egal. Neuerdings tut sie, als ob sie meine beste Freundin wäre. Verspricht mir so komische Sachen, so Zuckerstückchen. Dass sie mit mir ein Wochenende nach London fliegt, wenn ich die Klappe halte und vor Papa nicht so viel über Jens rede. Dass würde ihn aufregen. Nur wir beide, ein Wochenende nach London. Als ob ich mit ihr nach London fliegen will."

„Ihr zieht doch sowieso nach London."

Michael Gesichtsausdruck gefriert. Seine Augen verengen sich. „Woher weißt du das?!"

Verflucht, verflucht, verflucht! Ich habe mich verquasselt. „Eh … Oder nicht? Nee. Nee. Ich glaube, ich verwechsele gerade was."

„Woher weißt du das, Andreas!"

Theater-AG!! „Ich hab mich getäuscht. Das sind unsere Nachbarn, gegenüber." Schüttele heftig mit dem Kopf. „Wolters. Wie …"

„Du verwechselst gar nichts", betont er sehr langsam. „Woher hast du das!?"

„Ihr zieht echt nach London?" Schnell, Zeit gewinnen!!

Er setzt sich kerzengerade auf, dreht mir den Rücken zu.

„Ihr zieht weg? Scheiße!" Ich kriege das noch gebacken. „Warum das denn!?"

Er antwortet nicht.

„Ich habe was falsch eingeordnet, Micha." Ich habe ihn noch nie Micha genannt. Ich zittere etwas, fröstele, als ob mir kalt wäre. „Ich hatte ein Gerücht gehört; ich dachte, das wärt ihr. Hab ich dich geärgert? Tut mir leid. Wollte ich nicht." Ich möchte ihn anfassen, aber ich wage 's mir nicht. Ich rücke zaghaft neben ihn. „Das sind die Leute gegenüber, Wolters. Die ziehen nach England. Nach Manchester!", deklamiere ich, wie auf einer Bühne. „Manchester; so hieß das. Nicht London. Das habe ich durcheinandergebracht. Ich kenne nix außer London."

Er sieht kreuzunglücklich aus, aber immerhin schaut er mich an. Verschränkt die Arme vor der Brust. „Irgendetwas stimmt nicht. Da ist was faul." Er blickt wieder aufs Wasser. „Am Montag hab ich gedacht, dass du mein bester Freund bist. Wenn mein bester Freund mich belügt, bin ich fertig mit der Welt", sagt er gedehnt. Was für eine komische Wortwahl.

„Warum sollte ich dich belügen?“

„Kein Mensch weiß davon.“

„Und ich auch nicht.“

„Sehe ich.“

„Ein blöder Zufall. Micha.“

„Kein Mensch in Buchschlag nennt mich Micha. In Gießen haben sie mich Micha genannt; in der Volksschule.“ Zögernd lächelt er mich an. Ist das Thema vom Tisch?

Ich möchte ihm den Arm um die Schultern legen. Und ich tu ‘s auch. Er lehnt sich ein bisschen zu mir rüber.

„Ist beschissen gerade, oder?“

„Kannst du laut sagen. Mehr als das.“

Bloß nicht noch so einen Versprecher!!

„Ich wollte dir das eben erzählen. Bist mir zuvorgekommen. Ja; Papa soll nach England versetzt werden.“

„Und?“ Jetzt muss ich mich im Griff haben und draußen vorlassen, wie sehr mich die Vorstellung selbst aufmischt. Scheiß Aufgabe; mehrere Nummern zu groß.

„Weiß nicht, und. Mein Gefühl sagt, dass er nicht will. Crazy, oder? In London kann er viel mehr Geld verdienen, hat er gesagt. Eigentlich fänd ich ‘s toll. London; was Anderes als Buchschlag, und die beknackten Leute auf dem Gymnasium in Langen. Da komme ich auf ein richtiges englisches College, mit Schuluniform!“ Das Grinsen, mit dem er mich anschaut, ist schief und unglücklich. „Aber, kann ich mir bei der Stimmung zu Hause nicht vorstellen, dass die Familie Boin gemeinsam irgendwohin zieht.“

„Ich würde dich vermissen.“

„Ich dich auch.“ Er legt seinen Kopf auf meine Schulter. „Kannst uns besuchen kommen.“ Ich muss unauffällig meine Badehose richten.

„Die Alten zoffen sich jeden Tag. Ich habe Angst, Papa benutzt das und geht alleine nach England, damit er Mama los ist.“ Er stöhnt. „Davor hab ich echt Bammel. Mitnehmen würde er mich nicht. Geht bei seinem Beruf nicht.“ Er greift nach flachen Steinen im Sand und lässt sie übers Wasser flitzen. „Alleine hier mit Mama bleibe ich nicht. Und noch dieser Saftarsch Jens. Dann haue ich von zu Hause ab.“

Ich ziehe die Stirn kraus. Er beunruhigt mich. „Wie willst du das machen, abhauen?“

„Hast du mal von der Fremdenlegion gehört? Freddy Quinn war da auch.“

„Freddy. Fremdenlegion. Hab ich gelesen, in der ‘Star-Revue’.“

„Die fragen nicht nach Namen und nix, die nehmen dich einfach. Musst nur stark genug sein, und Französisch sprechen.“

„Aber nicht mit 13.“

„Ich bin 14. Sowieso, Armee hab ich auch zu Hause. Feldwebel Jens. Mama nimmt den immer in Schutz. Der kann machen, was er will, der hat immer recht. Dic ist immer auf seiner Seite.“

„Wenn du deinem Vater was sagst?“

Er zögert. „Weiß nicht. Ich will ihm nicht aufregen. Noch Russisch Brot da?“

Ich reiche ihm die Tüte rüber.

„Außerdem gäb das noch mehr Gezeter.“ Er kaut. „Hab ich gar keinen Bock drauf. Papa tut mir leid. Mama ist eine richtige, echte Hexe geworden.“

„Dein Vater …“ Pass verflucht auf was du sagst, Andreas!!

Glücklicherweise unterbricht er mich. „Mama hat mich in ein Geheimnis eingeweiht. Uuhhh …“ Er rollt die Augen, macht sich lustig. „Sag ja, sie tut, als sind wir die besten Freunde. Meine Mutter verrät mir ein Geheimnis! Möchte ich mit ihr Geheimnisse haben?? Danke sehr!!“ Er hebt einen Zeigefinger. „Andreas, das sagst du niemandem. Versprochen?“

„Hör mal.“

„Sonst klatscht noch der ganze Ort über uns."

„Versprochen. Klar."

„Angeblich ist sie sich sicher, dass Papa selbst eine Geliebte hat. Und wer soll das sein, bitteschön!? Ich hab rausgefunden, dass sie sogar am Flughafen rumspioniert. Sie hat die Crews gecheckt, ob er immer mit den gleichen Frauen fliegt."

„Die was?"

„Die Besatzungen. An Bord."

„Wie hast du das rausgekriegt?"

Er lacht. „Papa hat 'nen Kollegen, auf den er total abfährt. Herr Grün. Der hat ihm das gesteckt."

Herr Grün.

„Sie haben drüber gewitzelt. Glaube sie haben es beide nicht ernst genommen. Haben nicht gemerkt, dass ich 's mitkriege."

Wir schweigen. Ich lange nach der Tüte Gebäck, dem Saft.

„Ich bin sicher, dass Papa hierbleiben will." Ein Lächeln huscht über sein Gesicht, das mich selbst fröhlich macht. „Vielleicht hat er tatsächlich eine Freundin. Nicht in der Luft, sondern hier, in Buchschlag. Oder in Frankfurt."

„Meinst du?"

„Papa sieht gut aus für sein Alter; oder? Kann mir vorstellen, dass sich 'ne Frau in ihn verknallt. Ich gönn 's ihm. Wenn er wegen der hierbleibt, ist mir jede recht."

Ich atme tief durch, so leise und unauffällig wie möglich.

„Komm; Liegestütz! Genug gejammert!"

Gute Idee. Diesmal ziehe ich mit ihm mit. Nicht mehr als er, aber auch nicht weniger.

Wir gehen noch mal ins Wasser, schwimmen, Wettkampf und Spaß.

„Wann musst du zu Hause sein?", fragt er, als wir aus dem Wasser kommen.

„Weiß nicht. Du?“

„Papa hat Kurzstrecke, der ist zum Abendessen zurück. Das gibt Stunk, wenn ich um sieben nicht da bin.“

„Ist er streng?“

„Papa?“ Jetzt lacht er richtig, Gottseidank. „Ja. Was er anordnet, muss gemacht werden. Sonst gibt ‘s Ärger.“

Um halb sieben möchte Michael aufbrechen. Wir ziehen unsere Badehosen umständlich unter dem Handtuch aus, aber dann lässt Michael seines mit ‘nem Grinsen fallen, und ich mach ‘s ihm nach. Unsere Pimmel am Wachsen, beide. Verschlagene Blicke.

Ich suche hastig nach meiner Unterhose.

Auf der Schneise im Wald trödeln wir. Kommt mir vor, als ob Michael noch mehr berichten möchte, aber mein Bedarf an Neuigkeiten ist gedeckt. Muss die letzten erst mal verarbeiten.

„Komm“, ordne ich an, setze mich mit meinem Rad vor ihn, „wer als erster an der Unterführung ist.“

Wir trennen uns am Sportplatz.

„Ich mag dich gern“, sagt er ruhig, als wir uns mit Handschlag verabschieden. „Bis Donnerstag.“

„Dank dir, Micha. Bis Donnerstag. Schönen Abend.“

Ja, verrucht: Morgen bin ich mit seinem Vater verabredet.

Mitten in der Nacht werde ich wach. Ich habe geträumt. An den Traum erinnere ich mich nicht, aber aus heiterem Himmel fährt mir der gleiche ultra-schräge Gedanke wie neulich durch den Kopf: Wie würde der strenge Daniel reagieren, träfe sich sein Sohn mit einem erwachsenen Mann? Nicht gerade mit meinem Vater – das entbehrte jeden sexuellen Reizes –, aber vielleicht Herrn Kraschinski, oder dem Vater von Lothar Haupt, dem Schuhmacher mit den dicken Armmuskeln. Würde er das hinnehmen, wenn er es herausfände? Oder ginge er seinerseits zur Polizei und würde ihn anzeigen?

Sehr seltsame Fantasie. Spinne ich sie weiter, fällt sie ungünstig für den fiktiven Freund Michaels aus, und ich frage mich, was das für mich bedeutet. Macht er mit mir etwas, das er umgekehrt niemals tolerieren würde? Denn die Idee scheint ausgeschlossen, dass er Michael weitermachen ließe, würde er ihn an meiner Stelle erwischen.

Was, wenn ich ihn direkt danach frage? Diese Idee kicke ich sofort. Wieder riesigen Stunk … brauche ich nicht.

Ich weiß nicht, was ich von den Gedanken mitten in der Nacht halten soll. Gottseidank sind sie am Morgen blasser, und als sie sich in den folgenden Tagen immer wieder melden, versuche ich ‘s mit Herrn Röders Mantra und konzentriere mich ganz fest auf etwas Anderes. Gelingt mal besser, mal schlechter.

25

Mama ist komisch, als ich los will: „Wo gehst du jetzt wieder hin?! Du bist nur noch weg. Sind die Schularbeiten fertig?“

„Exzellent. Alles gemacht.“

Vor der Einmündung vom Bogenweg in die Eisenbahnstraße steht Igels alter grüner Citroen. Der schon wieder! Ich trete auf die Bremse. Ich war nie wieder in seiner blöden Pfadfindergruppe, und ich mag ihm nicht über den Weg laufen. Hat mich aber bemerkt, garantiert. Bin zu nahe. Also Gas geben und dran vorbei.

Er hat das Fenster an der Fahrerseite hochgeklappt. Er grüßt von oben herab, mit einem Kopfnicken und einer Handbewegung. Wenigstens ruft er nicht wieder irgendwas. Ekliger Typ.

An der Hauptstraße ist viel Verkehr und ich muss absteigen, bis ich auf die andere Seite kann. Daniel wartet schon drüben. Als ich die Straße überquere, rollt Igels Wagen vom Bürgersteig. Ich lehne mein Rad hastig an einen Baum. Igel fährt ein paar Meter hinter mir auf den Standstreifen und hält. Verfluchte Scheiße, spioniert der Typ mir nach?? Was soll das denn!!? Steige ich jetzt bei Daniel ein, oder warte ich, bis der Kerl weg ist? Lange Überlegung erübrigt sich, denn Daniel hält mir schon die Türe auf, und innerhalb von Sekunden sitze ich neben ihm.

„Grüß dich, Kleiner“, sagt er gutgelaunt, aber das Lächeln verschwindet schnell aus seinem Gesicht. „Was nicht in Ordnung?“

„Doch, alles gut. Hab mich abgehetzt. Mama wollte mich nicht weglassen.“

„Hat sie gefragt?“

„Die fragt immer irgendwas, weil sie reden will. ‘ne Minute später hat sie vergessen, was sie gesagt hat.“

„Sonst keine besonderen Vorkommnisse?“

„Nee.“

Daniel ist langsam angefahren. Im Rückspiegel beobachte ich, wie Igel uns folgt. Der hat sie doch nicht alle!! Gottseidank hat Daniel gesagt, dass er ihn nicht kennt. Er kontrolliert den Verkehr vorne und hinten, und urplötzlich wendet er scharf und braust in die entgegengesetzte Richtung davon, zum Bahnhof Buchschlag.

Ich werde Igel nicht erwähnen. Daniel wird immer so schnell ängstlich, das versaut sonst den ganzen Nachmittag. Wahrscheinlich war 's einer von Igels blöden Streichen. Mit umgedreht ist er nicht.

„Wo fahren wir hin?“, frage ich verwundert.

„Überraschung.“ Er lacht wieder. „Hast du 'n bisschen Zeit?“

Wieder ein Biergarten? „Bis halb acht oder so.“

„Das reicht.“ Wir kommen durch den Wald und durch Zeppelinheim und biegen dahinter auf die Autobahn.

„Willst du mich entführen?“

Er lacht mich an, schürzt die Lippen. „Tät ich gern.“

„Mach 's doch.“

Wir fahren Richtung Heidelberg.

„Geht 's dir wieder besser? Wieder gesund?“

„Jo. Hatte mich ziemlich umgemäht.“

„Tut mir leid.“

„War blöd, dass ich dich nicht erreichen konnte. Hatte Angst, wegen letztem Mal. Dass du sauer warst, weil ich so 'ne Heulsuse war.“ Ich warte lieber ein Weilchen, bis ich das Thema England frontal angehe, so sehr es mir auch auf den Nägeln brennt.

Er greift nach der Hand auf meinem Oberschenkel. „Mein Sohn hat erzählt, was los war.“

„Oh.“ Mein Versprecher gestern. Das kommt zweifellos gleich auf 's Tapet.

Darmstadt liegt hinter uns, als er von der Autobahn ab- und in einen Feldweg einbiegt. Radfahrer kommen uns entgegen mit Luftmatratzen und Badetaschen.

„Jetzt bin ich aber gespannt.“

„Wünschst du dir doch immer. Dass wir zusammen schwimmen fahren.“ Er biegt um eine Kurve und an einem kleinen Häuschen vorbei auf einen Parkplatz. Unterhalb davon schimmert grünlich ein See durch die Bäume. „Et voila!“

Et voila verstehe ich. „Schwimmen? Ich hab kein Badezeug dabei. Nichts. Gar nichts.“

„Kein Problem. Hier brauchen wir keine Hosen.“

„Was denn …“

„Hier können wir nackt schwimmen.“

„Nackt?“

Mein Klassenkamerad Frank Berger ist in diesem Verein; FKK. Lästert die ganze Klasse drüber. Ist das so was?

Daniel parkt, steigt aus. Holt aus dem Kofferraum eine Decke und ein Handtuch und hält es hoch: „Eines muss reichen. Komm.“

Ich stehe zögernd neben dem Wagen. „Nackt? Das kann ich nicht.“

„Warts ab. Sonst schaust du mir bloß zu.“

Wir laufen an einem Strandabschnitt vorbei mit Familien und Kindern, alle ordentlich bekleidet. „Aber, guck mal …“

Er breitet die Arme aus, zieht die Schultern hoch: „Du hast doch nichts dabei.“

„Sehr witzig. Hättest Bescheid sagen können“, mit einem vorwurfsvollen Unterton.

Er legt mir eine Hand auf die Schulter. „Wird dir gefallen. Sind gleich da.“

Nach dem Badestrand wird ‘s bewachsener, Bäume und Büsche. Kleine Buchten. Ich entdecke die ersten Nackten, alte Frauen, alte Männer. Dazwischen immer wieder angezogene. Und Hunde. Mehr Nackte, jedoch niemand, bei dem ich Ah oder Oh ausrufen möchte.

An einem schmalen Platz, weg vom Weg und auf drei Seiten von

Büschen umschlossen, lässt Daniel Decke und Handtuch fallen. „Na?“, fragt er. Die vierte Seite ist zum Wasser hin offen.

„Schön.“

„Wirklich?“

Ich lege ihm einen Arm um die Hüften. „Darf ich dich hier anfassen?“

„Wenn keine Schwimmer vor uns sind.“

Ich schmiege mich an ihn. „Ja, Großer; das hast du toll ausgesucht.“ Großer, so nenne ich ihn zum ersten Mal.

Wir breiten die Decke aus. Er lässt ganz selbstverständlich seine Kleidung fallen. Ich behalte meine Unterhose an, unkommentiert. Wir sitzen stumm nebeneinander und schauen auf den stillen See. Enten, hohe Bäume, eine wild bewachsene Insel in der Mitte, und Angler in der Ferne auf der anderen Seite.

„Danke dass du mit mir hier her fährst. Ein Ausflug. Ich freue mich ganz doll.“

„Wolltest du immer, stimmt’s?“

„Zusammen schwimmen fahren.“ Ich nicke. „Was unternehmen. Ja. Und wie.“

„Musste dir mal einen Wunsch erfüllen.“

„Ist dir gelungen.“ Ich lächle ihn an. „Sehr. Echt, sehr.“ Glaube das ist noch besser als eine Tour über den Flughafen.

Er greift nach meinem Unterarm und lässt sich rückwärtsfallen, zieht mich mit sich. Blauer, wolkenloser Himmel über uns. Zwitschernde Vögel; richtig kitschig. So ist das in Filmen, denke ich bei mir.

„Wie heißt das hier? Wo sind wir?“

„Bickenbach.“

Gestern ein Nachmittag mit seinem Sohn, heute mit ihm. Wird mein ganzes Leben so aufregend weitergehen, wie in den Filmen spät nachts im Fernsehen, vor denen es immer ‘Für Jugendliche nicht geeignet' heißt? Dann schiebt sich das Thema 'London' vor die Euphorie und trübt die Stimmung ein, aber wie von Herrn Röder gelernt schiebe ich diese Gedanken weg so gut ich kann. Auch die an Phantom-Holger. Lange nach Daniels Hand. Halte sie fest; fest. Ich möchte für immer, immer, immer mit ihm zusammen sein.

„Gehen wir ins Wasser?", fragt er.

Ich ziehe meine Unterhose aus. Geht ganz leicht. Er krault ein paar kräftige Züge vor mir her und dreht sich auf den Rücken. „Na, mein Spitzensportler?", ruft er.

Ich versuche, mit ihm mitzuziehen; als er voll aufdreht, habe ich jedoch keine Chance. Er krault in weitem Bogen um die Insel rum, lässt mich dann zu sich aufschließen. Hält auf die Insel zu, und klettert vor mir an Land.

Sie ist dicht bewachsen, Pfade sind nur zu erraten. Der Boden ist schlammig. Er geht vor mir her, biegt Büsche auseinander und hält Äste fest, damit sie mir nicht ins Gesicht schlagen. Im Inneren der Insel tut sich ein freies Fleckchen auf, umstanden von Birken höher als wir, deren Baumkronen nach innen wachsen, über uns ein Dach bilden. Vom See ist nichts mehr zu sehen, die Badegeräusche und die der Autobahn weit entfernt.

„Wie eine Höhle", murmele ich.

„Und wir sind die Höhlenmenschen. Gefällt 's dir?"

Ich schmachte ihn an. Wir lehnen unsere Stirn gegeneinander; er streichelt meine Schultern, meine Arme, streichelt mein Gesicht. Seine Hände auf meinem Rücken. Er fährt durch meine Haare, hält meinen Kopf fest. „If paradise is half as nice …", trällert er vor sich hin.

„Kannst du das übersetzen?", bitte ich leise.

„Paradies. Wie im Paradies."

Er hat mich an einen Baumstamm geschoben, drückt mich und reibt seinen Kopf an meinem, an meinen Schultern, hält meine beiden Hände mit seinen. „Wir sollten langsam wieder raus."

Ich will den gleichen Weg zurück nehmen, aber er schiebt mich in eine andere Richtung. „Nee, da. Ist nicht so auffällig." Wir erreichen das Wasser auf der anderen Seite, wo keine Nackten in der Sonne dösen, sondern nur reglose Fischer sitzen.

Diesmal paddelt er entspannt neben mir her. Wir schauen uns an wie zwei Verschwörer, die ein Geheimnis haben. Haben wir ja auch.

„Hatt 'st du keine Angst, da drüben?", frage ich zurück an Land, als wir uns abtrocknen. „Dass uns jemand beobachtet hat?"

„Ein wenig. Weniger Angst bedeutet mehr Leben."

Solche Sätze lässt Religionslehrer Steup im Unterricht fallen.

„Wir haben noch Zeit, oder?"

„Wie spät?"

„Zwanzig vor sieben."

„Ja. Ja." Und wenn die Alten meckern, geschenkt; wo ich eben bin, das erraten sie nie. Bloß vor Igel muss ich mich in Acht nehmen.

„Ich weiß, was folgt", komme ich ihm zuvor, als er ansetzt zu reden.

Er zieht das Gesicht schief, aber immerhin lacht er. „Du hast dich verquasselt."

„Tut mir leid."

„Ist noch mal gutgegangen."

„Ist 's?"

„Er hat 's gefressen, dass du was verwechselt hast. Haarscharf dran vorbeigeschrammt."

„Hätte er nicht erraten, von wem ich 's hatte. Oder?"

„Kaum. Wie sollte er. Nur Marina und ich kamen in Frage."

„Puh. Glück gehabt."

„Wie wird das Sportfest?"

„Kommst du?"

„Ist geplant."

„Oi, bombig!“

„Aber, Kleiner: Packst du das, dass du dich nicht wieder verquasselst? Dass du mich nicht aus Versehen duzt?“

„Du weißt auch nicht, was du willst. Im April hast du mich zwei Wochen drauf dressiert, dass ich du zu dir sage, jetzt ist ‘s wieder nicht recht. Kannst du dich mal entscheiden, bitte?“

Er schmunzelt. „Habe ich mal was von einer Schauspiel-AG gehört? Von flexibel gestalteten Verwandlungen?“

Ich lasse mich auf ihn fallen, meinen Kopf in seinen Schoß. „Okay, gewonnen. Ich tu ‘s. Ich sage Sie zu Ihnen.“

„Die Frage war, ob du ‘s schaffst. Ob du ‘s packst.“

„Klar pack ich ‘s.“

„Das kann sonst sehr peinlich werden. Sehr unangenehm.“

Sein Gesicht dicht über meinem; ernst. Ich verstehe ihn doch. „Ich kann auch die ganze Zeit in der dritten Person sprechen. Findet der Herr nicht auch, dass dies ein rechtes Scheißwetter sei? Gestatten der Herr, dass ich mich vorstelle? Andreas Bender, schwer erziehbarer Jugendlicher, auf der Warteliste für ‘s Erziehungsheim Rimbach im Odenwald.“

Er lacht laut.

„Geruhen Herr Boin, sich noch einen Sekt oral einzuführen?“

„Wo in aller Welt hast du das her!!??“ Ui, der Ton des strengen Vaters.

„Sagt meine Freundin Dagmar so.“

„Schlechter Umgang. Ernsthaft.“

Ich setze mich ordentlich hin. „Ich weiß, dass das kompliziert wird am Samstag. Du kannst sicher sein; ich verbabbel mich nicht wieder.“

„Du kannst mich ins Zuchthaus bringen.“

„Daniel, ich weiß das. Du musst das nicht immer wieder betonen.“

„Es ist wichtig, dass es dir klar ist.“

„Ist es. Schau mal, wir könnten es so machen, dass ich vorm Wettkampf mit Michael zu euch nach Hause komme. Dann kenne ich dich schon. Oder Michael stellt uns vorm Wettkampf vor.“

„Du müsstest mich immer noch siezen. So klein bist du nicht mehr.“

Wir kabbeln uns. Wir kitzeln uns.

Ist schwer, abzufahren; dazu dieser gigantische, kitschige Sonnenuntergang, als wir ins Auto steigen. Ist das normal, dass 13jährige auf Sonnenuntergänge abfahren? Heißt das, dass ich voll homo bin, ein warmer Bruder?

Wie meistens sind wir still auf der Rückfahrt. Erst als Langen hinter uns liegt, bricht er das Schweigen. „Michael fährt ziemlich auf dich ab. Das weißt du, oder?“

„Ach? So?“ Warum betont er das immer wieder? Jetzt wäre eine Möglichkeit, diese Frage von neulich nachts zu stellen, als ich beim Träumen aufgewacht bin. Aber nach so einem schönen Tag würde das alles versauen.

„Und wie. Glaubst nicht, wie er geschwärmt hat von dir gestern Abend. Bin geradezu eifersüchtig geworden.“

„Ich find ihn auch Spitze. Super Kumpel für ‘s Training.“ Ich frage nichts. Vielleicht nächstes Mal.

Acht Uhr lange durch, als er mich auf der Eisenbahnstraße absetzt. Ich würde ihn gerne noch mal küssen, so heftig wie auf der Insel. Das jedoch ist nicht erlaubt.

„Pass auf dich auf“, ruft er durch ‘s geöffnete Fenster, als ich die Türe schon zugeknallt habe. Hat er noch nie gesagt. Und das Winken bis er außer Sichtweite ist ist auch neu.

Im Bogenweg fällt mir Igel ein. Mir wird mulmig, aber ich will nicht, dass die Angst vor ihm mir die Erinnerung an den Nachmittag verdirbt.

„Wo kommst du her!?“, fragt meine Mutter mit gespielter Strenge, als ich das Haus von hinten durch die Küche betrete. „Es ist fast neun. Du bist 13. Dürfen die anderen Jungen in Buchschlag nach Hause kommen, wann immer es ihnen gefällt? Hast du deine Schulaufhaben für Englisch fertig?“

„Ich habe gar kein Englisch, Mama. Ich hab Französisch. Und in der letzten Arbeit hatte ich ‘ne Eins. Außerdem bin ich 17.“

„Hast du übrigens mitbekommen“, überganslos, „Frau Wolter war hier am Nachmittag. Hat getobt wie eine Furie. Der Nils hat“, und sie setzt sich auf einen Stuhl und unterbricht ihre eigene Erzählung selbst mit wieherndem Gelächter, „sie kam an mit einem dicken Büschel blonder Haare in der Hand. Der Nils hat sich so mit ihrer Ruth gezankt, dass er ihr ein ganzes Büschel Haare ausgerissen hat. Kinder machen so was, was soll ‘s. Und sie stand im Flur und keifte und schimpfte. Ich konnte mich nicht bremsen und habe furchtbar angefangen zu lachen, da hat sie mit dem Anwalt gedroht.“

„Herr Wolter ist Anwalt, Mama.“

„Ach du liebes Lorchen. Na, warten wir ‘s ab. Die Ruth ist sowieso ein dummes Kind. So still, sagt nie ein Wort, und rennt immer nur hinter Nils her und spielt genau das, was er anordnet. Hast du übrigens deine Schularbeiten gemacht? Wo kommst du jetzt eigentlich her. Es ist schon dunkel draußen.“

Ich glaube … Wäre ich hinten durch die Küchentüre gekommen und hätte berichtet ‘Mama ich war mit einem erwachsenen Mann in Bickenbach, ich bin total verschossen in ihn und wir sind nackt geschwommen und du glaubst nicht, wie abgedreht’ – die Reaktion wäre: ‘was sagst du? Das kann ich mir nicht vorstellen. Weißt du übrigens, Sven hat sich im Hort mit der Erzieherin angelegt und sie ‘Fette Kuh’ genannt, und jetzt verlangt sie eine schriftliche Entschuldigung von einem Erziehungsberechtigtem, aber ehrlich. Dabei ist sie eine fette Kuh!’

26

Auf das Sportfest freue ich mich riesig, doch wird die Freude überschattet von wachsender Furcht und Unsicherheit über Daniels London-Pläne, die mich ziemlich aufmischen. Der Badeausflug war eine Art erholsamer Zäsur, aber die bedrohlichen Befürchtungen kommen wieder und wieder, wie dunkle Gewitterwolken.

Am Montag vor dem Wochenende fasse ich mir ein Herz und wende ich mich an Herrn Röder: „Was machen die Super-Sportler, wenn sie Probleme haben oder ganz traurig sind?“

Er betrachtet mich nachdenklich. „Was macht dich traurig, Bender?“

Ich wiegele schnell ab. „Nix, ich wollte bloß ein Rezept wissen. Falls ich die Woche ‘ne Fünf schreibe oder was.“

„Spiel mir nichts vor. Um eine Fünf geht ‘s nicht.“ Er schüttelt ungläubig den Kopf. „Du redest von etwas Anderem.“

Kriege einen Schreck. Das habe ich schlecht geplant. „Okay. Entschuldigung. Dachte Sie könnten mir ‘nen Tipp geben.“

„Kann ich. Dreht sich ‘s um ein Mädchen?“

Tolle Vorlage. Ein Strohhalm. „Herr Röder …“

„Musst nicht auspacken. Ich geb dir meine drei Erfolgsmeditationen. Weißt du was das ist, Meditationen?“

„So ungefähr.“ Hat Pfarrer Steup mal mit uns gemacht.

„Setz dich.“ Er zeigt auf den Platz neben sich auf der Bank am Rande der Aschenbahn. Alle anderen sind längst gegangen. „Die erste heißt: Ich kann, wenn ich will. Kapiert?“

Ich nicke.

„Ich kann, wenn ich will”, wiederholt er den Satz mit gewichtiger Betonung. „Die zweite heißt: Now is the only time; here is the only place. Verstehst du das auch?“

„Nö. Ich hab Französisch.“

„Jetzt ist die einzige Zeit, die es gibt“, übersetzt er. „Und hier ist der einzige Ort, der zählt.“

„Ach so.“

„Das sind Sätze für Erwachsene. Denk drüber nach, was sie bedeuten. Vielleicht helfen sie dir. Ja?“

Ich nicke erwartungsvoll.

„Das dritte Mantra heißt …“

„Mantra?“

„Eine Beschwörungsformel. Sie heißt: Geduld und Konzentration. Man braucht Geduld und Konzentration, um Ziele zu erreichen. Kapierst du? Diese Woche ist Kampf angesagt. Zum Teufel mit allen Ablenkungen in dieser Woche“, und er haut hart mit der flachen Hand auf die Sitzfläche der Bank. „Freundinnen nörgeln alle naslang rum, meistens wissen sie selbst nicht, was sie wollen. Hauptsache, sie wollen was. Am Tag drauf hat es sich in Luft aufgelöst. Verstanden?“ Er legt mir seine Pranke auf die Schulter. „Du bist super in Form. Wenn du dich zusammennimmst, steckst du sie alle in die Tasche.“

Ich strahle ihn an.

„Im Ernst. Hab deine Gedanken im Griff. Ein Ziel ins Auge fassen“, er legt beide Hände von außen neben die Augen, zeigt stur geradeaus, „sonst nichts.“

Herrn Röder hat mich aufgemuntert; ich werde ihn auf keinen Fall enttäuschen! Und ich bin stolz auf mein eigenes, selbst erfundenes Ritual, dass seinen Meditationen gar nicht unähnlich ist.

Michael hat erwähnt, dass sein Vater am Morgen nach New York gestartet ist. Ich radele aus Gewohnheit am Falltorweg vorbei, aber heute würde ich mich nicht verabreden. Die ganze Woche nicht. Ein Ziel vor Augen, mich von nichts ablenken lassen. Mein Ziel heißt Erster werden.

Unsere Gruppe ist angewachsen auf 12 Jungen, und die Eltern

mussten einen Verein gründen, damit wir an der Ausscheidung teilnehmen durften. 'Leichtathletik Buchschlag' heißt der Verein. Das Fest ist nicht mehr ein simples Sportfest, sondern rangiert als Vorausscheidung für die Jugendmeisterschaften Hessen-Süd. Mir hätte auch ein Wettkampf zwischen Hainertrift und Eisenbahnstraße genügt; Hauptsache ich kann laufen – und gewinnen.

Lothar Kühls Vater chauffiert uns mit seinem Kleinbus nach Neu-Isenburg, wo die Wettkämpfe stattfinden. Herr Röder hat verfügt, dass niemand privat mit Familie fährt, und uns klargemacht, wie wichtig Zusammenhalt und Teamgeist sind.

Sabine hat ihr Kommen angekündigt.

„Du“, wollte ich abwehren, „das ist was für Jungen. Sind auch keine Mädchen im Team.“

„Hör mal“, hat sie widersprochen „ich will doch meinen Freund siegen sehen.“

Dem wusste ich nichts entgegenzusetzen. Die Vorstellung, dass sie dabei ist, nimmt mir etwas weg; das sollte ein Nachmittag mit lauter Männern sein! – Geduld und Konzentration: Ich verschwende nicht zu viele Gedanken an sie.

Mit der Programmabfolge ist keiner von uns einverstanden. Dauernd sind Sprungausscheidungen, Weitsprung und Hochsprung, unmittelbar vor wichtige Laufentscheidungen gesetzt. Sicher sind die Läufe attraktiver, aber keiner von uns ist so erfahren, dass er sich seine Kräfte über einen langen Tag einteilen kann. Ich bestimmt nicht.

Herr Röder setzt sich im Bus neben mich. „Hochsprung lässt du aus“, bestimmt er.

„Waaas?“

„Keine Diskussion. Du hast über 'ne Woche flachgelegen. Überschätz dich nicht.“

„Ich überschätze mich nicht! Ich bin wieder voll fit! Sie haben selber gesagt …“

„Ruhe!“, tönt er bestimmt. „Du konzentrierst dich auf die Läufe. 100 Meter, deine Stärke, kommt als letztes. Bis da hin … easy going.“

Ich muffele in mich hinein, aber ich nehme es hin.

„Dein erster größerer Wettbewerb“, fragt er noch, „oder?“

Ich nicke stumm.

„Beim Weitsprung machst du die erste Runde mit. Biste an deiner Bestmarke, geht ‘s weiter. Sonst nehm ich dich raus.“

Die Holzbänke um das Stadion in Neu-Isenburg sind bei unserer Ankunft gut besetzt. Hochsprung eröffnet den Wettbewerb, so kann ich kurz nach Bekannten unter den Zuschauern Ausschau halten. Sven höre ich meinen Namen schreien, lange bevor ich ihn entdecke. Mama ist zusammen mit den Brüdern da, und alle drei recken die Arme in die Höhe und zeigen, dass sie mir die Daumen drücken.

„Bin noch gar nicht dran!“, brülle ich, aber das hören sie nicht.

Papa interessiert ‘s nicht. Die zehn Seiten Manuskript, über die er jedes Wochenende stöhnt, sind wie üblich wichtiger gewesen.

Zwölf verschiedene Vereine sind am Start. Geschäftiges Gewimmel auf dem Platz. Ich schlendere zurück zum Hochsprung-Kasten, setzte mich still auf den Rasen und fiebere mit Michael mit – der vierter wird.

„Super“, beglückwünsche ich ihn still. „Deine Eltern da?“

„Ganz außen. Hinten, links. Papa ist eben erst aus Amerika zurück.“

Ich suche ihn nicht. Volle Konzentration auf meine erste Disziplin, den 200-Meter-Lauf. Im ersten Ausscheidungsdurchgang werde ich erster, aber ich beobachte einen dunkelhäutigen Jungen in einer anderen Gruppe, der sauschnell ist. Im zweiten Durchgang läuft er gegen mich.

„Ist der nicht älter?“, frage ich Herrn Röder.

„13. Halt ‘n Bimbo“, flüstert er verschwörerisch. „Streng dich an, Bender! Den hängste ab!“

Ich strenge mich an. Ich hänge ihn ab, und er scheidet aus. Aber ein anderer aus Dreieichenhain gewinnt.

Der dritte Lauf entscheidet. Daniel schaut zu, schießt es mir einen Moment lang durch den Kopf. Richtig wichtig ist es nicht.

„Packste, Bender." Herr Röder hinter mir, als ich in die Startposition gehe. „Für uns. Leichtathletik Buchschlag."

Genau! Für uns.

Ich habe die Ziellinie im Focus. Ich denke an nichts Anderes. Super Sprint. Erster, mit zwei Zehntelsekunden Vorsprung.

Ich lege mich kurz auf den Rasen, atme heftig. Pusht schon anders als die stille Aschenbahn in Buchschlag, mit so viel Publikum drum rum. Ich höre meinen Namen aus dem Lautsprecher. Geiles Gefühl. Kumpel kommen angerannt und beglückwünschen mich, als ich wieder aufstehe. Großes Trara.

„Weitsprung lasse ich aus", verkünde ich Herrn Röder zehn Minuten später.

Er lächelt mich freundlich an. „Du lernst schnell, Bender. Das machste richtig, Konzentration auf 's Wesentliche. 100 Meter sind vorverlegt, ist das 'ne Nachricht? Die Staffel ziehst du danach locker durch."

Ich gönne mir eine Pause. Verziehe mich in die Umkleiden, knallvoll mit jeder Menge hübscher Jungen beim Umziehen. Was ein Anblick! Hinten duscht sogar einer nackt. Ich schnappe mir meine Bürste und tue, als ob ich mir die Haare kämme, beobachte ihn dabei rückwärts im Spiegel. Kräftiger Kerl, älter als ich. Ist mir schon beim Hochsprung aufgefallen. Falls ich noch nicht motiviert genug war, jetzt bin ich 's.

Draußen läuft Weitsprung. Ich stelle mich neben die Grube, feuere Michael an. Die Konkurrenz ist nicht riesig. Ein anderer aus Dietzenbach liegt in Führung, aber Michael knapp dahinter.

„Halt dich warm“, instruiert mich der Trainer, „100 Meter in 20 Minuten.“

Der Dunkelhäutige ist diesmal in meiner Gruppe, läuft neben mir. Jerome heißt er, wie ich mitbekommen. Ich begebe mich gesammelt und ruhig zum ersten Durchgang an die Startblöcke. Völlig ruhig. Ich gewinne diesen Lauf, sage ich mir still.

Ein kleiner Blonder ganz außen ist irre schnell. Ich bin gleichauf mit ihm am Ziel, wir kommen beide weiter. Jerome scheidet aus.

„Wo biste her?“, frag ich den Blonden, um irgendwas zu tun und Spannung abzubauen.

„Urberach“, erwidert er, in diesem harten ländlichen Tonfall.

„Ich schlag dich!“

Er schüttelt höhnisch den Kopf. „Denkste. Wart ‘s ab.“

„Wie alt bist du?“

„15.“

Unfair. Außerdem … ich kenne das Gesicht irgendwoher. Weiß in der Aufregung nicht, wo ich ihn hinstecken soll.

Wir haben 20 Minuten Pause. Ich beobachte drei andere 100-Meter Ausscheidungen. Mir wird flau. Die sind alle verflucht stark.

Beim zweiten Durchgang stoppen sie erneut die gleiche Zeit für den Blonden und für mich. Diskussion bei den Schiedsrichtern, ob wir beide ins Finale dürfen. „Einmal nur die beiden, gegeneinander?“

„Gustav, wir haben Regeln!“

„Sollen sieben ins Finale?“

„Gibt acht Bahnen.“

Herr Röder steht dicht hinter mir, seine beiden Pranken auf meinen Schultern. „Du kannst, wenn du willst!“ Er zieht den Satz wie Kaugummi in die Länge. „Und du willst. Du willst erster werden.“

„Klar will ich. Was denn sonst“, murmele ich.

„Zeig ‘s uns!“

Und wenn ich danach tot umfalle, sage ich mir, als das Startkommando einsetzt – vorher gewinne ich noch!

100 Meter, schnell vorbei. Die beiden rechts und links neben mir jagen mich, das pusht gut. Ich reiße die Arme hoch. Erster.

Ist dieser Jubel aus dem Publikum für mich? Männer gratulieren mir, die ich nie zuvor gesehen habe. Unser ganzer Verein versammelt sich, alle zwölf. „Der zweite Sieg für uns! Du bist unser Glücksbringer, Bender. Bravo! Bravo!“

Erst mal zu mir kommen. Setze mich auf eine schmale Bank am Rande der Absperrung. Wieder mein Name über den Lautsprecher: „Sieger über 100 Meter: Andreas Bender, 13 Jahre, Leichtathletik Buchschlag.“ Noch mehr Applaus. Riesiger Applaus. Ich will eben aufstehen, als eine junge Frau sich neben mich setzt. „Herzlichen Glückwunsch“, sagt sie freundlich. „Ich bin von der ‘Offenbach-Post’. Ich mache ein Foto von dir, ja? Bleib sitzen. Das Gesicht in Nahaufnahme, das kommt besser. Wie fühlt sich das an, zwei Siege hintereinander? Da muss die Freundin aber stolz sein. Erzählst du mir kurz von dir? Wo du zur Schule gehst?“

„Ist das ein Interview?“ Was für eine mega-dämliche Frage.

„Wenn du so weitermachst“, kichert sie, während sie mich fotografiert, „brauchst du ‘nen Pressesprecher.“

Jürgen Bartsch und Detlef Seiffert aus meinem Verein schauen amüsiert zu. Als sie fertig ist, will ich kurz Ruhe haben. „Trinken wir was?“, fragt Seiffert.

„Muss erst mal auf ‘s Klo.“

Ich strecke mich lang aus auf einer der Bänke in der Umkleide, das gleiche Gewusel und die Sporttrikots um mich rum wie vorhin. Zwei Siege, Spitze; aber schlaucht auch. Ich schließe die Augen, könnte glatt wegdämmern. Bis zur Staffel dauert es über eine Stunde. – Mama hat klug mitgedacht und mir drei Mal frisches Sportzeug eingepackt. Shorts und Unterhemd kleben mir kalt am Köper.

Ich wechsle mein Trikot und wundere mich dabei, dass mir die hübschen Kerle links und rechts gerade ziemlich wurscht sind. Setze mich noch mal still auf die Bank, als ich umgezogen bin, ein seltsam dumpfes Gefühl im Bauch. Zwei Mal erster, ich sollte jubeln! Stattdessen fühl ich mich gedämpft, ein bisschen schwer, ein bisschen traurig. Komisch. Warum ist mir nicht nach Luftsprüngen zumute? Und ich habe mir schon drei Mal die Hände gewaschen, seit wir hier sind.

Mal raus jetzt, zu den anderen!

Sven ist unter der Absperrung durchgekrochen und steht suchend am Rande des Sportfeldes. Jetzt kommt er kreischend auf mich zu, schlingt seine Arme um meine Beine. „Mein Bruder ist der …“ Hat vergessen, was er sagen wollte. „Der Pilz!“

„Der was, Svenni?“

„Hat Mama gesagt. Der … Pilz hat sie nicht gesagt, aber das schmeckt genauso. Der Schami..Scham … Och, ich weiß nicht. Das ist Englisch.“

„Der Champion?“

„Genau! Der Schampingpong, von dem ganzen Fest! Das bist du.“

Nicht weit weg höre ich Sabine meinen Namen rufen. Gut, dass ich mich umgezogen habe. Sie winkt und quetscht sich durch die Zuschauer und kommt die Stufen runter bis zum Zaun. „Ich bin stolz auf dich. Du warst spitze.“ Ich habe Sven noch an der einen Hand. Sie nimmt meine andere in ihre beide, schüttelt sie. „Herzlichen Glückwunsch! Super!“

„Das ist mein kleiner Bruder Sven“, stelle ich ihn vor.

Sie schüttelt ihm auch die Hand. „Ich bin mit Veronika da. Schau mal“, und sie zeigt nach oben, wo ein dünnes Mädchen mit langen braunen Haaren zu uns runterwinkt. Kann mich erinnern; Klassenparty.

„Es geht noch weiter, weißt du? Ich muss zurück …“

„Natürlich. Ich drück die Daumen. Noch Staffel; stimmt?“

Ich nicke.

„Toi toi toi!“

„War das deine Verknallte?“, fragt Sven, als sie wieder die Stufen raufkrabbelt.

Ich gebe ihm einen Klaps auf den Hintern. „Zurück zu Mama, auf.“ Möchte zu meinen Kumpeln.

Hoffentlich kommt mit der Staffel nicht ein dickes Ende nach.

Meine Mannschaft hat einen Treffpunkt um vier Stühle rum an einer Ecke des Vereinshauses. Michael hat den zweiten in Weitsprung gemacht, den fünften im Hochsprung.

„Sehr gute Bilanz bis jetzt“, summiert Trainer Röder sachlich. „Werdet nicht kalt“, instruiert er die vier Staffelläufer. „20 Minuten.“

Ich sprinte am Platz, sondere mich ein paar Meter von den anderen ab. Bin lieber für mich vor ‘nem Lauf, kein Gequassel, kein Gelächter. Als die 400 Meter-Staffel aufgerufen wird, stecken wir unsere Köpfe zusammen für unser Ritual und begeben uns auf unsere Plätze.

Armin Hauffe ist der letzte unserer vier Läufer. Ich mag ihn nicht; er ist so ‘n Großmaul, meckert dauernd und legt sich mit jedem an. Aber er ist schnell, außerdem der älteste, und heute halten wir alle zusammen. Zudem sind er und ich aufeinander angewiesen: Ich bin derjenige, der ihm das Staffelholz übergibt.

Staffel ist die einzige Disziplin, die mich nervös macht und vor der ich Angst habe. Lasse ich das Holz fallen, war ‘s das auch für die anderen. Eine Verantwortung, die ich überhaupt nicht mag. In Buchschlag hat die Übergabe oft nicht geklappt. Jetzt muss ich mich echt zusammenreißen. Und dann schallt ‘s auch noch „Unser junges Talent aus Buchschlag, Andreas Bender“ über den Platz. Kann ich grad gar nicht brauchen.

Wer war der blonde Typ neben mir, aus Urberach?

Falls das gleich schiefläuft, lasse ich mich bei Herrn Röder nie wieder blicken. Dann werde ich stattdessen Mitglied in diesem Schickimicki Tennisclub.

Und schon geht ‘s los.

Lothar Kühl als erster. Übergabe zu Michael geklappt. Michael schnell, die Lippen zusammengebissen. Übergabe geklappt, ich habe das Holz fest in der Hand. Und halte es richtig. Volle Konzentration. Armins Hand, greift … Hat es, sprintet … Herzklopfen. Anspannung.

Wir sind dritter. Dritter von zwölf Staffeln, die im Rennen waren; könnte schlechter sein.

„Okay, Jungs“, tönt Röder über unser kleines Hauptquartier, als der letzte Wettbewerb abgepfiffen ist, „begrüßt eure Familien, freut euch, lasst euch beglückwünschen. Abfahrt in einer halben Stunde. Ich erwarte, dass wir alle gemeinsam zurückfahren, als Mannschaft. Ist das angekommen?“

Allgemeine Zustimmung.

„Papa holt uns ab.“ Toll; dafür ist Zeit. Mama kann nicht verstehen, dass ich nicht mit ihnen zurückfahren und in Sprendlingen mit allen Eis essen will zur Feier des Tages. Ich seile mich ab, ehe sie zu einer ihrer Geschichten ansetzen kann, die nichts mit diesem Tag zu tun haben. Nils besteht darauf, dass er ab Montag mitkommt zum Training.

Im Bus setze ich mich nach hinten. Müdigkeit macht sich breit, Zufriedenheit, das Nachlassen der Anspannung. Auch Jubel, klar. Mich an den Diskussionen um die Stärke der Konkurrenz zu beteiligen habe ich keine Lust.

Vor mir sitzt Michael. Unglaublich, erst jetzt kommen die Gedanken an Daniel zurück. Habe den Nachmittag über kaum an ihn gedacht, auch nicht daran, ihn zu suchen. So wird es ihm gefallen haben, keinerlei Gefahr. Dafür die ganzen Diskussionen …

„Hast du ‘nen Holger bei dir in der Klasse?“, frage ich Michael wie nebenbei, beim Aussteigen.

„He? Holger Krützfeld? Wie kommst du denn auf den.“

„So ‘n blonder …“

„Holger ist nicht blond, der hat schwarze Haare. Was soll mit dem sein?“

„Dachte der wär dagewesen, beim Weitsprung und beim Hochsprung.“

„Krützfeld, und Sport? Du kennst den gar nicht. Der ist dicker als Ludwig Erhard. Mehr Bewegung als Taschenbillard gibt ‘s bei dem nicht.“

Zweieinhalb Siege!! Die hochgereckten Daumen meiner Kumpel! Mein Name aus Lautsprechern! Okay doch, soll Daniel andere Jungen treffen und mich anlügen und verdammt noch mal in sein verfluchtes London ziehen – ich bin schnell! Ich bin Kurzstreckenläufer. Ich kann gewinnen! Soll er abhauen … ich werde mich selbst wieder auf die Füße stellen! Ich werde es überstehen!

27

Am Montag nach dem Sportfest fällt das Training aus. Ich fahre trotzdem zu unserer gewohnten Zeit am Falltorweg vorbei, weil wir keinen neuen Termin ausgemacht haben. Und da parkt er, oben auf der Ecke; in seiner Pilotenuniform. „Sag schnell, Champ. Wann passt ‘s? Wir wollen nicht so lange hier stehen, mmh?“

„Wie siehst du denn aus!“, unterbreche ich ihn. Immer diese verfluchte Angst!

„Bin erst vor ‘ner Stunde gelandet. Die Gratulationen erledigen wir nicht zwischen Tür und Angel, “ und er zwinkert mir zu. „Wann hast du Zeit?“

„Kommt auf dich an. Ich habe immer Zeit.“

„Es gibt ein kleines Problem. Klappt nur Donnerstag.“

„Da habe ich Training!“

Das weiß er genau! Er schaut mich von unten herauf an, als erwartet er, dass ich nachgebe und eine Ausnahme mache. Ich schüttele entschieden den Kopf.

„Dann geht nur nächster Montag.“

Was ist los mit ihm! Ich beiße die Zähne zusammen, betrachte verärgert das Straßenpflaster. Ich habe mich so auf ihn gefreut, selbst wenn er ein Lügner ist.

„Andreas, ich muss meinem Dienstplan folgen.“

„Dann geht ‘s halt nicht.“

„Mach ‘s mir nicht so schwer.“

Habe ich diesen Satz schon mal gehört? „Ich dir?“

„Komm ….“

„Was, komm.“

„Ich frage dich auch nicht, ob du Schule schwänzen würdest.“

„Nee. Nur ob ich mein Training ausfallen lasse. Tue ich aber nicht.“ Auf so was war ich überhaupt nicht vorbereitet.

Er macht seltsame Bewegungen mit Lippen und Mund. „Samstag“, räumt er ein. „Ich komme morgens aus Jakarta zurück. Nur, Samstagabend abhauen klappt nicht.“

Ich antworte nichts.

„Samstagnachmittag? Früh?“ Ich nicke. „Hab dann nicht sehr viel Zeit.“

„Besser als gar nicht.“

„Ja. Halb drei?“

„Drei“, bestimme ich. „Ich hab Schule bis eins.“

Er nickt. „Sei nicht sauer. Bitte.“

„Bin ich nicht.“

„Doch, bist du.“

Ich hole tief Luft.

„Ich habe mit dir mitgezittert, vorgestern. Und mich riesig gefreut für dich.“

Immerhin ein kleines Lächeln, von beiden Seiten.

„Samstag, so machen wir ‘s. Gebongt? Sind nur fünf Tage bis dahin.“

Ich nicke. Er braust um die Ecke.

Ich setze mich ein Weilchen aufs Geländer der hölzernen Brücke über den Hengstbach. Hier haben wir in der Grundschule unsere Bandentreffen ausgetragen, feierlich würdig unsere Alexander von Reim-Bande von der Kirche her kommend, die andere aus der entgegengesetzten Richtung; Treffen in der Mitte der Brücke. Vier Jahre her, da war ich echt noch ein Kind.

Hab so gefiebert darauf, Daniel zu sehen, aber die Freude ist verflogen. Keine Lust mehr, ihm von den Siegen beim Sportfest zu erzählen, wie ich’s vorhatte. Am liebsten würde ich anfangen zu heulen. Und immer diese verstohlenen Treffen und diese Furcht, dass uns jemand beobachten könnte. Als täten wir etwas Böses! Muss mir erst mal die Hände waschen gehen. Gottseidank ist die Kirche offen, da haben sie ein Waschbecken.

Versuche die Woche über nicht so viel an ihn zu denken, aber wie Pfarrer Steup das in Religion gesagt hat: Je mehr man sich gegen ein Schuldgefühl wehrt und es wegdrängt, desto größer wird es. Ich weiß nicht, ob mein Gefühl ein Schuldgefühl ist und woher es kommt, und ob ich es wegschiebe. Herrn Steups Rezept hieß, sich damit bewusst zu konfrontieren, anstatt sich vorspielen, dass es nicht vorhanden sei. Toll: Das hätte er mal am Beispiel Daniel durchexerzieren sollen, statt eine Stunde zu halten über die fünf Mark, die Helmut Meister vom Schreibtisch seines Vaters entwendet hatte.

Am Mittwoch gehe ich nach der Schule mit Sabine Eis essen. Ihr überschwängliches Lob, die Hymnen über meine Siege gehen mir gewaltig auf den Geist. Ohnehin ist mein Gefühl für sie blass, schwach. Wehre mich innerlich gegen sie, ohne dass ich wüsste warum.

Freitag will Dagmar mich treffen, spätnachmittags. „Neuigkeiten“, verkündet sie jubilierend am Telefon. „Hab Lothars besten Freund kennengelernt; der ist schon 18.“ Wenn sie dieses Tempo fortsetzt, kann ich demnächst den einen ihrer Geliebten nicht mehr vom nächsten unterscheiden. „Ein echter Knaller. Der flirtet dauernd mit mir. Bin sooo unsicher, für wen ich mich entscheiden soll.“ Sie drückt mächtig drauf. „Du musst mich treffen am Freitag! Ich akzeptiere kein Nein.“

Egal ob sie ‘s akzeptiert, ich mag das Fortgehen zu Hause nicht zu sehr ausreizen. Ich brauche eine Ausrede für Samstag. Schwimmbad geht nicht jedes Mal. Wenn die Alten was spitz kriegen …das fehlte mir noch.

Dagmar nörgelt, aber sie beißt auf Granit. „Schade, dass du kein Mädchen bist. Der Norbert würde dir auch gefallen. Da könnten wir uns irgendwie in die beiden … rein teilen.“

Ich treffe Daniel auf der Eisenbahnstraße. Er hat wieder einen neuen Ort bestimmt: Vor der Zahnfabrik. Wenn ich nicht zur ersten habe, sehe ich deren spanische Arbeiterinnen auf dem Weg vom Bahnhof zu ihrem Arbeitsplatz an unserem Haus vorüberziehen. Am Samstagnachmittag liegt das Fabrikgebäude still und verlassen.

„Hey Champ!“, begrüßt er mich, kaum dass ich neben ihm sitze. Gottseidank, er ist entspannt und gutgelaunt. „War lang, die Woche. Hatte Sehnsucht nach dir.“

Ich verkneife mir ein ‘Hättest mich früher treffen können’. Sehe ein, dass er nicht ein paar Stunden früher aus Indien abfliegen konnte, nur um mich zu sehen. Oder wo Jakarta sonst liegt. Thailand?

Er umarmt mich fest, als das Auto in der Garage geparkt ist. Hält mich, drückt mich. „Lass uns ‘ne Runde um die Felder spazieren“, schlägt er vor, geht mir auf dem Weg voran. „Erzähl mir von deinen Sprints. Ich war stolz auf dich.“

Die Nachtmittagssonne ist nicht mehr so stark, kündigt den herannahenden Herbst an. Hohe Getreidehalme rechts und links von uns bis auf Hüfthöhe. Er legt einen Arm um mich.

„Haste hier keine Angst?“

„Du könntest mein Sohn sein.“

Sein Sohn möchte ich lieber nicht sein. Er wäre mir zu streng, als Vater. Wo wir davon sprechen, „Michael hat sich auch super geschlagen.“

„Michael hatte am meisten Bammel vor der Staffel.“

„Ich auch. Da ist man für alle verantwortlich.“

„Das ist man immer“, doziert er. „So ist das im Leben. Man ist immer für alle seine Mitmenschen verantwortlich.“

Ich bleibe stumm. Als wolle er schon mal üben, mein Vater zu sein. Jetzt hätte ich gute Karten, Holger zu erwähnen, aber ich schlucke es runter.

„Du hast nicht ein Mal zu mir hochgeschaut.“

„Die Sonne hat mir ins Gesicht geschienen.“ Habe ich vorgestern eine amerikanische Schauspielerin in einem Film sagen hören, als ihr Wagen volle Breitseite in das Schaufenster eines eben eröffneten Supermarkts krachte. „Du kannst mich mal loben. Ich hab das toll gemacht, oder nicht? Brauchtest keinen Moment Panik zu haben, dass ich laut ‘He Daniel, wann sehen wir uns denn’ über die Bänke weg rufe.“

„Nicht frech werden“, entgegnet er trocken. „Habe mich vernachlässigt gefühlt, als wir weg sind ohne ein einziges Lächeln von dir.“

Scheiß drauf. Dass ich gar nicht an ihn gedacht habe, werde ich ihm nicht beichten.

Zurück im Haus wird die Stimmung gottseidank sanfter, meine innere wie außen, und ich bin wieder verliebt in ihn. Auch wenn er so viel älter ist, ich finde ihn so schön. Wie er mich küsst, wie er all diese Dinge mit mir anstellt. Ich klammere mich an ihm fest im Bett, will ihn spüren, überall. Ich wünsche mir, dass es nie, nie aufhört.

Wir zögern das Ende hinaus; bis er entschuldigend sagt: „Ich muss auf die Uhr schauen, Kleiner. Ich muss halb sieben zu Hause sein. Das geht nicht anders. Versteh ‘s, bitte.“

„Versteh ‘s.“

„Wann sehen wir uns?“

Ich hoffe, er schlägt nicht Montag oder Donnerstag vor.

„Dienstag habe ich Stockholm-Helsinki- Frankfurt. Wir landen allerdings erst halb acht.“

„Geht“, kontere ich cool. Ich habe das schon in Gedanken durchgespielt: Früh ins Bett gehen und mich noch mal rausstehlen. Mama guckt nur nach mir, wenn sie eingeladen waren, beim Zurückkommen. Risiko, ja. Aber hieß Daniels Satz nicht neulich Weniger Angst, mehr Leben? Hab ich mir gut gemerkt.

Er hält mir erschrocken die Hand vor den Mund: „Sei mal ruhig. War da draußen ein Auto?“ Er richtet sich auf.

„Hab nichts gehört.“

„Kam mir so vor. Wer soll denn hier vorbeikommen.“

„Genau.“

„Komisch.“

Wenn er bloß nicht wieder von all diese Befürchtungen beherrscht wird! Ich gebe mir Mühe, ihn abzulenken, und kurz drauf scheint ‘s auch, dass er wieder bei mir ist, auf mich konzentriert.

„Ich will dich nicht loslassen heute“, sagt er schwer, als wir ins Auto steigen. „Ich bin so glücklich mit dir.“

Ich greife nach seinem Oberschenkel, als er anfährt. Greife nicht – kralle.

Die Luft ist seltsam blass. Als ob schon Nebel aufsteigen würde, Ende September. Wir sind noch auf dem Feldweg, als kurz vor der Einmündung in die Straße ein grüner 2CV vor uns schießt und uns den Weg blockiert. Daniel haut auf die Bremse. „Den kenne ich, den Wagen“, keucht er. „Marina hat sich letztens vor unserem Haus von dem absetzen lassen.“

Ein Typ hastet aus dem Auto vor unsere Kühlerhaube und hält eine Kamera hoch, fotografiert uns. Daniel reißt mich an sich, duckt sich mit mir zusammen unter das Armaturenbrett.

„Das ist Igel!“, schreie ich mit erstickter Stimme.

Igel steht neben der Beifahrerseite. Ich werde von einem Blitz geblendet; er fotografiert durch das offenstehende Fenster ins Innere. Momente vergehen, bis Daniel mich loslässt, die Türe öffnet und ins Freie sprintet, ums Auto herumflitzt. Der Kerl ist schneller, springt in seinen Wagen und hält die Tür zu. Daniel haut aufs Wagendach. Igel streckt Daniel triumphierend die Zunge raus und fährt mit aufheulendem Motor davon.

Auf der falschen Straßenseite, ist mein erster Gedanke. Lieber

Gott, bitte, lass ihn einen Frontalzusammenstoß mit einem entgegenkommenden Wagen haben! Doch es folgt kein lauter Crash.

Daniel zittert, als er wieder ins Auto steigt. Er atmet schwer. Greift nach meiner Hand und drückt zu, als wolle er sie zerquetschen. Seine Türe steht noch offen.

„Sie hat 's geschafft", murmelt er.

„Was, geschafft. Wer."

„Marina. Sie hat mich erwischt." Er schaut mich an. „Hör zu. Hör genau zu", wiederholt er aufgeregt: „Du darfst niemals sagen, was wir miteinander gemacht haben. Ist dir das klar?" Er verhaspelt sich, so schnell spricht er. „Niemals! Was sie dich auch fragen, wir waren nie im Bett miteinander. Gar nichts. Hast du verstanden, Andreas?"

Ich nicke heftig.

„Hast du das verstanden?" Er packt mich bei den Schultern, schüttelt mich wie in Panik, die Augenbrauen hochgezogen, die Augen riesengroß. „Du darfst nichts verraten! Sonst sehen wir uns nie wieder. Nie."

Ich schlucke. „Du kannst dich auf mich verlassen." Etwas Anderes fällt mir nicht ein.

Er knallt die Tür zu, reibt sich die Augen. Schaut mich an. Startet den Motor, in Gedanken versunken.

„Das war Igel", erkläre ich ihm zögerlich.

„Wer?"

„Der Pfadfinderleiter. Der hat uns schon mal beobachtet, am Falltorweg."

„Na toll." Er stellt den Motor wieder ab. „Ich erinnere mich. Vielleicht musste es so kommen."

„Und?", frage ich hilflos.

Er nickt. „Marina ist vorgestern aus diesem Wagen gestiegen. Hat was von ihrem Guru-Treffen gefaselt. Perfekt. Ich ahne die ganze Zeit, dass sie einen Geliebten hat, aber dass es so weit geht …"

„Hat sie", quetsche ich zwischen den Zähnen hervor.

„Was …"

„Einen Geliebten." Jetzt kommt es wohl nicht drauf an.

„Woher weißt du das?"

Ich zögere. „Hat Michael mir gesagt", räume ich nach einer Pause ein.

„Super. Lauter Geheimnisse, hinter meinem Rücken."

„Nein." Es fällt mir schwer, ihn anzufassen. Er wirkt so abweisend. Ich möchte ihn bloß trösten. „Er hat dir nichts gesagt, weil er dir nicht wehtun wollte. Ist ihm sehr schwer gefallen. Ich weiß das genau."

Er überlegt. Bin ich froh, als er eine Hand nach mir ausstreckt!

„Wer ist dieser Igel? Wie ist er?"

„Ein Kotzbrocken. Widerlich."

„Wird immer besser. Könntest du mit ihm reden?"

„Ich?" Trotz der Situation muss ich lachen. „Igel, sich von mir was sagen lassen?"

Er fährt langsam los. „Entschuldige, dass ich mich dauernd wiederhole," sagt er kopfschüttelnd, als wir in Sprendlingen an einer roten Ampel warten müssen. „Lüg alle an, so gut du kannst. Oder bleib stumm. Sag gar nichts. Du musst meine Briefe vernichten!! Versprich mir das!"

„Mach ich. Ich habe dir geschrieben, diese Woche. Hast du das bekommen? Du sagst nie was, wenn …"

„Ich habe seit drei Wochen keinen Brief von dir bekommen."

„Ich habe jede Woche geschrieben."

Er lenkt aufs Trottoir, hält an. „Auch das noch", flüstert er. „Bete für mich", bittet er, als er mich an der Zahnfabrik absetzt.

„Dienstag?", frage ich trotz allem zaghaft.

Er schüttelt den Kopf. „Sieht nicht danach aus. Ich … Ich erreiche dich, Andreas. Wenn es geht.“

Ich will nicht aussteigen. „Ich … es …Sag irgendetwas!“, schreie ich. „Bitte. Es ist so furchtbar gerade. Ich habe Angst!“ Ich zittere, unkontrolliert.

„Ich auch, mein Kleiner. Ich liebe dich. Das wird sich nie ändern. Nie. Nie. Nie.“

Ich schniefe, als ich seinem weißgrauen Ford nachschaue, der langsamer als sonst davonfährt. Ich warte, dass Daniel noch einmal winkt. Tut er aber nicht.

Dann stehe ich völlig verloren auf der Eisenbahnstraße. Zehn vor sieben, zeigt die Uhr am Gebäude gegenüber. Ich setze mich auf das schmale Mäuerchen, auf dem der Zaun der Fabrik installiert ist. Ich muss mit jemandem reden. Ich muss mit jemandem reden! – aber mir fällt kein Mensch ein. Rainer? Der wird mir zuhören, aber am Tag drauf bin ich bei ihm unten durch, für alle Zeiten. Dagmar? Wag ich mir nicht. Die könnte das nicht für sich behalten; würde eine Riesen-Attraktion daraus machen.

Meine Gedanken kreisen wie wild. Herr Kraschinski?? Michael; bloß wird ‘s dem vermutlich in ein paar Stunden auch nicht besser gehen als mir.

Kann ich Tante Reinhild anrufen???

28

Die Tage vergehen, und mir ist hundeelend. Ich schaffe es nicht, irgendjemanden um Hilfe zu bitten. Zur Sprechstundenzeit des Vertrauenslehrers stehe ich zögernd vor seiner Tür. Als ich klopfen will jedoch überkommt mich die Befürchtung, Herr Kraschinski werde mich drängen, Daniel anzuzeigen. Ich gehe zurück ins Klassenzimmer.

Am Dienstag, an dem Daniel abends aus Helsinki landen sollte, ziehe ich eine Stunde lang mit dem Fahrrad Kreise vor der Einfahrt zum Karl-Duchmann-Weg. Daniels Wagen steht auf dem Bürgersteig, auch am Donnerstag noch an der gleichen Stelle, auch noch am Samstag. Mir ist klar, dass etwas Einschneidendes passiert, dass die Situation explodiert ist. Aber was ist passiert? Wo ist Daniel, und wo kommt Igel ins Bild?

Michael ist nicht zum Training erschienen. Am Montag nicht, am Donnerstag nicht. Am Freitag fasse ich meinen ganzen Mut zusammen und rufe an, um mich nach ihm zu erkundigen.

„Ja?“, sagt eine unfreundliche, knappe Stimme, „bei Boin?“

Igel! Ich lege sofort auf. Wäre mir nie in den Sinn gekommen, um wen es sich handeln könnte, als Michael mir an der Grube von dem Freund seiner Mutter erzählt hat. Jens Moser heißt er richtig, ja. Kein Mensch nennt ihn so. Er meldet sich auch beim zweiten Versuch am nächsten Tag.

Am Dienstag drauf ist Michaels Mutter dran.

„Kann ich den Michael sprechen?“

„Wer ist das?“

„Andreas Bender.“

Wieso wird ihre Stimme so eisig? „Michael ist nicht da.“

„Wo ist er?“

„Bei seiner Oma in Oberursel.“

„Er fehlt beim Training.“

Sie hat aufgelegt.

Weiß sie, wer ich bin? Mir wird heiß. Ich habe von Papas Büro aus telefoniert. Lasse mich auf seinen Bürosessel fallen. Eine Angst quält mich seit Tagen: Was, wenn die Polizei bei uns zu Hause vor der Tür steht?? Wenn alles rauskommt??? Wenn ich von der Schule fliege???

In Physik schreibe ich eine Fünf. Bin zweimal während der Arbeit aufs Klo gegangen, um mir die Hände zu waschen.

Kein Zeichen von Daniel, keine Spur. Nichts. Ich heule nachts vorm Einschlafen; falls ich einschlafen kann, falls mich meine Befürchtungen und Fantasien nicht wach liegen lassen. Was, wenn ich ins Erziehungsheim muss, wenn alles auffliegt?

An einem grauen, kalten Nachmittag, als Mama mit Sven beim Arzt ist und Papa beim Sender, Nils bei Ruth gegenüber, verbrenne ich Daniels Briefe. Ich habe sie alle noch einmal gelesen, ich weine, als ich auf einem Beet ganz hinten im Garten ein Feuer damit anzünde, aber ich will Daniel nicht noch mehr in Gefahr bringen. Er hat es so angeordnet, und ich habe es ihm versprochen. Verheultes Gesicht, als ich die Asche unter der Erde vergrabe. Es tut weh. Es tut verflucht weh! Und ich weiß nicht wo er ist, was mit ihm passiert ist. Ob er im Gefängnis sitzt. Ich weiß gar nichts, und ich kann niemanden fragen. Nicht mal Michael. Wenn ich den Namen von der Großmutter in Oberursel wüsste … Keinen Schimmer, wie ich ihn herausfinden könnte.

Die beiden Fotos behalte ich. Fühlt sich unredlich an, aber das hat er nicht angeordnet. Sie sind das einzige, was ich von ihm habe. Und den Rosenquarz aus Spanien. Ich verstecke die Fotos in einem der Karl May-Bände, 'Im Tal des Todes'. Den Stein halte ich nachts in der Hand, wenn ich einschlafe. Muss immer aufpassen, dass er nicht verlorengeht beim Schlafen.

Mitten in diese Horrortage hinein lädt Sabine mich zu ihrer Familie zum Essen ein. „Gemütlich, am Sonntag. Du sollst sagen, was du am liebsten isst. Du sollst dir was wünschen."

Ich fühle mich von Sabine so weit entfernt wie der Mond von der Sonne, aber sie lacht so fröhlich, wie aus einer anderen Welt, und ich sage nach nur einem Moment Zögern zu. „Rouladen", schlage ich vor. „Rouladen. Mit Bohnen."

„Und Kartoffeln?"

„Mmh."

„Erwarte nicht zu viel. Meine Mutter ist keine tolle Köchin." Sie kichert. „Sie tut nur immer so, als ob von ihrem Herd aus eine Fernsehsendung übertragen würde."

Ich lächele auch; fühlt sich fast komisch an.

„Aber sie macht eine tolle Zuppa Inglese, hinterher." Hab wie üblich keine Ahnung, was das ist.

- Natürlich ist Michaels Mutter klar, wer ich bin! Igel hat Fotos gemacht! Wenn sie damit zur Polizei gehen? Oder zu meiner Schule? In manchen Momenten weiß ich nicht ein noch aus. Gottseidank gehen die Momente immer wieder vorüber.

Sabine wartet zwei Tage später am Schultor auf mich. „Meine Eltern freuen sich. Rouladen sind genehmigt." Sie runzelt die Stirn. „Andi, sag mal .... Bist du krank? Du siehst schlecht aus."

„Habe ich heute schon zwei Mal gehört", kontere ich abgeklärt. „Mein Onkel ist gestorben."

„Das tut mir leid", erklärt sie förmlich.

„Er war lange krank. War schlimm."

„Was hatte er?"

„Diabetes", kommt 's mir blitzartig in den Sinn. Darüber habe ich zwei Frauen am Morgen im Zug sprechen hören.

„Diabetes?", fragt Sabine verwundert. „Daran stirbt man nicht."

„Und 'ne Menge anderer Sachen."

„Bist du sehr traurig? Sollen wir Sonntag verschieben?"

Wir haben uns auf die niedrige Mauer vor der Schule gesetzt. Sie greift nach meiner Hand. Es fühlt sich lieb an, ich bin ihr dankbar. Gleichzeitig macht sie es mir schwerer, mich zu kontrollieren.

„Ja, ich bin sehr traurig. Ich habe geweint, heute Nacht. Deshalb sehe ich so aus." Sie rutscht sehr nahe neben mich, legt locker einen Arm um mich.

„Nein, wir verschieben das nicht. Bitte nicht. Außer ich bin zu sehr ein Trauerkloß."

„Armer", flüstert sie. „Hast du ihn sehr gern gehabt?"

„Hab ich." Wenn sie weiterfragt, kommen mir die Tränen.

Mir ist klar, dass ich sie nicht wirklich als meine Freundin betrachte. Ich denke kaum je an sie. Wir gehen miteinander – was immer das heißen mag. Trotzdem wird mir plötzlich bewusst, dass ich in all diesen Monaten mit Daniel das Gefühl hatte, tief unten, dass ich sie betrüge. Ja. Wird mir hier auf der Mauer blitzartig bewusst.

„Du darfst weinen, wenn du willst. Auch Männer dürfen weinen, sagt meine Mutter immer. Diese Geschichte von den harten Männern ist eine blöde Macho-Story."

Ich lächele, aus meinen feuchten Augen. „Danke. Danke, Sabine." Echt komisch: Sie wäre die letzte, die ich auf dem Schirm hatte, um mich auszuquatschen. Jetzt ist sie die erste, die mich etwas tröstet. „Darf ich dich küssen?"

Ihr Gesicht nahe an meinem. „Ja", sagt sie leise.

Ich bin ganz vorsichtig. Kein bisschen so wie mit Daniel. Im Gegenteil: Ich versuche, diese erwachsenen Sachen zu vergessen. Sie gehören nur zu dem Haus zwischen den Feldern. Ich lasse meine Lippen auf denen von Sabine, lange, und öffne sie dann nur ein ganz kleines bisschen, sodass ich gerade eben ihre Zunge berühre. Sie drückt sich gegen mich. Ich versuche, das Ding unter Kontrolle zu behalten. Aus den Augenwinkeln sehe ich Pierre Scholz und Bodo Seiffert um die Ecke kommen, die eben noch am Wasserhäuschen standen. „Uiui, der Bender!“, lästert Scholz auch augenblicklich los. „Wohl die große Liebe.“

„Muss Liebe schön sein“, Seiffert, noch vorm Stimmbruch.

„Geht zurück in euren Sandkasten!“

„Ui, wollen nicht gestört werden.“

„Dich haben sie zu heiß gebadet, Scholz!“

Sie bummeln weiter. Sabine lächelt. „Wird Zeit“, und wir machen uns auf zur Straßenbahnhaltestelle.

Olaf hieß der Onkel, entwerfe ich meine Geschichte in der Straßenbahn. Er wohnte in Eschersheim und war der Bruder meiner Mutter und mein Patenonkel. Er war sehr schwer krank und hat sehr gelitten, und ich war dabei, als er starb. Fünf Stunden lang; furchtbarer Todeskampf. Das könnte durchgehen für alle, die mit der Familie nicht näher bekannt sind, und ich muss nicht immer wieder erklären, warum ich rote, verheulte Augen habe. Muss die Geschichte detailreich ausschmücken. Käme super, wenn wir eine Deutscharbeit über so ein Thema schreiben würden!

In Mathe habe ich eine Fünf.

Ich fühle mich furchtbar allein. Ganz furchtbar allein. Verlassen.

Ich wasche mir zehnmal am Tag die Hände, vielleicht sind es auch 20 Mal.

Ich radele zum Karl-Duchmann-Weg, ich ziehe Runden um den Falltorweg, und ich würde gerne zu unserem Haus fahren. Zu Daniels Haus zwischen den Feldern. Aber ich wage es mir nicht.

29

Bis zu diesem Samstag, an dem es drei Wochen her ist, dass ich ihn das letzte Mal gesehen habe. Ich kann nicht schlafen; es geht mir grottenschlecht. Ich schaue aus dem Fenster in eine helle Vollmondnacht, und um viertel vor eins ziehe ich mir einen Anorak über und schleiche mich nach draußen. Mein Fahrrad steht unter dem Schlafzimmerfenster meiner Eltern. Muss leise sein, damit sie mich nicht davonfahren hören.

Es sind noch Menschen unterwegs in Sprendlingen und Dreieichenhain, aber niemand kümmert sich um einen 13jährigen mit Schirmmütze auf einem Fahrrad. Es ist kalt. Die kurze Strecke vorbei am Schwimmbad mit der Erinnerung an unser Kennenlernen fühlt sich schlimm an. Ich trete in die Pedale, so hart ich kann. Als ich in den verlassenen, stillen Feldweg einbiege, ist mir unbehaglich, aber ich strampele ohne Pause weiter.

Das Haus liegt da als wären wir gestern noch hier gewesen. Das kleine Gartentor, durch das wir selten gegangen sind, steht offen. Ich schaue nach hinten, ob ich durch ein Fenster einsteigen kann. Als ich gedankenverloren den Türgriff neben der Garage drücke, gibt er nach; es ist nicht abgeschlossen. Ich habe eine Taschenlampe dabei, die ich jedoch nicht brauche. Das Mondlicht flutet hell durch die Scheiben, vor denen die Gardinen auf- und die Rollläden hochgezogen sind.

Es hat mich magnetisch hierhergezogen; ich musste das Haus noch einmal sehen. Eine gute Idee war ‘s nicht, herzukommen. Meine Verzweiflung wächst, das ist alles. Offensichtlich war jemand hier in der Zwischenzeit; außer den Gardinen und Rollläden wurde jedoch nichts verändert. Das Bett steht da wie immer, die beiden Stühle, der Schreibtisch im anderen Zimmer. Bierflaschen. Ein Sektkorken liegt auf dem Boden.

Ich setze mich auf die Matratze, verzweifelt, ein Häufchen Elend. Es tut zu weh, ohne Daniel in das Haus zurückzukommen. Ich weine und heule und wimmere. Ich lasse mich auf den Boden rutschen. Wo ist er?! Wo, verflucht, ist er? Es geht nicht ohne ihn. Ich kann nicht ohne ihn sein.

Ich taumele zum Fenster, öffne es. Die Nachtluft strömt kalt herein.

Hier haben wir gestanden und über die Felder geschaut; zusammen. Hier hat er mich geküsst, meinen Mund, meine Stirn, hier hat er mich umarmt. Hat mich angefasst, meinen Po gestreichelt.

Ich will nicht ohne ihn sein. Ich habe keinen Lebensmut, ohne ihn. Wo ist er'?! Warum meldet er sich nicht wenigstens, irgendwie? Selbst wenn er im Gefängnis ist, man darf von dort doch Briefe schreiben. Habe ich im Fernsehen gesehen, in einem Fernsehspiel. Aber, okay …das war aus Ungarn.

Ob ich zum Flughafen fahren kann und nach ihm fragen??

Ich kralle mich am Fensterbrett fest.

Ich brauche Hilfe. Jemand muss mir helfen. Das wird immer wieder kommen, Nächte wie diese. Das wird nie aufhören. Ich kann nicht lernen, Schule zieht an mir vorüber wie eine Landschaft in weiter Ferne. Ich kann auch nicht laufen, sprinten. Meine Beine gehorchen mir nicht. Ich bin Sekunden über meinen Bestzeiten. Der Trainer wird ungeduldig, will wissen, was mit mir ist. Was in aller Welt soll ich ihm antworten!? Dass mein Freund verschwunden ist, ein erwachsener Mann älter als mein Vater??! Dass ich mich monatelang mit dem Vater von Michael Boin getroffen habe? Wäre er noch der nette Herr Röder, würde er mich verstehen? Könnte ich ihm verklickern, wie beschissen es mir geht, und dass ich nicht überschauen konnte, wo das hinführen würde, im April im Schwimmbad?

Die Nachtluft lässt mich für Minuten ruhiger werden und langsamer atmen. Lange hält es nicht vor. Als ich mich zurück aufs Bett setze, überkommt mich der Schmerz erneut, wie ein Boxhieb in den Magen, und ich werfe mich auf die Matratze und hämmere mit den Fäusten darauf. Nein!, rufe ich, Nein! Nein!!! Ich rutsche auf den Boden, trommele auf die Holzdielen ein. Rufe nach Daniel. Schreie und brülle. Ich haue gegen die Wände. Ich taumele in das Zimmer nebenan. Hier haben wir gesessen, auf der Schreibtischplatte. Hier hat er mich umarmt, festgehalten. Hier war er bei mir. Mit mir.

Ich kann nicht mehr. Ich weiß nicht weiter. Es geht so nicht weiter.

Was wenn mich jemand schreien hört, schießt es mir durch den Kopf. Die Flüchtlinge. Der Gedanke verliert im Nu seinen Schrecken, und ich hoffe fast darauf: Es würde etwas passieren, von außen. Jemand würde sich um mich kümmern. Es würde irgendwie weitergehen.

Ich wimmere immer wieder laut auf vor Schmerz, spüre ihn körperlich. Ich torkele die Kellertreppe hinunter, muss mich am Geländer festhalten. Ich war nie selbst hier unten. In einer staubigen Ecke stehen zwei Kästen Bier. Ich versuche eine Flasche zu öffnen, am Fensterbrett wie Daniel, aber es gelingt mir nicht. Ich taumele wieder nach oben.

Die Schreie werden zu einem heiseren Krächzen; ich habe keine Stimme mehr. Ich rolle mich auf dem Bett zusammen wie ein Embryo. Ich schlottere. Ich fürchte, dass ich Fieber habe; muss es auf alle Fälle noch schaffen, nach Hause zu fahren. Ich nehme zwei Bierdeckel mit und den Sektkorken, die letzten Erinnerungen an Daniel.

Ich brauche lange für den Weg zurück. Zweimal schlägt es mich mit dem Fahrrad hin, weil ich kaum mehr geradeaus schauen kann und mir die Augen zufallen. Beim zweiten Mal steigt eine dicke Frau in einer Krankenschwesterntracht aus ihrem Auto, die mich beinahe überfahren hätte.

„Sind Sie verletzt?“, schreit sie erschrocken. „Mein Gott, wie siehst du denn aus! Was ist passiert mit dir.“

Ich rappele mich auf. Am Fahrrad ist nichts kaputt.

„Brauchst du Hilfe?“

Ich schüttele den Kopf.

„Du bist noch ganz jung. So kannst du nicht durch die Nacht fahren. Soll ich die Polizei rufen?“

Sie berührt mich; wie gut mir das tut!

„Mein Onkel ist gestorben“, stammele ich. „Vorhin. Ich war dabei.“

„Oh Gott! Du brauchst Hilfe.“

„Oma ist zu Hause. Ich bin gleich daheim. Ich wohne da vorne“, und ich zeige ins nirgendwo. Steige wieder aufs Fahrrad.

„Ich mag dich so nicht weiterfahren lassen“, ruft die Frau mir nach.

Warum besteht sie nicht darauf. Warum hält mich niemand fest, sodass ich nicht ausbüxen kann. Warum hilft mir niemand!

Die Uhr an der Zahnfabrik zeigt halb fünf. Es dämmert. Und egal was, es hört nicht auf, dass mich jeder Baum und jeder Zaun an Daniel erinnert. Zu viel ist passiert.

Sonntagmorgen habe ich hohes Fieber. Die Laken sind klitschnass geschwitzt, als ich aufwache.

„Wo warst du??“, fragt meine Mutter. „Wieso liegt der Anorak auf dem Boden?“

Ich schüttele nur den Kopf. „Du musst bei Sabines Eltern anrufen und absagen“, krächze ich. Meine Stimme ist völlig weg.

Sie macht ‘s. „Und welcher Onkel soll gestorben sein, bitte?“, posaunt sie los, als sie vom Telefonieren zurückkommt.

„Wir erzählen uns gerne so Geschichten, die wir uns ausdenken.“

„Schwachsinn. Der Vater war ganz verdattert, als ich darüber gelacht habe.“

„Was hast du gesagt?“

„Dass du gar keine Onkels hast, die sterben könnten. Was denn sonst. Ich mache nicht jeden Blödsinn mit."

Ich schlafe, nichts sonst. Manchmal träume ich, dass Daniel angerufen hat und dass alles nur ein Traum war, ein schlechter. Meine Mutter stellt mir eine Kanne Lindenblütentee nebens Bett. Ich trinke was. Essen geht nicht.

Ich schlafe durch bis Montag in den frühen Nachmittag.

„Der Arzt hat gesagt, wenn du schläfst, schwitzt du alles raus, das ist am besten."

Die Polizei war nicht da, bis jetzt. Vielleicht ist es den Boins peinlich, und sie behalten es für sich und hängen es nicht an die große Glocke. Was Igel macht, kann ich schwer abschätzen. Mag sein, dass er mich bei den Pfadfindern als abschreckendes Beispiel hinstellt. Aber seine Bundeswehrgruppe kann mich mal. Ich habe was erlebt, davon haben die alle keine Ahnung. Ich hatte einen erwachsenen Freund, einen Piloten, und der hat mich behandelt wie einen Erwachsenen!

Ui, mir geht 's besser. Am Dienstag stehe ich wieder auf. Am Nachmittag telefoniere ich mit Sabine.

„Sei froh, dass du nicht konntest. Mama hatte selbst entschieden und hat gar keine Rouladen gekauft, sondern Schellfisch. So was macht sie immer, und das heißt bei ihr 'Er darf sich wünschen, was er will'. Siehste, hab ich gesagt, deshalb kommt er jetzt auch nicht."

„Was hat Mama von Onkel Olaf erzählt?"

Sabine lacht.

„Du musst denken, dass ich lüge."

„Nee, tu ich nicht. Mein Vater kennt so was, der hat uns das erklärt. Frauen wie deine Mutter sind Weltmeister im Verdrängen, hat er gesagt. Die ignorieren den Tod. Der Tod gehört zum Leben, aber sie tun so, als existiert er nicht. Darf man nicht drüber reden, denken die."

„Ich habe nämlich einen Onkel Olaf, der letztens gestorben ist.“

„Andi, ich weiß. Papa sagt, deine Mutter sollte zum Psychologen, aber das musst du ihr nicht verklickern!“

Verklickern?? – Scheint gut gegangen zu sein. Einladung für kommenden Sonntag.

Mittwoch gehe ich wieder zur Schule.

30

Ich will eben zu Sabine aufbrechen, als ich meine Eltern über mich reden höre, ohne dass sie es wissen. Ich binde mir im Nebenzimmer die Schnürsenkel zu.

„Ist dir etwas an ihm aufgefallen?“, fragt mein Vater mit seiner Moderatorenstimme, die er benutzt, wenn er Gäste in der Sendung hat.

„Er ist in der Pubertät. Himmelhochjauchzend, zu Tode betrübt. So ist das, Pubertät. Meinst du was Bestimmtes, aufgefallen?“

„Er wäscht sich dauernd die Hände. Er steht sogar während des Essens auf und läuft in die Küche zum Waschbecken. Seine Hände sind ganz rau und runzlig. Hast du das nicht bemerkt?“

„Doch“, antwortet meine Mutter langsam und nachdenklich, „habe ich bemerkt. Machen wir keine große Sache draus. Das legt sich wieder. Übrigens, Sven hat im Kindergarten ein ganz entzückendes Bild gemalt, mit einem Hasen drauf. Also, er besteht darauf, dass es ein Hase sein soll. Fräulein Dreyer empfiehlt uns, dass … …“

Ich schließe leise die Haustüre hinter mir. Mir selbst ist es aufgefallen: Ich wasche dauernd meine Hände. Ich kann nicht anders. Es ist wie ein Zwang.

Sabines Familie bewohnt in Heddernheim eine riesige Wohnung in einem Altbau, der vom Krieg verschont geblieben ist. Von dem langen Flur gehen sechs Zimmer ab; die meisten Türen stehen offen. Die Eltern begrüßen mich freundlich, als kennen sie mich schon lange.

„Du siehst schlecht aus, Andreas. Blass. Sind eure Lehrer so streng?“

„Kommt mit in die Küche“, bittet Sabines Mutter; „ich bin noch am Kochen." Sie trägt ein helles Sommerkleid mit großen bunten Blumen drauf und hat sich eine Schürze umgebunden. Sabine trägt Hosen, was sie selten tut, hellbraune enge Cordhosen, und eine weiße Bluse.

In der Küche steht rechts ein altmodischer schwarzer Herd, wie ich ihn aus französischen Filmen kenne, in denen man zum Kochen noch selbst Feuer machen muss; darauf Töpfe und eine große schwarze Bratpfanne. Es duftet verführerisch.

„Mmh", ziehe ich die Gerüche ein, „mmh .... Riecht nach einem Festessen." Ich fühle mich schnell entspannt und vertraut inmitten Sabines Familie.

„Diesmal war mir Ihr Wunsch Befehl, junger Mann. Heute gibt es Rouladen."

„Mutti, sagst du Sie zu Andi?"

„Passend zum Festessen!" Sie lässt einen hölzernen Kochlöffel über ihrem Kopf kreisen. Die Fenster stehen offen; die Äste des riesigen Baumes davor wachsen fast bis in die Küche hinein. Am Ende des großen Raumes mit viel leerem Platz steht ein massiver Esstisch aus Holz, in dessen einer Ecke sich Tageszeitungen stapeln – die, für die mein Vater schreibt. Aus einem Nachbarhaus schallt Opernmusik herüber.

„Ich zeig dir mein Zimmer", schlägt Sabine vor, und wir wechseln über den Gang auf die linke Seite des Flurs.

Zu allererst mal ist es groß. Groß! Und hohe Wände. Bett, Schreibtisch, ein kleiner runder Tisch mit zwei zierlichen, damastbezogenen Sesseln. Nennt man so was Teetisch?? Ein wuchtiger alter Kleiderschrank aus dunklem Holz. Poster an den Wänden von Städten, die ich nicht kenne, eines mit einem riesigen Strand und Hochhäusern dahinter. „Hawaii", erklärt Sabine. „Honolulu."

„Wo gib es so was?"

„Die Plakate? Ganz leicht, du musst bei den Fluglinien nachfragen, bei den Büros in der Kaiserstraße und am Kaiserbrunnen. Die rücken das raus, umsonst. Wenn du dich nicht abwimmeln lässt."

Bitte nicht. Nicht Fluglinien. Ich hatte ihn gerade mal vergessen.

„Das hier ist New York. Und das ist Paris." Sie lächelt mich an. „Ich freu mich, dass du da bist. Und dass du wieder gesund bist."

„Ich freu mich auch."

Der Vater mit seiner amüsanten Art spricht ein wenig Dänisch beim Essen, was mich lachen macht, und Norwegisch, was trocken und traurig klingt. „Und doch bedeutet beides dasselbe", erklärt er verschmitzt: „Schau mich nicht so bekloppt an, du dusseliger Fischkopp."

„Nimm ihn nicht ernst", erklärt Frau Eilers von der Seite, „vermutlich heißt es in Wirklichkeit 'Würde Herr Professor gütigst die Erlaubnis erteilen, noch eine Dose Fisch öffnen zu dürfen'. Uns kann er viel erzählen."

„Dann sprechen Sie kein Dänisch?"

„Dänisch? Gott bewahre! Ich babbel Frankforderisch, wie Lia Wöhr, des reischt mir."

Der Professor fragt mich nach Griechisch, aber Sabine interveniert. „Nö, Vati. Heute ist Sonntag. Du musst ihn keine Vokabeln abfragen."

„Mmh!" Er schüttelt sich geziert. „Darf ich Fußball?"

„Davon hat er keinen Schimmer", erklärt mir Sabine, und zeigt auf ihn. „Er tut nur so. Er tut so, als ob er von allem was versteht. Dabei hat er …"

„Dein Vater ist ein hochgebildeter Mann!", wirft Frau Eilers dazwischen. „Stell sein Licht nicht unter den Scheffel."

„Und Mama erst", lacht Sabine. „Weißt du, wo sie zur Schule gegangen ist?"

„Jetzt ist gut." Frau Eilers haut mit der flachen Hand auf den Tisch.

„In Hodenhagen!“

„Sabine ….“ Sie schaut gespielt verzweifelt zu mir: „Wir haben uns sehr bemüht, sie zu einer ordentlichen deutschen Jungfrau zu erziehen, ernsthaft. Falls du später um ihre Hand anhalten möchtest, ….du darfst sie bis zu einer Frist von einem halben Jahr zurückgeben. Nicht die Hand; die ganze Frau.“

Auch ihr Vater wendet sich zu mir: „Falls wir sie bis dahin nicht ins Heim zurückgebracht haben, woher wir sie geholt hatten.“

Ich kann mich nicht bremsen: Ich muss so sehr lachen, dass ich Messer und Gabel weglegen muss. Ich würde mich nicht wundern, wenn plötzlich ein Vorhang aufginge und wir auf einer Bühne säßen.

„Du lachst noch“, beschwert sich Sabine.

„Es schmeckt ausgezeichnet“, bedanke ich mich, als ich das Besteck wieder in die Hand nehme, immer noch giggelnd.

„Schau mal, wie wohlerzogen dein Freund ist“, Mutter zu Tochter, mit einem Zeigefinger in meine Richtung. Dann wieder zu mir, Zeigefingerrichtung umgedreht zu Sabine: „Wird nur einen Moment dauern, bis sie die neue weiße Bluse über und über mit Soße vollgekleckert hat. Normalerweise bekommt sie zum Essen einen Umgang umgebunden, wie ihn Friseure benutzen, aber weil du zu Gast bist, haben wir eine Ausnahme gemacht. Werden wird gleich bereuen. Oder, Erich?“

„Ich geruhe nicht, mich beim Sonntagsbraten zu hauswirtschaftlichen Themen zu äußern“, tut Professor Eilers kund.

„Vielen herzlichen Dank, dass Sie mich zum Essen eingeladen haben“, sage ich, als mir Frau Eilers ohne zu fragen eine zweite Roulade auflegt. „Tut gut, mal so richtig zu lachen.“

„Gibt ‘s bei euch zu Hause nichts zu lachen?“

Ich muss überlegen. „Meine Eltern sind ganz locker, aber … Nee, so lustig geht ‘s nicht zu.“

„Sein Großvater ist Theologieprofessor“, bereichert Sabine das Gespräch.

„Kein Scheiß?“ Frau Eilers faltet auf katholische Art die Hände und blickt gen Himmel.

„Lydia!“, ermahnt sie ihr Mann. „Wir wollen keine religiösen Gefühle verletzen. Da hört der Spaß auf.“ Mir scheint, dass er sich in Wirklichkeit über Opa lustig macht.

„Und seine Mutter ist in Wirklichkeit Argentinierin.“

„Brasilianerin. Die Großeltern.“

„Brasilianerin?“, versichert sich Herr Eilers. „Tanze Samba mit mir“, stimmt er einen Schlager aus der Hitparade an, beschreibt Kreise über seinem Kopf mit Messer und Gabel und vollführt auf dem Stuhl Sambaschritte im Sitzen, „Samba Samba die ganze Nacht …“

„Erich!“, fordert Lydia Eilers, „Contenance!“

„Tanze Samba mit mir“, fährt ihr Mann unbeirrt fort, „weil die Samba uns glücklich macht …“

Ich hatte nicht damit gerechnet, einer mittäglichen Kabarettvorführung beiwohnen zu dürfen.

„Noch jemand Bohnen?“, fragt Frau Eilers.

„Bohnen in Maßen, schlage ich vor. Wenn wir nicht den Nachmittag furzend verbringen wollen. Trotz Besuchs.“

„Und es sind zwei Rouladen übrig. Mein Essen wird nicht gewürdigt bei diesem billigen Klamauk.“ Sie wendet sich mir zu: „Tief drinnen sind wir eine stinklangweilige, spießbürgerliche Frankfurter Familie. Nur wenn Besuch aus einer Villenkolonie da ist, gestatten wir uns solche Ausrutscher.“

„Jetzt gehst du zu weit, Mutti. Andi hat seinen Wohnort nicht selbst so getauft.“

„Nein, sicher nicht. Solche Hybris muss einem erst mal einfallen.“

„Hybris?“, tönt es von Seiten des Vaters, der fragend die Augenbrauen hochzieht. Jetzt hört er mich doch Vokabeln ab.

„Überheblichkeit“, antworte ich schnell.

„Eins. Setzen.“ Er klopf mir so fest auf den Rücken, dass mir die Gabel aus der Hand fällt.

„Du bist eine Sportskanone“, wechselt Frau Eilers das Thema. „Hat uns Sabine erzählt“.

„Diese Woche läuft ‘s nicht so rund.“

„Sicher, bei einem Trauerfall in der Familie.“

Kaugeräusche. Schweigen. Hoffentlich witzeln sie gleich weiter.

„Ist natürlich noch lange hin“, erkundigt sich Sabines Vater sachlich, „trotzdem: Schon Berufswünsche?“

„Auf jeden Fall was mit Sport.“

„Und wenn ‘s woanders hingehen sollte, was käme noch in Frage?“

„Mmh … Journalist vielleicht. Wie mein Vater.“

„Dein Vater ist Journalist?“ Frau Eilers ist ganz elektrisiert. „Hochinteressant. Bei einer Zeitung?“

„Ja. Frankfurter Zeitung.“

„Bei der FZ? Wie heißt er?“

„Reinhard Bender.“

„Das ist der“, Herr Eilers stupst seine Frau an, „ der diese feste Kolumne auf der dritten Seite hat. Ich bin selten seiner Meinung, jedoch immer brillant geschrieben.“

Die Teller lehren sich. Herr Eilers faltet die Hände über dem Bauch, schaut sich in der Runde um. „Anständig gekocht, Minna“, urteil er mit einem respektvollen Kopfnicken zu seiner Frau. „Ich schlage vor …Puh. Gut abgefüllt. Ich schlage vor, mit dem Nachtisch ein halbes Stündchen zu warten. Was sagt ihr?“

„Falls Minna gefragt wird“, Frau Eilers schaut über den Tisch von links nach rechts, „das bedeutet für ihn Zigarre und Schnaps und für Minna Küche und Abwasch.“

„Ihr dürft auf dein Zimmer gehen. Wir rufen euch, wenn ‘s weitergeht. Falls wir Tiergeräusche vernehmen, lauschen wir vor der Tür.“

Sabine verdreht die Augen zur Zimmerdecke. „Komm“, sagt sie und zieht mich von meinem Stuhl hoch.

Sie schließt leise ihre Zimmertüre, und wir setzen uns auf die kleinen Sessel. „Sie sind nicht immer so überdreht. Ich nehme an, sie haben Sherry getrunken, bevor du gekommen bist.“

„Ich finde sie toll. Bombig.“

„Na ja, du hast recht. Ich mag sie auch gern. Kann nicht jede von sich behaupten. Obwohl sie schon ganz schön alt sind.“

Ich frage nicht nach wie alt. Möchte alles, was mich nur entfernt an Daniel denken ließe, an diesem Nachmittag draußen vor lassen. So weit wie möglich.

Wir plaudern über die Schule, über Buchschlag. Sie fragt nach Dagmar.

„Hab sie lange nicht gesehen.“

„Auch nicht telefoniert?“ Wird das ein Verhör?

„Nee, auch nicht.“ Fällt mir in diesem Moment erst auf. „Du siehst sie jeden Tag. Wie geht ‘s ihr? Was macht sie?“

„Sie macht die ganze Klasse verrückt. Jetzt genügt ihr nicht einer, jetzt hat sie gleich zwei. Nervt jedermann, weil sie sich nicht für einen entscheiden kann. Ehrlich …“ Sie rollt mit den Augen.

„Hast du sie mal gesehen?“

„Meinst du die Verehrer? Einen. Sieht aus wie …“ – sie schüttelt den Kopf – „ein Arbeiter aus der Großmarkthalle.“

Das muss etwas ziemlich Schlimmes sein. Ich ahne, dass er mir gut gefallen könnte.

Es klopft an der Tür. „Süßes!“, flötet eine Stimme in einem sehr hohen Ton.

Der Nachtisch wäre bei uns ein Hauptgericht. Quark, Himbeeren.

Biskuit, Sahne, Kirschen, obendrauf Schokostreussel.

„Minna hat ihr Bestes gegeben“, informiert uns Frau Eilers. „Ein Familienrezept aus ihrer ostpreußischen Heimat.“

„Mein Mutter hat eine Putzfrau aus Ostpreußen“, versuche ich zur Unterhaltung beizutragen. „Frau Ganter. Die ist immer ganz Schwarz gekleidet, Schuhe, Kleid, Kopftuch, alles Schwarz. Noch bevor sie nach dem Stundenlohn gefragt hat, hat sie verkündet, dass sie nur kommt, wenn sie eine viertel Stunde Pause hat und dazu eine Tasse Kaffee bekommt.“ Das Niveau von Sabines Familie erreicht die Erzählung wohl nicht.

„Ich könnte dir was auf dem Klavier vorspielen. Oder?“, bietet Sabine später an.

„Oh ja. Schön.“

„Wie lange hast du Unterricht?“

„Seit ich acht bin. Im Moment mache ich eine Pause. Im Herbst fange ich wieder an.“

„Es ist Herbst“, konstatiert Sabine trocken.

„Ja. Vielleicht im Dezember.“

„Also im Winter. Ich spiele was Leichtes, das mag ich sehr. Von Clementi. Sehr poetisch. Wirst du sehen.“

Ich lehne mich in dem Sessel zurück. Sabine Spiel verzaubert, einfach und klar. Ich schließe die Augen. Ich hatte es mir vorgenommen, aber … Herr Röder hat das mit uns trainiert. Nur in diesem Moment sein! Die Gedanken kontrollieren! Nicht abschweifen! … Es funktioniert nicht. Als Sabine mit dem langsamen, sanften Satz einsetzt, bin ich weit weg: In dem Haus zwischen den Feldern außerhalb von Dreieichenhain.

Sie macht eine Pause vor dem dritten Satz. „Gefällt es dir?“, fragt sie unsicher.

„Mach weiter! Es ist wunderschön.“ Ich lasse die Augen geschlossen. Hier jetzt zusammen mit Daniel, der Musik lauschen, ein

Sonntagnachmittag … Gemeinsam … Ich beiße fest die Zähne zusammen. Der letzte Satz ist laut und schnell, das macht es mir leichter, die Augen zu öffnen und mich wieder auf Sabine einzustellen. Ich klatsche lange in die Hände, als sie fertig ist. „Bravo“, sage ich lächelnd, immer noch mit einem Stich im Herzen.

„Spielst du auch was?“

„Puh …“ Ich kann, wenn ich will! „Auswendig geht nicht. Was liegen da für Noten?“ Wir entdecken eine leichte Sonate von Mozart, die ich vor der Pause geübt habe. Ich finde mich stümperhaft, aber Sabine nickt mir aufmunternd zu. Sie sitzt neben mir und blättert die Noten um. Macht mein Klavierlehrer in Buchschlag nur selten. „Du spielst doch gut“, befindet sie, als ich fertig bin. „Wo du länger nicht geübt hast.“

„Ein Schumann-Lied kann ich auswendig.“

„Zeig mal …“

Sie steht neben mir, während ich das kurze, sentimentale Stück spiele. Als ich fertig bin, überkommt mich ein Impuls, und ich lege vorsichtig beide Arme um ihr Becken, meinen Kopf vorsichtig gegen ihren Bauch. Sie streichelt mir über ‘s Haar. So bleiben wir eine ganze Weile, still, bis sie mich zu dem Tisch zieht, die beiden Sessel eng nebeneinander schiebt. Dort sitzen wir umarmt, Kopf an Kopf, Stirn an Stirn. Bewegen uns beide zaghaft, bis wir uns küssen, vorsichtig und langsam; unsere Münder bleiben aufeinander. Im Hof höre ich Kinder spielen; sonst herrscht sonntägliche Stille. Verblüfft stelle ich fest, wie sich mein Pimmel bewegt. Langsam; aber kräftig.

Vorm Abschied am frühen Abend sitzen wir zu viert an einem niedrigen Couchtisch im Esszimmer. Frau Eilers serviert heiße Schokolade. Der Ton ist weniger überschwappend als beim Mittagessen. Sie fragen nach der Schule, nach meinen Geschwistern, haben festgestellt, dass sie meinen Vater auch vom Rundfunk her kennen.

„Ein hochintelligenter Mann“, konstatiert Herr Eilers. „Gelegentlich ist er mir zu trocken. Nicht seine Themen, aber wie er sie angeht. Häufig fehlt mir eine Prise Humor.“

Dann geht es um Sabines Schule, die reine Mädchenschule, was den Eltern nicht mehr gefällt. Aber nun ist sie dort, dann soll sie halt ihr Abitur dort machen.

„Es war uns eine Freude, dass du uns besucht hast. Du bist uns jederzeit willkommen“, verabschieden sie mich im Treppenhaus. Sabine bringt mich zur Haltestelle.

„Schön war ‘s“, sag ich, umarme sie herzlich. „Bis morgen. In der großen Pause.“

Vermutlich hätte es so sein sollen, mit 13, geht es mir auf dem Heimweg durch den Kopf, nachdem ich mir im Zug als erstes die Hände gewaschen habe. Genau so. Dass man sich, wie mit Sabine, langsam an alles herantastet. Nicht von 0 auf 100 in 14 Tagen. Vielleicht hat mir Daniel in seinem Flug-Tempo eine Welt gezeigt, ein Leben, das noch nicht dran war. Erst zehn Jahre später hätte kommen sollen. Doch nun war ich drin, mittendrin. Was sollte ich tun? Mich wieder auf ‘12’ zurückbeamen? Kann man einer Frau nach der Geburt sagen, dass sie Schwangerschaft und Kinderkriegen vergessen und wieder Jungfrau werden soll???

Sicher, zu solchen Gedanken war ich mit 13 nicht fähig, und das Wort ‘beamen’ gab’s noch nicht. Aber mir dämmerte, dass – so sehr ich Daniel liebte und ihn vermisste –, dass etwas gründlich schiefgelaufen war. Dass ich völlig überfordert war und nicht wusste, wie ich meine Probleme und Schwierigkeiten hätte reparieren können.

31

Der Sonntag mit Sabine und ihren Eltern war wie ein erholsamer Urlaubstag, aber die Erholung hielt nicht lange vor. In der folgenden Woche besucht unsere Klasse eine Aufführung der Städtischen Bühnen. Normalerweise bin ich fasziniert vom Theater, lese vorher etwas über das Stück und bereite mich darauf vor. Nichts dergleichen diesmal. Als ich am frühen Abend mit Kumpel Rainer Haller in die Stadt fahre, habe ich nicht mal den Titel des Stückes auf dem Schirm. Und es wird schwieriger, jeden Tag zu erklären, warum ich stets bei den 13 Minuten Fahrt auf 's Klo muss; um mir die Hände zu waschen. „Sextanerblase" ist Rainers üblicher Kommentar. Das Seifenpulver in den Zugklos ist grob und körnig und reibt meine Hände so sehr auf, dass ich dauernd darauf angesprochen werde. Ich krieg 's nicht hin, es sein zu lassen.

Ein Schauspiel von Dürrenmatt, 'Romulus der Große'. Jedem ist bewusst, dass es übermorgen Thema der Deutscharbeit in der zweiten und dritten Stunde sein wird. Egal: Es zieht an mir vorbei wie einer dieser Zelluloidstreifen aus der DDR, die mein Großvater mit seiner 'Laterna Magica' bei Familienfeiern zeigte, Stummfilme mit einzelnen gezeichneten, meist komischen Szenen, die erklärt werden mussten. Mir kann man nichts erklären. Ich bin ausgeschaltet.

Geistesgegenwärtig habe ich wenigstens ein Programmheft gekauft und kann unter der Bank ein paar Ideen daraus abschreiben. Eine Fünf wird es trotzdem.

„Bender, Bender", sagt Dr. Richter nachdenklich, als er mich nach der Stunde zu sich ruft, „ich möchte mich gerne mit deinem Vater unterhalten."

„Papa hat nie Zeit, der ist zu beschäftigt", biete ich ihm die in der Familie gängige Lesart an.

„Keine Zeit für seinen alten Deutschlehrer?"

„Kann Mama kommen?"

„Am liebsten wäre 's mir, wenn du beim Elterngespräch dabei bist. Dann kannst du meinetwegen deine Urgroßmutter mitbringen."

Das Angebot ringt mir trotz allem ein Schmunzeln ab. „Klasse, die wird sich freuen. Die spricht nur Portugiesisch."

Zu meinem Erstaunen fahren meine Eltern beide in die Schule nach Frankfurt – ohne mich. Ich passe auf die Brüder auf. Meinen Eltern erzählen nichts von der Unterredung mit Dr. Richter, aber Papa guckt mich ein paar Tage lang schräg von der Seite an; genau so, wie er 's gemacht hat, als ich 11jährig mit einer Erektion unter meiner Pyjamahose morgens ins Bad kam. Abends höre ich sie im Wohnzimmer diskutieren.

„Er war doch …", Papa, „er war den ganzen Sommer lang immerzu abends weg. Er kam sonstwann nach Hause. Wo war er eigentlich."

„Was guckst du mich an? Woher soll ich das wissen?"

„Wer ist denn für die Kinder zuständig. Ich arbeite."

„Ach."

„Er kann doch … Ist er auf die schiefe Bahn geraten?"

„In Buchschlag? Wie soll das aussehen?"

„Wer sagt denn, dass er in Buchschlag war. Am Ende war er in Frankfurt."

„Reinhard, so was macht er nicht. Er ist ein Junge. Er ist noch ein Kind. Wo soll er denn gewesen sein."

„Frag ihn mal!"

„Warum ich?"

Mama schaltet das Radio ein, die 'Frankfurter Schlagerbörse' mit Hanns Verres. Macht 's schwieriger zu lauschen. Ich muss ganz nahe an die Türe ran.

Es bleibt still. Sind sie mit dem Thema durch?

Nein. Papa fängt noch einmal an: „Liebesnöte? Leidet er emotional?"

„Du spinnst. Hast du nicht bemerkt, wie fröhlich er war, als er von Sabine nach Hause kam am Sonntag? Wie er geschwärmt hat? Was er alles erzählt hat?“

„Und wieso wäscht er sich ununterbrochen die Hände?“

„Da kann ich mir auch keinen Reim drauf machen. Hast du ihn eigentlich ordentlich aufgeklärt, als ihr damals geredet habt?“

Hat er nicht. Kein bisschen. „Ich … Ich hatte nicht den Eindruck, dass er viel Aufklärung brauchte. Dass er das meiste weiß. Sowieso, die technischen Dinge sind nicht das Entscheidende.“

„Du hast ihn also nicht richtig aufgeklärt. Wie sich ‘s gehört“, schiebt sie ungewöhnlich scharf nach.

„Willst du mir einen Vorwurf machen?“

„Vielleicht hat dieses Händewaschen damit zu tun. Wer weiß, was sie ihm im Konfirmandenunterricht erzählt haben. In seinem Alter wird er vermutlich …“

Stille.

„Was“, fragt Papa.

„Also, ich bitte dich … Du weißt doch …“

„Masturbieren“, verkündet Papa weihevoll. Mama dreht das Radio lauter. ‘Surrender’, Elvis Presley. Dagmar hat die Single diese Woche im ‘Musikhaus Tappert’ in der Münchner Straße geshopliftet, wie sie es nennt.

Die Traurigkeit hört nicht auf. An manchen Tagen vergesse ich Daniel für ein paar Stunden; an anderen habe ich nichts sonst im Sinn als ihn. Und ich geniere mich dafür, aber ich kann nicht vergessen, was wir im Bett miteinander gemacht haben. Es war so aufregend, und ich wünsche mir sehnlichst, dass mich jemand anfasst. Dass mich jemand anfasst wie Daniel es getan hat. Und ich muss mit jemandem über alles reden. Ich muss.

Ob ich einfach zu Pfarrer Jahnke ins Pfarrhaus gehe??

Oder Tante Reinhild anrufe? Sie kommt mir öfters in den Sinn. Als Mama mit den Brüdern zum Impfen beim Kinderarzt ist und Papa im Sender, wähle ich ihre Nummer. Während es endlos tutet, fallen mir die wildesten Sachen mit Daniel ein.

„Hier spricht Reinhild Drescher. – Hallo? – Hallo? – Ist niemand da?“

Ich lege auf. Diese Sachen mit Daniel, was er angestellt hat mit mir, und ich mit ihm … Ich kann das Tante Reinhild nicht erzählen. Unmöglich. Schlichtweg unmöglich.

Fünf Wochen nach dem Verschwinden seines Vaters taucht Michael urplötzlich wieder in der Leichtathletikgruppe auf; ist schon da, als ich eintreffe. Das Training beginnt inzwischen in der Halle; erst wenn wir gut aufgewärmt sind, geht ‘s raus auf die Aschenbahn. Die Gruppe ist angewachsen auf 18 Mitglieder.

Mein Herz klopft wild, als ich ihn da stehen sehe in seiner roten Sporthose und dem schwarzen Turnhemd – vor Freude, aber auch vor Furcht. Er unterhält sich mit Trainer Röder. Wir nicken einander kurz zu, als kennen wir uns kaum. Im Training schaut er mich nicht an. Die 400 Meter will er nicht gegen mich laufen.

Meine Beine versagen. Ich kenne das inzwischen. Ich höre nach der halben Strecke auf. „Herrgott noch mal, Bender!“, Röder ist genervt, „was ist jetzt wieder in dich gefahren.“

„Mein Knie. Mein Knie tut weh.“

Er hockt sich vor mich hin, drückt auf dem Knie herum. „Au!!“, schreie ich an einem x-beliebigen Punkt.

„Da?“

„Ja!“ Ich verzerre das Gesicht. „Das brennt höllisch.“

„Innenband?“, sagt er, verzieht den Mund. „Hast du dir was verdreht?“

„Weiß nicht.“

„Setz dich hin und ruh dich aus. Dir ist wohl der Erfolg zu Kopf gestiegen.“

Wenn er mich auch noch fallen lässt … Und wenn Michael weiß … Wenn Michael Bescheid weiß, das überlebe ich nicht. Das halte ich nicht aus.

Ich gehe mir die Hände waschen, mit Seife und warmem Wasser. Zum Cooldown – das damals nicht so hieß – geselle ich mich wieder zu den andern. Humpele ein bisschen. Muss dran denke, dass es das rechte Knie sein soll, nicht plötzlich das linke.

Ich ziehe mir meine Klamotten über ‘s Turnzeug und bin als erster draußen, um Michael abzupassen. Gottseidank kommt er allein durch die große Tür.

„Was ist los?? Warum bist du so komisch?“

„Komm mal mit“, sagt er mit einem knappen Kopfnicken und führt mich hinter die Halle, wo am Weg drei Poller stehen, damit niemand auf das Sportfeld fahren kann. Wir setzen uns jeder auf einen. Ich schaue ihn fragend an; warte. Panik überkommt mich. Aber wüsste er alles, säßen wir dann hier??

„Sie haben mir verboten, mit dir Kontakt zu haben“, beginnt er atemlos und schaut auf den Boden.

„Wer, sie.“

„Mama. Und Jens.“

„Hat Igel über dich zu bestimmen? Ist er bei euch eingezogen?“

„Igel?“

„Jens Moser. Ich kenne ihn.“

„Du kennst ihn?“

Ich berichte, wer er ist. Pfadfinderführer.

„Brauchst du mir nicht erzählen, das weiß ich.“

„Und ein ausgemachtes Arschloch.“

„Kannst du laut sagen. Wenn er mich hier sitzen sähe, gäb ‘s Randale.“

„Wo ist dein Vater?“

Er schaut mich scharf an. „Was meinst du?“

„Aber er ist weg! Verschwunden!“ Mist, das kam zu heftig.

„Woher weißt du das????“, fragt er lauernd.

Verflucht, ich habe mich wieder versprochen. Kurzes Zittern, aber das kriege ich in den Griff. „Hör mal, ich kann mir nicht vorstellen, dass dein Vater damit einverstanden ist. Dass Igel bei euch wohnt.“

„Ach so.“ Er ist skeptisch; nicht überzeugt. „Aber warum sollte er verschwunden sein?“

„Und wo warst du die ganze Zeit?“, frage ich, um einen Moment Zeit zum Nachdenken zu gewinnen.

„Ist egal. Woher weißt du, dass Papa weg ist?“

„Ist er nicht?“

Michael dreht sich langsam auf dem Poller einmal um sich selbst. „Doch, ist er. Ich wundere mich, dass du ‘s weißt.“ Er sieht verzweifelt aus. Ich lange rüber, lege ihm eine Hand auf den Oberschenkel. Er will sich aussprechen. Wie sehr ich mir wünsche, dass ich das auch könnte. Dürfte.

„Andreas“, setzt er an, „das darf kein Mensch wissen, was ich dir sage. Kein Mensch! Versprichst du?“

Ich nicke. „Klar. Sicher.“

„Ehrenwort?“

„Ehrenwort.“

„Ich kann mich sonst nirgendwo mehr sehen lassen.“ Er macht eine lange Pause. „Papa soll eine Affäre mit einem Jungen gehabt haben.“ Er fixiert mich, nimmt den Blick nicht von mir.

„Eine Affäre?“ Ich weiß nicht, was das ist.

„Eine Liebschaft.“

„Oh.“

„Pass auf, jetzt kommt das krasseste: Sie sagen, dass du es warst.“

„Was?“ Man muss mich im ganzen Ort hören. „Was sagst du? Spinnst du?“

„Ich habe es auch nicht geglaubt. Sie lügen! Ich glaube es ihnen nicht. Sag, dass es nicht wahr ist!“

„Natürlich ist es nicht wahr! Du bist völlig durchgeknallt.“ Mein Zittern muss mich verraten. Ich kann meine Arme nicht festhalten, meine Hände, nichts.

„Wie du zitterst“, sagt er entsetzt. „Es ist doch wahr.“ Jetzt schreit er auch. „Sie haben mir Fotos gezeigt. Ich hab gesagt, dass sie lügen. Ich konnte nicht glauben, dass das wirklich du bist!“

Meine Zähne klappern aufeinander. Michael steht urplötzlich von dem Poller auf und schlägt auf mich ein, mit Fäusten, überall hin. Ich halte mir die Unterarme vor ‘s Gesicht, kann nicht reagieren. „Du Schwein!“, brüllt er immer wieder. „Du Schwein! Du perverses Schwein!“

„Es tut mir leid!“, schreie ich, genauso laut. „Es tut mir leid!“

Er versetzt mir einen Tritt, und noch einen, noch einen. Dann lässt er sich auf den Poller fallen. Er ist außer Atem, keucht, genau wie ich. Rotz läuft ihm aus der Nase. Er weint. „Du hast mein ganzes Leben ruiniert“, wimmert er dazwischen.

Unser beider Atem geht stoßweise, schwer. Ich zittere völlig unkontrolliert. Ich schluchze. Wir schauen einander nicht an. Bis er aufsteht und weiter auf mich einschlägt. Diesmal wehre ich mich. Ich will ihn nicht verletzen, aber ich will auch nicht im Krankenhaus landen.

Ich bin stärker als er. Ich halte seine Arme fest, drücke sie ihm auf den Rücken. Wir stehen eng voreinander, Brust an Brust. 20 Jahre älter, hätten wir vielleicht miteinander geredet. Das jedoch war unmöglich, mit 13.

Er hebt seinen Sportbeutel vom Boden auf. „Ich will dich nie wieder sehen“, stößt er hervor, „nie wieder!! Wenn du weiter zu Leichtathletik kommst, zeige ich dich an.“ Er verschwindet in der Nacht.

Das war mein bester Freund.

Ich sitze eine halbe Stunde lang auf dem kalten Poller. Ich weiß nicht mehr weiter. Jemand muss mir helfen; irgendjemand muss mir helfen!! Ich kann nicht schon wieder so nach Hause kommen; die Alten kriegen die Krise. Diese Fragen dauernd. Der 13jährige Teenager, der von der Schule und vom Leben genervt ist – sie werden mir das nicht mehr lange abkaufen.

Kann ich Tante Reinhild noch anrufen, halb zehn, von der Telefonzelle aus? Aber ich habe nicht genug Geld dabei.

An diesem Abend fahre ich nicht am Falltorweg vorbei wie sonst noch nach jedem Training. Ich schiebe mein Rad den Weg nach Hause, um mich auf meine Eltern vorzubereiten. Aber das Leben gönnt mir eine Pause: Auf dem Küchentisch liegt ein Zettel; ‘sind bei Werners. Pass gut auf die Kleinen auf. ‘

32

Die Idee kommt mir überraschend in der zweiten, als wir Religion haben. Herr Steup ist ein junger Pfarrer, patent und freundlich, mit für einen Lehrer viel zu langen Haaren und mit engen Hosen, manchmal trägt er sogar Hippie-Blümchenhemden. Er geht auf uns ein, labert nicht zu viel von Gott, spricht über Skandalfilme wie 'Das Schweigen' und über die 'Bravo'. Ich mag ihn gerne. Und in Religion hatte ich nach dem Erdbeben noch keine Fünf. Ich nehme meinen ganzen Mut zusammen, als sich das Klassenzimmer zur großen Pause geleert hat und er am Lehrerpult Hefte in seine Mappe packt. „Herr Pfarrer …"

„Bender?", fragt er, die Augen noch auf der Tischplatte.

„Ich habe … Ich habe ein großes Problem. Ein riesiges. Bitte."

Er schaut überrascht auf, zieht die Augenbrauen hoch. „Ja?"

„Ich muss mit jemandem reden. Jemand muss mir helfen."

„Der Vertrauenslehrer? Herr Kraschinki?"

Kapiert er nicht? „Das ist unser Klassenlehrer."

Doch; er kapiert. „Du möchtest gerne mit mir sprechen."

„Geht das?"

„Soll ich die Tür zumachen, oder wollen wir in den Raum nach vorne gehen?"

Ich druckse nicht herum. „Es wird länger dauern. Ich muss viel erzählen. Es ist eine sehr traurige Sache." Ich bin mächtig stolz darauf, wie klar ich das ausspreche.

„Oh." Er überlegt, schaut zum Fenster hinaus auf den Pausenhof. „Wie ist es, wenn … Wann hast du Schule aus?"

„Nach der sechsten."

„Ich warte am Schultor. Ich gehe mit dir essen. Ich lade dich ein, wenn dir das recht ist."

„Bombig." Ich lächle sogar. „Das ist super von Ihnen. Vielen Dank."

„Bis dahin hältst du durch?“

Ich nicke, „Ja.“

Er klopft mir auf den Rücken, lässt seine Hand da. Tut das gut, wenn mich jemand berührt! „Kopf hoch. Wir kriegen das gemeinsam hin.“

In der zweiten Pause rufe ich aus der Telefonzelle vor der Schule zu Hause an. Blöd, Papa ist dran. „Ich komme später. Pfarrer Steup will etwas mit mir besprechen. Wir essen zusammen.“

„Pfarrer Steup, wer soll das sein?“

„Unser Religionslehrer.“

„Und der möchte mit dir essen gehen.“

„Ja.“

„Andreas“, Papa wird förmlich, „kann ich das nachprüfen?!“

Wird er niemals tun. „Ja, bitte. Kannst du. Ruf in der Schule an und frag ihn.“

„Ob dein Religionslehrer nach der Schule mit dir essen geht.“

„Genau.“

„Ich habe schon bessere Ausreden gehört.“ Dieses eine Mal halte ich's für möglich, dass er es nachprüft.

Herr Steup wartet mit seinem kleinen Fiat am Bordstein. „Steig ein“, fordert er mich durchs offene Fenster auf. „Wir fahren nach Bockenheim, da isst man schön. Recht so?“

Ich nicke. „Danke.“

Habe in Bio und in Geschi überlegt, wie viel ich ihm sagen, was ich ihm zumuten kann. Als wir im Restaurant sitzen und bestellt haben, fange ich auf sein forsches „Schieß los“ ungeplant mit Michael und gestern Abend an; mit ‘Leichtathletik Buchschlag’, mit unserem Streit und seiner Drohung, dass er mich anzeigt. Den Grund dafür habe ich umständlich ausgespart. Wahrscheinlich ergibt meine Geschichte keinerlei Sinn.

„Magst du mir sagen, weswegen er dich anzeigen will?“

Jetzt kommt 's. „Herr Steup ... Herr Pfarrer ... Sie müssen mir versprechen, dass ... Ich kann nur darüber reden, wenn Sie niemandem .... Also ..."

„Andreas"; plötzlich nennt er mich beim Vornamen. „Ich bin Pfarrer. Für mich gilt das Beichtgeheimnis. Nichts, was du mir berichtest, wird diesen Tisch verlassen."

„Beichtgeheimnis – ich bin evangelisch", gebe ich zu bedecken.

„Ich auch." Er schmunzelt.

Das Schmunzeln erstirbt in dem Augenblick, als ich mit der Wahrheit rausrücke. „Ich habe ein halbes Jahr einen erwachsenen Mann ... Also, ich hatte einen Freund. Wir haben, zusammen ..." Ich weiß nicht weiter; schaue ihn bittend an, dass er mir auf die Sprünge helfen möge.

Er runzelt die Stirn. „Ich glaube, ich verstehe nicht ganz. Du hast ..." Weiter kommt auch er nicht.

Ich nicke. „Ich hatte eine Affäre mit einem Mann."

Der Satz gefällt ihm ganz klar nicht. „Wie alt bist du?"

„13".

„Und er? Entschuldige, ich muss mir erst mal einen Überblick verschaffen."

„Klar. Wenn es Sie zu sehr schockt, hören wir auf."

Er legt beruhigend seine Hand auf meine, auf dem Tisch. „Ja, es schockt mich sehr. Wir hören nicht auf. Ich bin bei dir. Es ist kein alltägliches Thema. Das war der Vater von diesem Michael, mit dem du dich geprügelt hast. Ist das so?" Ich nicke. „Wie alt ist er?"

Ich presse die Lippen aufeinander. „48", gestehe ich ein.

„Dauert das noch an?"

Ich schüttele den Kopf. „Nein, er ist verschwunden. Ich denke, dass ihn jemand angezeigt hat. Vielleicht der Freund seiner Frau."

Pfarrer Steup stöhnt. „Villenkolonie", murmelt er.

Es bricht urplötzlich aus mir heraus, als hätte man die Tore einer

Schleuse geöffnet. Ich erzähle ihm alles, angefangen mit der Umkleide in Sprendlingen, den Gucklöchern in den Kabinen. Dem Haus zwischen den Feldern. Dem Bier. Ich lasse die sexy Details aus; ihm wird klar sein, was ich meine. Evangelische Pfarrer dürfen ja heiraten. Ich rede auch weiter, als das Essen kommt. Er legt zeitweise die Stirn in Falten, hört aber die ganze Zeit zu. Fragt selten nach. Als sein Teller leer ist, habe ich noch kaum angefangen zu essen.

„Deine Aufgabe ist es, ihn anzuzeigen. Statt Michael dich."

Ich werde so aufgebracht, dass ich die Fäuste auf die Tischplatte knalle, sodass Messer und Gabel steil nach oben zeigen. „Herr Pfarrer, Sie haben mir versprochen … !! …"

Er wehrt sofort ab. „Ich habe nicht gesagt, dass ich …"

„Niemand!", bestimme ich mit Nachdruck.

Er entschuldigt sich. „Tut mir leid. Ich sehe, dass das sehr schwer für dich ist."

„Ist es. Sehr."

„Und das Schwerste ist, dass du mit niemandem darüber reden kannst."

Ich schaue verwundert auf. „Woher wissen Sie …? Genau so ist es. Das ist das Schwerste. Das Allerschwerste." Ich berichte ihm auch von Sabine, von Scheidegg, den beiden Jungen. „Ich wünsche mir einen Freund, aber einen jüngeren. Wo es nicht so gefährlich ist."

Er nimmt seine Brille ab, reibt sich nachdenklich die Nasenwurzel. Überlegt lange, als mein Bericht sich dem Ende zuneigt. „Andreas", holt er schließlich aus, „du weißt, dass … Ich bin Pfarrer. Ich halte dir keine Moralpredigt. Aber du weißt, das das falsch ist, was ihr getan habt."

Ich schaue störrisch auf das bayerisch gemusterte Tischtuch. Das war 's nicht, was ich hören wollte.

„Das willst du natürlich nicht hören." Er lacht leicht. „Du bist noch sehr, sehr jung. Ich versuche, dich nicht zu bewerten und nicht zu urteilen. Ich gebe zu, es fällt mir schwer. Andererseits bin ich dir dankbar, dass du dich mir anvertraut hast. Das freut mich, dieses Zeichen des Vertrauens. Außerdem ist 's super, dass du so offen darüber sprichst." Jetzt schaut er mir direkt in die Augen. „Großartig. Das ehrt dich." Er nickt. Dann macht er eine längere Pause. Seltsam: im Moment habe ich weder Angst, noch bin ich allzu traurig. „Lass uns zusammen versuchen, einen Weg zu finden, wie wir dir helfen können. Ich muss gestehen, im Moment weiß ich keinen. Wir sollten …"

„Herr Steup?", unterbreche ich ihn. „Sie helfen mir eben ganz wahnsinnig. Von mehr hätte ich nicht geträumt."

„Aber es muss ja weitergehen."

Crazy: Ich lächle in mich hinein. Vielleicht bin ich schon einen Schritt weiter, als er denkt. Ich werde das bewältigen! Ich kann, wenn ich will!! „Herr Pfarrer?"

„Bender?"

„Der erste Schritt ist … In der Schule, das wird sich einrenken. Der erste Schritt ist, dass ich weitermachen kann bei Leichtathletik Buchschlag."

„Nein!" Plötzlich wird er heftig. „Da gehst du erst mal nicht hin!"

„Was?"

„Keine Chance. Dein Freund leidet. Es mag eine gute Idee sein, wenn du dich mal in seine Lage versetzt. Ohne Schuldgefühle."

„Ohne Schuldgefühle. Wie soll das gehen?", stottere ich.

„Richtig."

„Ich will wieder laufen!"

Er hebt abwehrend beide Hände. „Nicht in eurem Verein. Da gehst du im Moment nicht hin. Das tust du deinem Freund nicht an. Versprich mir das."

„Sport ist mein Leben“, insistiere ich trotzig.

„Mmh. Das wird Michael genauso sagen.“

„Dann suche ich mir einen anderen Klub in Sprendlingen.“

„Vorzügliche Lösung.“

Wir vereinbaren, dass Pfarrer Steup kein Wort in der Schule verlauten lassen wird, in der Klasse. Davon bin ich eh ausgegangen. Und dass er sich nichts anmerken lässt.

„Ich werde darüber nachdenken, was wir tun können“, sagt er, als er mich zum Bahnhof fährt. „Außerdem, Bender: Wenn du gar nicht weiterweißt – ich gebe dir meine private Nummer.“ Die schreibt er bei der Ankunft auf einen Zettel. „Kopf hoch. Ich bete für dich.“

„Ich danke Ihnen ganz, ganz herzlich.“ Ich bin erleichtert, geradezu fröhlich, als ich im Zug sitze. Der Zwang, mir die Hände waschen zu gehen kaum dass der Zug angefahren ist, überkommt mich indes unvermindert stark. Dabei war es das letzte, was ich im Restaurant getan hatte.

33

Als GAU würde ich heute das Zusammentreffen bezeichnen, das folgte; als Kernschmelze. Doch vielleicht bewerte ich es in der Rückschau zu hoch. Es beendete den Zustand des Nichtwissens und der Unsicherheit und läutete die nächste traurige Etappe ein.

Das Essen mit Pfarrer Steup hatte mir geholfen. Ich sah zumindest ein Licht am Ende des Tunnels, eine Möglichkeit, dass es irgendwie weitergehen könnte. Für den Moment hatte es genügt, mich mal auszusprechen; dass mir jemand ruhig zuhörte.

Ich wage mich nicht bis in den Karl-Duchmann-Weg, aber wie ferngesteuert kurve ich täglich in den angrenzenden Straßen umher. Einmal sehe ich von Ferne Daniels Ford davonfahren. Und an einem kalten, grauen Tag Ende November kommt mir im Breitseeweg Igel auf einem Motorrad entgegen, und ich kann ihm nicht mehr ausweichen. Er stellt sich quer vor mein Rad, sodass ich abspringen muss.

„Da haben wir den Übeltäter“, begrüßt er mich; spielt den Dicken. Ich schaue ihn ängstlich aus den Augenwinkeln an. Er steigt ab. Er trägt eine Motorradhose aus schwarzem Leder, eine dazu passende Jacke, eine Kappe; Motorradstiefel. „Suchst du den ehrenwerten Herrn Boin?“ Er stellt sich breitbeinig vor mein Fahrrad, packt die Lenkstange mit beiden Händen. „Den gibt ‘s hier nicht mehr. Schlecht gelaufen, was? Sehr schlecht gelaufen.“

Ich schlucke, heftig. Er wird mich nicht verprügeln. Oder doch?

„Wenn ich will, landest du im Erziehungsheim“, verkündet er großspurig, nickt dazu langsam mit dem Kopf und verschränkt die Arme vor der Brust. „Aber ich geb dir eine zweite Chance. Weiß gar nicht wieso, aber so bin ich. Ein Menschenfreund. Ich sag dir was: Konzentrier dich auf die Schule, und finde ein anständiges Mädchen; wenn die Zeit reif dafür ist. Und lass diesen Sumpf hinter dir“, schiebt er mit abschätziger Betonung nach. Holt eine Packung Zigaretten aus seiner Jackentasche. Zündet sich langsam eine an.

„Wo ist Daniel?“, quetsche ich hervor.

Er schaut mich lange an. „Du sollst ihn vergessen!“

„Wenn ich weiß, wo er ist. Wenn ich weiß, was passiert ist. Dann vergesse ich ihn. Versprochen.“

„Verspochen. Versprochen. Deine Versprechen kenne ich.“ Er zieht an seinem Glimmstängel, bläst genüsslich die Luft aus. „Warum bist du nicht mehr zu unseren Gruppenstunden gekommen – wie versprochen. Da hättest du ordentlich Kameradschaft gelernt. Statt dich in dieser verlausten Bruchbude rumzutreiben. Jetzt ist die Tür bei uns zu, nach den Sauereien.“ Er pafft. „Kein Wunder, dass dir ‘s dreckig geht. Ich habe deine Briefe gelesen.“

Ich schnappe nach Luft. „Nein!“, höre ich mich trotzig und verzweifelt sagen.

„Doch.“ Er nickt bedächtig. Nimmt nachdenklich seine Mütze ab, legt sie auf meine Lenkstange. Berührt kurz meine Schulter, zieht die Hand aber sofort wieder zurück. „Ich bin kein Unmensch. Im Grunde tust du mir leid. Ich werde dir nichts tun. Du bist gestraft genug.“

Wird er sanfter? Ein wenig zugänglicher würde schon viel ausmachen.

„Dein Herr Flugkapitän hat sich aus dem Staub gemacht.“ Nicht sanfter. Das klingt schon wieder gemein.

„Und wo ist er!?“

„Nicht da, wo er sein sollte: Im Knast. Da ist er nicht.“

„Wo ist er! Bitte, sag ‘s mir. Bitte!“

„Getürmt.“

Ich schaue ihn erschrocken an.

„In Israel.“

„In Israel??“

Igel nickt.

„Warum in Israel?“

„Da gehört er hin.“

„Wieso.“

„Weil er ein dreckiger Jude ist.“

Ich verstehe nichts.

„Er hat sich abgesetzt. In Israel geschieht ihm nichts. Israel hat mit Deutschland keine diplomatischen Beziehungen. Solltest du in Geschichte gelernt haben. Oder?“

Ich nicke verständnislos.

„Seid ihr über die Bauernkriege nicht hinausgekommen? Der Staat der Juden, noch nie was von gehört?“

Ich runzele die Stirn. Doch, habe ich. Das Lieblingsthema der Lehrer ist ‘s nicht. Fragt man nach, mögen sie nicht antworten.

„Die werden ihn nicht ausliefern. Die Juden liefern keinen von ihnen nach Deutschland aus. Und wenn er mit dem ganzen Kindergarten gefickt hat; bei seinesgleichen ist er sicher. Kapiert?“

„Ein bisschen.“

„Na siehste. Deinem Liebsten ist nichts passiert.“

„Und jetzt?“, frage ich ratlos.

„Was und jetzt.“

„Was passiert jetzt?“

„Er kann weiter kleine Jungen verführen, und hier hat er verbrannte Erde hinterlassen.“

„Und wenn er zurückkommt?“

Igel lacht laut. „Zurück! Da wandert er vom Flughafen direkt ins Zuchthaus. Das weiß er. Den Teufel wird er tun und zurückkommen. Den siehst du nicht wieder.“

Ich stöhne laut. Bin in Versuchung, mich ihm anzuvertrauen wie Pfarrer Steup, aber eine innere Stimme warnt mich lautstark davor.

„Und …ich? Wart ihr bei der Polizei?“

Er verneint, legt beide Hände auf meine Unterarme. Wird er doch freundlicher?

„Du hast mich gehört: Ich habe kein Interesse daran, dir was zu tun. Du bist ein Opfer. Er hat dich verführt.“ Die innere Stimme rät, nicht zu widersprechen. „Natürlich sollte ich …“ Er zögert. „Ich sollte deine Eltern informieren. Ist eigentlich meine Pflicht. Die wissen nichts, oder??“

Ich schüttele alarmiert den Kopf, Nein. Nein!

Er denkt nach. „Ich könnte dir anbieten, wieder zu uns in die Gruppe zu kommen und ein richtiger, ordentlicher Kerl zu werden. Aber ich muss befürchten, dass du mir die Meute versaust.“ Jetzt grinst er linkisch. „Das verstehst du, oder?“

„Weiß nicht.“ Ich bin ein richtiger, ordentlicher Kerl!

„Männliche Glieder erregen dich. Stimmt ‘s?“

„Was willst du denn hören, Igel.“

„Eben. Hast alles gut beschrieben. Ihr seid halt so. Da kann man nichts machen.“

Ich verziehe den Mund.

„Aber nicht in meiner Truppe.“

Der Gedanke, dass er meine Eltern informieren könnte oder meine Geschichte in Buchschlag rumtratschen, löst eine neue Welle der Angst in mir aus. Ich nehme meinen ganzen Mut zusammen. Zögere nicht, und gehe das frontal an: „Bitte behalt es für dich, Igel. Bitte.“ Staune selbst, wie entschlossen ich bin. „Bitte erzähl niemandem davon. Auch meinen Eltern nicht.“ Falls ihn das zum Gegenteil anstachelt, habe ich ein fatales Eigentor geschossen. „ich werde mich bessern“, schiebe ich hilflos nach. „Bitte. Bitte!“

„Traust mir nicht, mmh?“

Ich ziehe unsicher die Schultern hoch. „Du gehst nicht zur Polizei?!“

„Schau mal“, hebt er an, „du weißt, dass ich mit Marina zusammen bin. Du bist ein armes Würstchen, aber du interessierst uns nicht. Hab ich doch gesagt. Bloß“, plötzlich ändert sich sein Tonfall, wird lauter, „du hältst dich von Michael fern! Hast du gehört?! Du lässt Michael in Ruhe!“

Ich nicke heftig.

„Sonst knallt ‘s! Wir treffen eine Abmachung: Du lässt die Finger von unserem Jungen, und ich tu dir nichts und halte dicht.“ Er tritt seine Kippe mit dem Fuß aus.

Hat er ‘unserem Jungen’ gesagt?

„Ja.“

Er hält mir die Hand hin. „Ein Versprechen unter Männern.“

„Versprochen. Aber ehrlich, Igel: Zu keinem Menschen ein Wort.“

„Pfadfinderehre. Bei dir natürlich in Vergessenheit geraten.“

„Nein, ist ‘s nicht.“ Ich schlage ein. „Was ist mit Leichtathletik?“

Das hatte er nicht auf dem Schirm. „Mmh“, brummt er. „Was ist mit Leichtathletik ... Halt dich von ihm fern. Das ist alles, was ich sage. Hast du sonst Fragen?“

„Doch, ja; habe ich. Wieso ist Michael konfirmiert worden, wenn er Jude ist?“

„Seine Mutter ist nicht so eine!“, kommt es entrüstet zurück. „Seine Mutter ist evangelisch, natürlich.“

Zurück zu Hause, schließe ich mich in meinem Zimmer ein. Das habe ich noch nie getan. Setze mich auf den kleinen Läufer vor meinem Bett, die Füße aufgestellt, die Arme um meine Knie geschlungen. Er ist weg, hämmert es in meinem Kopf. Daniel ist weg. Verschwunden, tatsächlich. Nicht in Frankfurt im Gefängnis, sondern 1000de Kilometer entfernt in Israel. Weg. Unerreichbar. Er hat mich allein gelassen. Verlassen. Ich sitze da wie versteinert, wie an dem Abend am Bad in Sprendlingen, als ich ihn mit dem blonden Jungen entdeckt habe. Das war ähnlich, nur .... Jetzt ist es viel schlimmer. Viel, viel schlimmer.

Ich werde dich immer lieben, hatte er noch gesagt; das wird sich nie, nie ändern …

Es ist dunkel geworden im Zimmer, nur das Licht der Straßenlaterne scheint von draußen herein. Meine Mutter klopft: „Andreas?"

„Lass mich in Ruhe, Mama."

„Was ist denn los." Sie rüttelt an der Tür. „Du hast dich eingeschlossen. Was ist denn." Ihre Stimme, drängelnd. Besser schließe ich auf.

Strecke nur meinen Kopf aus der Tür. „Lass mich, bitte. Ich muss über etwas nachdenken."

„Nachdenken! Gibt 's Schwierigkeiten?"

„Nein."

„Worüber musst du dann nachdenken. Hast du keinen Hunger?"

„Nein."

„Nachdenken", wiederholt sie, als ich die Türe schließe. „Pubertät", lamentiert sie auf dem Flur, stapft die Treppe herunter, „Frühlingserwachen. Hormone. Darüber hat man mir in meiner Apothekerinnenausbildung so gar nichts beigebracht."

Ich heule nicht. Entweder sind die Tränen versiegt, oder ich kann die Kraft anzapfen, die durch meine Laufsiege in mir gewachsen ist. Dieser Gedanke ist der einzige, der mich aufrechterhält: Ich werde weiter laufen, sprinten, gewinnen. Ich werde es allen zeigen, allen!! Mich kriegen sie nicht unter! Und ein nächster Gedanke schließt sich an: Wo werde ich trainieren, wenn Leichtathletik Buchschlag für mich versperrt ist? Sprendlingen? Werde ich so einfach einen neuen Verein finden? Ich muss an den Sportplätzen vorbeiradeln und nachsehen, wo sich was tut! Auch in Neu-Isenburg, in Dreieichenhain. Morgen schon. Morgen muss ich aktiv werden. Ja!

34

Die Winterwochen flossen zäh dahin, grau und kalt wie mein Inneres. Die Gedanken an Daniel waren ein permanenter Schmerz. Zwei Dinge hatten sich im Vergleich zum Herbst geändert, zwei Gewissheiten: Ich wusste wo er war – weit weg –, und ich wusste, dass ich ihn vermutlich nie wiedersehen würde. Trotzdem hoffte ich gegen jede Wahrscheinlichkeit bis weit ins neue Jahr hinein auf ein Zeichen von ihm. Einen Brief, eine Postkarte; gar einen Anruf. Hoffte bei unbekannten Briefmarken unter der Post, die ich gerne selbst aus dem Kasten holte, und beim Klingeln des Telefons zu ungewöhnlichen Zeiten.

Ich heulte seltener. Und ich hatte keine Lust, meine Kumpels zu sehen. Rainer und Hans-Jürgen kamen manchmal vorbei und wir spielten Karten, aber ich war keine inspirierende Gesellschaft. Die Liebelei mit Sabine dümpelte dahin. Dagmar war die einzige, die die Lage klar aussprach: „Es ist etwas passiert mit dir. Du hast ein Geheimnis. Möchtest du mich nicht einweihen?"

„Nein."

„Immerhin gibst du 's zu."

Ich reagiere nicht. Dagmar wäre nicht Dagmar, würde sie 's dabei belassen. „Als deine beste Freundin … Ich bin deine beste Freundin; oder? Du solltest Vertrauen zu mir haben."

„Habe ich."

„Dann beichte." Sie wartet. „Du weißt alles von mir. Wenn Stress zuhause ist, die Intimitäten, du bist immer der erste, der es erfährt."

Als ob ich das wollte. Auf Norbert folgte ein Klaus, dann war Norbert wieder tagesaktuell.

„Aber werde ich vertrauensvoll eingeweiht, was dieses Gespenst Vera betrifft? Pustekuchen. Kein Sterbenswörtchen ist dem Herrn zu entlocken."

Natürlich hat sie Recht. Ist sie zu penetrant, werfe ich ihr ein paar erfundene Details hin, wie Vera aussieht, wo sie wohnt. Dagmar möchte stattdessen natürlich Aktionen geschildert bekommen. Von dem Essen in Messel hatte ich ihr erzählt, von Bickenbach auch, mich dabei allerdings sehr unwohl gefühlt. Wenn ich aus Daniel eine Frau werden lasse, erscheint mir die Geschichte zu unglaubhaft und frei erfunden.

„Du bist nicht mehr der alte Andreas. Guck mal, wie du seit Wochen rumläufst, als hätte man dich in Teer getaucht. 100 %, dass diese Vera dahintersteckt. Aber es gibt ein Geheimnis, und damit rückst du nicht raus."

„Ich … wenn … Irgendwann erzähle ich dir alles", stotterte ich.

„Es ist etwas ziemlich Schlimmes, oder? Ist es etwa vorbei?" Ihre Tonlage wechselt von Neugier zu Mitgefühl, ich kann es greifen. Diese Momente sind die gefährlichsten. Ich zögere, aber dann schüttele ich entschieden den Kopf. Ist das Geheimnis raus, kann ich es nicht zurückholen.

„Sie ist nicht schwanger, oder?"

„Nein".

„Wenn du es dir überlegt hast, sag Bescheid. Du weißt, ich bin verschwiegen."

Ich wusste, dass sie nicht verschwiegen ist, aber sie hatte recht damit, dass vermutlich sie die erste wäre, der ich mich anvertrauen würde. Wenn die Zeit reif wäre.

Im Februar wurde ich 14. Meine Mutter drängte mich, ordentlich zu feiern, aber ich verweigerte mich standhaft. In dem Bemühen, den Tag ein wenig festlich zu begehen und mich aufzuheitern, fuhr die Familie mit mir auf den Henninger-Turm in Frankfurt, einem der höchsten Bauwerke der Stadt mit einem Restaurant im obersten Stockwerk, das sich in einer Stunde einmal um sich selbst drehte.

Als mir Sven nach dem Bestellen ein Geschenk überreichte, eine Papierrolle mit einem bunten Band drumrum, kamen mir fast die Tränen: Er hatte eine Menschenmenge mit weit aufgerissenen Mündern gemalt, die ihre Gläser erhob, bunt und undefinierbar lustig. „Guck mal“, erklärte er stolz sein Werk, „zu deinem Geburtstag lachen die alle und wollen mit dir feiern. Du sollst auch wieder mehr lachen und fröhlich sein.“ Traf mich mitten ins Herz.

Die Noten in der Schule fielen wie Aktienkurse in einer Wirtschaftskrise. Ich bemühte mich, doch es war aussichtslos, als kämpfte ich gegen eine nie nachlassende starke Brandung. Meine Gedanken waren woanders. Die Fallhöhe von der abenteuerlichen Nähe mit Daniel, unseren Berührungen, seinem Da-Sein, und dem urplötzlichen Abgetrenntsein davon von einem Tag auf den anderen zog mir den Boden unter den Füßen weg. Das Verarbeiten unserer verstohlenen Treffen am Falltorweg, unserer Geheimnisse, überforderte mich. Ich kam nicht wieder ins Gleichgewicht. Es blieb keine Energie übrig für Dreisätze mit Unbekannten, für unregelmäßige Verben, punische Kriege.

Griechisch Fünf. Physik Fünf.

Dazu meine Hände! … Händewaschen war das letzte vorm Schlafengehen, das erste beim Aufstehen. Nach jeder Schulstunde, während jeder Zugfahrt. Meine Haut war aufgeraut und rissig, als ob ich den Tag mit Wäschewaschen und Kernseife verbrächte. Ich wurde dauernd darauf angesprochen, danach gefragt. Kein Mensch fuhr anschließend fort mit: „Kann ich dir helfen?“

Das Einzige, was mich hätte über Wasser halten können, war Sport. Dem stand Michael im Weg. Im Dezember entschuldigte ich mich mit fadenscheinigen Ausreden beim Training. Um tatsächlich einen neuen Verein aufzutun, wie ich es mir vorgenommen hatte, fehlte mir die Energie.

Im neuen Jahr rief Trainer Röder an und fragte, wo ich bliebe.

„Ich hab Schmerzen im Knie. Geht noch nicht wieder."

„Warst du beim Arzt?"

„Nein", gestehe ich zögernd.

„Dann geh. Morgen. Du warst unsere Stütze. Jetzt fällt Michael aus, und dann …"

„Was ist mit Michael?", werde ich aufmerksam.

„Ja redet ihr denn nicht untereinander? Michael ist in der Klinik. Das dauert. Falls er überhaupt wiederkommt."

„Wie lange ist er weg?"

Um Schweigepflicht scherte sich damals kein Mensch. Ich erfuhr, dass Michael in eine psychiatrische Klinik in Bad Nauheim eingeliefert worden war. Ich hatte keine rechte Vorstellung, worum sich das drehte, aber es musste etwas Delikates sein, denn jeder senkte die Stimme bei dem Thema. Zwiespältig für mich; der Bruch mit Michael hatte nicht die Dimension von Daniels Untertauchen, aber er trug erheblich zu der Schwere bei. Zusammen mit der für mich wichtigsten Bezugsperson hatte sich auch mein bester Freund von mir verabschiedet. Nun machte sein Verschwinden den Weg frei, wieder zu laufen. Ich stürzte mich ins Training. Die einzigen fünf Stunden in der Woche, in denen es mir gelang, meinen Kopf auszuschalten. Ich spurtete wieder durch.

Für die Schule war ‘s zu spät. Latein Fünf. Bio Fünf. Chemie Fünf.

Das neue Schuljahr begann damals nach den Osterferien. Ich blieb hängen, in der achten. Für meine Eltern schien ‘s den Rahmen nicht zu sprengen. Man gab mir auch in Fleiß und Aufmerksamkeit eine Fünf. Die Fünf in Ordnung scheiterte am geharnischten Protest meiner Mutter: „Das Lehrerkollegium ist nicht befähigt, die Ordnung meines Sohnes zu beurteilen. Kommen Sie zu uns nach Hause und begutachten Sie sein Schreibpult und seinen Kleiderschrank!" Wenigstens diese wurde auf ihre Intervention hin zurückgenommen.

Dieser Bericht ist 50 Jahre später nicht geschrieben, um anzuklagen oder aufzurechnen. Doch im Rückblick stellen sich Fragen: Ich wuchs auf in einem akademisch geprägten Umfeld und besuchte ein humanistisches Gymnasium, das sich gerne auf ebendiese humanistischen Werte berief. Ich war ein Schüler mit guten Noten, der sportbegeistert war und funktionierende Freundschaften unterhielt und Klavier spielte. Manchmal ein Clown, der Streiche ausheckte, trotzdem normkonform, unauffällig. Und mit diesem Jungen vollzog sich innerhalb eines Jahres eine Veränderung, die jedermann ins Auge stach, angefangen bei der Verwunderung über die permanent rissigen, aufgerauten Hände, für die es eine tiefere Ursache geben musste. Trotzdem reagierte niemand, nicht einer. Halbherzige Fragen in der unausgesprochenen Hoffnung, dass sie nicht beantwortet werden würden; das war ‘s.

Igel sah ich zweimal im Vorbeifahren. Das zweite Mal Anfang April hält er an.

„Und?“, fragt er, aus dem Fenster von Daniels Wagen heraus.

Ich lasse mir nichts anmerken. „Gut“, gebe ich mit zusammengebissenen Zähnen und einem knappen Blick in seine Richtung zurück.

„Hast du dich wieder gefangen.“

„Musste ich das?“

„Wohl wieder Oberwasser“, tönt er zynisch; kommt immerhin nicht allzu bösartig rüber.

„Was ist mit Michael?“

„Tja …“, hebt er an, stellt den Motor ab. „Was erwartest du, wenn der eigene Vater türmt und seinen Sohn im Stich lässt.“

„Geht ‘s ihm schlecht?“

„Reden wir Klartext. Es ging ihm beschissen. Hättest dich mal nach ihm erkundigen sollen.“

„Du hast es mir verboten!“, reagiere ich empört. „Ich musste es dir versprechen.“

„Ja“, wiegelt er ab. „Hast recht. War nicht richtig von mir. Er hätte euch alle sehr gebraucht, seine Sportskameraden.“

„Was ist mit ihm passiert?“

„Jemand hätte vermitteln müssen; sich mehr kümmern. Gespräche führen. Ihr seid ja beide ganz alleingelassen worden.“

„Was ist mit …“, setze ich erneut an.

„Er ist durchgedreht. Hat sich selbst verletzt, und geschnitten. Nichts mehr gegessen.“

„Was war das für ein Krankenhaus, wo er war?“

„Jugendpsychiatrie. Geschlossene.“ Er kaut auf der Haut seines Mittelfingers. „Er war eine Bedrohung für sich selbst, und für andere. Ist zweimal böse ausgerastet. Hat seine Eisenbahn im Keller kurz und klein geschlagen.“

Die Eisenbahn ….

„Und jetzt?“

„Wir wussten nicht wohin mit ihm.“

Hat er Wir gesagt????

„Wo ist er?“

„Internat, am Bodensee. Er muss sich dort erst eingewöhnen. Besuch zu Hause und Kontakte sind für ‘s erste halbe Jahr streng verboten.“

Seltsam: Wir schauen einander ratlos an – auf gleicher Ebene.

„So ist ‘s, Andreas“, sagt er entschuldigend. „Wir haben wohl versagt. Ich musste auch lernen. Ich war überfordert. Wir müssen alle lernen.“

Schämst du dich nicht?!, möchte ich schreien. Du hast alles verursacht und ins Rollen gebracht! Du, überfordert. Wegen dir ist Daniel abgehauen! Du bist in Daniels Haus gezogen! Komm du mir mit blöden Sprüchen.

Der blödeste kommt noch: „Kann ich etwas für dich tun?“, fragt er, aus Daniels Autositz heraus.

Ich glaub 's nicht. Er ist an allem schuld! Das hätte er mal vor einem halben Jahr fragen sollen. Ich hätte eine ganze Latte Antworten gewusst.

Ich klopfe mir im Stillen auf die Schulter dafür, wie cool ich bleibe. „Nein", lehne ich höflich ab.

„Mach 's gut. Siehst wieder viel besser aus."

Och Danke, Herr Moser! Danke!

Das Zusammentreffen setzt indes etwas in Gang, gänzlich unerwartet; eine Art temporärer Heilung.

Igel hat den Motor noch nicht wieder gestartet, als ich bereits in die Pedale trete und, ohne eine Sekunde nachzudenken, mit Vollgas in ein stilles Waldstück am Bahndamm spurte. Dort werfe ich mein Rad ins Gras – und explodiere. Gegen den erstbesten Baum, eine Eiche mit knorrigem Stamm, stoße ich Schreie und Flüche aus und bombardiere sie mit Tritten, dass ich mich selbst nicht wiedererkenne. Als wäre ein Hauptschalter umgelegt worden. Trampele auf dem Waldboden herum wie Rumpelstilzchen und veranstalte einen so höllischen Lärm, dass es sämtliche Waldtiere bis über die Ortsgrenze hinaus in die Flucht schlagen muss. Mit einemal tritt Wut an Stelle der Tränen. Zorn!

Eine animalische Wut bricht sich Bahn, Wut auf Igel und auf alle, die mir diese Situation eingebrockt haben. Den Schmerz über Daniels Verschwinden. Den Bruch mit Michael. Den Schulabsturz. Das Entfremden von meinen Kumpels. Auch die Verzweiflung darüber, dass mir außer Pfarrer Steup nie jemand auch nur ein winziges Bisschen geholfen hat. Ich brülle alles heraus, ich schreie und tobe, bis ich heiser bin wie in der Nacht allein in Daniels Haus. Nur ist die Triebkraft eine andere; aktiver, reinigender. Wohl die gleiche Wucht, die auch das zügellose, zu frühe sexuelle Erleben ohne irgendeine Ökonomie ermöglicht hatte. Als die Nachrichten über Michael wirklich mein Inneres erreichen, weine ich zwischendrin. Tiefes Mitgefühl überkommt mich; Mitleid. Aber die Tränen sind aus einer anderen Quelle gespeist. Die Verzweiflung weicht etwas Aktivem. Fast ist es Angriffslust.

Als ich abkühle und mich erschöpft neben meinem Rad ins Gras fallen lasse, kommen mir Erinnerungen an die Zeit unserer Alexander von Reim-Bande. So sind wir vor vier Jahren noch tobend und lärmend durch die Wälder gezogen, und mit einem seligen Lächeln freue ich mich, dass ich noch der Alte bin; noch ein Kind, imstande zu Wildheit und Impulsivität. So werde ich das damals nicht habe ausdrücken können. Halt auf meine Art, der eines 14jährigen.

Auf dem Weg zurück nach Hause fühle ich mich auf unerklärliche Art befreit. Als hätte ich eine unsichtbare Wand durchbrochen oder einen mich zehn Runden lang beim Boxkampf bedrohenden Gegner k.o. geschlagen. Dass Daniel selbst zu einem erheblichen Teil verantwortlich für die ganze Misere sein könnte, ist mir 25 Jahre lang niemals in den Sinn gekommen. Gab gar keine Chance: Allein der Idee hätte ich vehement widersprochen.

Ich strahle meine Mutter an. Als ich sprechen will, kommt nur ein Krächzen heraus, doch wir lachen miteinander. „Was hast du jetzt wieder ausgefressen!“, tönt sie – als ob ich dauernd etwas anstelle! –, legt dabei aber einen Arm um mich und zieht mich an sich, drückt mich.

Mann, das hätte sie schon vor Monaten tun sollen! Oder habe ich es Menschen so schwergemacht, so unmöglich, mich zu umarmen?

Später rufe ich Sabine an, die ich seit Wochen gemieden habe. Ihre Mutter nimmt ab. „Oh, du bist ‘s, Andreas“, setzt sie an; es klingt nach Unbill.

„Kann ich …“

„Nein. Nein. Tut mir leid für dich. Du kannst nicht. Ich finde es selber blöd, aber Sabine möchte nicht mehr.“

„Hm.“

„Ja, hm. Mir scheint, du hast dich nicht ausreichend um sie bemüht."

„Das stimmt wahrscheinlich."

Sie wird leiser. „Weißt du, Frauen sind so. Nimm 's nicht tragisch. In eurem Alter ist das wie mit Straßenbahnen; wartet man ein Weilchen, kommt schon die nächste. Ich würde mich freuen, wenn du uns mal wieder besuchtest, käme aber gerade nicht so gut. Sabine war zu feige, es dir selbst zu sagen. Nun bin ich die Verkünderin der schlimmen Botschaft."

Vielleicht war sie nicht so schlimm.

Ein Daniel in Sabines Alter. Das wär's.

35

Die Monate zogen ins Land, und ich rappelte mich allmählich wieder auf. Umstellung war angesagt, schulisch und vor Ort in Buchschlag, wo Sitzenbleiben einen unausgesprochenen Makel bedeutete. Als es im Frühling wärmer wurde und man wieder im Freien schwimmen ging, konnte ich an das Bad in Sprendlingen und die Sehring-Grube nicht einmal denken, ohne dass sich meine Händewasch-Aktionen ins Unendliche steigerten. Das Getrenntsein von Daniel äußerte sich in physischen Entzugserscheinungen. Der Zahnarzt verschrieb mir eine Schiene, weil ich nachts die Zähne zusammenbiss und morgens Schmerzen hatte, wenn ich das erste Brötchen kaute.

Der einzige sichere Hafen war Leichtathletik Buchschlag, trotz des belastenden Gedankens an Michael. Nur Herr Röder agierte so, wie ich es mir unbewusst von vielen anderen gewünscht hätte: spürte, dass ich eine deftige Krise durchgemacht hatte, noch nicht überwunden, und dass ich Unterstützung und Verständnis brauchte, ohne dass nachgefragt wurde. Er war präsent und half; wortlos, durch Taten. Ein erster und ein zweiter Platz beim Südhessen-Wettkampf Ende Mai, fünfter im Weitsprung. Zum ersten Mal seit Monaten bekam ich wieder feuchte Augen, diesmal aus Rührung und vor Dankbarkeit. Ein Licht am Ende des Tunnels wurde sichtbar.

Meine neue Klasse nahm mich gleichgültig auf. Natürlich hatte ich meinen Status als Klassenclown eingebüßt, und bis man registrierte, dass ich beim Mannschaftssport ein Gewinn sein konnte, dauerte es. Und es holperte mit dem Schließen neuer Freundschaften.

Einer meiner neuen Mitschüler hieß Benni, eineinhalb Jahre älter als ich und zum zweiten Mal sitzengeblieben. Er begeisterte mich nicht; zu unkörperlich, zu lahm. Aber wir entdeckten den ähnlichen

Musikgeschmack des anderen und das Faible für die gleichen Schauspielerinnen, Sophia Loren, Elke Sommer, und ich schaute nach den Büchern, die er las: ‘Stirb und werde’ von Andre Gide, Roger Peyrefittes ‘Heimliche Freundschaften’. Die Buchhändlerin sah mich schräg an, als ich in einem Laden an der Hauptwache nach dem zweiten fragte. Benni entdeckte es, als es aus meiner Schultasche fiel. „Du auch …?“, grinste er. „Hab ich mir gedacht.“

Seit dem Verschwinden von Daniel im Herbst wehrte ich mich unbewusst gegen sexuelle Gedanken. Ließ ich sie zu sehr hochkochen, wurde der Waschzwang unkontrollierbar. Sicher, ich war 14, die Hormone entzündeten Feuerwerke; doch war ich ein gebranntes Kind. Ja, ich hatte auf meinem Schulweg die drei Toiletten im Hauptbahnhof entdeckt, wo es rundging wann immer ich die Treppen hinunterstieg. Etwas in meinem Inneren blockierte, mich mit jemandem einzulassen. Zweimal wurde ich von älteren Männern angesprochen. Ein grauhaariger, sehniger Typ, Daniel nicht unähnlich, lief mit etwas Abstand neben mir her auf dem Weg zu meinem Vorortzug und raunte „Fahr wir ‘n Stück mit dem Wagen raus?“ Ich tat als hörte ich nichts, hatte aber noch eine Erektion, als der Zug zehn Minuten später in Neu-Isenburg hielt. Ein anderer sprach mich an, als ich im Plattenladen im Hauptbahnhof die ausgestellten Schallplattencover von Peter Kraus und Rita Pavone betrachtete. Eine massive, unbestimmte Angst stoppte mich, besänftigt nur von der ‘Frankfurter Zeitung’, die er unter dem Arm trug; das Blatt, für das mein Vater schrieb.

Benni war, was schwule Kontakte betraf, erfahrener als ich. Zwei Tage nach meinem quasi-Outing durch das ‘Heimliche Freundschaften’-Buch, das unter Schwulen in den 60ern einen Kultstatus genoss, saßen wir nach der Schule auf einer Bank im Holzhausenpark und vertrauten einander an – nach der Art von 14- und 15jährigen. Wobei es Benni war, der gleich ein ganzes Repertoire an schwulen

Erlebnissen vor mir ausbreitete; manche davon zweifellos märchenhafte Erfindungen. Je mehr er draufdrückte, desto sicherer wurde ich, dass ich von Daniel kein Sterbenswörtchen preisgeben würde. Benni klärte mich auf über weitere Homosexuellentreffpunkte entlang unseres Schulwegs, die ‘Klappen’ genannten Toiletten am Eschenheimer Tor, an der Hauptwache und am Theaterplatz. Er kannte auch die Bars: die ‘Rote Katze’ und die ‘Barberina- Bierbar’ in der Kleinen Eschenheimer Straße, das ‘Binger Loch’ in der Seilerstraße, das ‘Casino am Turm’. Als wir durch waren mit unseren Geständnissen, rückte er plötzlich näher und wollte mich anfassen. Mich schauderte. So sehr ich mir einen Gleichaltrigen wünschte …dieses dürre Klappergestell in grauen Hosen mit Bügelfalte, und das nach Daniel?? Ging gar nicht.

Hatte ich im Juni noch angenommen, die Trauer und den Verlust Daniels überwunden zu haben, kamen diese mit den ersten neuen Eskapaden geballt zurück. Nichts war so wie das, was ich mit ihm erlebt hatte.

Unsere Schule hatte Schwimmunterricht im damaligen Stadtbad Mitte am Eschenheimer Tor. Treffpunkt sind auch dort die Toiletten. Ein Typ schaut über eine Trennwand, raunt „Gehen wir in eine Kabine?“ Er mochte Mitte 20 sein, jung aber unscheinbar. Eine harmlose, unbedeutende Wichserei ohne ein Wort und ohne irgend eine Art liebevoller Geste. Hinterher stehe ich unter der Dusche und frage mich: Was sollte das ganze bedeuten, eben?

Die nächste Episode war dieser vergleichbar und nicht besser. Ein durchaus attraktiver erwachsener Mann animiert mich mit einem Kopfnicken, ihm von dem unterirdischen Pissoir an der Hauptwache ins Restaurant ‘Aschinger’ auf der anderen Straßenseite zu folgen, wo er in der Toilette im ersten Stock verschwindet. Das geflüsterte „Wie alt bist du?“ ist einer der zwei Sätze, die er mit mir spricht. Mein „14“ stoppt ihn nicht, treibt ihn aber zur Eile an. Kein

Kuss, kein Wort, nichts; fünf verschämte Minuten, das war ‘s. „Warte ein bisschen, bis du rausgehst“, heißt der zweite Satz, bevor er vorsichtig verschwindet.

Die Art meiner Eltern, mir jede erdenkliche Freiheit zu lassen und mir dabei die Sicherheit zu geben, zu mir zu stehen, was auch passieren möge, war Segen und Fluch zugleich. Einerseits vermittelte sie mir das Gefühl, in dem inneren wie äußeren Chaos trotz allem gehalten zu sein und beim Erkunden eines für 14jährige denkbar ungeeigneten Milieus nicht ins Bodenlose zu fallen. Andererseits war die Idee absurd, dass ich mich mit 14 oder 15 in einer damals illegalen, eh nur im Verborgenen stattfindenden Schwulenszene irgendwie, ohne jede Führung und ohne jedes Rollenmodell, adäquat hätte verhalten können.

Ich war ein unkomplizierter, neugieriger Junge, der sich leicht abschleppen ließ, wobei Vorsicht angesagt war, hatte doch der Staatsanwalt noch die Hand über mir, wie man sich gerne ausdrückte. Hieß konkret: Jeder wollte mir an die Hose, aber keiner ließ sich – ganz, ganz anders, als Daniel es getan hatte – auf irgendetwas darüber hinaus ein. Nie traf ich jemanden in meinem Alter, und wenn doch, interessierten sie sich nicht für mich. Mit 14 und 15 den kalten Sex und die abgeschmackten Begegnungen wegzustecken, war eine Sache. Dass es buchstäblich niemanden gab, mit dem ich hätte darüber sprechen können, war die andere und sehr viel schlimmere.

In meiner neuen Klasse vollzog sich zwischen Herbst und Winter ein allmähliches Outing, ohne dass ich selbst viel dazu beitrug. Ein paar Wochen lang tändelte ich mit einem lockigen italienischen Bäcker namens Riccardo herum; einer meiner Versuche, etwas irgendwie Vertrautes, Nahes in mein Leben zu integrieren. Er war 22 und die sexuelle Anziehung riesig – und er hatte einen Motorroller und eine sturmfreie Bude über der Bäckerei –, aber außer diesen

Fakten verband uns nichts, und die Angelegenheit schlief wieder ein. Davor allerdings hatte er mich zweimal von der Schule abgeholt und Mitschüler waren Zeuge geworden, wie ich mich hinter ihn auf den Sitz schwang, fest meine Arme um ihn legte und ihn schmatzend auf den Hals küsste. Das und meine Vertrautheit mit Benni, der aus seinen Eskapaden keinen Hehl machte, ließ die Kameraden zwei und zwei zusammenzählen, und das Gerede setzte ein. Ich hatte mir bis dahin wieder eine solide Stellung im Sport zurückerobert, namentlich bei Mannschaftsaufstellungen, und Bennis Beispiel folgend stritt ich nichts ab und stand zu dem, was mich anmachte. Die Klasse teilte sich nach einer Weile in zwei Lager: die, für die ‘s okay war und die mich nach meinem Rang im Sport beurteilten, und die, die in der Pause auf dem Schulhof nicht mit mir zusammenstehen mochten. 50:50; für 1966 – ein ganzes Jahrzehnt noch vor F. J. Strauß’ „Lieber ein kalter Krieger als ein warmer Bruder“-Ausfällen – ein passabler Schnitt. Die Lehrer mobbten; das war schwerer wegzustecken. Aber ich hatte meine Mutter hinter mir, die in der Schule aufschlug, wenn es zu penetrant wurde. Sie hatte in Windeseile registriert, dass Widerstand sinnlos war, als ich mich ihr im Oktober anvertraute. In der ihr eigenen Art führte sie meine fixe Idee zunächst darauf zurück, dass ich Filme mit Hildegard Knef gesehen und Platten von Rex Gildo gehört hatte, sah aber bald ein, dass diese Mär zu nichts führte. Passenderweise fiel ihr wohl ein Satz der Amerikaner ein, den ihre Schwester gerne zitierte, „If you can’t beat them, join them“, und so gab sie ihre Opposition auf. Riccardo, den ersten, den ich mit nach Hause brachte, fand sie ‘süß’, und sie ermunterte mich behutsam, vor ihr keine Geheimnisse zu haben und stattdessen Legenden für meinen weniger lockeren Vater zu stricken. Ob sie erahnten, dass hinter meiner Krise im Winter ein Mann gesteckt hatte, blieb unklar.

So schlug ich mich durch – mal besser, mal schlechter. War ‘s schlechter, fehlte Daniel mir sehr und die Sehnsucht nach ihm war groß. Er hätte mir zugehört, wuchsen mir die Erlebnisse auf der Szene oder Schwierigkeiten in der Schule über den Kopf, er hätte mich getröstet, er hätte mich versorgt. Das zumindest war die Geschichte, die ich mir erzählte. Dass ich viele meiner Probleme ohne ihn nicht gehabt hätte, kam mir nie in den Sinn.

Auch Michael fehlte mir, als Freund; aber hätte der mein Erkunden der schwulen Welt verstanden?? Natürlich bekamen auch die Buchschläger Kumpel Wind von meinen Eskapaden, Hans-Jürgen, Alfred, Rainer. Gut kam 's bei keinem von den dreien. Und Benni war gleich gar kein Gesprächspartner, sondern reagierte eifersüchtig auf Riccardo und auf alle anderen. Benni wäre imstande gewesen, bei der ganz falschen Stelle zu plaudern, bei Eltern oder Lehrern. Äußerste Vorsicht war angesagt.

Wenn ich mir bei meinen Erkundungen nicht explizit körperlich oder seelisch schadete, war das schon die halbe Miete. Klappte nicht immer. Es kam die erste Gonorrhoe und die Sache mit dem Kerl, den ich vom Hauptbahnhof mit nach Hause nahm, als der Rest der Familie zum Skiurlaub im Schwarzwald weilte. In den Weihnachtsferien; da war ich fast 16. Ich kannte seinen Namen gar nicht. Er war urplötzlich verschwunden, als ich für uns Brote schmierte; mit ihm die 120 Mark, die mir meine Eltern für eine Woche Verpflegung dagelassen hatten. Da war ich in Versuchung, Pfarrer Steups Privatnummer zu wählen.

Hinterher ist man weiser. Wer hätte mir damals raten sollen, mit der Schwulenszene und allem, was sie mit sich führte, noch drei, vier Jahre zu warten, bis ich älter und widerstandsfähiger geworden wäre? Hätte ich auf irgendjemanden gehört?? Absurde Idee. Ich wusste, worum es ging; wollte das wiederholen, was ich mit Daniel erlebt hatte. Das ging in den ersten Jahren nach seinem Verschwinden krachend ins Auge.

36

Acht Jahre vergehen.

Mit 23, nach Abi und Bundeswehr, studiere ich Sport an der Sporthochschule in Köln. Ich laufe nach wie vor; Kurzstrecke. Nicht in der ersten Liga, nicht im Spitzenfeld, aber ich bin zufrieden. Ein halbes Jahr lang habe ich geboxt, weil ich mich in einen Boxer verliebt hatte, doch war Boxen nicht mein Ding. Zu aggressiv und kampforientiert, zu wenig Leichtigkeit. An dem Boxer indes bin ich hängengeblieben, obwohl auch ihm die Leichtigkeit abgeht. Ein Schwede, wortkarg und verschlossen, dafür blond und kräftig und hübsch. Und er liebt mich, verlässlich. Das 'verlässlich' verspüre ich das erste Mal seit dem Einbruch mit 13. Ich traue dem nur bedingt, aber ich kalkuliere nicht permanent ein, dass er plötzlich über Nacht verschwindet oder kundtut, dass es mit uns vorbei ist. Er ist wie ein Fels, nicht nur als Boxer. Halbschwergewicht. Er heißt Leif. Vor sieben Monaten sind wir zusammengezogen, in eine kleine Zweizimmerwohnung mit schrägen Wänden unterm Dach in einem hässlichen Vorkriegs-Wohnblock in Frechen, günstig zum Stadion in Müngersdorf mit unserer Hochschule gelegen. Das Klo eine halbe Treppe tiefer teilen wir mit zwei Schauspielern und einer Sängerin vom Kölner Theater, die uns zu ihren improvisierten Festen einladen und denen nie der Wein ausgeht – an dem wir beide nur nippen. Boheme; ich liebe es. Meine erste eigene Wohnung, und zusammen mit einem hübschen Kerl. Im Parterre lärmt ein Kindergarten.

Anfang September begleitet er mich zu einem Wettkampf in Stockholm, um danach seine Familie in einem winzigen Dorf in der tiefsten schwedischen Provinz zu besuchen. Bei den Ausscheidungen ist er dabei, bevor er alleine weiterfährt. Mitten in den 70gern sind wir ziemlich offen mit unserer Beziehung, er weniger als ich, obwohl Schweden von öffentlicher Seite viel weiter ist mit der Akzeptanz. Oft glauben uns Kommilitonen und andere Sportler nicht, dass wir ein Paar sind, dass wir schwul sind; ihm schon gar nicht. Küsse ich ihn öffentlich als Demonstration, ist ‘s ihm peinlich, aber schwerfällig wie er ist lässt er ‘s geschehen.

Ich bringe ihn zum Zug nach Mjölby, das Dorf, aus dem er stammt. Wäre gern mitgefahren, aber „das geht nicht“, hat er in seinem harten Deutsch erklärt. „Meine Eltern werden das nicht verstehen. Sie sind sehr religiös. Außerdem sind sie sehr alt.“ 47 und 49 hält er für sehr alt.

Ich wasche mir nach wie vor mehrmals täglich die Hände, deutlich öfters als es das Deutsche Hygieneinstitut empfiehlt. Habe den Kampf dagegen aufgegeben. Leif witzelt darüber seit wir uns kennen. Er versteht, dass ich ein Problem habe, aber auf liebe Art nimmt er es nicht ernst. „Hast du dir gründlich die Finger gewaschen mit warmem Wasser und Seife?“ ist sein häufig geäußerter Satz, wenn wir morgens das Haus verlassen oder wenn ich auf dem Weg ins Bad bin.

Nach den Wettkämpfen schaue ich mir zwei Tage lang Stockholm an, das ohne Leif fad und einsam wirkt. Nach einem guten Jahr Beziehung bin ich sehr an ihn gewöhnt, und er fehlt mir. Sein raues, brummiges Wesen. Sein schöner, starker Körper. Sein Dasein. Das Zusammensein.

Am nächsten Tag fliege ich weiter zu einem Wettkampf in der Türkei. Nee, nicht Jetset: Die Sporthilfe unterstützt das großzügig, hat mich in Istanbul angemeldet, die ganze Organisation getätigt. Auf einen Flug mit der israelischen ‘El Al’ gebucht haben werden sie mich, um das Budget nicht zu überschreiten. Es heißt zwei Stunden vor Abflug am Flughafen sein, eine Stunde früher als gewöhnlich, und noch dazu ist die Maschine sonstwo draußen auf dem Flugfeld geparkt weit weg in einer Ecke, umgeben von Stacheldraht und bewacht von zwei Panzern. Der Anschlag auf die Olympiade in München liegt ein Jahr zurück; ein wohliges Reisegefühl ist anders. Die Stewardess am Gate schaut mich grimmig und abweisend an, als sie meinen deutschen Pass in der Hand hält. „Mister Andreas Bender!“, seziert sie meinen Namen, als könne sie nicht lesen, und ich befürchte, dass ich im Flieger stehen muss, weil ich von ihr keinen Sitzplatz bekommen werde. Doch ich sitze auf dem Platz am Gang, um den ich gebeten hatte. Am Fenster fliegen nervt, wenn ich die Nachbarn dauernd bitten muss aufzustehen, weil ich mir die Hände waschen gehe.

Stockholm ist unter uns verschwunden, knutschblaue Wolken vor den kleinen Fenstern, als der Lautsprecher über dem Sitz rauscht. „Welcome on board of our El-Al-flight to Istanbul and Tel Aviv. This is your captain speaking. My name is Daniel Boin, and I'm gonna give you some information concerning …”

Ich zucke zusammen. Ich habe seine Stimme erkannt, bevor er sich vorgestellt hat. Daniel, ohne Zweifel. Er ist es. „Our arrival time in Istanbul will be 16h35. Temperature at present 29°. I will get back to you later with further informations. Enjoy your flight.”

Wie eingefroren starre ich auf die Rückenlehne vor mir; schlucke. Ich denke nicht mehr jeden Tag an ihn, aber die Erinnerung ist präsent als war es gestern. Es hat lange gedauert, über die Angelegenheit hinwegzukommen, und es hat sehr weh getan. Und Spuren hinterlassen. Vor Leif konnte ich nie jemandem trauen. Die Panik, dass der andere sowieso plötzlich verschwinden werde, gab einem tieferen Sich-Einlassen nie eine reelle Chance.

Ein Steward schiebt den Trolley mit duftendem Essen auf Höhe meines Platzes, bedeutet mir, den kleinen Tisch herunterzuklappen.

„Sorry “, ich schaue zu ihm auf, „did I get that right? The name of the captain is Daniel Boin?”

Er mustert mich irritiert. “Mr. Boin, yes“, antwortet er mit einer

Endgültigkeit, die nahelegt, dass er weitere diesbezügliche Fragen nicht beantworten mag.

Ich insistiere trotzdem. „Ist es möglich, dass ich kurz ins Cockpit darf, um ihm Guten Tag zu sagen?“

Er schiebt den Trolley ein Stück von sich, stützt die Hände in die Hüften und schaut mich entgeistert an: „Habe ich Sie richtig verstanden“, tönt er, und ich befürchte, dass er auf einen Knopf drücken könnte und ich in Sekundenschnelle von zehn Wachleuten umzingelt bin – was sich in einem Flugzeugsitz schwer bewerkstelligen lassen dürfte –, „Sie wollen auf einem El-Al-Flug zum Kapitän ins Cockpit marschieren???“

„Keine gute Idee, was?“, räume ich reumütig ein.

„Nein. Sicher nicht“, bedeutet er mir und teilt Essen an die anderen Passagiere in meiner Reihe aus.

Eine Tunte, ganz klar. Vielleicht nehme ich ihn für mich ein, wenn ich mich breitbeiniger hinsetze und zwei Hemdknöpfe öffne. „Verstehen Sie bitte, ich kenne ihn faktisch, seit ich ein Kind war. Es ist so eine Überraschung. Ich denke, er …“

„Als Sie ein Kind waren, jubelte Ihre Familie dem Führer zu. Woher kennen Sie ihn, aus Auschwitz? Stand Ihr Vater dort an der Rampe?“ Das sagt er in perfektem Deutsch, und ich stelle weitere Konversation mit ihm ein. Er hat Kollegen. Werden die Flugbegleiter vor Deutschen an Bord gewarnt? Ich sollte mich beschweren. Aber ich habe ein Anliegen.

Ich esse das koschere Gericht, dass er mir trotz allem auf den Klapptisch geknallt hat, und trinke einen Tomatensaft und einen zweiten, obwohl mich beim Gedanken an Daniel mehr nach einem Bier gelüstet.

Lasse ich alles auf sich beruhen? Schnappe ich meinen Koffer vom Förderband und nehme vorm Flughafen ein Taxi, und mache einen Punkt hinter das Kapitel Mein allererster Freund???

Von den fünf Kolleginnen des Muffels wähle ich die jüngste aus, eine freundliche Blonde, die bisher rundherum zuvorkommend war. „Entschuldigung", halte ich sie auf, als sie vorbeikommt, „darf ich Sie etwas fragen?"

„Fragen Sie, fragen Sie", lächelt sie, beugt sich zu mir herab.

„Ich kenne nämlich den Kapitän. Wir stammen aus dem gleichen Dorf."

„Oh, Sie sind das", unterbricht sie mich, ohne dass sich ihre gute Laune ändern würde, „ich habe von Ihnen gehört. Sie haben meinen Kollegen sehr … Mmh, seine Familiengeschichte gehört nicht hierher. Was kann ich für Sie tun?"

„Ich entschuldige mich dafür, dass ich Deutscher bin."

Sie legt mir die Hand auf den Unterarm, rollt filmreif mit den Augen. „Ich bitte Sie! Was gibt es."

„Ich kenne Mr. Boin, seit ich so klein war", und ich zeige mit der Hand die Höhe meiner Armlehne an, „es ist ein witziger Zufall, bei ihm an Bord zu sein. Er wird sich bestimmt freuen. Könnte ich irgendwie Kontakt zu ihm aufnehmen?"

Sie richtet sich auf, schaut nach vorne und hinten, den Gang entlang. „Wir haben sehr strenge Vorschriften", erklärt sie.

„Verstehe. Wie könnte ich das bewerkstelligen, dass er weiß, dass ich bei ihm an Bord bin?"

Sie überlegt. „Freundlich hin oder her, ich darf Sie auf gar keinen Fall zu ihm nach vorne lassen."

„Völlig klar. Geht es, dass ich ihm einen kleinen Zettel schreibe, und Sie bringen ihm das?"

Sie ist unsicher. „Ich bin noch ziemlich neu", lächelt sie. „Das ist erst mein achter Flug. Ich muss …"

„Geht es ohne 'ich muss'?"

Sie schüttelt den Kopf, aber sie lacht. „Schreiben Sie, und ich sehe, was ich tun kann."

Ob ich ihr zehn Mark zustecke?

„Haben Sie etwas zu schreiben?“

Ich krame in meinem Rucksack. „Habe.“

„Ich komme wieder vorbei.“ Sie lächelt mich verschwörerisch an. Ich bin mit El-Al versöhnt.

Fasse mich kurz. „Hey Daniel“, kritzele ich, „rate mal, wer hinter dir sitzt. Platz 20C. Wollen wir ein Bier zusammen trinken, wie früher? Am Boden, meine ich. Besoffen fliegen kommt vielleicht nicht gut. Sie lassen mich sowieso nicht zu dir. Andreas – dein Kleiner.“

Sie ist 20 Minuten später zurück an meinem Platz. Sie macht eine Kopfbewegung, als solle ich aufstehen, hält aber stattdessen ihre geöffnete Hand vor meine Brust. Flirtet sie mit mir? Ich stecke ihr den zusammengefalteten Zettel zu. Sie schürzt theatralisch die Lippen, verschwindet im vorderen Teil der Maschine.

Wie wird er aussehen? Er ist 10 Jahre älter, fast 60 inzwischen. Kann sein, dass er einen tierischen Schreck kriegt, und die Maschine ruckt und strauchelt und stürzt zu Boden. Oder er hat abgeschlossen mit mir und allem und antwortet nicht, lässt mich auflaufen. Ich bin aufgeregt. Und der Flug dauert so lang. Ich stelle den Sitz zurück, strecke mich aus; schließe die Augen. Ziehe mir all die Vorm-Start-Konzentrationsübungen heran, obwohl das kein 200-Meter-Lauf ist und die Methoden nicht passen. Ich dämmere sogar leicht weg.

Jemand stupst mich an der Schulter an.

„Der Kapitän wird mit Ihnen sprechen. Kommen Sie.“ Sie läuft vor mir her zu der freien Nische über den Tragflächen, greift nach einem Telefonhörer in der Wand. Spricht mit jemandem in Hebräisch, und hält mir den Hörer hin. Tippt mir auf die Schulter. Verschwindet.

Es rauscht. „Hallo. Wer ist das? Bist du das wirklich?“

„Ja. Andreas.“

Ich höre ihn ausatmen. „Ich habe Angst vor einem bösen Scherz. Sag etwas, dass ich sicher sein kann."

„Bombig." Ich muss selbst lachen. Das muss mein Lieblingswort gewesen sein in jenem Sommer, hieß es später immer. „Falltorweg, nach Sport montags und donnerstags. Bickenbach. Messel."

„Ich glaube, du bist es tatsächlich."

„Bist du böse wegen meinem Zettel?"

„Nein. Ich bin übergerumpelt. Sagt man das so?" Ich höre Geräusche aus dem Cockpit, Stimmen. „Geht 's dir gut?"

„Mir geht 's super. Und dir?"

„Hast du mir verziehen?", tönt es gedehnt aus dem Hörer.

Was für eine Frage. „Es gab nichts zu verzeihen."

„Andreas, ich kann kein langes Gespräch führen. Fliegst du nach Tel Aviv, oder ist Istanbul Endstation."

„Ich bleibe in Istanbul."

Pause. „Ich werde dort abgelöst. Wenn du magst, können wir uns an der Gepäckausgabe treffen."

„Ja."

„Ich hole dich dort ab. Ist das …konvenient?"

„Ich freue mich riesig, Daniel."

„Dann, bis später. Angenehmen Flug. Keine Verspätung bis jetzt."

Es klickt.

Wie in Trance laufe ich zurück zu meinem Sitz.

„Ich bin nicht erfreut zu sehen deutsche Passagier neben mir in israelische Maschine", tönt der Mitreisende nebenan in gebrochenem Deutsch, ein gestriegelter, übergewichtiger Businessmann in einem blauen Anzug, kaum älter als ich. „Gar nicht sehr erfreut. Fliegen Sie Lufthansa nächstes Mal. Heil Hitler."

Es geht mir am Arsch vorbei. Ich bin vier Jahre nach dem Krieg geboren, und Mama ist Brasilianerin; was will der denn. „Setzen Sie sich woanders hin“, biete ich ihm an. „Es gibt genug freie Plätze.“ Für Juden, bin ich in Versuchung hinzuzufügen. Aber man muss nicht übertreiben. Außerdem ist Daniel Jude. Hatte nie irgendeine Bedeutung für mich.

Aufgeregt. Ein Schnaps käme nicht schlecht. Trinke für gewöhnlich kaum Alkohol, aber das ist eine Ausnahmesituation. Dann kriege ich die Kurve. Morgen treffe ich die deutsche Mannschaft zu zwei Tagen Trainingslager, anschließend zwei Tage Wettkämpfe; Tomatensaft geht auch.

Was, wenn er gar nicht kommt, wenn er mich hier oben nur abwimmeln wollte und am Boden schnell die Flucht ergreift? Wenn diese permanente Angst von früher ihn immer noch beherrscht? Zum dritten Mal stehe ich auf, um mir die Hände zu waschen.

Langes Warten am Zoll. Sexy dunkle Türken, die grimmig dreinschauend in engen Häuschen sitzen und trödelig und abweisend unsere Pässe stempeln. Dann bin ich durch.

Daniel wartet in seiner blauen Pilotenuniform an einer Säule ein Stück weg von den Transportbändern, die noch nicht laufen, Schirmmütze auf dem Kopf, Rollkoffer in der Hand. Die Wangen sind eingefallen und schmal, das Gesicht faltig. Seine breite, wuchtige Statur ist unter seinem Anzug noch gut zu erkennen; jünger als er ist, wirkt er nicht. Die Haare, die unter der Mütze hervorschauen, sind grau und weiß. Er scheint angespannt und gestresst.

„Du siehst fabelhaft aus“, ist seine Begrüßung. „Gigantisch. Andreas, die Sportskanone. Ab jetzt höre ich auf, mir Vorwürfe zu machen.“

„Grüß dich“, sage ich, ein amüsiertes Lächeln um die Mundwinkel. Aber mein Herz klopft heftig, meine Hände werden feucht.

„Ich bin unsicher, ob ich nicht doch in eine Falle tappe.“ Er schaut sich besorgt nach rechts und links um.

Ich weiß nicht wie ich darauf eingehen soll. Vielleicht wird er 's mir später erklären.

„Und jetzt?", fragt er langsam.

„Sag du. Du warst immer der große Bestimmer."

„Wo wohnst du?"

„Ein Hotel in der Stadt. Hab 's mir aufgeschrieben. Bin 's erste Mal hier."

„Wir sind in Aksaray untergebracht", überlegt er. „Ein Restaurant am anderen. Wollen wir zusammen Essengehen?"

„Wollte ich früher immer. Haben wir nur ein Mal geschafft."

Er packt mich am Ärmel meiner Jacke. „Andreas? Vergiss früher. Wir haben 1974."

Ist das ein downer??

Mein Koffer kommt als einer der ersten aus dem Schlund, der das Gepäck ausspuckt. Durch den Zoll geht 's schnell. Geld wechseln, deutsche Mark in türkische Lira. Die Fahrt in die Stadt führt am Wasser vorbei, an brachliegenden, trockenen Feldern, eingezäunten Fußballplätzen. Moscheen. Wir reden wenig. So vertraut er mir noch ist, so fremd ist die Situation. Bevor wir die Innenstadt erreichen, setzt ein ohrenbetäubendes Gescheppere von 1000 Minaretten ein. Orient. Märchenland. Keine Sekunde hatte ich auf dem Schirm, wie seltsam das gewesen wäre, ganz alleine hier anzukommen und mein Hotel suchen zu müssen. Bin dankbar für Daniel an meiner Seite; der Gedanke an Leif verwirrt mich.

„Wie läuft 's in Buchschlag?", fragt er, wohl aus Verlegenheit, und setzt mit einem linkischen Kichern nach: „Ich nehme das zurück."

„Wohne nicht mehr dort."

„Ich zieh mich schnell für 's Essen um", erklärt er vorm Hotel. „Kommst du mit rauf?"

Wir lassen meinen Koffer an der Rezeption. Unbeholfenes

Fremdeln alleine im Aufzug. „Komisch, wieder Deutsch zu sprechen“, murmelt er.

Während Daniel aus seiner Uniform steigt, sitze ich auf einem kleinen Hocker nahe des Fensters und bin überwältigt von dem atemberaubenden Ausblick aus dem 14. Stock aufs Marmarameer und auf die asiatische Seite. Daniels behaarter Körper macht mich noch an, auch wenn seine Schultern gebeugt und krumm sind. Die Erlebnisse in dem Haus zwischen den Feldern – vermutlich in meine DNA eingebrannt.

Er wirft mit einem Schwung seinen Koffer aufs Bett, angelt ein gestreiftes, kurzärmliges Hemd daraus hervor, eine dunkle blaue Hose. Unsere Blicke treffen sich. Ein Schmunzeln, unsicher, fremd. Ich überlege, ob ich ihn umarmen soll. Er geht ins Bad, wäscht sich bei offener Türe die Hände, kämmt sich die Haare.

„Woll ‘n wir?“

Er führt mich in ein spärlich besetztes Gartenrestaurant mit Tischen unter hohen Bäumen; an einer Breitseite schaut man in die offene Küche. In der Mitte des Gartens sprudelt ein Springbrunnen. Das Hupen und Scheppern und Quietschen, die Geräusche der Stadt von draußen klingen anders als in Köln und auch als eben noch im nördlichen Stockholm; fremd. Märchenland.

„Essen wir Fisch?“, fragt er. „Ich bestell uns was Gutes.“

Ich nicke.

Er schlendert rüber zum Tresen, verhandelt mit zwei Angestellten.

„Willst du ‘n Bier? Es ist dünn, nicht besonders stark. Iki bira“, signalisiert er einem Kellner.

Okay also, Bier. Heute ist Ausnahmezustand. Wir schauen einander an, verhalten abwartend.

„Vermutlich müssen wir über die Vergangenheit sprechen, oder?“, setzt er schließlich nickend an. „Geht nicht anders.“

„Es hat verflucht wehgetan, als du plötzlich weg warst“, feuere ich mit dem ersten Gedanken los, der mir in den Sinn kommt. „Es war der nackte Horror."

Er nickt langsam. „Es hat mir auch wehgetan. Ich hatte keine Wahl."

Das will ich nicht hören. „Warum hast du dich nie gemeldet?"

„Gemeldet?", fragt er verblüfft. „Wie denn. Wie hätte das aussehen sollen. Aus Tel Aviv nach Deutschland telefonieren war unmöglich."

„Schreiben."

„An deine Eltern? Ein Brief aus Israel, den hätten die ungefragt an dich weitergereicht? Ich hatte keine Ahnung, wie die Dinge ausgehen würden."

Bevor es angespannt wird, bevor mir Schuldzuweisungen einfallen, biege ich das ab. „Okay, lass. Ist toll, dich zu sehen. Ich habe es überlebt. Und du auch."

„Ja. Knapp." Er legt die gefalteten Hände auf die Tischplatte. „Ich kann 's nicht glauben, wie du dich gemacht hast. Was aus dir geworden ist." Seine Augen schauen traurig. „Wo wohnst du? Was machst du? Was führt dich in die Türkei?"

Ich erzähle ihm von Köln, der Sporthochschule. Den Sprintstrecken. Den Wettkämpfen.

„Bist du verliebt?"

Ich erzähle ihm von Leif.

„Also ist 's bei Männern geblieben."

„Und du?"

Er nickt; „Ich bin wieder verheiratet."

Ich lasse mich tiefer in den Sessel sinken, als suchte ich Schutz, bevor ich ihm diese Frage stelle: „Keinen neuen Jungen?"

„Du hast das auch damals nicht geglaubt. Ich stehe nicht auf 'Jungen'", und das 'Jungen' betont er extra breit. „Ich war in dich verliebt. In dich. Du hast mich fasziniert."

Just in dieser Sekunde wird mir klar, wer damals der blonde Junge auf dem Parkplatz war, der angebliche Holger: Genau jener Sprendlinger Bub, dem ich von der Kabine im Schwimmbad in die Felder gefolgt bin und vor dem ich dann in panischer Unsicherheit floh; zwei Wochen, bevor ich Daniel kennenlernte. Zweifel ausgeschlossen.

Ich habe zu lange geschwiegen, schaue in sein fragendes, verunsichertes Gesicht. Es bereitet mir Schwierigkeiten, wieder ein fließendes Gespräch in Gang zu setzen nach diesem Blitzeinschlag. „Wo ist Michael heute?"

Er macht die Pantomime eines Tennisballes auf der Tischplatte, „Ping-Pong-Ping-Pong". Ist er angenervt?

„Wo wohnst du?", ping-ponge ich weiter, „in Tel Aviv?" Die Erkenntnis von eben hämmert in meinem Kopf, ich will sie aber nicht ansprechen. Muss meine Gedanken sammeln, schnell.

„In Haifa."

Zusätzlich dämmert mir, dass ich die Rolle des Älteren werde übernehmen müssen, des Erwachsenen. Er ist zu unsicher, noch verstörter als ich. „Daniel", und ich setze mich wieder gerade hin, „das ist schwierig gerade, ja? Es ist aufregend, dich wiederzusehen, nur hatte ich sehr viel zu verarbeiten." Ich schlucke ein 'Deinetwegen' herunter. „Echt. Es ging mir beschissen. Dreckig. Jahrelang."

„Ich …."

Ich hebe die Hand, stoppe ihn. „In den ersten Wochen wusste ich nicht, wie ich das packen sollte. Ich dachte, ich gehe unter. Kein Mensch hat mir geholfen. Herr Röder, ein Religionslehrer, okay, aber das hat nicht gereicht. Ein Tropfen auf den heißen Stein. Ich war total auf dich fixiert, und dann verschwindest du, über Nacht."

Er schaut mich mit riesigen Augen an, abwartend. Ich lasse mich nicht unterbrechen. Berichte davon, wie sehr ich an seine Berührungen gewöhnt war, dass mir jemand das gab, was ich zu Hause nie bekommen hatte, und von dem Fall ins Bodenlose, als ich das über Nacht verlor.

„Entzug, nennt Leif das. Ich war auf Entzug."

Ich erzähle ihm von den verheulten Nächten, dem wiederholten Schuljahr, den Encountern mit Igel. Meinem Coming-Out. Der Kälte der Schwulenszene. Dann schiebe ich meinen Stuhl zurück, stehe auf; muss mir die Hände waschen gehen.

Er blickt mich an wie ein geprügelter Hund, als ich mich wieder setze. Er beißt die Zähne zusammen, dass sein Kiefer knackt.

Ein Glück, dass unsere Getränke kommen. Stumm prosten wir einander zu.

„Außerdem", versuche ich das Gespräch weicher werden zu lassen, „würde ich gerne die Fakten erfahren. Du warst über Nacht abgetaucht. Was war, nach dem Überfall von Igel?"

„Der Typ hat uns fotografiert", setzt er schwerfällig an. „Erinner dich. Er hat in unserem Haus auf mich gewartet, als ich heimkam. Er legte sofort los mit Erpressung. Hatte deine Briefe. Ist mir bis heute ein Rätsel, wie er die finden konnte."

„Wo waren sie?"

„Hinter einem Holzbalken auf dem Dachboden."

„Und ich sollte alles verbrennen!"

Er lacht bitter. „Hätte bei mir selbst beginnen sollen, ja. Er hatte auch deine Fotos. Ich war unvorsichtig; hatte eines in einem Buch als Lesezeichen benutzt. Ich war sträflich leichtsinnig. Hab bezahlt dafür." Er lässt seine Finger knacken wie früher. „Marina hatte am Flughafen deine Post abfangen lassen, illegal. Hatte ehemalige Kollegen bei der Hansa eingespannt. Ein echtes Komplott."

Unangenehm. Fühle mich noch acht Jahre später nackt und bloßgestellt bei dem Gedanken, was Igel und wer sonst noch gelesen haben mag.

„Der Kerl kannte nichts. Brutal. Das Haus wollte er haben, und

Marina, und 30000 Mark. Sonst würde er mich anzeigen, am nächsten Morgen.“ Er hebt Hände und Unterarme. „Was wollte ich machen?!“

„Was hast du gemacht?“

Er reibt sich die Augen. „Es ging unter und über an diesem Abend. Sagt man das so? Es gelang mir nicht, eine Stunde mit Marina allein zu sein. Die schrie mich an und war völlig auf seiner Seite. Und Michael platzte mitten in unseren Streit hinein. Ich wollte mich um ihn kümmern, aber ich wusste nicht wie.“

Klingt wie ein Krimi. „Und dann?“

„Hab eingepackt, was ich konnte“, schildert er mit fahrigen Gesten die Situation. „Ich brauchte die Papiere, Geld. Einen kühlen Kopf; in dieser Lage! Und glaub mir, gleichzeitig ratterte in meinen Gedanken: Was wird mit dir. Was passiert mit dir.“ Er trinkt sein Bier in einem Zug aus, bestellt ein Neues.

Ich mustere ihn skeptisch. Das letzte glaube ich ihm eher nicht, aber was tut es zur Sache.

„Andreas: Ich habe überlegt, ob ich bei dir anrufe und dich mitnehme. Eine kranke Fantasie, unmöglich. Aber so durchgedreht war ich.“

Ich gehe nicht darauf ein. „Und dann?“

„Ich bin in der gleichen Nacht zum Flughafen. Ich hatte Panik. Hab den ersten möglichen Flug genommen, nach Casablanca. Der Typ kannte nichts“, wiederholt er. „Wollte mich loswerden, wollte mich erledigen, und so viel Geld wie möglich aus mir herausholen. Siehst ja, ich habe ihm alles überlassen.“

„Ja.“

Ein dünner Kellner in einer schwarzen Hose und einem weißen Hemd bringt unser Essen, ein weißes Stück gegrillter Fisch, Salat, Bulgur. Weißbrot.

„Lass es dir schmecken“, sagt Daniel.

Wir kauen, hängen still unseren Gedanken nach. Blöd, besser hätten wir erst gegessen und uns dann unterhalten, oder umgekehrt.

„Im Grunde“, fährt er mit vollem Mund fort, „ist es ein Wunder, dass wir beide so fröhlich und unverletzt hier sitzen. Ich hätte ein paar Jahre Gefängnis verdient. Ich sehe ja, ich habe deine Jugend ruiniert.“

„Ruiniert nicht.“

„Ich wünschte, ich könnte dir glauben.“

„Du kannst mir glauben. Sehe ich ruiniert aus?“

„Ich kann nicht in dein Inneres schauen. Hast mir eben geschildert, wie hart die Monate nach der Trennung für dich waren.“

„Fällt dir ein anderes Wort als Trennung ein?“, schlage ich irritiert vor.

„Ich habe danach gesucht“, antwortet er, puhlt sich eine Gräte aus den Zähnen. „Mein Deutsch ist nicht mehr so fließend.“

„Blödmann!“ Ich will ihn nicht anmachen, aber – echt! Trennung!

Er hört auf zu essen. „Andreas, was passiert ist, kann ich nicht wiedergutmachen. Ich weiß, dass ich dir riesigen Schaden zugefügt habe. Du warst ein Kind. Ich war unverantwortlich und egoistisch.“

Mir ist unklar, wann in den letzten Jahren ich mir das zugelegt habe, aber ich hasse es extrem, als Opfer dargestellt zu werden. „Komme ich auch vor in diesem Gebilde?“

„Nein.“

„Was? Bitte?“

„Ich habe dich verführt. Ich habe deine Neugier ausgenutzt. Es gibt keine andere Beschreibung dafür. So gut ist mein Deutsch noch.“

„Blödsinn. Du hast mich nicht verführt. Ich kann mich an Momente erinnern, in denen ich dich in Erstaunen versetzt habe.“

Ich erwarte ein freches Grinsen, aber er bleibt todernst. „Gut, du warst ein sexuelles Powerpack. Aber ich hätte das Paket nicht so früh öffnen dürfen. Ich wusste, wie alt du warst."

Seine Selbstbezichtigungen nehme ich ihm nicht ab, schon gar nicht nach der Holger-Erkenntnis vor ein paar Minuten und seiner parallel dazu tönenden Beteuerung. Ich muss mich sammeln, um nicht zu widersprüchlich zu erscheinen. „Hör zu: Was du Trennung nennst" – und ich ziehe es bewusst ins Ironische – „das war das einzige Problem. Das riesige Problem, mit dem ich nicht fertig geworden bin. Für die Monate davor bin ich dir dankbar. Du hast mir Liebe gezeigt, Leidenschaft. Du warst da, du hast mich festgehalten, mich angefasst; alles was ich brauchte, was ich wollte. Was mir zu Hause gefehlt hat. Ich wollte das so! Kapiert?"

Das zumindest ist die Geschichte, die ich mir seit Jahren erzähle und die zu ändern ich nicht bereit bin. Zu groß ist die Befürchtung, dass es mir sonst wieder richtig dreckig gehen könnte.

Er schüttelt stumm den Kopf, sagt nichts.

Ich möchte das Thema verlassen. Wo soll das hinführen. „Bist du eigentlich in Sicherheit? Sind wir verjährt? Es gibt doch so was wie Interpol."

Er schluckt den letzten Bissen Fisch herunter. Zögert. „Ich hatte jahrelang Panik. Hab ich noch. Ich musste mir in Israel ein ganz neues Leben aufbauen. Ich habe eine Klausel im Arbeitsvertrag, dass ich keine Flüge nach Deutschland bekomme; nicht mal emergency. Sie sind verständnisvoll. Ich hab 's auf den Krieg geschoben; du weißt schon." Er legt Messer und Gabel zusammen. „Zu deiner Frage: Marina und der Kerl haben mich nicht angezeigt. Als ich aus dem Weg war, gab 's keinen Grund mehr dafür. Habe ich erst vor zwei Jahren auf Umwegen erfahren."

Er bestellt ein drittes Bier, für mich ein zweites.

„Daniel …was ist mit Michael passiert?"

Er faltet die Hände vorm Gesicht, stützt die Ellbogen auf die

Tischplatte. Schaut gedankenverloren zum Nachbartisch. „Du müsstest es besser wissen. Du warst vor Ort."

„Ich weiß, dass er in der Psychiatrie war und danach ins Internat kam. Ich habe ihn nie wiedergesehen."

„Von beidem höre ich heute zum ersten Mal, Internat und Psychiatrie. Mein Sohn war das schwierigste Problem." Er holt aus. „Es hat zwei Jahre gedauert, bis ich die Stelle bei El-Al hatte. Ich war direkt danach für die Lufthansa nicht mehr erreichbar, eine verschollene, abgetauchte Person." Er öffnet die Hände wie zu einem Offenbarungseid. „Ich konnte keine Referenzen vorweisen, Zeugnisse, nichts. Habe mir eine Story zusammengebastelt, dass ich auf der Flucht vor einem ehemaligen KZ-Aufseher war, den meine Eltern nach dem Krieg denunziert hatten. Der hinter mir her war und Märchen über mich verbreitete. Eine einflussreiche Persönlichkeit mit Verbindungen überall hin. Dass ich in Gefahr schwebte. Ich wusste nicht, was die beiden, Marina und …Wie hieß er?"

„Jens."

„Was die beiden meinem Arbeitgeber erzählt hatten. Ich hatte irre Angst; habe jeden Kontakt mit Deutschland vermieden. In Israel bekam ich Unterstützung, das lief unter Judenverfolgung. Aber ich konnte nichts riskieren."

„Und Michael?", komme ich auf meine Frage zurück.

„Ja. Michael. Aus Skandinavien habe ich angerufen, in der Hoffnung, dass er dranginge. Stattdessen meldete sich Jens."

Aus Skandinavien hätte er auch mich mal anrufen können. Lasse ich unter den Tisch fallen, wie manches andere.

Er macht eine nachdenkliche Pause. „Von Michael kam vor zwei Jahren das erste Mal ein Zeichen, über einen Anwalt. Er will Geld. Keinen Schimmer, wie sie herausbekommen haben, wo ich bin. Irgendeine Botschaft wird geholfen haben."

„Und?"

„Und. Ich habe ihm Geld angeboten – unter der Voraussetzung, dass er mich ordentlich kontaktiert, mit einer Klaradresse. Hat er nicht.“

„Wie ist der Stand der Dinge?“

„Ich bin nicht mit dem Schneider. Das sagt man so, oder?“ Noch ein Hinweis darauf, dass sein Deutsch holpert. Zuweilen macht er kleine Fehler.

„Aus dem Schneider. Sagt man so.“

„Aus dem Schneider. Wenn er mich anzeigt, kann das immer noch ins Auge gehen. Bin nicht sicher, wann das verjährt. Heute hat dein Land diplomatische Beziehungen zu uns.“

Dein Land, zu uns; wie seltsam das klingt.

„Direkt erreichen kannst du ihn nicht?“

Er schüttelt den Kopf. „Nur über den Rechtsanwalt.“

„Einer aus Buchschlag?“, frage ich in der vagen Hoffnung, einen bekannten Namen zu hören.

„Eine Adresse in München.“ Unsere Gläser sind leer. „Magst du ein Stück runter ans Wasser zu laufen? Ist nicht weit.“

„Klar.“

Er geht zur Toilette, und aus heiterem Himmel überrumpelt mich ein weiterer Gedanke zur Vergangenheit: Wieso bin ich sicher, dass der blonde, sogenannte Holger und ich die einzigen waren zu der Buschlager Zeit? Selbst wenn nicht am gleichen Ort: Er flog jede Woche in der Welt umher. Wieso sollte es da nicht einen Jungen gegeben haben in Jakarta und einen anderen in Madrid? Wieso wird er so angespannt, wenn ich danach frage? Das wurde er damals schon.

Ich behalte meinen Verdacht für mich, als er zurückkommt.

„Woll ‘n wir?“, fragt er, wie vorhin im Hotel.

Ich schmunzele darüber, wie selbstverständlich ich ihn zahlen lasse. Wir bummeln eine lange, gerade Straße hinunter mit lärmendem Verkehr und einem Laden am anderen, die alle den gleichen Tand feilbieten, und Tavernen mit bunten Lampions vor der Tür. Als vor uns zwei junge Soldaten händchenhaltend entlangmarschieren in grüner Uniform und derben Stiefeln, bin ich in Versuchung, auch nach Daniels Hand zu greifen. Er scheint die beiden nicht zu registrieren, oder er sagt kein Wort.

Nach einer Bahnunterführung und einer breiten Hauptstraße stehen wir am Marmarameer, das die Lichter der Stadt reflektiert und auf dem alte, hölzerne Boote schaukeln. Um die Holzbank, auf die wir uns setzen, kreisen zwei ausgemergelte Katzen.

„Weißt du, was ich denke?“, fragt er.

„Was denkst du?“

„Komm uns besuchen, in Haifa. Du würdest Esther mögen. Sie hat ein großes Herz. Sie wird dich lieben.“

„Weiß sie?“

„Ja“, räumt er zögerlich ein. „Sie hat mir geholfen, ein neues Leben aufzubauen. Sie hat angepackt und vieles geregelt, was ich niemals gekonnt hätte. Es war undenkbar, einen Neustart mit einer Lüge zu beginnen.“

Ah … „Wie hat sie reagiert?“

Er lacht. „Sie ist Psychotherapeutin. Sie hat ganz andere Dinge erlebt. Sicher, sie zog die gleiche Schlussfolgerung wie du: Wann wird der nächste Junge auf der Bildfläche erscheinen. Ich nehme an, dass sie mir inzwischen vertraut.“

Seismographisch versuche ich die Tonlage auszuloten, mit der er das raushaut. „Bist du glücklich?“

„Im gegebenen Rahmen. Mehr als glücklich bin ich dankbar. Ich habe das so nicht verdient. Natürlich wäre Knast angemessen gewesen.“

Ich kann diese Opfer- und Demutsrolle nicht ab! Ich halte ihm fest die Hand vor den Mund, bis er aufhört zu sprechen. Lasse sie dann auf seinen Oberschenkel fallen. Ihn zu berühren elektrisiert mich, als hätte ich einen Schlag erhalten.

Wir schauen lange schweigend auf 's Wasser und betrachten die Passanten; Familien mit kleinen Kindern, Frauen mit Kopftuch, Männer mit kleinen muslimischen Ketten zwischen den Fingern. Der Gebetsruf setzt wieder ein, der arabische Singsang von den Minaretten der Moscheen aus allen vier Himmelsrichtungen. So fremd; so orientalisch.

„Daniel?", frage ich in das Gedröhne hinein, meine Hand noch schwer auf seinem Bein. Ich spüre seine warme Haut unter dem Stoff der Hose. Erinnerungen überfluten mich. Mir wird heiß.

„Nein", antwortet er bestimmt. „Die Antwort ist Nein."

Ich drehe ihm den Kopf zu. Wir schauen einander an. Er schüttelt den Kopf. „Nein", wiederholt er.

Will ich eigentlich selbst – noch einmal mit ihm schlafen? Ist es ein echtes Bedürfnis, oder meine ich – was immer der Grund –, dass es sein sollte, sein müsste??

Er legt einen Arm auf die Rücklehne der Bank, locker um meine Schultern. „Ich habe dich sehr lieb, Andreas. Sehr lieb. Das ist nicht verschwunden. Ich empfinde viel für dich. Bloß …"

„Bloß … ?"

„Ein erwachsener Mann von 23, egal wie attraktiv, weckt in mir keine erotischen Gefühle. Ich könnte es mir nicht vorstellen."

Ich schlucke. Ist das ein Put-down? „Ein erwachsener Mann von fast 60 turnt mich auch nicht an, erotisch." Das musste jetzt sein.

„Siehst du."

„Es geht nicht um einen x-beliebigen Mann in fortgeschrittenem Alter. Es geht um dich. Captain Daniel Boin. Der mir alles beigebracht hat, was ich heute bin; sexuell, und darüber hinaus."

Die Nacht ist angebrochen. Er steht langsam auf. „Gehen wir", sagt er schwer. „Ich fliege um acht Uhr 15 weiter."

Auf dem Weg bergan zu seinem Hotel bleibt er zwei Mal stehen, schaut mich an. Eine lastende Schwere in seinem Blick, Traurigkeit. Verwirrtheit. „Beim ersten Mal habe ich mein ganzes Leben aufs Spiel gesetzt, und fast alles verloren. Jetzt riskierte ich nur meine Ehe.“ Er lacht bitter. Als wir vor einer roten Ampel warten, an der großen Hauptstraße, ist sein Blick sanfter.

Was will ich selbst?, frage ich mich stumm. Was tut mir gut, und was nicht? Kommt Leif ins Bild? Und die Ideen von vorhin schwirren weiter in meinem Kopf herum: Ein leerstehendes, verlassenes Haus mitten in der Pampa. Wieso waren immer die Betten bezogen? Wieso wurden unsichtbar die Handtücher gewechselt, wieso standen immer Kästen mit Bier im Keller, das nicht so schmeckte, als hätte es jahrelang unbeachtet vor sich hingegammelt?

Stimmt es, dass in Haifa kein Junge wartet?

An der Rezeption hat das Personal gewechselt. Daniel fragt nach meinem Koffer. Ich folge ihm zögerlich, den Weg zum Aufzug. Der eine steht im 17., der andere im 14. Stock. Wir müssen lange warten.

Das Training am nächsten Tag auf einem Sportfeld mit zwei Ü und einem Ö im Namen lasse ich ausfallen. Das ist eine meiner schwersten Sünden, sonst unverzeihlich, aber dieses eine Mal bin ich im Reinen damit. Ich bummele stattdessen kreuz und quer durch Istanbul, vom Marmarameer zum Bosporus, durch Europa und Orient, über die Brücken; ist auch Lauftraining, entschuldige ich mich selbst. Fahre mit einem Dampfer auf die asiatische Seite und entdecke einen Hügel namens Büyük Camlica, von dem man aus weiter Ferne auf die wimmelnde, lärmende Großstadt schaut. Ich kaufe mir eine Flasche Wasser und setze mich ins Gras.

Daniel.

Ich bin betäubt von dem Wiedersehen und frage mich, wie ich es einordnen soll. Die prägendste Person meiner Teeniezeit erscheint plötzlich in der Gegenwart. Gestern hat es mich aufgeregt, begeistert. Hier auf dem Hügel muss ich aufpassen, nicht innerlich abzustürzen. Meine lästige Angewohnheit warnt mich: In der vergangenen Stunde habe ich mir dreimal die Hände gewaschen. Ich werde die Situation wohl nur mit den Genen meiner Mutter bewältigen, der es immer gelingt, Negatives erst riesenhaft aufzuplustern und es zu einer Groteske für die Schauspielbühne zu machen, um es anschließend in der Realität zu leugnen und es so leichter erträglich erscheinen zu lassen. Ich muss ja klarkommen, überleben.

So versichere ich mir, mit allem im Einklang zu sein. Okay, ich verstehe den Punkt meiner Freundin Dagmar, die Daniel jedes Mal anklagt und verdammt und verteufelt, wenn ich von ihm erzähle. Mit der die Stimmung sofort aggressiv und angespannt wird, wenn ich den Namen Daniel nur erwähne, die mir vorwirft, eine kriminelle Story weichzuzeichnen und reinzuwaschen. Gut, mag sein, dass es böse hätte ausgehen können für meine Entwicklung. Dass er mir Schäden fürs ganze Leben zugefügt hätte, die sich nie reparieren ließen. Er konnte nicht voraussagen, dass es nicht exakt so passieren würde. Es war ihm wohl gleichgültig. Dagmar nennt es: Ich war ihm gleichgültig. Ich folge ihrer Gedankenkette bis hierhin; er war egoistisch, unverantwortlich, kriminell – wenn sie das so sehen will. Okay.

Und ich war ein offener, neugieriger Junge mit einem flexiblen Horizont, mit 13 stark triebgesteuert. Mit einer riesigen Sehnsucht nach Haut, nach Berührung und Angefasstwerden – von einem Mann. Was Dagmar stets mit einer wegwischenden Handbewegung abbrettert: Eine Frau Ende 40 hätte nicht die geringste Chance gehabt. Ich hätte laut gelacht, hätte mich umgedreht und wäre weggegangen. Das hätte ich nicht gebraucht.

Im ersten Semester saß ich mit einem Kommilitonen namens

Werner in einer Kneipe beim Bier, der zwei Jahre lang von einem Priester missbraucht worden war und ausgerechnet mich auserwählte, um sich auszusprechen, der Himmel weiß warum. Er soff wie ein Loch, weswegen er das Studium nicht auf die Reihe kriegte und auch bei Frauen nicht landete, und faselte von Selbstmord. Der nackte Horror. Kein Mensch würde mich dazu bringen, mich auf eine ähnliche Interpretation meiner Sache mit Daniel einzulassen. Punkt.

Die Konkurrenz aus ganz Europa ist riesig. Der Trainer der deutschen Mannschaft macht einen Riesen-Aufstand, weil ich am ersten Tag nicht zum Training erschienen bin, droht gar, mich bei der Sporthilfe zu melden. Er weiß von Leif und mir; er mag mich nicht. Ich lasse ihn auflaufen mit seinen dummen Sprüchen. Morgen und übermorgen werde ich 's ihm zeigen.

Ich werde Vierter über 400 Meter und Zweiter über 200. Die 100 Meter gewinne ich. Erster.

Im Team ist niemand, den ich näher kenne und der mir vertraut ist, doch ich umarme fremde Menschen und freue mich über vordere Plätze von Konkurrenten. Unklar spüre ich, was mich antreibt: ein übermäßiger Hunger nach simpler Berührung, nach Kontakt und Haut – kein bisschen unterschieden von dem Verlangen, das mich mit 13 zwischen den Kabinen im Sprendlinger Freibad leitete. Der Gedanke an Leif ist wirkungslos; ich brauche es jetzt, jetzt. Andere Menschen, die mich anfassen. Männer.

Vor dem Rückflug nach Köln am Abend fahre ich ein weiteres Mal auf den Hügel drüben in Asien. Es ist diesig, kühler, die Stadt liegt unter einem nebligen Schleier aus Smog. Der Gedanke, dass Daniel die Stadt längst wieder verlassen hat, versetzt mir einen heftigen Stich im Herzen und scheint mir die Luft abzuschnüren. Mit allen Sportler-Motivationsübungen zwinge ich mich, dieses Gefühl nicht Überhand nehmen zu lassen. Ich versuche, mir mein weiteres

Leben vorzustellen: den Sport, das Studium. Leif. Ein interessantes, spannendes Arbeitsleben. Bei dem Gedanken, dass Daniel nicht darin vorkommt, muss ich die Zähne zusammenbeißen, sonst kommen mir die Tränen.

Meine Kindheit in Buchschlag war so frei, so unbeschwert. Meine Eltern ließen mich tun was immer ich wollte, ich kannte kaum Verbote und Regeln, keine Bestrafungen, keine Kontrolle. Für Momente kann ich diese sanfte Vor-Daniel-Leichtigkeit spüren, ganz stark und präsent. Mir scheint, ich muss nur die Arme ausstrecken und kann dieses Lebensgefühl greifen und in mein Leben zurückholen. Aber sofort antwortet die bekannte niederdrückende Traurigkeit nach Daniels Verschwinden, die das alles veränderte, der Kloß im Hals, der mich nicht atmen lässt. Beide Kräfte ringen miteinander, liegen im Clinch. Es ist nicht entschieden, welche Macht gewinnt.

Die Zeit verrinnt; der Abflug naht. Im dichten Istanbuler Verkehrsgewühl werde ich um ein Haar überfahren, weil ich in Gedanken woanders bin. Soll ich Leif von dem Encounter berichten, und was? Er wird natürlich nach dem Wettkampf fragen.

Ist mir im Moment sowas von egal.

Als der Verschluss meines Sicherheitsgurtes eingeklickt ist und sich die Maschine ruckelnd in Bewegung setzt, habe ich gegen jede Realität den einen Wunsch: dass Daniels Stimme gleich aus dem Lautsprecher schallen möge.

Den Teufel werde ich tun und meine Sicht auf die Geschichte mit Daniel, so wie ich sie mir seit Jahren erzähle, revidieren. Koste es mich, was es wolle.

Als wir über den Wolken in eine heftige Turbulenz geraten und gefährlich durchgeschüttelt werden, kopftuchbedeckte Türkinnen hinter mir nicht aufhören zu kreischen, sitze ich mit verschränkten Armen bewegungslos in meinem Sitz. Sollen wir abstürzen, na schön. Dann ist's halt so.

37

Zehn Jahre später sind alle drei meiner längerfristigen Beziehungen gescheitert.

Mit Leif begann es nicht lange nach dem Wiedersehen mit Daniel zu knirschen, ohne dass ich mir erklären konnte weshalb. Er hatte dieses friedliche, unaufgeregte Naturell und gab mir nie Anlass, mich unwohl zu fühlen. Handfeste Schwierigkeiten setzten ein, als er eines nachts nicht nach Hause kam und zwei Tage lang verschiedene Erklärungen und Entschuldigungen stammelte. Diese eine Nacht wirbelte den Schlamm in meinem Inneren, der sich durch die Jahre als Bodensatz abgesetzt hatte, schlagartig wieder nach oben. Ich begann, Leif zu misstrauen, entwickelte die Befürchtung, dass er mich verlassen könnte. Schließlich zog ich aus unserer gemeinsamen Wohnung in Frechen aus und verließ ihn selbst.

Mit Leifs Nachfolger Uwe begann es bereits mit einem Gespür von Auf-der-Hut-sein-müssen, ohne jeden triftigen Grund. Er war ein simpler Sozialarbeiter, blond und sexy und unkompliziert wie Leif. Klar, die 70ger, Aufbruchsstimmung; sexuelle Befreiung, Revolution. Man schlief ganz selbstverständlich mit anderen, ich auch, jede Menge. Man kommunizierte das auch, stand trotzdem zueinander. Uwe ging auf mich ein, wenn mich meine Panikattacken warnten, dass ich verlassen werden könnte. Rührend, fürsorglich. Aber alle paar Wochen aufs Neue hämmerte es in meinem Kopf: Er wird irgendwann über Nacht verschwinden. Er wird sich umdrehen und gehen. Er wird dich einfach fallenlassen. Als ich selbst die Beziehung beendete nach sechs Jahren, einen traurigen, bittenden Uwe zurücklassend, fühlte sich das auf seltsame Art wie Befreiung an. Die Attacken ließen nach.

Mit 31 war ich als Sportjournalist gut vernetzt und im Geschäft, mit dem Risiko des freien Berufes, dass mich gleichzeitig viel rumkommen und viel sehen ließ. Ich schmunzelte, wie ähnlich ich auf berufsmäßiger Ebene meinem Vater geworden war, dessen Netzwerke mir immer wieder Reportagen fürs Fernsehen ermöglichten. Gerade als das Jahrzehnt endete, das uns all die Veränderungen gebracht hatte, die sexuelle Befreiung und die 'offene Beziehung', lernte ich Jean-Pierre kennen, der mir von Anfang an klarmachte, dass etwas Anderes als genau das, offene Beziehung, in seinem Weltbild nicht vorkäme. Monogamie wurde, besonders in Schwulenkreisen, 1980 als etwas aus der Mottenkiste verlacht.

Er war ein Peter Pan-hafter, nicht erwachsen werden wollender Balletttänzer aus Marseille mit einem putzigen Deutsch, einer Mähne langer schwarzer Haare und einem erheblichen Charisma; zwei Jahre älter als ich. Ich war von Köln nach Frankfurt gezogen, er wohnte in Wiesbaden. Ich erwähnte zuweilen die Idee einer gemeinsamen Wohnung; er ging nie ernsthaft darauf ein, wollte wohl freie Bahn haben für seine Amouren. Der Zeitgeist war so, und seine Amouren waren zahlreich. Ich kriegte Eifersucht und Wettbewerbsdenken, das Teil von Männerbeziehungen dieser Art war – wer schleppt die aufregenderen Typen ab – halbwegs in den Griff. Nicht in den Griff bekam ich abermals die Fantasien, dass Jean-Pierre eines Tages Schluss machen oder über Nacht verschwunden sein könnte. Als sie heftiger wurden, schlimmer, setzten wie in den Beziehungen davor meine Manipulations- und Kontrollversuche ein. Jean-Pierre nahm es eine Zeitlang mit Humor und seiner französischen Leichtigkeit, machte aber klar, dass er mein Innenleben nicht verstehe. Und wurde zusehends genervt davon. „Hör auf damit, mich ins Kreuzverhör zu nehmen!!", war ein regelmäßig geäußerter Satz; „ Arrête de me contre-interroger!!" Als ich im damals populären Frankfurter Stadtmagazin 'AZ' eine Anzeige entdeckte, die Mitglieder für eine neuzugründende schwule Therapiegruppe suchte, meldete ich mich spontan an. Wenn nichts sonst, könnte sie mir wenigstens dabei helfen, meinen nie kontrollierbaren Waschzwang zu verstehen.

Therapie- und Selbsterfahrungsgruppen lagen riesig im Trend in jenen Jahren, und man musste aufpassen, nicht an völlig obskure, abgedrehte Zirkel zu geraten. Ich hatte keinen Schimmer, was mich erwarten würde, aber meine Beziehung mit Jean-Pierre war so verquer, dass ich jede Hilfe angenommen hätte, selbst Gespräche mit Engeln oder Past-Life-Readings. Und es bot eine neue Erfahrung.

Der Therapeut hieß Georg und stellte die Bedingung, erst mit jedem Bewerber zwei Einzeltermine zu absolvieren, bevor man in die Gruppe aufgenommen wurde. Mich ließ er in der ersten Stunde über meine Schwierigkeiten mit Jean-Pierre berichten, schaute dann nach dem Verhältnis zu meinen Eltern. Als er seltsame Muster zwischen meiner Mutter und mir entdeckte, fokussierte er sich verstärkt darauf und stoppte mich, als ich in der zweiten Gruppenstunde Jean-Pierre zu meinem Thema machte. „Ich will diesen Namen nicht hören", entschied er kategorisch. „Was gibt es außer ihm für Themen in deinem Leben?" Dem Therapie-Zeitgeist der frühen 80ger entsprach es, zunächst einmal Vater und Mutter – besonders letztere – für alles, was im Leben schief lief, verantwortlich zu machen.

Georg war klein und untersetzt und selbst hetero. Von schwulem Leben hatte er wenig Ahnung. Die Schwulentreffpunkte – Grüneburgpark und Langener Waldsee – und die Gewohnheiten dort mussten wir ihm erklären. Das Institut lag in der Waldschmidtstraße unweit des Zoos.

An einem der dreistündigen Abende liegen wir für eine Fantasiereise alle zehn mit geschlossenen Augen auf dem Boden im Kreis, die Köpfe nach innen zueinander. Wir sind auf einer Insel gestrandet abgeschnitten von der Umwelt, haben genug zu essen, es ist südseemäßig warm, doch besteht keinerlei Kontakt irgendwohin; nur wir zehn. Jeder sagt, was ihm gerade in den Sinn kommt; die Anziehungen und Abneigungen in der Gruppe werden schnell sichtbar. Ich habe seit Beginn ein Auge geworfen auf einen Taxifahrer aus Frankfurt, Teddybärmäßig lieb und patschig. Er heißt Werner.

„Ich spaziere am Strand entlang. Werner sitzt auf einer Mole aus Stein, die weit ins Meer hineinragt. Er sieht mich und winkt mich zu sich", fantasiere ich. „Ich freue mich total, dass er mich registriert hat und sich für mich interessiert. Er lacht mir zu. Ist schön hier, oder?, ruft er fröhlich. Komm, setz dich her." Die spezielle Situation, die geschlossenen Augen und das entspannte Liegen erleichtern es, Gedanken offen auszusprechen, die ich sonst für mich behalten hätte. „Ich bin gespannt und aufgeregt, was passieren wird", fahre ich fort. „Aber als ich näherkomme und ein paar Sätze mit ihm wechsele, von mir erzähle, wird mir klar, dass die Aufforderung nichts mit mir zu hatte. Dass er wohl dachte, er müsste irgendwie reagieren, und dass er sich einen Dreck für mich interessiert. Ich bin total gefrustet und kehre traurig um."

„Stopp!" Georg haut laut mit der flachen Hand auf den Boden. „Setz dich hin und mach die Augen auf, sofort! Wie ist die Beziehung zu deinem Vater??"

„Exakt so", murmele ich verblüfft.

Prinzipiell will ich die Erfahrungen aus der Therapie für mich behalten und schon gar nicht mit Jean-Pierre teilen, doch das klappt nicht; es ist zu neu, aufregend, zu tiefgreifend.

Ich hätte nichts Anderes erwartet: Er macht sich lustig, lästert. „André" – so nennt er mich – „leg dich auf den Boden und mach die Augen zu, ich verpasse dir auch ein therapeutisches Erlebnis. Billiger. Ohne andere Tunten drumrum."

Unsere Gruppe ist ein paar Wochen alt und alle Eltern durchgenommen, als ich Jean-Pierre wieder erwähnen darf.

Da war die Nacht im 'Blue Angel', der angesagtesten Frankfurter Schwulendisco. Wir kannten uns drei Monate; ich war richtig, richtig verliebt. „Er flirtet wie ein Irrer mit einem Muskel-Typen in einem Holzfällerhemd. Das Grinsen wird breiter. Hauen die beiden jetzt miteinander ab, oder was???, denke ich entsetzt, gehe ich alleine nach Hause? Da sagt er: Schau mal, André, sagt er, ich wünsche mir, dass wir großzügig sein können, wenn einer von uns seinen Traummann trifft. Ja? Und ich bin total auf ihn fixiert!! Er ist mein Traummann! Es gibt nichts außer ihm! Ein paar Wochen später werde ich Zeuge, wie er sich selbst einem amerikanischen Kollegen gegenüber als 'Sort of a wild single' bezeichnet; während ich tief, tief drin bin in einem Gefühl von Beziehung."

„Warum machst du das zwei Jahre lang mit?", fragt Volker, ein Typ aus Wiesbaden, verblüfft.

„Ist doch klar", antwortet Klaus an meiner Stelle, „die Sehnsucht, geliebt zu werden; wahrgenommen zu werden. Anerkennung."

„Das soll Liebe sein?", wundert sich Jason, der Australier. „Der nimmt dich wahr? Der liebt dich??"

„Wir sind doch alle in sowas gefangen", kommentiert Klaus.

Mein Haupt-Problem mit Jean-Pierre wie in den Beziehungen davor, diese Angst, dass er urplötzlich auf und davon ist, wird mehrmals Thema in der Gruppe.

„Da hast du dir den Richtigen ausgesucht, um was zu lernen", kommentiert Volker, den ich im Verdacht habe, selbst mal mit ihm rumgemacht zu haben, denn Jean-Pierre ist bekannt an allen Wiesbadener Schwulentreffpunkten.

Auch Leif hat einen Auftritt in der Gruppe, auch Uwe. Daniel erwähne ich nie, obwohl er nach wie vor häufig durch meine Gedanken geistert bis hin zu erotischen Fantasien. Ich bringe ihn auch nie mit meinem Therapie-Thema Nr. 1 in Verbindung. In Haifa besucht habe ich ihn nicht. Zwei-, drei Mal geschrieben, dann ist der Kontakt abgebrochen. Zuweilen überlege ich, ob ich mal nach Michael forsche.

Bei einer weiteren Fantasiereise erscheint mir das Bild, wie ich als Zweijähriger im Hintertaunus in der Küche unseres Hauses in einer Zinkbadewanne sitze, für die das Wasser umständlich heiß gemacht werden musste. Fließendes warmes Wasser und ein ordentliches Badezimmer gab es in diesem Jahrzehnt nach dem Krieg nicht überall. Ich beginne erst, verständlich zu sprechen. Meine Eltern streiten sich lautstark, schreien sich an; ich beobachte sie geschockt, ohne einen Ton herauszubekommen. Das Kreischen wird heftiger. Meine Mutter zuckt zusammen und nimmt urplötzlich ihren Sommermantel vom Haken, stürmt aus dem Haus, knallt die Tür zu. Mein Vater lässt sich auf einen Küchenstuhl fallen, grübelt mit dem Kopf in den Händen vor sich hin. Ich habe das Gefühl, dass er schlichtweg nicht weiß, dass ich überhaupt vorhanden bin. Für mich ist 's, als ob es endlos andauert, bis es dunkel wird, bis in die Nacht hinein, und meine Mutter wird nie zurückkommen, und mein Vater sieht mich gar nicht, und ich sitze im eiskalten Badewasser und warte still und verzweifele.

Noch in der Gruppen-Pause rufe ich vom Institut aus meine Eltern an. „Mama", frage ich hastig, „als ich ein Kind war, in Altweilnau: Ist es möglich, dass ihr euch gestritten habt, du und Papa, und dass du kurzerhand abgehauen bist und weggeblieben, und mich alleingelassen?"

„Na ja", versucht sie sich zu erinnern, „manchmal war es schlimm. Wir waren sehr jung. Das kann sein, dass ich mal zu Avo gefahren bin, zur Omi. Ja."

„Als ich noch keine zwei war? Du bist einfach weggegangen?"

„Aber Papa war da!"

Sinnlos, ihr meine Gefühle zu erklären. Ich möchte nur checken, ob mein Unterbewusstsein richtig tickt. „Also das ist möglich, dass ihr euch gestritten habt und du bist weg und über Nacht weggeblieben."

„Das war sicher mal so. Reg dich nicht auf. Übrigens, denk dran, du wolltest mir aus der Kleinmarkthalle in Frankfurt von diesem spanischen Stand die scharfen spanische Würste mitbringen, und wenn du sowieso dort bist …"

Ich erzähle nach der Pause von dem Telefonat mit meiner Mutter. Amal, der mollige Inder, setzt sich stumm hinter mich und legt seine Arme um mich, während ich weiterberichte. Ein anderer mir schräg gegenüber weint.

„War das eine Story für uns, oder bringt das was aus deinem Heute zum Klingen?", fragt Georg.

Ich berichte vom letzten Wochenende, zwei Tage her: Ich muss eine Reportage über den Ball des Sports in Wiesbaden schreiben. Mega-event, habe zwei Karten. Jean-Pierre hat den Abend frei.

„Schau mal", eröffnet er mir am Mittag, „ich bin eingeladen, in Bad Homburg. Riesen Fete. Nur geile Kerle. Endet sicher mit in einer Orgie. Ich muss nicht mit zu deinen beruflichen Geschichten, oder? Verstehst du, mmh?"

Werner, der patschige Teddybär, steht auf und setzt sich mir gegenüber, küsst mich auf die Stirn. „Ich freue mich, dass du in unserer Gruppe bist", sagt er mit einem Versuch, mich zu trösten.

Nach der Party in Bad-Homburg höre ich vier Tage lang nichts von ihm, er ist drei Nächte in Folge selbst morgens um drei telefonisch nicht erreichbar. Am Morgen nach der dritten Nacht berichtet mir einer seiner Tänzerkollegen, den ich vor der Probe erreiche – „ich meine es nur gut mit dir. Irgendjemand muss dir mal reinen Wein einschenken" – dass es da einen Kerl in Mainz gibt, den er regelmäßig sieht und nach dem er völlig verrückt ist.

Die Flasche Johnny Walker auf dem Tisch ist schon gut leer, und nach drei weiteren Gläsern schneide ich mir in der Badewanne die Pulsadern auf.

„Haarscharf dran vorbei", kommentiert trocken der Chirurg, der die Verletzungen genäht hat, als ich wieder etwas zu mir komme. „Zwei Millimeter, und das wär 's gewesen. Exitus."

Die Wand neben der Badewanne ist voller Blutspritzer, in der Wanne selbst steht am Freitag, als ich in die Wohnung zurückkehre, noch das dunkelrote, kalte Wasser. Aber, gut so: Das Ende von dem Ding mit Jean-Pierre.

38

20 Jahre nach ihrem Abitur bekam ich eine Einladung zu einem Klassentreffen meiner alten, ersten Klasse am Gymnasium. Sie erstaunte und rührte mich; die Hälfte meiner Schulzeit hatte ich in der anderen Klasse verbracht, wenn auch die Verbindung zu den alten Kumpels stets stärker war, nie abriss. Aufregung und Vorfreude, als ich den Brief gelesen auf den Schreibtisch legte.

Ich war nach 10 Jahren in Frankfurt als freier Sportjournalist gut etabliert, schrieb für populäre, angesehene Magazine und machte Interwies fürs Radio und fürs Fernsehen. Hatte überall einen Fuß in der Tür und genoss das sehr.

Auf der Beziehungsebene war ‘s dagegen nie mehr rundgelaufen. Ich hatte mich nach dem großen Crash vor acht Jahren mit viel therapeutischer Hilfe langsam berappelt. An einem Samstag nicht lange nach dem ‘Unfall’ war ich eingeladen zu einem Essen, an dem, wie ich wusste, auch Jean-Pierre teilnehmen würde. Am Mittwoch davor fragt Georg, wie ich das bewerkstelligen möchte, ihn das erste Mal wiederzusehen nach gut zwei Monaten, mit noch nicht verblassten Narben an den Handgelenken.

„Hör mal! Ich habe eine Woche drauf mit den Verbänden um die Gelenke in Offenbach zwei Fußballspieler für die Sportschau interviewt; mit Lederbandagen drum, wie sie Turner tragen. Ich schaffe das!“, verkünde ich im Brustton der Überzeugung.

„Seltsam“, sinnt der Therapeut leise, „hinter jedem dieser fetzigen Ich schaffe das-Sätze höre ich ein leiseres Ich schaffe das nicht! heraus.“

Diese Therapie-Episode werde ich in den folgenden Jahren x-Mal kolportieren. Sie ließ sich gut erzählen; eine Story. Den Gehalt wirklich an mich ranzulassen und zu integrieren war mir nicht gelungen.

Die Beziehungs-Idee hatte ich weitgehend gekickt. Zog muslimische Ehemänner vor mit nur seltenen Ausbrüchen in Mann-Mann-Gefilde oder LKW-Fahrer aus anderen Städten; mit beiden waren die Möglichkeiten begrenzt und abschätzbar, die Chance, verletzt zu werden, gut minimiert.

Für das Klassentreffen war ein Seminarhaus im Spessart reserviert. Bunte Fotos zeigten einen Garten mit Springbrunnen und lauschigen Sitzecken, komfortable Zimmer. Mir war klar, von wem Initiative und Planung ausgingen: Michael Roeder, dem großen Entwickler und Macher. Der gab sich nicht zufrieden mit dem simplen Hinterzimmer eines Frankfurter Hotels; für den musste es ein rundes Projekt mit Programm sein. 'Wir haben uns als Klasse 20 Jahre nicht getroffen; da sollte uns ein Wiedersehen ein ganzes Wochenende wert sein. ' Anreise Freitagabend; Abreise Sonntagnachmittag. 'Entscheidet selbst, ob ihr Ehefrauen oder Geliebte mitbringen wollt, oder beide. Ein Männerabend am Kamin ist ein Vorschlag; ein Damenprogramm kann gerne organisiert werden. ' Ich hätte es gagig gefunden, mit zwei Geliebten im Spessart aufzulaufen; hätte damit noch 20 Jahre später meine Rolle als Klassenclown ausgefüllt. Aber es gab keine.

Rainer Haller ist Offizier bei der Bundeswehr; soweit war ich auf dem Laufenden. Michael Döhler fungiert als Repräsentant der Autohändler Deutschlands. Nick Rasloff ist Dozent für Altes Testament mit einer Professur an der Uni in New York. So geht es munter weiter, die ganze Liste runter. Bodo Seiffert als hauptberuflicher Bundestagsabgeordneter und Harald Müller als Prokurist sind fast schon graue Mäuse. Komisch, wie sie mir alle viel älter vorkommen als ich selbst; so viel gesetzter. Ein stiller Dank an meine schwule Sozialisation: Graue Jacketts und dazu braune Lederschuhe würde ich mir in der Zeit der aufkommenden Adidas-Turnschuhmode mit den drei Streifen nicht zumuten.

20 Minuten, und jeder hat sich beim gemeinsamen Abendessen in seine alte Rolle in der Klasse hineingefunden: Rasloff der Primus, Schulte der Bedächtig-Abwägende, ich der Verrückte. Der Schön-Verrückte, nach Art meiner Mutter.

Ich bin ziemlich baff, als sich die patente Amerikanerin an meiner Seite als Gattin von Helmut Meister vorstellt. Der sitzt uns gegenüber und parliert über Kleingärten. Wie hat sich das zusammengefügt?

„Ostküste? Westküste?“, frage ich.

„L.A.“, exklamiert sie, als wäre ein anderer Wohnort in den Staaten schlicht nicht denkbar. „My name is Paula. Nice to meet you.“ Sie ist klein und kurzhaarig, leger in Brauntöne gekleidet, offen und zugänglich. Ich sende ein Dankgebet zum Himmel, dass sie sich neben mich gesetzt hat. Sie stellt sich als Psychotherapeutin vor. „Gestalt“, fügt sie hinzu, was in den 80ern eine der progressiven Techniken ist. Mein innerer Dank wächst; vor drei Monaten habe ich selbst zu einer Gestalttherapiegruppe gefunden. Es musste etwas passieren. Ich fühlte mich ausgebrannt, starr, innerlich tot. Den Einstieg in die Gruppe hatte ein Intensiv-Wochenendworkshop vorbereitet, in dem mir eine schrille Kollegin Paulas das widerspiegelte: „You seem like John Wayne to me. Macho; liveless. A corpse popped against the wall.“

Im Freien ist ‘s zu kühl, und wir treffen uns nach dem Abendessen in einer Art Seminarraum unter dem Dach, gemütlich mit indirektem Licht und schrägen Wänden. Michael Roeder hat angeregt, dass jeder in knappen Sätzen über seine Highlights der letzten 20 Jahre berichtet. Die Frauen, die ein Drittel von uns mitgebracht haben, sind an den Rand verbannt, während die ehemalige Klasse größtenteils auf einem dicken Teppich auf dem Boden lümmelt.

Ich skizziere in fünf Sätzen meine sportlichen Erfolge aus den 20ern und den Journalismus jetzt, und ende mit der Enthüllung: „Außerdem habe ich einen Sohn. Er ist 13. Im Winter wird er 14.“

Allgemeines Gelächter. Aufheulen. „Und nächstes Jahr wirst du Papst!“

„Und in Bingen warst du 1979 Weinkönigin.“

„Nicht echt“, fragt Nick Rasloff nach, als das Gegröle verebbt.

„Doch, echt. Echt.“

„Groß sind oh Gott die Wunder deiner Werke“, höre ich Hartmut Messmer hinter mir psalmodieren.

„Jeder kann mit einer Morgenlatte ein Kind zeugen“, sieht es Pierre Scholz pragmatischer.

Nach drei weiteren Fragen und Antworten geht’s in der Runde weiter mit Messmer.

Ich habe keinen Sohn; es ist bloß eine Story, die ich seit ein paar Jahren verbreite – in Kreisen, wo ich den Beweis nicht werde erbringen müssen. Ursprünglich entstanden ist die Fiktion, als ich häufiger Muslime abgeschleppt habe und öfters in der Türkei war. Dort entspannt diese Zutat Mann-zu-Mann-Sex erheblich. Später benutzte ich die Geschichte auch, wenn gar keine Notwendigkeit dieser Art bestand. Unter entfernten Kollegen. Im Flugzeug mit Passagieren neben mir. Die Fabel geht, dass er Cem heißt und die Mutter genau Bescheid wusste über mich, wir trotzdem eine Liaison begannen; welche nicht lange dauerte. Cem wohnte immer bei ihr, ist aber sehr auf mich fixiert. Vor fünf Jahren ist die Mutter, Fulya, mit ihm zurück in ihre Heimatstadt Istanbul gezogen. Ich sehe ihn drei, vier Mal im Jahr, und ich leide sehr unter der Trennung. Inzwischen haben sich jede Menge kleiner Details über meine Vaterschaft angesammelt und eine Fotosammlung und ich den imaginierten Cem richtig liebgewonnen. Das Kind auf dem Foto ist der Sohn meiner Freundin Lina, Boris – die davon nichts weiß. Es gibt Momente, da glaube ich die Fabel selbst. Leide unter der Trennung, unter den Vorwürfen, die er mir am Telefon macht, weil ich ihn nicht öfters besuche oder herkommen lasse. Ich muss tierisch aufpassen, dass er nicht plötzlich in der Gestalttherapiegruppe auftaucht. Das ginge entschieden zu weit.

Am nächsten Morgen kommt die Sonne raus, und wir machen uns auf zu einer Wanderung durch die Spessarttäler. Eine lustige, lärmende Gruppe, die mich an die Trainingscamps meiner frühen 20ger erinnert. „Ist doch, als wären wir wieder auf dem Schulhof in der Fürstenbergerstraße“, lacht Seiffert, als wir uns die Wanderschuhe zubinden.

Ich finde mich bald neben Paula wieder, die Knickerbocker trägt – „so German!!“ – und eine Windjacke um die Hüften gewickelt hat. Ich erzähle ihr von meiner Gruppe und wie sehr ich Fritz Pearls, den Erfinder der Gestalttherapie, verehre.

„Was sind deine Themen?“, fragt sie.

Ich zucke die Achseln. „Kann ich schwer erklären. Zwei meiner besten Kumpels haben sich von mir distanziert, weil ich immer so aggressiv sei. Das hat mich getroffen. Ich empfinde mich als ganz anders, als leblos und ausgebrannt. Außerdem heißt es immer, ich sei so anstrengend geworden, ich will zu viel, verlange zu viel. Gebe nie Ruhe. Zu viel overdrive. Drama. Ungefähr so.“

„Was musst du kompensieren?“

Ich bleibe kurz stehen. „Paula, ich habe erst damit angefangen. Vermutlich hat es mit meinen Beziehungen zu tun. Sind alle gescheitert, weil ich meine Verlassensängste nie unter Kontrolle kriege. Egal was der andere tut, ich bin immer überzeugt davon, dass er irgendwann auf und davon ist. Out of the blue. Just like that“, und ich schnipse mit den Fingern. Und bekomme einen Schrecken, wie persönlich ich daherparliere. Ich kenne sie überhaupt nicht.

„Hm.“ Sie nickt. Dann fragt sie mich ausführlich nach Cem. Äußerst ausführlich. Ich muss neue Details erfinden, über die ich mir noch nie Gedanken gemacht habe.

„Ist er dir böse, weil du ihn verlassen hast?“, fragt sie plötzlich.

„Ich habe ihn nicht verlassen!“, reagiere ich entsetzt.

„Nicht? Bist du denn bei ihm?“

„Fulya wollte zurück in die Türkei!“

„Wie ist das, wenn ihr euch seht?“

Ich muss nachdenken. Auch eine Fulya gibt es nicht. „In den letzten drei Jahren ist es schwierig. Früher hat er am Flughafen Freudentänze aufgeführt, wenn ich angekommen bin. Die beiden letzten Male wollte er mich nicht abholen. Fulya hat mich mit dem Taxi in die Stadt kommen lassen. Als ich ankam, hat er sich geweigert, mich zu sehen und sich eine Stunde lang versteckt. Beim letzten Mal …“ Mir wird richtig schwer ums Herz. „Beim letzten Mal ist er zu den Nachbarn getürmt, bevor ich klingelte. Fulya musste rüber und ihn dort loseisen.“

Paula kommentiert nichts. Wir gehen stumm nebeneinander her. Sie scheint zu warten, dass ich weiterrede.

„Besonders gruslich ist es, bevor ich zurückfliege. Wenn er merkt, dass ich packe, redet er kein Wort mehr mit mir. Normalerweise fliege ich morgens um halb zehn, dann kann ich ihn vorher zur Schule bringen. Er lässt das nicht mehr zu. Er besteht auf dem Schulbus.“

„Muss schwer für dich sein“, sagt sie ruhig.

„Ist ‘s“.

Sie erkundigt sich nach einer Menge weiterer Details, bis sich ihr Mann zu uns gesellt und das Gespräch endet. Ich wechsele zu Rainer Haller und den Buchschlager Buschtrommeln.

Wir essen in einem Gasthof, bis ins Detail von Roeder geplant, und sind am Nachmittag zurück in dem Seminarhaus. Beim Ausruhen im Garten gesellt sich Paula zu mir.

„Drei Stunden bis zum Abendessen“, sagt sie, und setzt sich neben mich. „Darf ich?“

„Gerne.“

„Ich möchte dir etwas vorschlagen. Deine Geschichte interessiert mich. Ich biete dir ein kleines therapeutisches Experiment an.“

„Danke“, antworte ich impulsiv; zögere aber. „Weiß nicht recht. Ich kam mir selbst komisch vor, weil ich dir auf der Wanderung so viele Intimitäten erzählt habe. Das ist überhaupt nicht meine Art.“

„Das glaube ich gerne. Genau deshalb.“ Sie reckt und streckt sich. „Du hast ein bisschen aufgemacht. Nutz das aus, die Gunst der Stunde. Du bereust das sonst auf der Heimfahrt.“

„Was ist das für ein Experiment?“

Sie gibt ein seltsames Geräusch von sich, das dem Schnattern von Enten oder Gänsen ähnelt. „Nichts Exotisches. Du legst dich hin und erzählst noch ein wenig mehr. Ich stelle ein paar Fragen. That ‘s it. Be open to experience.”

„If you say so ….“

„Ich kümmere mich um einen Raum.“

Mir ist unbehaglich. Ich habe eine durch und durch erfundene Geschichte erzählt, mit lauter plastischen, konkreten Details. Wenn dies Gebäude in sich zusammenstürzt, wird ‘s mega-peinlich. Andererseits treibt mich ein Instinkt, dranzubleiben; dass etwas Entscheidendes passieren könnte.

Der Raum liegt unterm Dach und ist wie für Therapie geschaffen, mit einem modernen, tiefen Sessel und einem niedrigen Tisch daneben, einer flachen Liege ohne Lehnen und einer Stehlampe, die sanftes Licht verströmt.

„Leg dich auf die Couch“, ordnet Paula an, „mach ‘s dir bequem“.

Ich ziehe die Liege etwas vor; die schräge Wand macht mir Platzangst.

„Du machst gleich die Augen zu. Du wirst das nicht merken. Entspann dich. Zieh die Schuhe aus.“

Dafür steh ich noch mal auf. Öffne meinen Hosenbund. Dann mache ich ‘s mir bequem, wie geheißen. Registriere den Schreibblock auf Paulas Schoß, einen Stift in ihrer Hand. Ich schließe die Augen.

„Wie alt ist Cem?“, ist ihre erste Frage.

„13. Im Februar wird er 14.“

„Stell ihn dir genau vor. Ist er zurzeit in Istanbul?“

„Ja.“

„Wie sieht er aus?“

„Er ist klein; klein, für sein Alter. Blond. Unter …“

„A blonde Turk“, murmelt Paula.

“Nein, nein; Blödsinn. Er ist schwarzhaarig. Ganz schwarz. Er hatte sich nur beim letzten Mal die Haare gefärbt wie ein türkischer Popstar.“

„Was macht er gerade?“

„Er kommt eben von der Schule nach Hause, in seiner Schuluniform.“

Gefühlte 15 oder 20 Fragen zu heute. Dann macht sie einen raschen Schnitt. „Jetzt geht ‘s woanders hin. Jetzt stellst du dir Cem in 25 Jahren vor. Lass dich reinfallen in die Zeit. Sei nicht zu schnell.“

Sie lässt mir eine Pause. „Bist du bereit?“, fragt sie, als sich langsam ein inneres Bild vor mir auftut.

„Ja.“

„Wo lebt er?“

„Er lebt in Frankfurt.“

„Wie sieht er aus?“

„Er sieht super aus. Trainiert, sportlich. Breite Schultern. Etwas in sich gekehrt.“

„Wo arbeitet er?“

„Eintracht Frankfurt. Er ist Trainer bei Eintracht Frankfurt.“

„Ist er erfolgreich?“

„Sehr.“

„Ist er verheiratet?“

„Nein. Nein.“

„Warum nicht? Hat er eine Freundin?“

Ich zögere mit der Antwort. „Er hat keine Freundin.“ Ich öffne die Augen, atme tief ein.

„Schließ die Augen“, kommandiert sie streng. Ihre Fragen nehmen Fahrt auf, kommen schneller nacheinander. „Warum hat er keine Freundin?“

„Weiß nicht. Es klappt halt nicht.“

„Leidet er darunter?“

„Weiß nicht.“

„Hat er Freunde?“

„Ja.“

„Was verbindet ihn mit ihnen?“

Ich mache schon wieder die Augen auf, will mich aufrichten. „Bleib liegen. Stopp die Reise nicht.“

„Ich will etwas erklären. Es ist ein Allgemeinplatz. Es …“

„Allgemeinplätze. A total bore.“

„Darf ich trotzdem?“

„Mach.“

„Wie diese Weisheit geht: Wenn Frauen sagen, sie wollen etwas zusammen machen, treffen sie sich zum Kaffeetrinken. Männer meinen damit, sie spielen Tennis oder heben Gewichte. So ist er. Er trifft seine Freunde zum Tauchen. Zum Skateboarden.“

„Was ist sein Lebensmotto?“

„Ich kann, wenn ich will.“

„Ah.“ Scheint nicht gut zu kommen. „Ist er glücklich?“

„Weiß nicht.“

„Du bist der Vater.“

„Väter wissen so was nicht.“

„Hast du dich bemüht, es herauszufinden? Ob er glücklich ist? – Bleib liegen!“

Ich kann nicht antworten.

„No answer?“

„No answer.“

„Ist sein Vater glücklich? – Stay down!“, grummelt sie mit Nachdruck.

„Was hat das mit Cem zu tun?“

„Ich stelle die Fragen. Ist Cems Vater glücklich?“

Ich habe einen Kloß im Hals. Was soll das Ganze? Ich kann einfach abbrechen.

„Nein. Nicht wirklich.“

„Beim Umtrunk letzte Nacht hatte ich ein anderes Bild von ihm. Er hat auf alle Klassenkameraden herabgeschaut. Er hat geglüht davon, wie gut er sein Leben im Griff hat.“

„Er war auch der beste in der Theater-AG; in der Schule.“

„Warum ist er nicht glücklich? Was fehlt ihm?“

„Weiß nicht. Er hat Angst.“

„Wie ging ‘s ihm, als er so alt war wie Cem heute?“

Dieses Tempo, mit dem sie die Fragen stellt! „Er war …“ Ich habe niemals mit jemandem über Daniel gesprochen. Ich werde es auch jetzt nicht tun. Niemand außer Dagmar weiß von ihm. Ich schlucke. „Er war ein ganz normales Kind.“

„So normal wie Cem heute?“

„Ungefähr.“

„Waren seine Eltern auch getrennt?“

„Nein, natürlich nicht. Sie waren eine ganz normale Familie.“

„Der Vater war vorhanden?“

„Na ja, sie lebten unter einem Dach.“

„Das heißt, der Vater von Andreas hat ihn nicht plötzlich im Stich gelassen, wie es Cem passierte?“

„Cem ist nicht im Stich gelassen worden.“

Feuer-Feuer-Feuer: „Sein Vater auch nicht?“

Wenn ich jetzt nicht anfangen will zu heulen, breche ich ab. Aber ich heule bereits.

„Was braucht Cem heute, der erfolgreiche Trainer der Eintracht, der in Frankfurt wohnt?"

„Er braucht gar nichts."

Paula schiebt mir eine Box Kleenex in die Hand, aber sie bleibt stumm. Bis sie langsam meinen Satz wiederholt: „Er braucht gar nichts?"

„Nein."

„Wer kümmert sich um ihn, wenn es kriselt? Wenn die Eintracht 0:6 verliert und sich die Presse auf ihn einschießt? Wenn er sich einsam fühlt?"

„Er braucht niemanden. Er kommt sehr gut alleine klar."

„Wie kommt der kleine Cem in Istanbul heute klar, wenn er traurig ist? Wer kümmert sich um ihn?"

„Seine Mutter."

„Geht er zu seiner Mutter, wenn er das erste Mal unglücklich verliebt ist?"

„Nein. Natürlich nicht."

„Wenn sie ihn in der Schule hänseln, weil er kein richtiger Türke ist? Wo sein Vater abgeblieben ist? Ist er versorgt?"

„Er ist versorgt", schniefe ich.

„Wünscht er sich, dass sein Vater da ist?"

Was ist das, woher kommt das: Ich fühle mich in die Enge getrieben.

Ich trampele mit den Füßen auf der Couch herum, als würde ich gleich explodieren.

Es gibt keinen Cem!!, möchte ich schreien. Es gibt ihn nicht! Ich habe ihn erfunden. Einfach so. Aus einer Laune heraus. Ich hätte halt Dramatiker werden sollen. Aber ich bringe das nicht. Ich werde Cem nicht sterben lassen.

Paula hat das Spiel eingestellt. „Ist das Experiment vorbei?", frage ich scharf.

„Nein." Aber sie hat den Fuß vom Gaspedal genommen. „Neues Tableau. Es gibt Fotos von Cem und seinem Vater. Stell dir das schönste vor; bildlich und konkret."

Geht nicht. Too much. Das Lieblingsbild: Boris, Linas Sohn, mit seinem Vater Rajko auf dem Pier zum Leuchtturm in Warnemünde. Boris' jugoslawischer Vater, groß und dunkel, hält den Kleinen an der Hand und betrachtet ihn mit Stolz und Freude. Boris sieht voll Bewunderung zu ihm auf. Er mag drei auf dem Foto sein, trägt ein blaues Mäntelchen und Lederschuhe.

„Beschreib nicht das Foto. Lass dich in die Situation hineinfallen."

Das Bild rührt mich jedes Mal zu Tränen, wenn ich es anschaue: Der Kleine voll Vertrauen und Bewunderung, der Vater das Sinnbild von Fürsorge und Wärme. – Ich verhaspele mich, als ich es trotzdem beschreibe. Nenne Rajkos Namen statt meines, bringe Orte durcheinander, höre mitten im Satz auf.

Stille im Raum. Aus dem Garten höre ich das Stimmengewirr meiner alten Klasse. Eine Kirchturmuhr schlägt. Ich mag mich nicht aufsetzen, Paula nicht in die Augen sehen. Außerdem, und das wiegt richtig schwer, fühle ich mich als Lügner ertappt.

Hat sie das Schweigen gebrochen? „Was?"

„Bist du als Kind missbraucht worden?"

„Nein!" Ich schreie fast. „Nein. Blödsinn."

„Wer hat dich verlassen?"

Ich heule sicher eine viertel Stunde lang. Ich ziehe mein Hemd aus, liege im Unterhemd bäuchlings auf der Couch. Ich fühle mich ätzend, beschissen. Klein. Am schlimmsten ist diese Nacktheit vor Paula. Dass sie sehen kann, wer ich wirklich bin, dass ich mir nicht selbst helfen kann, dass ich abbreche und heule und nicht aufhöre. Dass ich nicht weiß, was ich machen soll.

„Erinnert es dich an eine Situation, die du kennst?“, fragt sie behutsam. „Erlebst du gerade etwas noch einmal?“

„Ja!“, brülle ich, „ja!“ Die Nacht in dem Haus hinter Dreieichenhain, ganz allein, als Daniel verschwunden war. Hilflos. Ratlos. Verzweifelt. Ich will nicht, dass Paula das sieht! Ich kann mir allein helfen. Ich kann, wenn ich will!

Ich muss aufs Klo. Ich wünsche mir, dass Paula mich anfasst, aber ich wage mir nicht danach zu fragen. Als ich zurückkomme, streckt sie mir ihre Hand entgegen: „Möchtest du meine Hand festhalten?“

Ich setze mich auf die Liege. „Soll ich mich wieder hinlegen?“

Sie schüttelt den Kopf.

„Ich habe dich angelogen. Ich habe dir ein Drama vorgegaukelt. Es gibt gar keinen …“

„Nein“, stoppt sie mich. „Nein.“ Sie hebt abwehrend die Hand. „Ich arbeite mit dem, was du mitbringst. Das ist deine Realität.“

„Es gibt keinen Cem.“

„Doch.“ Sie nickt. „Es gibt einen kleinen Jungen, der in Not ist. Der sein Leben lang das Konzept verfolgt, dass ihm nicht geholfen wird und dass er durch alles allein durch muss. Und der das nicht packt. Keiner von uns würde das packen.“

Ich strecke meine Arme zur Decke aus, stütze mich gegen die schräge Wand ab. Sehe sie ungläubig und verwundert an.

„Andreas, deine Verlassensängste: Beziehungen können so nicht funktionieren. Jeder, der dir näherkommt, triggert deine alte Wunde aufs Neue. Du kannst nur eine Portion Glück erleben mit jemandem, der in keinster Weise eine Bedrohung werden kann.“

Das weiß ich: Die muslimischen Ehemänner, vollkommen kalkulierbar, wo die Grenzen liegen, was passieren kann und was sicher nicht. „Es gibt einen Ausgangspunkt. Einen Anfang des Labyrinths“, flüstere ich.

„Natürlich. Für heute lassen wir ‘s genug sein. Übernimm dich nicht. Lass dir Zeit.“

„Gibt sicher bald Essen“, versuche ich, in die Spessart-Realität zurückzukehren.

Sie schüttelt den Kopf. „Gönn dir eine Pause. Lass die Dinge sacken. Mach einen Spaziergang.“

„Aber …“

„Nee. Morgen ist auch noch Klassentreffen.“

„Wenn du willst, kannst du“, beginne ich, als wir den Raum aufräumen, meine 50 Kleenextücher entsorgen, „du kannst den anderen ja sagen, dass mein Sohn wieder verblichen ist. Hat die Nacht nicht überlebt.“

Sie legt mir eine Hand auf den Rücken. „Das ist nicht komisch, Andreas. Don’t camp it up.“ Ich spüre trotz meines unpassenden Versuches viel Liebe und Wärme von ihr. „Ich werde mir etwas Freundlicheres ausdenken. Mach dir keine Gedanken. Weißt du“, fügt sie hinzu und zeigt zum Boden, „die anderen da unten mit ihren Professuren und Kanzleien haben auch ihre Wunden und Geschichten, die sie umtreiben. Heftige. Sind bloß nicht alle so mutig wie du.“

„Ach?“

„Ja. Ihr akademischen Durchstarter, ihr Deutschen! Ich werde ihnen eine Parabel erzählen, beim Essen; aber nicht von Cem und dir.“ Sie umarmt mich lächelnd. „Du warst mir eine große Inspiration. Danke.“

Es hat geregnet während unserer Reise auf dem Dachboden. Jetzt liegt die nasse Wiese im Garten unter einer freundlichen Abendsonne. In der Ferne spiegelt sich ein Regenbogen.

Ich laufe ein paar Schritte durch den nahen Wald. Es tropft von den Ästen. Mich fröstelt.

Nein, ich bin nicht missbraucht worden. Ich war immer dankbar für die Monate mit Daniel. Wie seine Seite aussah, Verantwortungslosigkeit, das kriminelle Element ... Was kümmert mich das. Er hatte mir etwas gegeben, was mir fehlte: Berührung; Wärme. Aufmerksamkeit. Auch Sex, klar. Auch das. Die Monate danach, als er weg war, das war der Horror. Die vielen kalten, unpersönlichen Erlebnisse auf der Schwulenszene mit 15 und 16. Und keiner da, mit dem ich darüber reden konnte; niemand. Absolut niemand. Das Verlassensein. Verlassenwordensein. Das hat die Wunden verursacht.

Oder??

Oder?????

War die Geschichte nicht so, was ich sie mir seit 25 Jahren erzähle???

Und was mache ich nun mit Cem??